KB085325

수호지

1

수호지 1

이문열 편역 — 시내암 지음

일탈하는 군상

水滸誌

RHK
알에이치코리아

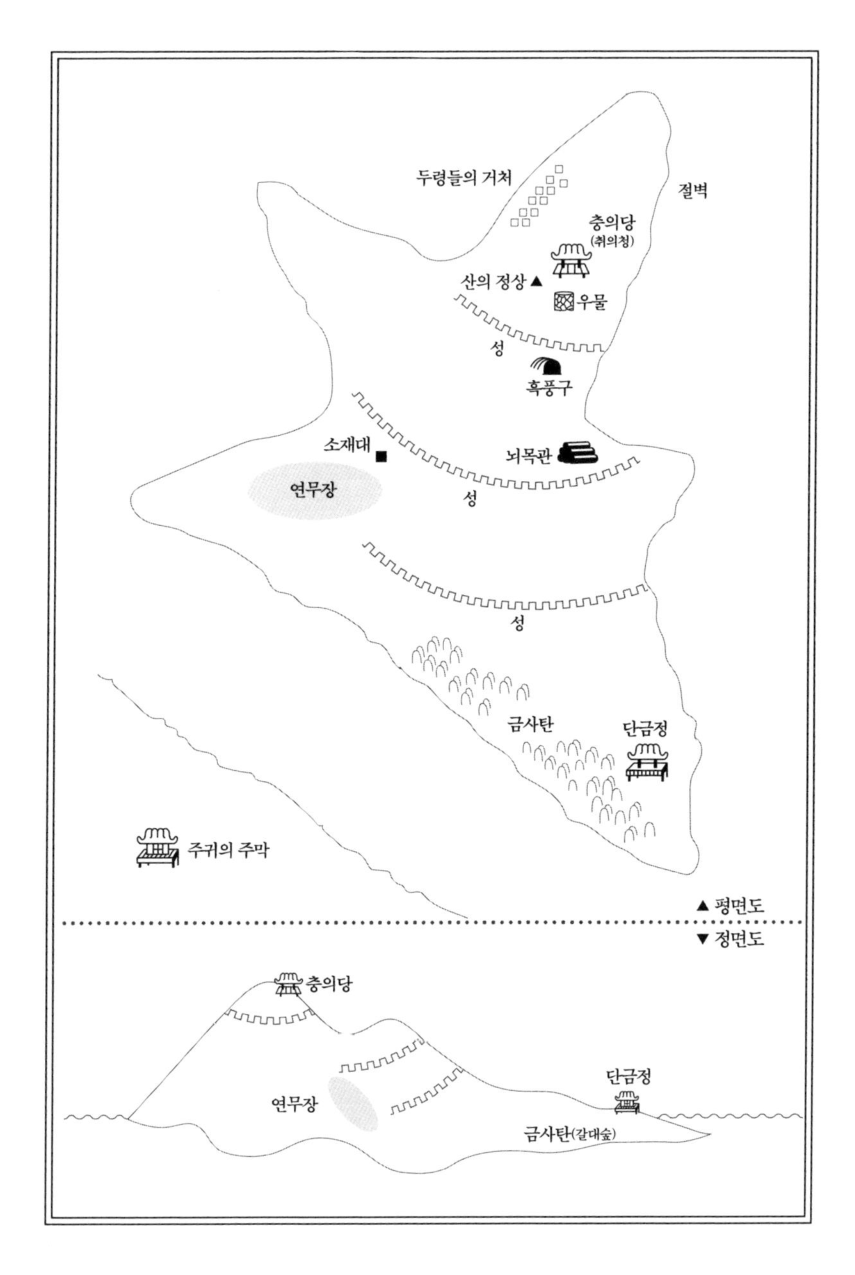

현장 답사에 의한 편역자의 양산박 약도

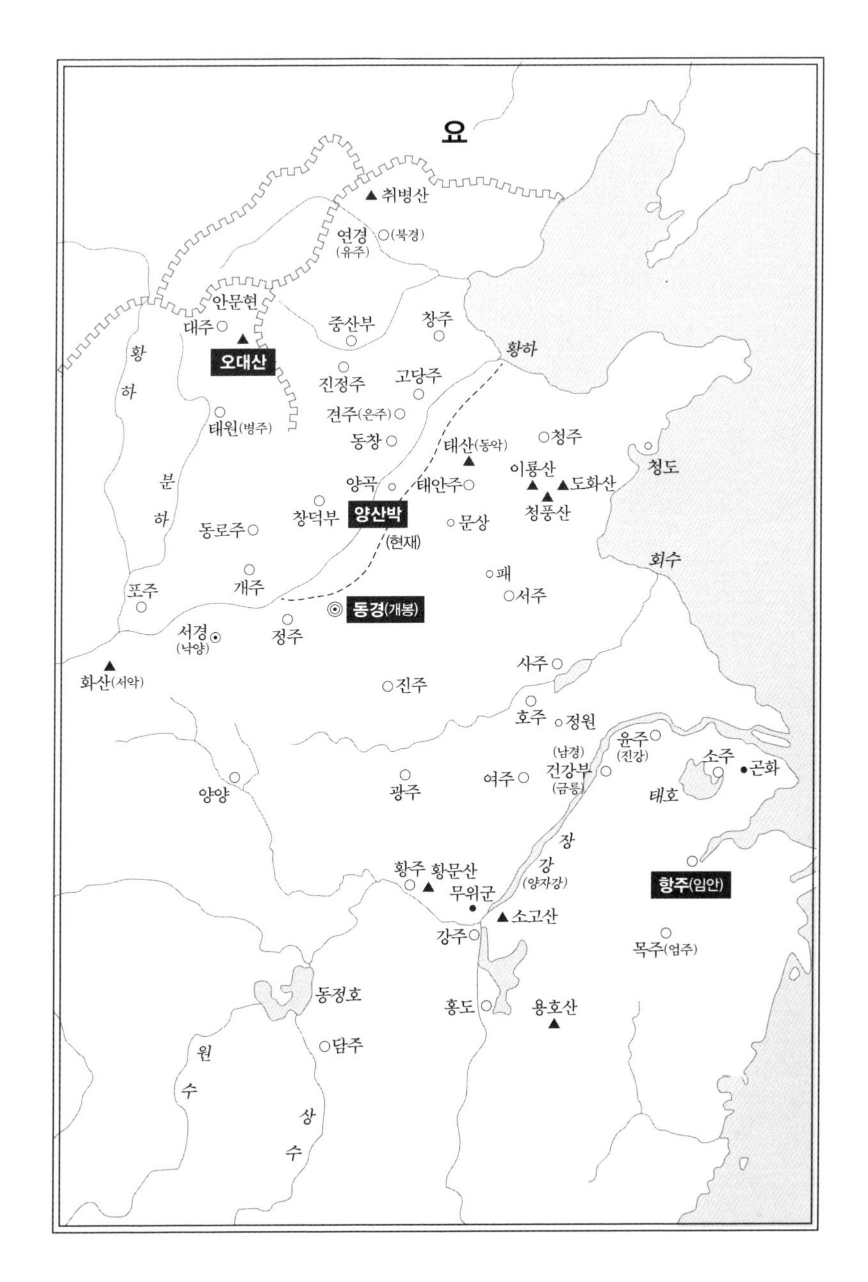

『수호지』의 배경이 된 송나라 지도

편역 『수호지』 결정판 서문

내 이름을 걸고 나가는 『수호지』로는 마지막 판이라 여겨 결정판이란 말을 썼다. 마음 같아서는 지금까지 나온 개정판의 서문을 모두 없애고 이 하나로 서문을 아우르려 했으나, 다시 읽어보니 그간 판이 바뀔 때마다 짜내야 했던 내 고심과 창의를 모두 지워버리기에는 너무 아까웠다. 내 엉성한 백화(白話) 해독력을 보완하고자 곁들인 서른 해에 걸친 내 노력과 고안이 모두 부질없는 짓이 되는 것 같아서였다.

1991년 8월 편역(編譯)이란 어정쩡한 형식으로 『수호지』 10권을 펴낸 뒤로부터 나는 네 번이나 내 『수호지』 판(版)을 갈았다. 청나라 초기의 문호 김성탄이 손을 보았다는 『제오재자서 수호지』 70회본으로 시작해서 명나라 시내암이 쓴 것으로 알려진 모든 『수호지』의 조본(祖本) 『충의수호지』 100회본, 청나라 양정견이 엮었다는 『충의수호전』 120회본에 청나라 진침이 써 보탰다는 『수호후전』 40회본까지 어우르며 여러 판본으로 내 『수호지』 10권을 엮어왔다. 영어판 『All Men are Brothers(우리 모두는 형제다, 四海同胞皆兄弟也)』와 『The Margin Story(물 가 이야기, 水滸志)』도 가끔씩 훔쳐보았다.

그렇게 네 번씩이나 판을 바꾸고 이야기를 다르게 엮다보니 이야기의 펼쳐짐이 적지 아니 어지러워지고, 내용도 이것저것 뒤섞여 시원하고 호쾌한 이야기 전개나 핍진한 당대의 삶을 펼쳐 보이는 데는 모자란 데도 많았을 것이다. 그러나 내가 할 수 있는 일은 여기까지다. 내 편역 『수호지』의 출생과 성장이 그리 기구하고 곡절 많은 것이라, 조금은 지루하고 장황스럽겠지만 지금까지의 네 번의 개정판 서문을 모두 그대로 남겨 진지한 독자의 이해에 보탬이 되고자 한다.

이번 결정판에서는 지금까지 내 편역 『수호지』 끄트머리에 붙여두었던 청나라 때 진침의 『수호후전』 4권 축약판을 떼어내기로 했다. 어쨌든 '수호지'의 이름을 달고 나왔고, 나름 일정한 독자를 유지하며 지금까지 살아남았다는 점, 그리고 우리의 『홍길

동전』이 일정 부분 영향을 받았으리란 속설(마지막으로 이름 없는 무인도에서 그들만의 세상을 여는 것) 같은 것들 때문에 『수호지』 뒤에 덧붙여 둔 것이었으나 아무래도 여러 가지로 무리가 있었고, 특히 『홍길동전』과의 관련은 허균과 진침의 활동 연대가 맞지 않아 또한 근거가 없어 보였다. 억지스레 덧붙이느니 이쯤에서 떼어버리기로 했다. '세상에 나온 모든 『수호지』의 모음'이란 헛된 자랑에 젊은 내 마음이 끌려 벌인 일 같다. 이제 다시 이문열 평역 『수호지』에 손대는 일은 없으리.

2021년 5월
이문열

제3판 서문

2008년 『초한지』를 사기(史記) 초한연의(楚漢演義) 형식으로 완간하면서, 1990년대 중반에 냈던 편역(編繹) 『수호지』의 개보(改補)는 내게 오래 묵은 숙제 같은 것이 되었다. 내 신통찮은 송대(宋代) 백화(白話) 독해력 때문에 번역이란 말을 감히 쓰지 못하고 편역(편집해 엮었다는 뜻)이란 구차한 체제를 내세운 것도 그러하거니와, 세 가지 다른 판본을 한 책으로 묶는 과정에서의 무리 때문에 진작부터 불만스럽고 또 불안하던 게 그 『수호지』 열 권이었다.

이십 년 전 처음 책을 내고 난 뒤에 무엇보다도 마음에 걸린 것은 이른바 '왕진(王進)의 난점'을 없앤다고 『수호지』 본 이야기의 서두에서 구문룡 사진을 먼저 꺼내고 왕진을 나중에 등장시킨 일이었다. 이로서 왕진이 서두에 나와 독자의 기대를 잔뜩 모아 놓고 끝내 다시 나오지 않는 시내암 『수호지』의 문제점을 해결한 셈이지만, 『수호지』의 성격을 따지는 논의에서는 만만찮은 시빗거리를 만들어 놓았다. 곧 『수호지』도 『삼국지』나 『초한지』같이 정사(正史) 연의(演義)로서의 성격이 있어 편역 또는 평역(評譯)이라는 체제를 통해 재구성이 가능한가라는 문의가 그것이다.

『수호지』 역시 그 기반은 『선화유사(宣和遺事)』에 나오는 '송강 등 서른여섯 명'처럼 그 시대에 실재했던 도둑 설화 몇 갈래를 모아 엮은 것이고, '방납(方臘)의 난'이나 요나라의 침입도 당대의 역사에 바탕하고 있다. 하지만 그렇다고 『수호지』를 『초한지』나 『삼국지』와 같은 정사의 연의로 단정하기에는 좀 억지스러운 데가 있다. 거기다가 내 편역 『수호지』는 나중에 진침(陳忱)의 『수호후전(水滸後傳)』을 축약해 덧붙이면서, 짧게나마 왕진이 다시 나오기 때문에 시내암 『수호지』에서와 같은 왕진의 난점도 해소가 된다.

그 때문에 이번 제3판에서 왕진의 등장 시점을 시내암 『수호지』에서처럼 본문 첫머리로 돌리려 했으나, 망설이던 끝에 원래대로 두기로 했다. 어차피 편역이란 구차한 체제로 세 가지 다른 판본을 하나로 엮는 과정에서 사건의 생략이나 재배치는 다른 곳에서도 불가피했고, 또 그게 원본의 문학적 가치를 크게 훼손하는 것이 아니라면 오히려 내 판본의 특장이 될 수도 있기 때문이다. 뿐만 아니라 10권에 축약해 붙인 『수호후전』이 왕진을 다시 불러내기는 하지만, 아무리 두 책을 함께 묶어 놓아도 시내암 『수호지』와 진침의 『수호후전』 사이의 연속성이 그리 강하게 와닿지 않는 것도 함께 고려되었다.

그다음 처음 책을 낸 때부터 내 편역 『수호지』를 볼 때마다 마음에 걸리던 것은 10권의 『수호후전』 축약 부분이다. 『수호후전』은 무려 40회본에, 간명하게 옮겨도 원고지 오천 매는 될 분량을 겨우 사백 매 안에 축약해 놓았으니, 그 소략하고 거칠기가 이루 말할 수 없었다. 나름대로는 성가를 얻어 그 뒤 사백 년 가까이 살아남았고, 또 일찍부터 이 나라에 전해져 지금까지도 따로 번역판을 가지고 있을 만큼 사랑받는 책에 대한 대접이 아니다 싶어 늘 민망스러웠다. 이번에는 10권 한 권을 다 바쳐 전보다 네 배가 넘는 분량으로 요약함으로써, 부족한 대로 진침의 문학적 역량과 상상력의 규모를 보다 여실하게 드러내 보려 했다.

그렇지만 이번에도 마음만 고달팠을 뿐, 그야말로 시속(時俗)을 이기지 못해 다시 그냥 보아 넘겨야 했던 것은 날이 갈수록 심해지는 한문 기피 현상이다. 중국의 고전을 이해하는 데는 한문의 멋과 맛을 통하는 것보다 더한 지름길도 없건만 출판 현장에서는 한자가 거의 공공연한 금기(禁忌)처럼 다뤄진다. 어떤 때는 꼭 필요한 한자를 괄호 속에 넣어 병기하는 것도 독자에게 시각적인 불편을 준다고 생각하는 듯하다. 고전 한문과 한자를 통하지 않은 중국 고전의 이해란 것이 어떤 것일지 도통 짐작되지 않지만 어쩌겠는가, 성인도 시속을 따른다 하였거늘.

그래도 이 어쭙잖은 개보 작업에 여러 달 낮밤을 매달려 고생해 주신 편집부 여러분들에게 고맙다는 말 한마디는 보태야겠다. 어쩌면 이미 출판된 중국 고전을 손보는 일도 이게 마지막이 될지 모르겠다.

2011년 1월 부악 기슭에서

이문열

제2판 서문

독자들의 요청을 못 이겨 120회본 『충의수호전』에서 70회본 『제오재자서(第伍才子書) 수호지』로 이미 옮겨진 부분을 뺀 나머지를 추가로 내고 진침의 『수호후전』까지 축약하여 덧붙인다. 결국 1권에서 6권까지는 김성탄이 손을 보았다는 『제오재자서 수호지』이고, 7권에서 10권 후반까지는 『충의수호지』 72회부터 120회까지며, 10권 끝에 붙은 「수호지 뒷이야기」는 축약이라 할 수 있다.

이로써 '수호지'란 이름이 붙은 모든 책들 중에서 가장 정제된 것들로만 처음부터 끝까지를 엮은 셈이 된다. 『수호후전』을 축약의 형식으로 옮기는 것은 그 책이 이미 저자를 달리할 뿐만 아니라 내용면에서도 정형성과 반복성의 약점이 있어 참고의 의미밖에 가지지 못한다고 판단했기 때문이다.

평역자의 천학(淺學)과 각기 다른 판본을 일관되게 엮어내는 과정에서 적지 않은 잘못과 억지스러움이 있을 것으로 여겨진다. 부디 너그러움으로 읽어 주시기 바란다.

1994년 3월

이문열

초판 서문

『수호지』는 『선화유사』에 나오는 송강 등 서른여섯 명에 대한 기록을 바탕으로 송대(宋代)의 몇 갈래 도둑 설화를 엮어 만든 명대(明代)의 고전이다. 그 판본은 여러 가지가 되나 횟수에 따라 나누면 대략 네 가지가 된다.

그중에서 오늘날에 전해지는 『수호지』의 조본(祖本)이 되는 것은 시내암이 쓰고 나관중이 편찬한 것으로 알려진 『충의수호지』 100권이다. 이는 다시 곽훈에 의해 삭제, 편수되어 100회본 『수호지』가 된다.

그다음으로 우리 눈에 흔히 띄는 것은 양정견이 엮었다는 『충의수호전(全)』인데 120회로 되어 있다. 양산박 호걸들이 조정에 귀순하여 충성을 바치다가 결국은 간신들에게 해코지를 당하는 데까지의 내용이다.

그러나 일반적으로 문장이 가장 잘 다듬어져 있고 도둑 설화의 기본적인 맛과 멋에 중점을 두고 있는 것으로 알려진 것은 70회본이 된다. 명말 청초의 문호 김성탄이 다시 손을 본 『제오재자서 수호지』가 바로 그것이다.

그 밖에 160회본으로 알려진 『수호지』가 더 있는데 이는 엄밀히 말하면 저자를 달리하는 두 본(本)을 합친 것이라 할 수 있다. 곧 120회본에 청(淸)의 진침(陳忱)이 쓴 『수호후전』 40회를 더해 양산박 영웅들의 후일담까지 다룬 것으로 수호전에 관한 모든 저술의 집성이다.

여기서는 김성탄의 70회본을 기본적인 텍스트로 삼았다. 백여덟 명의 호걸들이 양산박에 다 모일 때까지의 얘기로, 앞서 말했듯 도둑 소설다운 멋과 맛이 가장 잘 살아 있는 게 마음에 들어서였다.

그러나 수호전의 유명한 난점을 나름대로 손을 보느라 원형이 조금 변했다. 얘기의 첫머리에 나오는 교두 왕진은 독자의 기대와는 달리 한낱 조연에 지나지 않는데 나는 사가촌(史家村)과 사진(史進)을 앞세움으로써 조연을 조연답게 바꿨다. 이 점 독자들의 이해가 있기를 바란다.

모택동이 젊어서부터 즐겨 읽은 책 중의 하나가 『수호지』라고 한다. 기실 이데올로기 부분을 빼면 『수호지』의 전반은 초기 홍군사(紅軍史)와 많이 닮아 있다. 소외되고 억눌린 영웅들의 이상향인 양산박은 모택동이 처음으로 몸을 일으켰던 정강산(井岡山)의 원형이다. 비록 양산박처럼 물을 두르고 있지는 않지만 정강산의 험한 산세를 의지해 모여든 전국의 자연발생적인 '공산비(共産匪)'들의 뒷날의 빛나는 홍군을 형성하기 때문이다.

하지만 또한 『수호지』에는 다른 어두운 측면도 있다.

중국 민간의 전설로, 『수호지』를 쓴 사람은 자손 오대가 눈이 멀거나 귀가 멀었다고 한다. 도둑을 상찬한 죄로 하늘의 벌을 받았다는 뜻인데 어느 정도는 수긍이 가는 데가 있다. 또 현대에 들어와서 『수호지』를 민중적인 또는 민중의 글로 해설하려는 경향이 있는데 거기에 대해서는 적잖은 거부감이 있다. 그러나 이 두 가지 점을 따져 보는 것은 책머리의 좁은 공간으로는 넉넉하지가 못하다. 그 부분은 뒷날 독립된 평문으로 따로이 쓸 작정이다.

그 밖에 처음 이야기를 엮기 시작할 때와는 다른 독자들의 강력한 요청이 있음에 대해서도 미리 말해 두는 게 좋겠다. 이왕 『수호지』를 시작했으면 거기에 관한 모든 것을 다 엮어 달라는 요청이 그것이다. 어쩌면 70회본 뒤의 나머지 50회와 『수호후전』 40회를 70회 정도로 엮어 『수호지』 후편을 낼지도 모르겠다.

하지만 이 이야기의 완결로는 이 70회본으로도 아무런 모자람이 없으리라 믿는다. 도둑은 도둑다워야 한다.

복중의 무더위 속에 이 책을 펴내느라 수고를 아끼지 않은 출판사 여러분에게 새삼 감사드린다.

1991년 8월

이문열

차례

1

일탈하는 군상

水滸誌

서장

천도(天道)는 멈추고 쉼이 없으니 세상일 또한 그와 같다. 가지런함은 얼크러져 어지러움이 되고 그 어지러움은 또 풀려 가지런함이 된다. 시끄러움은 고요함 속에서 자라나되 새로운 고요함을 낳고 스러진다.

송나라의 일어남도 그 같은 천도의 고리에서 벗어나지 못해 그 사백 년 치세 앞에는 오대십국(五代十國)의 난세가 있었다. 곧 당나라가 망하고 난 뒤의 오십 년 병화(兵火)와 전란의 세월이었다.

아침에는 양나라 땅	朝屬梁
저녁에는 진나라 땅	暮屬晋

이란 노래라든가,

주씨 이씨 석씨 유씨 곽씨	朱李石劉郭
후량 후당 후진 후한 후주	梁唐晋漢周
모두 합쳐 열다섯 황제	都來十五帝
어지러운 오십 년을 펼쳤네	播亂五十秋

같은 노래는 모두 오대십국의 난세를 말해 준다.

송나라 태조 무덕황제(武德皇帝) 조광윤(趙匡胤)이 태어난 때는 바로 그러한 난세의 끄트머리였다. 그를 숭앙하는 사람들은 상계(上界)의 벽력대선(霹靂大仙)이 땅으로 내려온 것이라 하며, 그가 태어날 때는 붉은빛이 하늘에 가득하고 기이한 향기가 여러 날 집 주위에 떠돌며 흩어지지 않았다고 한다.

씩씩하고 늠름하며 용맹스러운 데다 드물게 지혜와 도량까지 갖춘[英雄勇猛 智量寬洪] 조광윤은 먼저 군벌로 몸을 일으켜 후주(後周)의 절도사에 이른다. 그리고 다시 부하 장수들의 강력한 추대를 받고 후주의 시세종(柴世宗, 시영)에게서 천자의 자리를 물려받게 된다. 그 뒤 나라 이름을 대송(大宋)으로 고치고 변량(汴梁)에 도읍하니, 이로써 송나라 남북조 사백 년이 새로 열린다.

중국의 왕조 교체에서 자주 볼 수 있는 양위란 형식은 흔히 찬탈의 변형으로 이해되기 일쑤다. 하지만 송 태조 조광윤의 경우는 좀 달리 이해되어도 좋을 듯하다. 그 한 예가 진단(陳摶)이란 선비가 그 양위에 내린 평가다.

진단은 서악(西嶽)인 화산에 숨어 살던 이름난 선비였다. 도를 깊이 알고 덕이 높은 데다 풍운을 능히 살필 줄 아니 사람들은 그를 선생으로 높여 불렀다. 그 진단 선생이 하루는 나귀를 타고 산을 내려와 화음으로 가다가 길 가는 사람으로부터 시세종이 송 태조에게 제위를 물려준다는 말을 들었다. 그 말을 들은 진단 선생은 나귀 등 위에서 손으로 이마를 치며 크게 웃다가 나귀 등에서 떨어졌다. 사람들이 그토록 기뻐하는 까닭을 묻자 진단 선생은 말했다.

"천하의 일은 이로써 정해졌다. 이 일은 위로 하늘의 뜻에 맞고, 아래로 땅의 이치에 맞으며, 가운데로는 사람의 마음을 채워 주는 것이다. 어찌 기꺼워하지 않을 수 있겠느냐?"

송 태조는 경신년(庚申年)에 제위를 물려받아 나라를 연 뒤 십칠 년을 다스렸다. 그러다가 천하를 통일하는 데 공이 많은 아우에게 제위를 물려주니 이가 곧 송의 태종이다. 송 태종은 재위 22년에 진종(眞宗) 황제에게 천하를 물려주고, 진종은 다시 인종(仁宗) 황제에게 제위를 넘겨주었다. 나라 안팎으로 전혀 근심거리가 없던 것은 아니었으나 송으로서는 전성기라 일컬을 만한 시대였다. 그러나 이 또한 천도의 흐름일까, 인종 때에 이르자 태평하던 송의 천하에도 이상한 조짐이 일기 시작했다.

전하기는 인종 황제도 상계에서는 적각대선(赤脚大仙)이었다고 한다. 어쩌다가 인간의 몸을 빌려 태어나게 되었는데, 무슨 까닭인지 태어나자마자 울기 시작해서 밤낮으로 울음을 그치지 않았다.

놀랍고 걱정이 된 조정은 널리 황방(黃榜, 누른 종이에 쓴 천자의 고지문)을 붙여 어린 태자의 괴이한 증세를 고쳐 줄 의원을 구했다. 그 정성에 감동한 하늘은 태백금성(太白金星)을 한 늙은이로 변하게 해 땅으로 내려보냈다. 그 늙은이는 곧바로 황방이 붙어 있는 곳으로 가서 큰 소리로 말했다.

"내가 태자의 병을 고칠 수 있소이다. 안내해 주시오."

황방을 지키고 있던 관원은 곧 그 늙은이를 궁궐로 데려가 진종 황제를 뵙게 했다. 천자는 반가이 그 늙은이를 받아들인 뒤 내원으로 들여보내 태자의 병을 살펴보라 했다.

내원에 들어간 늙은이는 곧장 태자에게 다가가 태자를 안아 올리더니 그 귓가에 몇 마디를 소곤거렸다. 그런데 이상한 일이 벌어졌다. 그때껏 밤낮으로 울음을 그치지 않던 태자가 갑자기 울음을 그치고 방긋 웃었다. 그 신기한 광경을 본 관원들은 늙은이에게 다가가 이름을 물었다. 그러나 그 늙은이는 끝내 이름을 밝히지 않고 홀연 한 줄기 맑은 바람이 되어 사라지고 말았다. 세상에 알려지기로 그 늙은이가 한 말은 이랬다고 한다.

"글로 하는 일에는 문곡성(文曲星, 음양 술수가들이 길흉 판단에 중시하는 아홉 별 중의 네 번째 별)이 있고, 싸우는 일에는 무곡성(武曲星, 아홉 별 중 전쟁을 주관한다는 여섯 번째 별)이 있을 것입니다."

곧 태백금성의 화신인 그 노인은 장차 하늘이 문곡성과 무곡성을 인간으로 내려보내 태자의 치세를 도울 것임을 일러 준 셈이었다. 그리고 뒷날 천하를 다스릴 일이 걱정되어 밤낮으로 울던 어린 태자는 그 말에 안심하고 울음을 그친 것이라 한다.

문곡성은 나중에 개봉부 용도각(龍圖閣) 대학사를 지낸 포증(包拯)이요, 무곡성은 서하국(西夏國)을 정벌한 대원수 적청(狄靑)이었다. 이 두 어진 신하가 인종을 보필하니 인종은 재위 42년 동안 아홉 번이나 연호를 바꿔 가며 평온히 천하를 다스렸다.

그중에서도 천성(天聖) 원년으로부터 아홉 해와 명도(明道) 원년부터 황우(皇祐) 3년까지의 아홉 해, 그리고 황우 4년부터 가우(嘉祐) 2년까지의 아홉 해를 합쳐 이십칠 년은 이른바 '삼등지세(三登之世)'라 하여 인종 치세의 황금기였다. 천하는 태평하고 오곡은 풍성하였으며 백성들은 각기 즐겁게 그 생업에 힘썼다. 땅에 값진 것이 떨어져도 줍는 사람이 없었고, 밤이 되어도 사립문을 닫아거는 일이 없을 정도였다.

그러다가 가우 3년 봄에 접어들면서 그 태평세월에도 그늘이 끼기 시작했다. 갑자기 염병이 널리 퍼져, 아래로는 강남으로부터 위로는 장안, 낙양에 이르기까지 그 병이 돌지 않는 곳이 없게 된 까닭이었다. 곳곳에서 위급을 알리는 문서가 날아드니, 마치 도성 안에 눈발이 날리는 듯하였다.

하지만 도성인 동경도 그 염병에서 무사하지 못해 군사와 백성들의 태반이 쓰러지는 판이었다. 개봉부를 맡아 다스리면서 포청천(包靑天)으로 더 잘 알려진 포증은 몸소 혜민화제국(惠民和濟局, 오늘날의 국립병원 같은 의료기관)에 나와 처방을 내리고, 봉록과 사재를 털어 약을 나눠 주며 백성들을 구하려 애썼다. 그러나 그 같은 노력에도 불구하고 염병은 점점 널리 퍼져 나가기만 했다.

마침내 그 일을 더 숨길 수 없게 된 문무(文武)의 벼슬아치들은 대루원(待漏院)에 모여 천자께 사실을 아뢰기로 뜻을 모았다. 바로 그날 가우 3년 3월 3일 오경쯤 하여 자신전(紫宸殿)에 자리 잡은 천자는 백관의 하례를 받은 뒤 전두관(殿頭官)을 통해 말했다.

"아뢸 일이 있으면 나와 아뢰시오. 아니면 발을 걷고 조회를 마치겠소."

그러자 재상 조철(趙哲)과 참정(參政) 문언박(文彦博)이 나란히 나와 아뢰었다.

"지금 도성과 지방에는 염병이 크게 일어 죽고 앓는 백성이 매우 많습니다. 엎드려 바라건대 폐하께서는 죄지은 이를 풀어 주고 널리 은덕을 베푸시며 형벌이 그릇되지 않았나를 살피시고 세금을 덜어 주옵소서. 그리고 하늘에 이 재난이 없어지기를 비시어 온 백성을 구해 주옵소서."

그 말을 들은 천자는 선뜻 그들의 뜻을 받아들였다. 그 자리에서 한림원에 명을 내려 천하의 모든 죄수를 풀어 주고 백성들의 세금을 면제한다는 칙서를 짓게 하는 한편, 장안의 모든 절과 도관(道觀)에 그 같은 재앙을 없애 주기를 하늘에 빌게 했다.

하지만 그 같은 조처에도 불구하고 그해가 다 가도록 염병은 숙질 줄 몰랐다. 이에 근심이 더욱 커진 천자는 다시 모든 벼슬아치들을 모아 놓고 물었다.

"일전에 경들이 청한 바대로 모두 시행하였으나 괴질이 가라앉지 않으니 이제 어찌했으면 좋겠소?"

그 물음이 떨어지자 줄지어 선 벼슬아치들 중에서 한 대신이 나왔다. 천자가 보니 참지정사(參知政事)인 범중엄(范仲淹)이었다. 천자께 절을 올리고 몸을 일으킨 범중엄이 목소리를 가다듬어 아뢰었다.

"지금 천재(天災)가 널리 퍼져 백성들은 도탄에 빠진 채 아침에 죽을지 저녁에 죽을지 모르는 지경에 있습니다. 신의 어리석은 생각으로는 하늘에 기도를 올리되, 사한천사(嗣漢天師, 한나라 때부터 내려온 법통을 이은 도교의 최고위 수장)를 청해 삼천육백분(三千六百分) 나천대초(羅天大醮, 도교에서 가장 규모가 큰 제례)로 올렸으면 합니다. 금원(禁苑)에다 그 제단을 쌓고 옥황상제께 빌면 지금 민간에 돌고 있는 몹쓸 병을 물리칠 수 있을 것입니다."

다급한 천자는 그런 범중엄의 말에 한 가닥 기대를 걸었다. 그 자리에서 그의 뜻을 받아들여 한림학사에게 조서 한 통을 짓게 한 뒤 몸소 붓을 들고 썼다. 그런 다음 전전태위(殿前太尉) 홍신(洪信)이란 사람을 뽑아 사자로 삼고 궁궐에서 쓰는 좋은 향 한 묶음과 함께 몸소 쓴 조서를 내주며 명했다.

"경은 이것들을 가지고 강서 신주(信州)의 용호산(龍虎山)으로 가라. 거기서 사한천사 장 진인을 뵙거든 짐의 조서를 전하고, 하루빨리 이곳으로 와서 하늘에 빌어 주기를 청하라."

천자의 그 같은 명을 받은 홍신은 곧 그 앞을 물러나와 길 떠날 채비를 했다. 조서는 몸에 감추고 향은 그릇에 담았으며 부릴 사람도 여남은 명 골랐다. 그리하여 모든 채비가 갖춰지자 홍신은 포마(鋪馬, 역마)에 오르고 따르는 사람들은 걸어서 동경을 떠났다.

지름길을 골라 강서로 떠난 그들 일행은 하루도 안 되어 신주에 이르렀다. 신주의 높고 낮은 관원들은 성 밖까지 나와 천자의 사자를 맞아들였다. 그리고 홍신이 거기까지 온 까닭을 알자 얼른 사람을 용호산 상청궁(上淸宮, 도가의 사원 격)으로 보내 그곳의 주지와 도중(道衆)들에게 천자의 조서를 받을 채비를 하게 했다.

다음 날 일찍 길을 떠난 홍 태위와 신주의 관원들은 오래잖아 용호산 아래에 이르렀다. 전날 이미 기별을 받은 상청궁의 도사들이 모두 산을 내려와 천자가 보낸 사자를 받들었다. 종을 울리고 북을 치고 향을 사르고 촛불을 밝히고 갖가지 깃발과 비단 해가리개를 펼친 가운데 선악(仙樂)까지 갖춰 예를 다한 영접이었다.

그들의 인도로 산에 오른 홍 태위는 상청궁 앞에서야 말에서 내렸다. 거기 나와 있던 주지와 하급의 도동(道童)들이 앞서거니 뒤서거니 다시 길을 안내했다.

삼청전으로 모셔 올린 그들이 단조(丹詔, 천자가 붉은 종이에 직접 써서 내린 조서)를 받들기를 청할 무렵 홍 태위가 감궁진인(監宮眞人, 도관의 살림을 맡아 보는 도사)에게 물었다.

"천사(天師)께서는 지금 어디 계시오?"

그러자 주지인 도사가 앞쪽을 가리키며 말했다.

"태위님께서도 아시겠지만, 지금 조사(祖師)께서는 허정천사(虛靖天師)로 불리시는데 성품이 워낙 깨끗하고 드높은 것을 좋아하셔서 사람을 맞고 보내는 일을 귀찮게 여기십니다. 그래서 용호산 꼭대기에 띠 집[茅屋] 한 칸을 얽고 도를 닦으시는 까닭에 지금 상청궁 안에는 계시지 않습니다."

"하지만 이제 천자께서 조서를 내리시어 그분을 찾고 계시오. 어떻게 하면 진인을 만날 수 있겠소?"

홍 태위가 다시 그렇게 묻자 주지가 난감한 듯 머뭇거리다 대답했다.

"아뢰기 어려우나 조서는 우선 삼청전에 모시지요. 저희로서도 감히 그 조서를 열어 볼 수 없습니다. 하지만 그런 다음 제 방으로 가셔서 차라도 드시면서 다시 의논하다 보면 좋은 길도 있을 것입니다."

이에 홍 태위는 하는 수 없이 그 말을 따랐다. 먼저 조서를 삼청전에 모셔 올린 뒤 여러 관원들과 함께 주지의 방[方丈]으로 갔다.

태위가 자리를 정하고 앉자 도관에서 부리는 사람들이 차를 내왔다. 이어 재(齋)를 올리는데 물과 뭍에서 나는 여러 제물을 고루 갖춘 정성 들인 것이었다.

재가 끝난 뒤 태위가 다시 진인에 대해 물었다.

"천사께서 산 위 암자에 계신다면 어찌 사람을 보내 알리지 않으시오? 어서 내려오시게 하시어 폐하의 조서를 열어 보게 해야 하지 않겠소?"

"저희 조사께서 산 위에 계신 건 사실이나 도가 높으시어 안개를 몰고 구름을 일으키실 지경이라 그 자취를 찾기가 쉽지 않습니다. 저희들이 직접 올라가도 뵙기 어려운데 어떻게 사람을 보내 내려오시기를 청할 수 있겠습니까?"

주지가 여전히 자신 없게 대답했다. 답답해진 홍 태위가 이번에는 따지듯 물었다.

"그렇다면 어떻게 해야 뵈올 수 있단 말이오? 지금 온 나라에 염병이 크게 돌아 천자께서 특히 나를 이곳에 보내신 것이오. 붉은 종이에 몸소 쓰신 조서와 궁궐에서 쓰는 용향(龍香)을 내리시면서 천사를 모셔 오라 하셨소. 삼천육백분 나천대초로 천재를 물리쳐서 온 백성을 구하시고자 하는 뜻이외다. 그런데 일이 이러하니 도대체 어찌했으면 좋겠소?"

그러자 주지도 할 수 없다는 듯 말하기를 미뤄 오던 방도를 일러주었다.

"만민을 구하시려는 폐하의 뜻을 받드는 길은 태위께서 지극한 정성을 보이시는 수밖에 없을 듯합니다. 목욕재계하시고 깨끗한 옷으로 갈아입으신 다음 몸소 올라가 보도록 하십시오. 따르는 사람 없이 조서는 등에 지고 폐하께서 내리신 향은 향로에 사르며 걸어가 산 위로 오르시는 것입니다. 그리고 예를 갖춰 절을 올리신 뒤에 간곡히 청한다면 저희 조사께서 들어주실 것입니다. 하지만 만약 마음으로 정성을 다하지 않는다면 산꼭대기까지 가도 헛걸음이 될 뿐 저희 조사를 뵙기는 어렵습니다."

태위는 은근히 속이 틀렸으나 받은 명이 워낙 지엄한 것이라 주지의 말을 따르지 않을 수 없었다. 애써 좋은 낯빛을 지으며 대꾸했다.

"그건 염려 마시오. 이미 도성을 떠날 때부터 음식까지 가려 먹으며 여기까지 온 사람이 어떻게 정성이 모자랄 리 있겠소? 일이 꼭 그렇다면 주지의 말씀을 따라 내일 아침 일찍 산에 오르도록 하겠소."

그제야 주지도 무거운 짐을 벗은 사람마냥 밝은 얼굴로 태위에게 쉬기를 권하고 물러갔다.

다음 날 도사들은 새벽부터 향내 섞인 목욕물을 데워 놓고 홍 태위를 깨웠다. 그리고 태위가 목욕을 마치자 관복과 가죽신 대신 백성들이 입는 옷과 짚신을 한 벌 내왔다. 그뿐만이 아니었다. 특히 정하게 만든 음식으로 아침을 때우고 나니, 이번에는 누른 비단 보자기에 싼 조서를 등에 매어 주었다. 그리고 다시 은으로 된 향로 하나를 내주며 말했다.

"이 향로에 천자께서 내리신 향을 피우며 두 손으로 받들고 올라가도록 하십시오. 올라가시는 동안 내내 향불이 꺼져서는 아니 됩니다."

삼공(三公, 나라의 세 고위직. 송나라 때는 태위, 사공, 사도였음)의 한 사람으로서는 채신없는 몰골이었으나, 홍 태위는 묵묵히 도사들이 시키는 대로 따랐다. 도사들은 그런 태위를 뒷산 아래까지 배웅하며 산 위로 오르는 길을 알려 주었다. 태위가 막 산으로 오르려는데 주지인 도사가 다시 당부했다.

"태위께서 온 백성을 구하실 뜻이 있다면 부디 물러나거나 후회하는 마음을 먹지 않도록 하십시오. 오직 정성으로 올라가는 데에만 힘을 다하도록 하십시오."

이에 태위도 한 번 더 마음을 다잡아 먹고 도사들과 작별한 뒤 연신 천존(天尊, 도가의 최고 신)들의 이름을 되뇌며 산을 올랐다.

혼자 바위 언덕을 돌고 칡넝쿨을 헤치며 산등성이 서넛을 넘었을 때였다. 문득 거기서 길이 여러 갈래로 갈라져 어디로 가야 할지를 알 수 없었다. 거기다가 다리는 아프고 입이 떼어지지 않을 지경으로 몸도 피곤하니 절로 망설임이 생겼다. 그 망설임이 곧 불평이 되어 태위는 마음속으로 중얼거렸다.

'나는 조정의 높은 벼슬아치로서 좋은 옷 맛난 음식에 편하게 지내 왔다. 그런데 이게 무슨 꼴이냐? 짚신에 향로를 싸 받들고 이렇게 험한 산길을 헤매다니……. 차라리 아랫것들한테 시킬 걸 잘못했구나.'

그러나 이미 내친걸음이라 다시 걷기 시작했다. 한 사오십 걸음쯤 걸었을까, 그새 숨이 가빠 와서 헐떡이고 있는데 움푹한 산그늘에서 갑자기 한 줄기 기분 나쁜 바람이 일었다. 이어 한 소나무 뒤에서 천둥소리 같은 으르렁거림이 들리더니 큰 호랑이 한 마리가 땅을 박차고 뛰어올랐다. 화경(火鏡) 같은 두 눈에 이마는 희고 털은 비단결 같았다.

홍 태위는 깜짝 놀랐다. 자기도 모르게 비명을 내지르고 펄쩍 뛰어올랐다가 그대로 땅바닥에 자빠졌다. 호랑이는 그런 홍 태위를 노려보며 좌우로 한 바퀴 빙 돌더니 한 차례 무섭게 울부짖은 뒤에 몸을 날려 산언덕 아래로 사라져 버렸다.

하지만 호랑이가 사라진 뒤에도 나무뿌리를 베고 쓰러진 홍 태위는 일어날 줄 몰랐다. 서른여섯 개 아래윗니는 서로 마주쳐 덜덜거리고 가슴속은 절구질이라도 하는 듯 쿵덕거렸다. 몸은 바람맞이에 선 삼대처럼 떨고 두 다리는 싸움에 져 쓰러진 닭처럼 푸들거렸으며 입에서는 괴로운 신음 소리가 잇따라 터져 나왔다.

그러던 홍 태위가 겨우 정신을 가다듬은 것은 호랑이가 사라지고도 뜨거운 차 한잔을 마실 만한 시간이 지난 뒤였다.

땀에 흠뻑 젖은 몸을 간신히 추슬러 일으킨 홍 태위는 먼저 땅에 엎질러진 향로부터 수습했다. 한번 얼이 빠지기는 했어도 아직은 천자에게서 받은 명이 무거워 향불을 붙여 들고 다시 산을 오르기 시작했다. 그러나 몇 발짝도 걷기 전에 또 불평과 원망이 일기 시작했다.

'황제께서 간절하신 뜻으로 나를 뽑아 이리 보냈는데 나를 이토록 놀라게 할 수 있단 말이냐…….'

아무래도 조금 전의 호랑이가 예사 호랑이가 아닌 듯해 속으로 해 본 소리였다. 그런데 미처 그런 중얼거림이 다 끝나기도 전이었다. 갑자기 한 줄기 기분 나쁜 바람이 이는가 싶더니 무언가 독한 기운이 자신에게로 덮쳐 오는 듯한 느낌이 들었다. 태위는 또 무슨 일인가 싶어 놀란 눈으로 그쪽을 보았다. 산기슭의 대나무와 칡넝쿨이 흔들리면서 불길한 땅울림 소리가 들리더니 굵기는 절구통만 하고 희기는 눈꽃 송이 같은 큰 뱀 한 마리가 기어 나왔다.

다시 놀라 얼이 빠진 태위는 자신도 모르게 향로를 내던지고 숨넘어가는 소리를 내질렀다.

"이제 나는 죽었구나!"

그러고는 비쭉한 바위 곁에 자빠져 버렸다. 뱀이 슬금슬금 그 바위로 기어 오더니 홍 태위를 쏘아보는데 두 눈에서 금빛이 번쩍이는 것 같았다. 그뿐만이 아니었다. 갑자기 큰 입을 벌려 혀끝을 널름거리는데 거기서 뿜어 나오는 독기가 바로 홍 태위의 뺨에 느껴졌다.

홍 태위는 놀라 삼혼(三魂) 칠백(七魄)이 다 들끓고 흩어져 버리는 것 같았다. 하지만 그 뱀도 홍 태위를 해칠 뜻은 없는 듯했다. 한번 훑어본 것으로 그뿐, 곧 똬리를 풀고 산 아래로 기어 내려가 골짜기 속으로 사라져 버렸다. 겁에 질려 땅바닥을 설설 기듯 하던 태위가 겨우 정신을 차리고 중얼거렸다.

“휴우! 살긴 살았다만, 나를 아주 놀라 죽게 할 작정이구나…….”

그리고 자신을 돌아보니 물에 불은 국수 가락 같은 몰골이었다. 거기다가 큰 짐승들이 두 번이나 크게 놀라게 했을 뿐 해치지는 않은 것으로 보아 산 위에 있는 도사의 장난 같다는 생각이 들자 절로 욕설이 튀어나왔다.

“이눔의 늙은이가 너무 무례하구나. 나를 감히 희롱하다니. 이토록 놀라게 만들고도 산 위에서 저를 찾지 못한다면 내려가서 보자. 내 반드시 가만있지 않겠다!”

하지만 어디까지나 할 일은 해야 했다. 다시 옷매무새를 고친 뒤 엎질러진 향로를 주워 들고 산을 오르기 시작했다.

그런데 몇 발짝 옮기기도 전에 저쪽 소나무 뒤에서 은은하게 피리 부는 소리가 들려왔다. 피리 소리가 점점 가까이 다가와 태위는 그쪽으로 눈길을 모았다. 한 도동(道童)이 황소를 거꾸로 타고 한 자루 쇠 피리를 비껴 불면서 다가오고 있었다. 그 도동이 보일 듯 말 듯한 미소를 지으며 앞을 지나가려 할 즈음 그때껏 말없이 살피기만 하고 있던 태위가 그를 불러 세웠다.

"얘, 너 어디서 오는 길이냐? 혹시 나를 알아보겠느냐?"

태위는 그 소년도 여느 사람 같지 않아 그렇게 물어보았다. 산 위의 도사가 보낸 심부름꾼일지도 모른다는 생각에서였다. 그러나 소년은 눈길 한번 주는 법 없이 피리만 불 뿐이었다. 그러다가 태위가 거듭 같은 물음을 되풀이하자 갑자기 피리를 거두고 껄껄 웃었다.

"당신이 여기 온 것은 천사님을 뵙기 위해서가 아니오?"

짐작은 했어도 도동이 그렇게 대꾸하자 태위는 몹시 놀라 되물었다.

"너는 한낱 소 치는 아이로서 어떻게 그걸 알았느냐?"

도동이 여전히 웃으며 대꾸했다.

"나는 일찍부터 산의 암자에서 천사님을 뫼시었소. 오늘 아침 천사께서 말씀하시기를 '천자께서 홍 태위란 사람을 뽑아 조서와 향을 지워 이 산으로 보내실 것이다. 나를 동경성으로 불러 삼천육백분 나천대초를 올림으로써 천하에 널리 퍼진 염병을 없애시려는 뜻이다. 허나 일이 급하니 사자가 오기를 기다리고 있을 틈이 없구나. 당장 학을 타고 구름처럼 다녀와야겠다.'라고 하셨습니다. 지금 가 봤자 천사께서는 암자에 계시지 않을 것이니 산을 그만 오르시지요. 이 산중에는 사나운 짐승들이 많아 공연히 목숨만 잃으실까 두렵습니다. 목숨을 보존하시려면 이만치에서 그만두고 산을 내려가는 게 좋을 것입니다."

그 말을 들은 태위는 힘이 쭉 빠졌다. 하는 수 없이 향로를 받쳐 들고 올라온 길로 되돌아 내려갔다.

산 밑 상청궁에 이르니 여러 도사들이 태위를 맞아들여 다시 주지의 방으로 모셨다. 서로 마주 앉기 바쁘게 주지 진인이 태위에게 물었다.

"그래, 천사를 뵈었습니까?"

태위가 좋지 않은 심기를 그대로 드러내며 말했다.

"나는 조정에서 결코 낮은 벼슬아치가 아니건만 어찌 산길을 헤매게 하여 이토록 고초를 당하게 하신단 말씀이오? 고초뿐만 아니라 하마터면 목숨까지 잃을 뻔하였소. 산을 반도 오르기 전에 큰 호랑이 한 마리가 뛰어나와 사람의 얼을 다 빼 놓고, 거기서 산굽이 하나 돌기도 전에 다시 희고 큰 뱀 한 마리가 똬리를 틀고 길을 막았소이다. 하늘이 내게 내린 복이 크지 않았던들, 내가 무슨 수로 목숨을 건져 도성으로 돌아갈 수 있었겠소이까? 이는 모두 여러 도사들이 이 하찮은 벼슬아치를 놀린 것임에 분명하오!"

"저희들이 감히 조정의 대신을 가볍게 여길 수 있겠습니까? 아마도 그것은 저희 조사께서 태위님의 정성을 떠보신 듯합니다. 비록 이 산에 호랑이와 큰 뱀이 있긴 하나 사람을 해치는 일은 없습니다."

주지인 진인이 변명하듯 그렇게 대꾸했다. 그래도 태위는 표정을 풀지 않고 다시 말했다.

"그렇다면 이건 또 무슨 경우요? 죽은 듯이 엎드렸던 내가 다시 산을 오르려는데 소나무 곁에서 소를 탄 도동 하나가 쇠 피리를 불며 나왔소. 내가 그에게 나를 알아보겠느냐고 묻자 그 도동은 벌써 알고 있다고 합디다. 그리고 다시 말하기를 천사께서는 벌써 학을 타고 동경성으로 떠났다는 거요. 그래서 할 수 없이 산을 내려오고 말았소만 아무래도 이건 옳은 대접이 못 되는 것 같소!"

그러자 진인이 갑자기 빙긋 웃으며 태위의 말을 받았다.

"그렇지 않습니다. 태위께서는 안타깝게도 잘못 보셨습니다. 그 도동이 바로 천사님이십니다!"

"그 도동이 바로 천사라구? 그렇다면 그 모습이 왜 그리 초라하고 어리단 말씀이오?"

태위가 믿을 수 없다는 듯 되물었다. 진인이 웃음을 거두며 까닭을 일러 주었다.

"저희 조사께서 바로 그 아이는 아닙니다만, 연세는 많지 않습니다. 그러나 도행(道行)은 남달라서 그 아이처럼 얼굴 모습을 바꿀 수도 있고, 한꺼번에 여러 곳에 나타나실 수도 있습니다. 하도 영험하시어 세상 사람들은 저희 조사를 도통천사(道通天師)라 부르기도 하지요."

그제야 태위는 자신이 천사를 너무 작고 가볍게 보았음을 깨달았다.

"내가 눈이 있으면서도 오히려 조사를 알아보지 못했구려. 뻔히 마주 보면서도 몰라 뵈었으니 정말 부끄럽소이다."

그렇게 한탄 섞어 뉘우쳤다. 진인이 그런 태위를 위로했다.

"그러나 오신 일에 대해서는 마음 놓으십시오. 이미 조사께서

가셨으니 태위님이 동경으로 돌아가실 무렵에는 이미 조사께서 초제를 다 마치셨을 겁니다."

그 말을 듣자 태위도 겨우 마음이 놓였다. 주지는 한편으로는 잔치를 열어 태위와 그를 따라온 관원들을 대접하고 다른 한편으로는 단서(丹書, 천자가 쓴 조서)를 어서갑(御書匣)에 넣어 삼청전에 모신 뒤 그 앞에 천자가 내린 용향을 피워 올렸다.

그날 저녁 주지 진인은 큰 재를 올린 뒤 다시 잔치를 열고 태위 일행과 마시고 즐겼다. 그러다가 밤이 늦어서야 자리를 파하고 손님을 잠자리로 안내했다.

다음 날이었다. 아침 식사가 끝나자 도관을 둘러보기를 마친 주지가 태위에게 권했다.

"이왕 오신 김에 저희 산이나 두루 돌아보고 하루를 즐기시지요."

밤새 마음이 풀린 태위는 기꺼이 거기 응했다. 곧 수많은 관원들을 뒤딸린 채 걸어서 방장실(方丈室)을 나섰다. 태위 앞에서는 두 도동이 길잡이가 되어 상청궁 앞뒤의 여러 볼만한 경치들을 즐길 수 있게 해 주었다.

삼청전에는 값지고 귀한 것들이 이루 다 말할 수 없을 만큼 많았다. 그리고 그 좌우에는 여러 전각들이 펼쳐져 있는데 왼쪽으로는 구천전(九天殿), 자미전(紫微殿), 북극전(北極殿)이요, 오른쪽으로는 태을전(太乙殿), 삼관전(三官殿), 구사전(驅邪殿)이었다. 그 모든 곳을 둘러보고 오른쪽 낭하 뒤에 이르렀을 때였다. 그런 전각들과 좀 떨어진 곳에 선 한 전각이 문득 홍 태위의 눈길을 끌었다.

전각은 붉은색 진흙 담을 두르고 있었는데 앞에는 새빨간 빗대를 둘씩이나 두른 대문이 나 있었다. 그중에서도 무엇보다 태위의 눈길을 끄는 것은 그 대문이었다. 문 위에는 커다란 자물쇠가 채워져 있고, 그 위에 다시 수십 장의 봉피(封皮, 봉함을 표시하는 띠지 또는 철판)가 덧붙여져 있는데, 그것도 모자라는지 봉피 위에는 여기저기 붉은 도장이 찍혀 있었다. 하도 엄하게 봉해 둔 문이라 슬며시 호기심이 인 태위는 대문 위의 편액을 살펴보았다. 붉은 바탕에 검은 글씨로 '복마지전(伏魔之殿)'이라 써 놓은 게 눈에 들어왔다.

"이 전각은 어떤 곳이오?"

태위가 손가락으로 그 전각을 가리키며 물었다. 진인이 대수롭지 않다는 얼굴로 대답했다.

"이곳은 옛적의 조사님께서 못된 귀신들을 잡아 가두어 두신 곳입니다."

"그런데 어째서 문 위에 저토록 많은 봉피를 덧붙여 두었소?"

한층 호기심이 커진 태위가 다시 물었다. 이번에도 주지 진인은 별생각 없이 대답했다.

"저기에는 윗대 조사인 대당(大唐)의 통현국사(洞玄國師)께서 잡아 가두신 못된 귀신의 우두머리가 갇혀 있지요. 국사께서는 제1대 천사께 이 궁을 물려주실 때 몸소 저 전각의 대문에 봉피를 하시고 말씀하셨답니다. '앞으로 대가 바뀌더라도 함부로 이 문을 열게 하지 마라. 여기 갇힌 못된 귀신들이 달아나는 날이면 세상을 크게 해칠 것이다.' 그래서 그 뒤 8, 9대나 조사가 바뀌었지만 어느 분도 함부로 열지 못했습니다. 오히려 구리를 녹여 자물쇠에 붓고, 봉피를 더하였을 뿐이니 저 안에 무슨 일이 있는지 누가 알겠습니까? 저도 이 상청궁에 들어온 지 삼십 년이 넘습니다만 그저 들어서 알 뿐입니다."

그 말을 듣자 홍 태위는 놀랍고도 괴이쩍었다. 그게 처음의 호기심과 겹쳐 그를 부추겼다.

'나도 못된 귀신이 있다는 얘기는 들었지만 본 적이 없다. 이번에 한번 봐야겠구나…….'

가만히 그렇게 마음을 정한 홍 태위는 짐짓 엄한 표정을 지으며 주지 진인에게 말했다.

"이 문을 여시오. 못된 귀신의 우두머리[魔王]가 어떻게 생겼는지 봐야겠소."

그제야 놀란 진인이 태위를 말렸다.

"안 됩니다. 이 전각은 결코 함부로 열어서는 안 됩니다. 윗대 조사들께서 엄중히 경고하시기를 뒷날의 누구도 함부로 이 문을 열지 말라 하셨습니다."

"쓸데없는 소리! 그대들이 요망스럽고 괴상한 일을 꾸며 어리석은 백성들을 홀리려고 이 전각을 지었을 것이오. 못된 귀신의 우두머리를 잡아 가두었느니 어쨌느니 하며 그대들의 도술을 돋보이게 하려고 말이오. 나도 책이라면 남 못지않게 읽어 보았지만, 일찍이 귀신을 잡아 가두는 법이 있다는 구절은 본 적이 없소. 귀신의 일은 이 세상 저쪽의 것인즉, 나는 여기에 그런 귀신의 우두머리가 갇혀 있다는 말을 믿지 못하겠소. 만약 그대들의 주장이 옳다면 어서 문을 열어 내게 그 귀신을 보여 주도록 하시오."

홍 태위는 비웃음까지 섞어 진인을 그렇게 몰아붙였다. 당황한 진인은 갖은 말로 홍 태위를 말리려고 애썼다.

"만약 이 문을 열었다가 잘못되면 크게 해로운 일이 벌어지게 됩니다. 그 일로 세상 사람들이 상할까 봐 걱정입니다. 부디 분부를 거두어 주십시오."

하지만 소용이 없었다. 대여섯 차례나 청해도 진인이 그냥 뻗대자 홍 태위가 마침내 성을 냈다. 갑자기 험악해진 얼굴로 여러 도사들을 손가락질하며 꾸짖듯 소리쳤다.

"만약 너희들이 이 전각을 열어 내게 속을 보여 주지 않는다면 나도 생각이 있다. 조정에 돌아가면 나는 먼저 너희들이 천자의 조서를 가로막고 그 뜻을 어겨, 나로 하여금 천사를 만나지 못하게 한 죄를 아뢸 것이다. 그리고 그다음으로 너희들이 이따위 전각을 지어 놓고 귀신을 잡아 가두었느니 어쨌느니 하며 백성들을 홀리려 한 죄를 아뢸 것이다. 그리하면 너희들은 잘해야 도첩(度牒)을 빼앗기고 내쫓기는 신세가 될 것이요, 심하면 얼굴에 먹자를 넣고 먼 시골로 유배당하는 벌을 받을 것이다!"

실로 두려운 협박이었다. 마침내 태위의 위세에 눌린 도사들은 그 뜻을 받아들였다. 먼저 대장장이를 불러 봉피를 뜯게 하고 이어 큰 쇠망치로 자물쇠를 부수었다.

간신히 열린 문으로 우르르 들어가 보니 전각 안은 온통 칠흑 같은 어둠이라 아무것도 뵈는 게 없었다. 이에 홍 태위는 데리고 간 사람들을 시켜 수십 개의 횃불을 붙이게 했다.

수십 개의 횃불이 일시에 밝혀지자 비로소 전각 안의 광경이 눈에 들어왔다. 물건이라고는 아무것도 없는데, 오직 비석 하나가 전각 가운데 서 있는 게 보였다. 높이 대여섯 자에 거북 모양의 대석(臺石)에 얹혀진 것으로 절반은 전각 바닥의 흙 속에 파묻혀 있었다.

횃불을 비추어 보니 비석 앞면에는 용 같은 옛 글자들이 새겨져 있었다. 천서(天書)나 부록(符籙)인 듯한데 아무도 그 내용을 알아볼 수 없었다.

사람들은 다시 비석 뒤로 몰려갔다. 거기에는 알아볼 수 있는 글자 네 자가 쓰여 있는데 읽어 보니 '우홍이개(遇洪而開)'였다. 그걸 살펴보던 홍 태위가 몹시 기쁜 얼굴로 도사들에게 말했다.

"그대들은 나를 말렸지만, 보시오. 벌써 몇백 년 전에 이미 내 이름을 여기에 새겨 놓지 않았소? '우홍이개' 곧 '홍을 만나서 열린다' 함은 바로 나 홍 아무개가 이곳에 와서 열 것임을 미리 적어 둔 게 아니고 무엇이오? 그런데도 아직 나를 막으려 드시겠소?"

홍 태위는 그렇게 말해 놓고 다시 자신 있게 이었다.

"내 생각에 이른바 귀신의 우두머리가 갇힌 곳은 이 비석 아래일 것 같소. 그대들은 대장장이뿐만 아니라 괭이와 삽을 든 인부까지 구해 오도록 하시오. 이곳을 한번 파헤쳐 봐야겠소."

그러나 주지 진인은 아직도 선대의 가르침을 더 믿고 있었다. 황망히 그런 태위를 말렸다.

"이곳을 파서는 안 됩니다. 그 일로 세상 사람들을 해치게 되면 어찌하실 작정입니까?"

"무슨 소리요? 그대들도 한번 생각해 보시오. 이 비석 위에 분명히 내가 와서 열 것이라 쓰여 있는데 어찌 막으려 드신단 말이오? 어서 빨리 사람을 불러 파헤쳐 보도록 합시다."

태위가 또다시 성을 내어 소리쳤다. 진인이 이번에도 여러 번 되풀이하여 좋지 못한 일이 생길 것이라 경고하며 말렸으나 소용없었다. 태위는 사람을 불러 그 비석을 쓰러뜨리고 돌 거북을 파내게 했다.

돌 거북은 거의 반나절이나 파 들어가서야 겨우 캐낼 수 있었다. 그 돌 거북을 들어내게 한 태위는 계속해 그 밑으로 파 들어가게 했다. 다시 한 서너 자쯤 파 들어가자 이번에는 사방이 한 길이나 되는 청석(靑石)판이 나왔다.

"이걸 들춰 보아라."

홍 태위가 일하는 사람들에게 호기롭게 명했다. 두려운 눈길로 일이 되어 가는 양을 보고 있던 주지 진인이 다시 한번 홍 태위를 깨우쳐 주었다.

"그걸 파내서는 안 됩니다. 부디 다시 한번 윗대 조사 분들의 뜻을 헤아려 주십시오."

그러나 홍 태위는 기어이 사람들을 몰아 그 청석판을 들추게 했다. 여럿이 힘을 합쳐 그 청석판을 들추자 그 아래는 깊이를 알 수 없는 땅굴이 있었다.

홍 태위는 사람들을 헤치고 그 땅굴 어귀에 서서 안을 들여다보았다. 캄캄한 어둠 속에서 한 번도 들어 본 적 없는 기괴한 소리만 울려왔다. 옛적 반고씨(盤古氏)가 큰 도끼로 우주의 벽을 허물 때에 났음 직한 소리와 수천만의 귀신이 어우러져 울부짖는 소리가 합쳐진 듯한 그런 소리였다.

으스스해진 태위가 사람들과 함께 물러나 있는 사이 그 소리는 점점 가까이 다가왔다. 그러다가 그 소리가 굴 어귀에 이르는가 싶더니 갑자기 땅굴 속에서 한 줄기 검은 기운이 솟구쳤다. 그 검은 기운은 그대로 전각 한 모퉁이를 들이받아 허물고 하늘로 치솟았다. 그러다가 하늘 가운데 이른 그 검은 기운은 갑자기 백여덟 갈래의 찬란한 금빛으로 변해 사방으로 흩어져 버렸다.

그 광경을 바라본 사람들은 깜짝 놀랐다. 저마다 외마디 소리를 내지르며 괭이와 삽, 가래를 내던지고 그 전각을 뛰쳐나갔다. 엎어지고 자빠지며 내닫는 게 모두 제정신이 아니었다.

놀라 얼이 빠지기는 홍 태위도 마찬가지였다. 그제야 자신이 일을 크게 그르쳤음을 알고 얼굴이 흙색이 되어 그곳을 뛰쳐나왔다. 바깥으로 나와 보니 진인이 앞을 바라보며 무어라 연신 괴로운 외마디 소리를 내지르며 서 있는 게 눈에 띄었다.

"달아난 것이 바로 못된 귀신들이었소?"

태위가 그 경황 중에도 궁금해 물었다. 진인이 떨며 대답했다.

"태위께서는 모르시겠지만 윗대 조사 통현 진인께서 법부(法符)를 전하실 때 당부하신 말씀이 있었습니다. 이 전각 안에 가둔 것은 서른여섯 천강성(天罡星)과 일흔둘 지살성(地煞星)인데, 그들 백여덟 못된 귀신의 이름을 아까의 그 비석 앞면에 용무늬 같고 봉의 깃털 같은 모양의 옛 글자로 써서 이곳에 가두었다는 것입니다. 만약 잘못하여 그들을 세상으로 놓아주게 되면 반드시 이 세상의 목숨 있는 모든 것들을 괴롭히리라는 말씀이었지요. 그런데 이제 그들을 모두 놓아주어 버렸으니 실로 어떻게 해야 좋을지 모르겠습니다."

그 말을 들은 홍 태위는 온몸에 식은땀이 흐르고 사지가 떨려 그대로 있을 수가 없었다. 방장실로 돌아가기 바쁘게 보따리를 싼 뒤 데리고 온 사람들과 함께 도성으로 돌아갔다.

태위와 그가 데리고 온 관원들을 산 밑까지 배웅한 진인과 도사들은 곧 상청궁으로 돌아갔다. 그리고 무너진 전각을 고쳐 짓고 넘어진 비석을 다시 세웠으나 이미 모든 것은 늦은 뒤였다.

한편 도성으로 돌아가던 태위 홍신은 데리고 간 사람들을 엄히 단속해 자신이 저지른 짓이 다른 사람들에게 알려지지 않게 했다. 천자의 귀에까지 들어가 죄를 받게 될까 두려워서였다. 말 한마디 나눔 없이 밤낮으로 달린 홍신 일행이 변량성(汴梁城)에 이르렀을 때 이런 소문이 들렸다.

"천사가 동경성 금원(禁苑)에 머물면서 밤낮 이레를 빌어 재앙을 물리쳤다. 염병이 깨끗이 사라져 백성들이 평안해지자 천사는 조정을 작별하고 학과 구름을 몰아 용호산으로 돌아갔다더라."

홍 태위가 도성에 이른 것은 그다음 날이었다. 대궐로 들어가 천자를 뵈온 홍신은 태연히 아뢰었다.

"천사는 학과 구름을 타고 먼저 떠나고 저희들은 역마를 빌려 뒤따라오느라 이렇게 늦었습니다."

인종 황제는 오히려 그런 홍신에게 두터운 상을 내리고 전에 하던 일로 되돌아가게 했다. 오래잖아 난세를 예감케 하는 홍신의 그 경망스러운 실수에 대해서는 끝내 아무것도 알지 못했다.

인종 황제는 그 뒤 재위 42년으로 삶을 마감했다. 하지만 불행히도 태자를 두지 못해 복안의왕(濮安懿王)의 아들이요, 태종의 적손(嫡孫)에게 제위를 전하니 이가 곧 영종(英宗)이었다. 영종 황제는 겨우 재위 4년 만에 죽어 태자가 신종(神宗)으로 뒤를 잇고 또 신종은 재위 18년 만에 죽어 다시 태자에게 제위를 넘기니, 이로써 철종(哲宗) 황제의 시대가 되었다. 그때까지도 세상은 별 큰일 없이 평온했다. 새롭게 일어나는 오랑캐들의 압박이 있는 대로 대송(大宋)의 문물은 찬연했으며, 백성들도 불안한 대로 태평성대를 구가하고 있었다.

그러하되…… 다하지 않는 봄이 어디 있으며 지지 않는 꽃이 어디 있으랴. 쉼 없는 천도는 그사이 한 바퀴 영고(榮枯)의 굴렁쇠를 돌려 언제까지도 지지 않을 것 같던 송조(宋朝)의 해도 어느덧 서편으로 기울고 있었다.

이제 펼치려는 이야기는 바로 그 저물어 가는 송조의 하늘에 한 무리 장려하고도 처절한 노을처럼 비끼었다 사라져 간 백여덟 호걸의 삶과 죽음이다. 옛사람은 앞서처럼 경망한 벼슬아치의 실수를 내세워 그들 백여덟을 한결같이 마군(魔君)의 화생(化生)으로 보기도 하고, 혹은 처음 이 이야기를 엮은 이(시내암)의 자손 5대가 눈멀고 귀먹었다는 전설을 지어내어 그들의 행적을 의롭고 장하게만 꾸민 죄를 은근히 묻기도 한다. 그러나 개는 각기 그 주인을 위해 짖고 사람은 각기 그 옳다고 믿는 바에 따라 떠드나니, 뉘 알리요, 세상 시비의 아득한 끝을. 뒷사람 되어 듣는 이, 다만 저마다의 가슴에 품은 정과 의를 따라 헤아릴 따름인저.

어지러워지는 세상

송나라 인종 황제로부터 오랜 세월이 지난 철종 때였다. 동경 개봉부 선무군(宣武軍)에 한 떠돌이 건달이 있었다. 성은 고(高)에 두 번째로 내질러진 자식이란 뜻의 이(二)란 이름을 가진 자였다.

고이는 어릴 적부터 가업을 이어받을 생각은 않고 창 쓰기와 몽둥이질이며 공차기에만 미쳐 보냈다. 특히 공차기는 솜씨가 남달라서 사람들은 그를 고이란 이름 대신 고구(高毬)라 부를 정도였다. 구(毬)란 가죽 껍질에 깃털과 터럭을 채운 당시의 공이었다. 고이도 그 이름이 싫지만은 않았던 듯 나중에는 제 스스로 터럭모(毛) 대신 사람인(人)변을 써서 구(俅)란 이름을 썼다.

고구는 창 쓰기와 몽둥이질뿐만 아니라 씨름과 노름에다 피리 불기와 금(琴) 뜯기 따위 모든 잡기에 능했다. 그러다 보니 시서와 사부(詞賦)를 알 리 없고, 인의와 예지도 닦을 겨를이 없었다. 거기다가 생업조차 익히지 않았으니 사는 길은 남을 등치거나 노름방 뒷전에서 개평을 뜯거나 구전을 얻어먹는 수밖에 없었다.

그런 고구에게 어느 날 우연찮게 걸린 봉이 성안에서 철물점을 하는 왕 원외(員外, 하급 벼슬 이름)의 외아들이었다. 고구는 그를 꾀어 아버지의 돈을 훔쳐 내오게 한 뒤 둘이 얼려 다니며 흥청거렸다. 술집으로 노름방으로 색시 파는 데로 날 가는 줄 모르고 다닐 때는 좋았으나, 오래잖아 그 좋은 세월은 끝장이 났다. 참다못한 왕 원외가 고구의 죄를 낱낱이 적어 개봉부에 고소한 까닭이었다.

고구를 잡아들인 부윤(府尹)은 등허리에 매 스무 대를 때리는 벌을 준 뒤 동경성 밖으로 내쫓았다. 성안의 사람은 그 누구도 고구를 집 안에 들여서는 안 된다는 엄명과 함께였다. 어쩔 수 없게 된 고구는 회서 임회주로 가서 유 대랑(大郎)이란 사람에게 몸을 의탁했다. 유 대랑의 이름은 유세권(柳世權)으로 평생에 손 님치기를 좋아하여 갈 데 없는 사람들은 잘 거두었다. 고구가 갔을 때도 그의 집은 사방에서 몰려든 망나니들로 득시글거렸다.

고구가 유 대랑의 집에서 빈둥거린 지 삼 년이 지난 때였다. 그해 철종 황제는 동경성 밖 남쪽 교외에서 제례를 올렸는데 하늘이 감동했던지 비바람이 알맞아 큰 풍년이 들었다. 이에 천자는 널리 은덕을 베풀어 천하의 죄수들에게 사면령을 내렸다.

그 소문을 들은 고구는 문득 동경으로 돌아가고 싶었다.

"아저씨, 그간 신세 많이 졌습니다. 이제 사면도 되었으니 이만 동경으로 돌아가 봤으면 합니다."

괴나리봇짐을 싼 고구가 그렇게 작별을 하자 사람 좋은 유 대랑이 걱정스레 물었다.

"신세랄 거야 뭐 있나만, 자네 거기 가서는 몸을 누일 곳이라도 있는가?"

그 말에 고구는 문득 처량해졌다. 부모는 죽고 가산도 벌써 여러 해 전에 털어먹은 뒤라 갈 곳이 있을 리 없었다. 고구가 어두워진 얼굴로 우물우물 대답을 못 하자 유 대랑이 자청해서 말했다.

"그렇다면 내 한 사람 소개해 줌세. 성안 금량교(金梁橋) 쪽에 가면 생약포(生藥鋪)를 하는 동 장사(將仕)란 이가 있는데 내 친척이라네. 내가 글 한 통을 써 줄 터이니 그를 찾아보게. 나를 보아서라도 괄시는 않을 것일세."

고구로서는 고맙기 그지없는 배려였다. 고구는 유 대랑이 편지를 써 주기를 기다려 그와 작별하고 임회주를 떠났다.

봇짐을 등에 지고 어정어정 동경으로 돌아온 고구는 곧 금량교에 있는 동 장사의 생약포로 찾아갔다. 고구가 유 대랑의 편지를 내밀자 동 장사는 한편으로는 고구를 살피고 다른 한편으로는 편지를 읽은 뒤에 속으로 중얼거렸다.

'이 고구란 자를 어떻게 내 집에 받아들인단 말이냐? 아는 게 많고 성실한 인간이라면 내 집에 받아들여 아이들이라도 가르치게 할 수 있겠지. 그러나 이자는 건달에 망나니로 말과 행동거지가 형편없는 데다 또 죄를 짓고 귀양까지 갔다 오지 않았는가. 옛 행실이 어디 갈 리 없으니 들였다간 우리 아이들까지 망치고 말 것이다…….'

하지만 편지까지 주어 보낸 유 대랑의 얼굴을 봐서라도 그냥 내쫓을 수는 없었다. 이에 동 장사는 우선 고구를 한없이 반기는 척하며 집 안으로 받아들이고, 매일 술이야 밥이야 잘 대접했다.

그렇게 한 열흘쯤 보내고 나니 동 장사에게도 한 꾀가 났다. 어느 날 고구를 부른 동 장사는 깨끗한 옷 한 벌과 편지 한 통을 내놓으며 말했다.

"우리 집 형세란 게 반딧불보다 못하니 남을 크게 도울 수는 없네. 나만 쳐다보고 있다가 자네 앞날을 그르칠까 걱정일세. 그래서 자네를 작은 소(蘇) 학사 댁에 보내 뒷날 출세하는 데 도움이 되게 하고 싶은데 자네 뜻은 어떤가?"

그러나 동 장사의 속마음을 알 리 없는 고구는 오히려 몹시 기뻐하며 그 말을 따랐다. 동 장사는 곧 편지 한 통을 쓴 뒤 부리는 사람에게 주고 고구를 작은 소 학사네 집으로 인도하게 했다.

문지기로부터 동 장사가 편지 한 통과 사람을 보내왔다는 전갈을 받은 작은 소 학사가 나와 편지와 고구를 보았다.

고구가 날건달에 망나니라는 걸 잘 아는 학사로서는 그 어느 편도 반가운 게 못 되었다.

'아무리 동 장사의 부탁이라지만 저런 놈을 어떻게 내 집에 붙여 둔단 말이냐? 옳지, 저놈을 왕진경(王晋卿) 부마 댁에 보내 잔심부름이라도 하게 해야겠다. 사람들은 그분을 소왕(小王) 도태

위(都太尉)라 부를 뿐만 아니라, 그분도 저런 놈들을 좋아한다지 않는가.'

이윽고 그렇게 마음을 정한 작은 소 학사는 아무 내색 없이 고구를 집 안으로 들여 하룻밤을 재웠다. 그리고 이튿날이 새기 바쁘게 그 또한 편지 한 통과 함께 고구를 소왕 도태위의 부중으로 보냈다.

일이 그쯤 되자 고구도 자신의 처지를 알아차렸다. 그러나 도리 없는 일이었다. 고구는 말없이 짐을 꾸려 작은 소 학사네 하인을 따라나섰다. 그런데 참으로 알 수 없는 게 사람의 일이라더니, 그게 바로 뒷날의 출셋길로 접어드는 첫 발자국이 될 줄이야.

소왕 도태위는 바로 철종 황제의 매부요, 신종 황제의 사위였다. 그는 풍류를 아는 사람을 사랑하고 아껴 그런 패거리를 곁에 많이 데리고 있었다. 그날도 작은 소 학사네 하인이 편지와 더불어 고구를 데리고 오자 한눈에 그를 알아보고 반겼다. 그리고 고맙다는 답장까지 써 보낸 뒤에 고구를 부중으로 받아들여 가까이서 시중드는 일을 맡겼다. 옛말에 이르기를, 멀리 떨어져 있으면 그만큼 사람 사이도 멀어지고 가까이 있으면 그만큼 사람 사이도 가까워진다던가, 고구가 항시 곁에서 시중을 들다 보니 왕도위하고는 가까워지지 않으려야 가까워지지 않을 수가 없었다.

그런데 어느 날이었다. 생일을 맞은 소왕 도태위는 부중에서 잔치를 차리고 처남인 단왕(端王)을 청했다. 단왕은 신종 황제의 열한 번째 아들로 철종에게는 아우가 되었다. 그때는 동궁 일을 보고 있었는데 사람들에게는 태어난 순서를 따져 구대왕(九大王)

으로 불리기도 했다.

단왕은 사람됨이 총명하고 생김이 뛰어난 것 외에 건달이나 한량들의 놀음과 풍류에도 밝았다. 거문고와 바둑, 그림 어느 것도 잘하지 못하는 게 없었으며 공차기, 피리 불기, 노래, 춤 따위에도 능숙했다. 한마디로 모르는 것도, 못하는 것도, 좋아하지 않는 것도 없는 호사가였다.

그날 왕 도위는 물과 뭍에서 난 온갖 맛나는 음식들로 잔치를 차린 뒤 단왕을 윗자리에 앉혀 지성껏 대접했다. 처남 매부 간에 몇 순배 술을 나누고 식사를 마친 뒤였다. 손을 씻기 위해 자리에서 일어난 단왕은 잠시 쉬기 위해 왕 도위의 서원으로 갔다가 거기서 양지옥(羊脂玉)으로 만든 사자 모양의 서진(書鎭) 하나를 보게 되었다. 옥의 질도 질이려니와 조각한 솜씨가 또한 여간 아니었다. 글씨와 그림에 뛰어나다 보니 그런 문방구에도 남다른 안목이 있는 단왕은 그 서진을 집어 들고 한참을 들여다보다가 자신도 모르게 감탄하는 소리를 냈다.

"참 좋구나……."

곁에 있던 왕 도위는 단왕이 그 서진을 몹시 마음에 들어 하는 걸 보고 얼른 말했다.

"제게는 그것 말고도 용 모양을 내어 깎은 옥 붓걸이가 하나 더 있습니다. 둘 다 같은 장인(匠人)이 만들었는데 그런대로 쓸 만하지요. 지금 당장 찾지는 못하겠습니다마는 내일 그걸 찾는 대로 이 서진과 함께 보내 드리겠습니다."

말은 못 해도 탐나기 그지없는 물건을 왕 도위가 스스로 내놓겠다 하자 단왕은 몹시 기뻤다.

"이 몸을 그렇게 생각해 주니 정말 고맙소. 틀림없이 그 붓걸이도 대단한 진품일 거요."

단왕이 그렇게 고마움을 나타내자 왕 도위도 흐뭇해서 말했다.

"내일 찾는 대로 궁중으로 보내 드리겠습니다. 그때 보면 알 것입니다."

그러자 단왕은 한 번 더 고마운 뜻을 나타내고 술자리로 돌아갔다. 그 때문에 한층 흥겨워진 술자리는 그날 날이 저물도록 이어져 단왕은 술이 거나해진 뒤에야 자신의 궁으로 돌아갔다.

이튿날이었다. 집 안을 뒤져 옥룡 붓걸이를 찾아낸 왕 도위는 어제의 옥 사자 서진과 함께 금장식한 작은 상자에 담았다. 그리고 그 상자를 누런 비단으로 싸고 편지 한 통을 쓴 뒤 고구를 불렀다.

"자네 오늘 구대왕 부중을 좀 다녀와야겠네. 이 상자와 편지를 전해 드리고 오게."

고구는 두말없이 그것들을 받아 편지는 품 안에 갈무리하고 상자는 소중히 안듯 해서 단왕의 궁중으로 갔다.

오래잖아 단왕의 궁문 앞에 이른 고구는 문지기에게 먼저 원공(院公, 집사)을 만나기를 청했다. 곧 문지기의 전갈을 받은 원공이 나와 고구에게 물었다.

"당신은 어느 댁에서 왔으며 무엇 때문에 날 찾았소?"

"저는 왕 부마(駙馬) 댁에서 왔습니다. 부마께서 대왕(단왕)께 귀한 물건을 전하라는 분부가 있었습니다."

고구가 그렇게 대답하자 원공이 한 차례 그를 훑어본 뒤에 말했다.

"전하께서는 지금 뒤뜰에서 내시들과 공차기를 하고 계시오. 그리로 가서 전하도록 하시오."

"죄스럽지만 길을 좀 안내해 주십시오. 처음 와 보는 곳이라……."

그 길이 자신에게 어떤 길이 될지 까마득히 모르는 채 고구가 그렇게 공손히 청했다. 원공은 말없이 앞장서서 고구를 뒤뜰로 데려갔다.

단왕은 한창 공차기에 빠져 있었다. 고구가 보니 머리에는 연사(軟紗)로 짠 당건(唐巾)을 썼으며 몸에는 자주색 용포(龍袍)를 걸쳤고 발에는 금실을 섞어 짠 비봉화(飛鳳靴)를 신고 있었다. 허리에는 문무를 함께 뜻하는 두 가닥 술이 달린 띠를 둘렀는데 공차기에 걸리적거려서인지 용포 자락이 거기 찔려 있었다.

고구는 뒤뜰 모퉁이에서 한동안 그런 단왕이 내시 네댓 명과 공을 차는 모습을 지켜보았다. 공차기라면 장안에서도 알아주는 그라 두 발이 근질거렸으나 함부로 끼어들 자리가 아니라 억지로 참으며 놀이가 끝나기를 기다리는 수밖에 없었다.

그런데 그 또한 시운(時運)일까. 고구에게 뜻밖의 기회가 왔다. 누군가 단왕에게로 찬 공을 단왕이 받지 못해 그 공이 고구의 몸 곁으로 날아왔다. 공이 자기에게로 날아오는 걸 보자 고구도 더 참지 못했다. 몸에 익은 솜씨로 원앙괴(鴛鴦拐)란 공차기의 재주를 펼쳐 그 공을 단왕에게로 차 보냈다.

순간적인 일이었으나 단왕은 한눈에 고구의 빼어난 솜씨를 알아보았다. 하던 공차기를 그만두고 고구에게로 와 웃는 얼굴로 물었다.

"처음 보는 자로구나. 너는 누구냐?"

고구가 얼른 무릎을 꿇으며 말했다.

"저는 왕 부마의 시중드는 자이온데, 오늘 부마께서 대왕께 옥으로 만든 붓걸이와 서진을 전해 올리라 해서 왔습니다."

"매부가 이토록 나를 생각해 주니 어떻게 해야 될지 모르겠구나."

단왕은 여전히 웃음 띤 얼굴로 그렇게 말하고 고구가 내주는 편지를 뜯었다. 그리고 상자를 열어 물건을 살펴본 뒤 당후관(堂候官)으로 하여금 거둬들이게 했다.

"네가 공차기를 잘하는 모양이로구나. 이름이 무어냐?"

당후관이 미처 물건을 거둬들이기도 전에 단왕이 다시 고구에게 물었다. 옥돌로 만든 문구 따위는 관심 없고, 고구에게만 흥미가 인다는 듯한 표정이었다. 두 손을 엇비스듬히 가슴에 대고 한껏 몸을 낮춘 고구가 공손히 대답하였다.

"이 천한 것은 고구라 불리옵니다. 보잘것없는 솜씨로 용안(龍眼)을 어지럽혔습니다."

"아니, 좋은 솜씨다. 어서 마당으로 가서 다시 한번 공을 차 봐라."

"저 같은 게 어찌 감히 대왕 앞에서 되잖은 발질을 할 수 있겠습니까?"

고구가 이마를 조아리며 한층 겸양을 떨었다. 단왕이 부드럽게 말했다.

"저들은 제운사(齊雲社, 송대의 축구인 단체) 패거리다. '천하원(天下圓)'이라 하여 특별히 따로 모인 사람들인데, 함께 공을 찬들 무슨 상관이 있겠느냐?"

"그래도 어찌 감히……."

고구는 네댓 번이나 사양했지만 단왕은 굳이 그에게 공을 차 보라고 시켰다. 고구는 마지못한 듯 한 번 더 머리를 조아려 무례한 죄를 빈 뒤 마당으로 내려갔다.

고구가 공을 몇 번 차기도 전에 단왕이 손뼉을 치며 떠들썩하게 그 솜씨를 칭찬해 주었다. 이에 힘이 난 고구는 평생에 익힌 모든 재주를 다 펼쳐 보였다. 어쩌면 그때 이미 고구는 자신의 앞날에 대해 예사롭지 않은 조짐을 느꼈는지도 모를 일이었다.

마음먹고 평생의 재주를 펼쳐 보이는 중이라 그 광경은 정말 볼만했다. 사람과 공이 하나가 되어 뛰고 달리고 하는데, 보는 사람의 눈에는 공이 무슨 아교 같은 것으로 고구의 몸에 붙어 있는 것 같았다. 공차기에 빠져 있는 단왕은 그런 고구가 무척 마음에 들었다. 바로 고구를 안으로 들게 한 뒤 밤이 되어도 돌려보내지 않고 자신의 궁 안에서 재웠다.

다음 날 날이 밝자 단왕은 부중에 일러 작은 잔치를 마련케 했다. 그리고 왕 도위에게 사람을 보내 그 잔치에 오도록 청했다.

한편 왕 도위는 전날 나간 고구가 밤이 깊어도 돌아오지 않자 걱정과 의심이 동시에 일었다.

"이놈이 가다가 무슨 변을 당했나? 아니면 귀한 물건을 보자 마음이 변해 달아났나……."

그런데 이튿날이 새기 바쁘게 문지기가 달려와 알렸다.

"구대왕께서 사람을 보내왔습니다. 잔치가 있으니 궁으로 들어와 함께 즐기자는 분부십니다."

그 말에 왕 도위는 얼른 나가 단왕이 보낸 사람을 만나 보았다. 문지기가 말한 대로 잔치에 오라는 청이었다. 이에 왕 도위는 지체 없이 말에 올라 단왕의 궁으로 갔다.

궁으로 들어간 왕 도위가 단왕을 보러 가자 단왕이 몹시 반기며 먼저 옥돌로 깎은 붓걸이와 서진을 보내 준 것에 고마움을 나타냈다.

이어 잔치가 벌어지고 주인과 손님이 마주 앉아 술을 마셨다. 그런데 미처 술이 오르기도 전에 단왕이 문득 말했다.

"어제 보낸 고구란 자 말이오. 공을 차는 솜씨가 기막히더구려. 내 일찍부터 그런 사람을 곁에 두고 싶었는데, 어떻소? 내게 보내 주지 않겠소?"

왕 도위가 얼른 대답했다.

"전하께서 그 사람을 쓰시고자 하신다면 뜻대로 하십시오. 그가 궁 안에서 시중을 들어 전하를 즐겁게 한다면 제게도 큰 기쁨이겠습니다."

고구를 가까이 두고는 있었지만, 단왕의 청을 물리쳐 가면서까지 데려갈 만큼 고구에게 정이 든 왕 도위는 아니었다. 그 같은 왕 도위의 대답에 단왕은 몹시 기뻐했다. 몸소 잔을 들어 왕 도위에게 술을 권하며 고마움을 나타냈다.

술자리는 늦도록 계속되다가 저문 뒤에야 끝났다. 왕 도위는 대수롭지 않은 사람 하나로 단왕을 기쁘게 한 게 흐뭇해서 주는 대로 받아 마신 나머지 거나해진 채 자신의 부중으로 돌아갔다.

그 뒤 단왕은 고구를 자신의 궁 안에 머물게 하고 어디를 가나 데리고 다녔다. 어찌나 고구를 마음에 들어 하고 아끼는지 부리는 사람이라기보다는 벗을 대하는 듯했다.

고구도 드디어 자신이 예사 아닌 행운을 잡은 걸 깨닫고, 힘을 다해 단왕을 모셨다. 언제나 단왕의 발뒤꿈치를 따라다니며 입의 혀같이 놀았다. 원래가 뒷골목의 건달이라 남의 눈치 하나는 기막히게 보는 데다 표시 안 나게 아첨하는 재주도 있어 고구는 곧 단왕이 가장 믿고 총애하는 사람이 되었다.

그럭저럭 두 달이 흘러갔다. 한번 팔자가 펴지려니 끝이 없어 고구에게는 뜻밖이고도 엄청난 행운이 다시 찾아왔다. 바로 철종 황제가 갑작스레 붕어하신 일이었다.

사실 철종 황제의 죽음 자체는 고구에게 특별히 행운이 될 게 없었다. 그러나 그 철종에게 제위를 물려줄 태자가 없다는 문제에 이르면 사정은 크게 달라진다. 고구가 모시는 단왕에게도 천자가 될 수 있는 자격이 주어지기 때문이었다.

조정의 문무백관은 철종이 죽자 궁궐에 모여 후사를 의논했다. 그런데 그 결과는 고구가 은근히 바란 대로였다. 어제(御弟)인 단왕을 천자로 받들기로 결정이 난 것이었다. 천하에는 하루도 주인이 없어서는 안 된다 하여 단왕이 그날로 즉위하니 이가 곧 송의 휘종(徽宗) 황제였다. 다르게는 옥청교주 휘묘도군 황제(玉淸

教主 徽妙道君皇帝)라는 긴 이름으로 불리기도 하는 이였다.

휘종 황제는 천자의 자리로 나아간 뒤에도 단왕 시절에 아꼈던 사람들을 그대로 곁에 두고 부렸다. 고구는 이제 천자의 아낌을 받는 사람이 된 것이었다. 그러나 과거를 본 적도 없고 나라에 세운 공도 없어 몸은 여전히 백신(白身, 벼슬 없는 사람)일 따름이었다.

휘종 황제도 자기가 아끼는 고구에게 벼슬이 없는 게 몹시 마음에 걸렸다. 제위에 오른 지 한 두어 달 별일 없이 지나간 뒤의 어느 날 문득 고구를 불러 말했다.

"짐이 너에게 벼슬을 주고 싶어도 네가 나라를 위해 세운 공이 없으니 어찌해 볼 수가 없다. 우선은 추밀원(樞密院)에 네 이름을 얹도록 하였으니, 당분간 그렇게 지내면서 때를 기다려 보자."

이에 건달 고구는 하루아침에 추밀원의 관원이 되어 당당히 천자를 모시게 되었다. 그 감격으로 전보다 열 갑절 더 몸과 마음을 쏟아 천자를 모시게 되었음은 말할 나위도 없었다.

황제의 남다른 총애는 그것으로 그치지 않았다. 고구가 추밀원에 든 지 한 반년이나 지났을까, 황제는 고구를 다시 전수부(殿帥府) 태위 일을 보게 했다. 전수부 태위라면 도성 안의 금군(禁軍)을 다스리는 벼슬아치로서 실제로는 나라의 군권을 한 손에 거머쥔 거나 다름없었다.

송 태조는 지방 군벌의 발호를 막기 위해 도성에 있는 금군을 팔십만으로 키웠을 뿐 아니라, 군사를 뽑을 때도 건장하고 날랜 병사는 금군에 넣고 늙고 약한 병사는 지방군인 상군(廂軍)에 배치했다. 따라서 금군은 송의 가장 강력하고 중요한 병력이었다. 그런데 그 금군을 다스리는 자리에다 공 하나 잘 차 마음에 든다는 이유로 고구를 앉힌 것이었다.

고구는 태위 벼슬을 받자 좋은 날을 택해 전수부에 부임했다. 하찮은 인간이 높은 벼슬에 오르면 흔히 그 벼슬에 따른 책무보다 권세에 더 마음을 쓴다. 고구도 예외는 아니어서, 전수부의 우두머리가 되자 업신여김 받던 시절의 쓰라린 기억들을 자기 밑에 있는 사람들의 순종과 아첨으로 달래 보고 싶어졌다.

고구는 부임 첫날부터 전수부의 업무를 알아본다는 핑계로 아래 관원들을 하나하나 불러들여 거드름을 피웠다. 공리(公吏), 아장(衙將), 도군(都軍), 감군(監軍), 마보인(馬步人) 등 하급 관원들이 차례로 찾아와 간단한 이력을 적은 문서를 바치며 머리를 조아렸다. 그런데 단 한 사람 팔십만 금군의 교두(敎頭)가 보름이 되도록 얼굴을 내비치지 않았다. 고 태위는 괘씸하게 여겨 그가 누구인지를 알아보았다.

그 교두는 왕진(王進)이란 자였다. 그 이름을 듣자 고 태위는 갑자기 눈에 불똥이 튀는 것 같았다. 한창 개망나니로 저자 바닥을 휘젓고 다니던 시절, 무예를 보여 주고 약을 파는 어떤 늙은이를 놀리다가 당한 낭패의 기억 때문이었다. 시원찮은 봉술 솜씨만 믿고 경박하게 그 늙은이에게 덤볐다가 여럿이 보는 장바닥에서 초주검이 되도록 얻어맞았는데, 그 늙은이가 바로 나중에 도군교두까지 한, 왕진의 아비 왕승이었던 까닭이다.

'왕진 이놈이 제 아비처럼 나를 업신여기는구나. 어디 두고 보

자. 잘 걸렸다.'

자신이 잘못해 당한 낭패인데도 고 태위는 아비 죽인 원수라도 만난 듯 이를 갈았다. 어찌 보면 그 일이 나라 한구석의 하찮은 시비 같지만, 실은 송의 천하가 어지러워진 한 뚜렷한 예라 할 수 있었다. 벼슬자리가 죽솥 맡은 부엌데기 인심 쓰듯 함부로 나눠진 데다 그걸 얻은 소인은 이제 나라를 위한 일보다 사사로운 앙갚음부터 하려 들고 있기 때문이었다.

사가촌(史家村)

하북로(河北路)의 화음현에 있는 사가촌의 한 장원 안이었다. 장원 한쪽의 우물 곁에서 한 젊은이가 봉술 연습으로 땀에 젖은 몸을 씻고 있었다. 잘생긴 얼굴에 떡 벌어진 어깨, 미끈한 허리, 누가 보아도 반할 만한 호남이었다. 그러나 그런 용모보다 더욱 사람의 눈길을 끄는 것은 벌거벗은 윗몸 가득 먹실로 뜬 용 문신이었다. 땀과 물기로 번들거리는 피부에 새겨진 아홉 마리 푸른 용은 이제 막 넘어가는 햇살에 비끼어 살아 꿈틀거리는 것 같았다.

그 젊은이의 이름은 사진(史進), 그 장원의 늙은 주인인 사씨(史氏) 노인의 외아들이었다. 원래 사진의 아버지는 사진에게 글을 읽혀 벼슬길로 보내는 게 원이었다. 그러나 어찌 된 셈인지 사진은 어릴 적부터 창칼이나 막대 쓰는 법을 좋아해 책은 거들떠보지도 않았다. 속이 탄 아버지는 타일러도 보고 꾸짖어도 보았지만 소용없었다. 결국은 외아들의 고집에 져서 그 무렵은 원근에서 무예깨나 한다는 사람이 있으면 모셔다가 아들을 가르치기까지 하는 형편이었다.

몸을 다 씻은 사진이 옷을 털어 입고 안채로 돌아온 때는 벌써 해가 진 뒤였다. 그새 불이 밝혀진 대청에서 아버지와 함께 저녁상을 받고 있는데 장원 문을 지키는 머슴이 들어와 말했다.

"아룁니다. 어떤 사람이 늙은 어머니와 함께 하룻밤 쉬어 가기를 청합니다. 길을 잘못 든 데다 날이 저물어 더 가려야 갈 수도 없다며 사정하고 있습니다."

그러자 인정 많은 사씨 노인은 들고 있던 수저를 놓고 사랑방으로 건너갔다. 아직 스물이 차지 않아 손님 접대에 나서지 않는 사진은 계속해 식사를 마친 뒤에야 자기 방으로 돌아갔다.

나중에 머슴들이 하는 말을 들으니 그 손님은 동경에서 밑천을 털어먹은 장사꾼 장(張) 아무개라 했다. 살길이 막연해 늙은 어머니를 모시고 연안부(延安府)로 가는 길인데 늙은 어머니가 탈이 나 며칠 더 머물 거란 이야기였다. 길손들이 장원에 묵어가는 것은 그리 드물지 않은 일이라 사진은 곧 그날 밤의 손님들에 대해 잊어버렸다.

그런데 한 대엿새 뒤의 어느 날이었다. 그날 아침도 사진이 마당에서 웃통을 걷어붙이고 봉술을 연습하고 있는데 누군가 등 뒤에서 나지막이 말했다.

"그 봉술 잘 익히기는 했다만, 빈틈이 더러 있구나. 솜씨 있는 사람을 만나게 되면 이기기 어렵겠는데……."

자신의 봉술 솜씨를 은근히 뽐내던 사진은 그 소리에 저도 모르게 불끈해 돌아보았다. 한 중년 사내가 자신을 보고 있는데, 바로 며칠 전 날이 저물 무렵에 찾아왔던 그 손님 같았다.

사진의 성미가 원래 그리 고약한 것은 아니었으나 그를 알아보자 더 참을 수가 없었다. 한낱 거덜 난 장사치가 나무랄 만큼 자신의 솜씨가 형편없다고는 생각하지 않는 그였다.

"당신은 도대체 누구기에 감히 내 솜씨를 비웃는 거요? 나는 이래 봬도 일고여덟 분 이름난 스승을 모시고 봉술을 배운 사람이오. 당신 따위보다 못하다고는 생각 안 하는데 어떻소? 자신 있으면 나와 한번 겨뤄 봅시다."

사진이 두 눈을 부라리며 그렇게 소리쳤다. 그때 마침 손님을 뒤따라 나오던 그의 아버지가 놀라 사진을 꾸짖었다.

"너, 손님에게 그 무슨 무례한 소리냐?"

"무례라면 저 사람이 먼접니다. 내 봉술을 비웃잖아요!"

사진이 여전히 분을 삭이지 못해 씨근거리며 그렇게 대꾸했다. 그러자 그 아버지가 공손하게 손님을 향해 물었다.

"손님께서 창술이나 봉술을 배우신 적이 있는지요?"

"조금 배운 적이 있습니다. 그런데 어르신네, 저 젊은이가 아드님 되십니까?"

손님이 머뭇거리다 그렇게 물었다. 아버지가 약간 자랑 섞인 말투로 대답했다.

"그렇소이다. 이 늙은이의 아들놈이오."

그러자 손님은 무슨 생각이 들었는지 갑자기 얼굴빛을 고치고 말했다.

"그러면 이 집의 작은 주인이셨군요. 만약 배우기를 바란다면 제가 저 젊은이의 봉법(棒法)을 좀 다듬어 줄 수도 있겠습니다만……."

사진은 그 말을 듣자 더욱 분통이 터졌다. 비렁뱅이나 다름없이 떠도는 주제에 사람을 어찌 보고 이제는 봉술을 가르쳐 주겠다고 나서다니……. 그러나 사람 좋은 그의 아버지는 대뜸 그 사내의 말을 믿는 눈치였다.

"그럴 수만 있다면 좋지요. 제발 모자라는 내 아들놈을 좀 가르쳐 주십시오."

아버지는 그렇게 간청부터 해 놓고 사진을 돌아보았다.

"너, 어서 절하고 스승님을 뵈어라."

그동안 몇 번 자리를 같이하는 것 같더니 부친은 그 사내의 말솜씨에 넘어간 모양이었다. 그러나 사진은 절은커녕 한층 성이나 소리쳤다.

"아버님, 저 사람의 헛소리를 믿지 마십시오. 먼저 길고 짧은 것부터 대봐야 되겠습니다. 만약 저 사람이 나의 이 막대기를 이기면 그때 절하고 스승으로 모시지요!"

사진의 그런 말 속에는 적지 않은 비꼼도 섞여 있었다. 그러나 그 장사꾼은 낯빛 한번 변함이 없이 차분하게 말했다.

"작은 주인이 저렇듯 마땅찮아하시니 한번 봉술을 겨뤄 봐야 되겠군요."

사진은 옳지 됐다 싶었다.

'이 건방진 장사꾼 놈 어디 한번 견뎌 봐라.'

그렇게 속으로 벼르며 마당으로 달려가 연습하던 막대를 집어 들었다.

"이리 오시오. 한번 덤벼 보란 말이오. 이제 겁이 난다면 당신은 사내도 아니오!"

사진이 막대를 풍차 돌리듯 휘휘 내돌리며 장(張)씨 성을 쓴다는 그 장사꾼 사내를 향해 소리쳤다. 그래도 장사꾼 사내는 가만히 미소를 머금고 볼 뿐 움직이지 않았다. 보기가 딱했던지 사진의 아버지가 그에게 말했다.

"손님, 기왕에 저 어린놈을 가르쳐 주시겠다 했으니 막대를 드시지요. 한 대 때려 철이 들게 해 주는 데 안 될 게 무어 있겠소이까?"

그러자 그 장사꾼이 씨익 웃으며 대꾸했다.

"아드님과 봉을 맞대다가 보기 좋지 않은 일이 생길까 두렵군요."

"그건 걱정하지 마시오. 설령 싸우다가 팔다리가 부러진다 해도 그건 저 녀석이 스스로 사서 한 일이 아니오?"

사진의 아버지가 그렇게 받았다. 그제야 장사꾼은 천천히 발을 떼어 놓으며 말했다.

"그럼 무례를 용서하십시오."

그리고 마당 한구석의 창칼을 걸어 두는 시렁 곁으로 간 장사꾼은 알맞은 막대 하나를 찾아 쥐고 마당으로 나갔다.

장사꾼이 막대를 엇비스듬히 걸어 놓은 듯 잡고 서자 그걸 본 사진은 자신의 막대를 휘두르며 그를 덮쳤다. 장사꾼은 땅을 박차며 막대를 휘둘러 막은 뒤 얼른 피했다. 사진이 막대를 휘두르며 그를 뒤쫓듯 다시 다가갔다.

그러자 몸을 돌린 장사꾼은 막대를 하늘로 높이 쳐들었다 아래로 내리쳤다. 사진은 내리쳐 오는 상대의 막대를 자신의 막대로 막으려 했다. 그러나 상대는 막대를 끝까지 내려치지 않고 슬쩍 끌어당기더니 사진의 가슴께를 곧장 찔러 버렸다. 그 한 수에 쥐고 있던 막대는 날아가고 사진은 뒤로 벌렁 나자빠졌다.

장사꾼 사내가 얼른 막대기를 내던지고 달려와 사진을 일으켜 주며 미안한 듯 말했다.

"젊은이, 너무 언짢게 생각하지 마시오."

상대를 얕보고 함부로 덤볐다가 낭패를 본 사진은 정신이 번쩍 들었다. 비로소 상대가 예사 장사꾼이 아님을 깨닫고 가까이 있는 의자를 가져다 그를 앉히더니 그 앞에 엎드려 넙죽 절을 했다.

"저는 여태껏 여러 스승을 모시고 배웠습니다만 반도 제대로 못 배운 듯합니다. 스승님, 아무쪼록 저를 버리지 마시고 가르침을 내려 주십시오."

어찌 보면 그런 사진도 예사 아닌 장부였다. 젊은 오기로 한두 번쯤 더 억지를 써 봄 직도 하건만, 졌다 싶자 깨끗이 무릎을 꿇은 것이었다. 그만큼 무예에 미쳐 있다고나 할까.

그런 사진을 가만히 바라보던 손님이 가볍게 고개를 끄덕이며 말했다.

"저의 모자 두 사람이 여러 날 이 댁에서 폐를 끼쳤소. 그 은혜를 갚는 뜻에서라도 마땅히 힘을 다하겠소이다."

손님의 놀라운 솜씨를 본 사진의 아버지도 몹시 기뻐했다. 얼른 사진에게 옷을 입게 한 뒤 손님과 함께 안으로 데려갔다.

대청에 자리 잡은 사진의 아버지는 곧 머슴들에게 양 한 마리를 잡게 하고 부엌에는 술과 밥이며 과일까지 갖춰 한 상 떡 벌어지게 차리도록 시켰다. 모든 게 갖춰지자 사진의 아버지는 손님의 늙은 어머니까지 청해 들였다.

그리고 먼저 손님에게 술 한잔을 부어 올리며 말했다.

"선생의 무예가 그토록 고강하신 걸 보니 금군의 무술 사범으로도 모자람이 없겠습니다. 틀림없이 교두님일 것 같은데, 제 아들놈이 그만 두 눈 멀쩡히 뜨고도 태산 같은 분을 알아보지 못했습니다."

"제가 아무리 흉악하다 한들 어찌 차마 어르신을 속이겠습니까? 실은 제 성은 장이 아니고, 밑천 털어먹은 장사꾼도 아닙니다. 어르신께서 바로 보셨듯이 팔십만 금군의 교두를 지낸 왕진이란 자가 바로 저올시다. 하루 종일 창칼과 봉만을 만지며 지내던 사람이지요."

손님이 껄껄 웃으며 마침내 바른대로 털어놓았다.

"그런데 교두님께서 어이하여 이 같은 행색으로……."

사진의 아버지가 한편으로는 놀랍고 한편으로 이상스러워 물었다. 왕진이 긴 한숨과 함께 거기까지 흘러온 경위를 이야기했다.

"새로 온 고 태위란 소인 때문이외다. 그자는 전에 못된 짓을 하다가, 돌아가신 제 아버님께 호되게 얻어맞은 적이 있지요. 이번에 어찌하여 전수부 태위가 되자 옛날의 앙심을 풀려고 나를 괴롭혔습니다. 그는 전수부로 부임하기 바쁘게 그때 마침 내가 한 보름 몸이 아파 쉬고 있는 것을 트집 잡아 매를 때리려 들었소이다. 그 자리는 좌우에서 말려 용케 욕을 면했지만 계속 그자 아래 있다가는 목숨이 남아나지 못할 것 같아 이제 연안부의 노충(老种, 북송 때 유명한 장군가인 충씨 집안의 충사중(种師中)을 가리키나 여기서는 충악(种諤)을 말함) 경략 상공(經略相公)께로 달아나는 길입니다."

"그렇지만 무슨 큰 죄를 지으신 것도 아닌데 연로하신 자당(慈堂)까지 모시고 이렇게……."

"그게 우리 대송도 다돼 간다는 증좌외다. 태위라면 삼공의 하나인데 공 차는 재주 하나만으로 그 같은 장돌뱅이가 앉게 되었으니……. 그날 고 태위는 여러 사람이 말려 나를 놓아 보냈지만, 병졸을 둘씩이나 붙여 제 집을 파수하게 하는 것이 벌써 큰 죄인 취급이었소. 병이 나아 다시 끌려 나가게 되는 날이면 나는 틀림없이 매 아래서 죽게 될 것 같았소. 그래서 도망치려고 하니 어머님을 버리고 떠날 수가 없더구려. 처자야 원래 없으니 홀가분하지만 그 악독한 인간이 늙으신 어머님께 무슨 짓을 할지 어찌 알겠소? 그래서 이렇게 모시고 떠난 것이외다. 나는 성 밖 동악묘(東嶽廟)에 제사를 드린다는 핑계로 두 병졸을 따돌리고 어머님과 함께 살던 집을 빠져나왔소. 그러나 악착같은 고 태위가 사방에 파발을 놓아 나를 잡으려 드는 바람에 큰길로는 못 가고 험한 샛길만을 골라 다니다 보니 이곳까지 오게 된 것이오……."

왕진은 비분과 처량함에 얽힌 목소리로 거기까지 말해 놓고 문득 목소리를 가다듬어 말을 맺었다.

"다행히 어르신네 같은 분을 만나 이렇게 좋은 대접에다 어머님의 병환까지 보살핌을 받았으니 백번 절을 한들 어찌 이 은혜에 보답이 되겠소이까? 그러나 마침 아드님이 보잘것없는 이 몸의 재주를 배우겠다 하니 한번 힘을 다해 가르쳐 보겠소. 보기에 아드님은 화봉(花棒, 봉술의 한 가지)을 배운 듯하고 또 상당히 솜씨도 있으나 뛰어난 상대를 만나면 어려울 것입니다. 제가 처음부터 제대로 가르쳐 보지요."

그 말을 들은 사진의 아버지가 그것 보라는 듯 아들을 돌아보며 말했다.

"얘야, 이제 네가 진 까닭을 알겠느냐? 어서 스승님을 두 번 절하고 뵈어라."

이미 왕진의 솜씨를 맛본 사진은 두말없이 그 앞에 엎드려 스승을 맞는 예를 올렸다. 흐뭇하게 그 광경을 보고 있던 사진의 아버지가 문득 입을 열어 자신의 집안일을 이야기했다.

"저희들은 할아버지 때부터 이 화음현에 자리 잡아 살고 있습니다. 앞에 보이는 산은 소화산(小華山)이고 이 마을은 사가촌이라 불리지요. 이 마을 삼사백 호가 모두 사가(史哥) 성을 쓰기 때문입니다. 제 아들놈은 어릴 적부터 농사에도 학업에도 뜻이 없고 다만 창 쓰기와 봉술만 좋아했습니다. 저희 어미가 그것을 말리다가 안 돼 화병으로 죽고 말았을 정도지요. 이에 늙은이는 하는 수 없이 저 좋아하는 대로 무예를 배우게 했습니다. 아들놈에게 무예를 가르쳐 줄 스승을 구해 주느라 쓴 돈도 적지 않을 겝니다. 또 솜씨가 뛰어난 환쟁이를 불러 저 아이의 몸에 볼만한 문신도 새겨 주었지요. 어깨, 가슴, 팔에 걸쳐 모두 아홉 마리의 용을 새겼는데 사람들은 그 때문에 저 아이를 구문룡(九紋龍) 사진이라 부릅니다. 어쨌든 이제 교두님께서 오셨으니 저 아이의 무예가 온전해지도록 한번 힘써 주십시오. 그렇게 되면 저 아이도 크게 기뻐할 뿐만 아니라, 이 늙은이도 후하게 사례하겠습니다."

노충 경략 상공을 찾아간다지만 그쪽에서 목을 빼고 기다리는 것도 아니라 왕진은 기꺼이 승낙했다.

"그 일이라면 어르신네께서는 마음 놓으십시오. 이왕에 말을 내었으니 한번 힘을 다해 아드님을 가르쳐 보겠습니다."

그리하여 이튿날부터 사진은 왕진으로부터 십팔반(十八般) 무예를 하나하나 배우게 되었다. 우물 안 개구리 같은 시골의 무사들이나 뜨내기 무예 사범에게서 보기에만 그럴듯한 화봉 몇 수밖에 배운 적이 없는 사진으로서는 드디어 진정한 스승을 만난 셈이었다.

아무도 느끼지 못하는 사이에도 세월은 쉼 없이 흘러 사진이 새로이 무예를 익히게 된 지도 어느덧 여섯 달이 지났다. 그동안 사진은 열여덟 가지의 무기를 쓰는 법을 모두 몸에 익혔다. 창, 철퇴, 활, 채찍, 칼, 도끼, 곤봉, 방패 등을 차례로 배워 나가는데, 가르치는 왕진도 정성을 다하고 배우는 사진도 괴로움을 마다하지 않으니, 하나하나가 더할 나위 없는 경지에 이르게 되었다. 그동안 단련된 무예의 바탕에다 사진의 남다른 재질을 더하니 겨우 여섯 달에 그 같은 성취를 얻는 데 큰 도움이 되었다.

왕진은 사진의 무예가 더 가르칠 게 없어질 만큼 되자 속으로 가만히 생각했다.

'이곳에 있는 게 비록 편하기는 하다마는 터무니없이 오래 신세를 져서는 안 되지. 이만 연안부로 가 봐야겠다.'

그리하여 왕진은 어느 날 사진을 잡고 떠날 뜻을 밝혔다. 그 갑작스러운 말에 어리둥절해 있던 사진은 펄쩍 뛰며 말했다.

"스승님, 떠나시다니 그 무슨 말씀이십니까? 그냥 여기서 지내십시오. 제가 두 분을 돌아가실 때까지 봉양하겠습니다."

"아니다. 그동안 네가 돌봐 준 것만으로도 대단찮은 무예 몇 수 가르쳐 준 값으로는 넉넉하다. 거기다가 고 태위가 나를 잡으러 사람을 보내게 되면 너까지 얽혀 들까 걱정된다. 온당한 짓이 아니다. 어서 연안부로 가서 노충 경략 상공이 계신 곳을 찾아봐야지. 그곳은 국경 지대라 나 같은 사람이 많이 쓰일 것이니 거기만 가면 나도 마음 놓고 살 수 있다."

그래도 사진과 그 부친은 왕진을 말렸으나 왕진은 끝내 뜻을 바꾸지 않았다. 사진과 그 아버지는 하는 수 없이 크게 잔치를 열어 떠나는 왕진을 대접하고, 비단 두 필과 화은(花銀) 일백 냥을 사례로 내놓았다.

다음 날 왕진은 짐을 꾸려 등에 지고 말고삐를 잡은 채 사진 부자와 작별한 뒤 늙은 어머니를 말에 태우고 연안부를 향해 떠나갔다. 사진은 머슴들에게 스승의 짐을 지게 하고 십 리나 배웅을 나갔다가 눈물로 스승을 작별하고 돌아왔다.

스승인 왕진은 그렇게 떠났지만 사진은 그 뒤로도 단련을 게을리하지 않았다. 한밤중에 일어나 닦은 무예를 되풀이해 연습하는가 하면 낮에는 뒤뜰에서 말타기와 활쏘기를 익혔다.

그런데 그로부터 채 반년이 되기도 전이었다. 갑자기 사진의 아버지가 병들어 누워 며칠이 지나도 일어나지 못했다. 사진은 멀고 가까운 데를 가리지 않고 용한 의원이 있다면 청해 들여 부친을 보였다. 그러나 아버지는 조금도 차도가 없더니 어느 날 끝내 숨을 거두고 말았다. 사진은 슬퍼해 마지않으며 좋은 관곽을 마련하고 정성 들여 염을 했다. 그리고 한편으로는 스님을 청해 재(齋)를 올리고 다른 한편으로는 도사를 청해 초제(醮祭)를 드려 부친의 혼백이 좋은 곳에서 편히 쉬기를 빈 뒤에 특별히 좋은 날을 받아 장례를 치르니, 마을에 사는 삼사백 호 사씨들이 모두 상복을 입고 울며 도왔다. 사진은 그들의 도움을 받아 부친의 시신을 마을 서쪽에 있는 선산에 모셨다.

그렇게 아버지가 죽자 사진의 집안에서는 이제 생업을 돌볼 사람이 없어졌다. 원래부터 농사에 마음이 없던 사진은 모든 일을 머슴에게 맡기고 자신은 오직 창칼이나 막대를 익히는 것으로 홀로 남은 슬픔과 외로움을 달랬다.

그사이 다시 몇 달이 흘렀다. 그해 유월 어느 날 사진은 하도 날이 더워 무예 연습도 못 하고 보리타작 마당가의 평상에 앉아 더위를 식히고 있었다. 맞은편 솔숲으로부터 시원한 바람이 불어오자 사진은 자신도 모르게 감탄의 소리를 냈다.

"어어, 그 참 좋은 바람이다."

그리고 무심코 그쪽을 보니 누군가 소나무 뒤에서 머리를 내밀었다 디밀었다 하며 집 안을 엿보고 있었다. 사진이 그를 향해 무섭게 소리쳤다.

"누구냐? 어떤 놈이 남의 집 안을 기웃거리느냐?"

그리고 번개같이 몸을 날려 소나무 뒤로 돌아가 보았다. 기웃거리던 사람은 다름 아닌 사냥꾼 이길(李吉)이었다.

"이놈 이길아, 무슨 일로 남의 집 안을 기웃거리느냐? 무슨 좋지 않은 마음을 품고 남의 집 안을 샅샅이 살폈는지 어서 말해라!"

사진이 눈을 부라리며 다시 그렇게 소리치자 이길이 벌벌 떨며 대답했다.

"별일 아닙니다, 나리. 저는 다만 난쟁이 구을랑(邱乙郎)이 여기 있는지 찾아보았을 뿐입죠. 같이 술이나 한잔 걸칠까 해서요. 그런데 나리께서 더위를 피하고 계시기에 감히 앞으로 지나가지 못해……."

"그래? 그건 그렇다 치고…… 요새 너는 왜 산에서 잡은 것들을 우리 장원에 팔러 오지 않느냐? 전에는 늘 토끼며 꿩을 가져와 놓고. 이제는 내게 팔지 않겠다는 거냐? 아니면 내가 네 돈이라도 떼어먹는단 말이냐?"

평소에 이길이 구을랑이라는 머슴과 친하게 지내고 있음을 잘 아는 사진은 그가 집 안을 엿본 것을 그쯤에서 덮어 두고 이번에는 다른 것을 따지기 시작했다. 이길이 얼른 변명했다.

"제가 감히 그럴 리가 있겠습니까? 실은 요새 사냥을 전혀 못해 여기 오지 못하고 있을 뿐입니다."

"거짓말 마라. 소화산이 얼마나 크고 넓은데 노루나 토끼 한 마리가 없단 말이냐?"

사진이 더욱 소리를 높여 이길을 몰아세웠다. 이길이 움찔하면서도 억울하다는 듯 말했다.

"나리께서는 아직 모르시는군요. 지금 소화산 위에는 한 떼의 도둑이 들어 산채를 얽었습니다. 졸개가 오륙백 명에 말도 백여 필이나 된답니다. 우두머리 셋은 모두 대왕이라 불리는데 첫째가 신기군사(神機軍師) 주무(朱武)라는 자이고, 둘째는 도간호(跳澗虎) 진달(陳達)이란 자이며, 셋째는 백화사(白花蛇) 양춘(楊春)이란 자라던가……. 어쨌든 그 셋이 졸개들을 데리고 마을을 터는데 화음현에서도 그들을 못 잡아 삼천 관의 상금까지 걸고 있는 형편입니다. 그런데 저 따위가 어떻게 그 산으로 들어가 사냥을 한단 말입니까? 그리고 사냥도 못하는데 나리께 무엇을 팔러 오겠습니까?"

그제야 사진의 목소리가 조금 풀렸다.

"나도 도둑 떼가 소화산에 들었다는 소리는 들었다만 그토록 세력이 큰 줄은 몰랐다. 사람들을 몹시 괴롭히겠구나. 어쨌든 너는 이담에라도 사냥을 가거든 뭐든 잡는 대로 내게 가져오도록 해라."

그렇게 말하고 이길을 놓아주었다. 이길은 죄지은 것도 없으면서 달아나듯 사진 앞에서 사라졌다.

한편 대청으로 돌아온 사진은 다시 그 도둑 떼를 생각해 보았다.

'그 패거리가 그토록 분탕질이 심하다면 언젠가는 이 마을도 덮칠 게 아닌가? 그렇다면 어떻게 한다…….'

생각이 거기에 미치자 사진은 그대로 있어서는 안 될 것 같아 벌떡 몸을 일으키며 가까이서 부리는 일꾼을 불렀다.

"어서 살찐 물소 두 마리를 잡고 우리 장원에서 담근 좋은 술을 펴내 여러 사람을 대접할 채비를 갖추도록 해라."

그리고 큰일 하기 전에 태워 귀신의 도움을 비는 순류지(順溜紙)백 장을 태운 뒤 머슴들을 풀어 사가촌의 사람들을 모두 불러 모으게 했다.

오래잖아 삼사백 호나 되는 사씨 집안사람들이 대청이 비좁도록 모여들었다. 사진은 그들을 나이에 따라 앉게 하고 장원 머슴들을 시켜 술 한 잔씩을 돌린 뒤 큰 소리로 말했다.

"제가 듣자 하니 소화산에 도둑 떼가 들었다고 합니다. 우두머리 세 놈이 졸개 오륙백 명을 모아 집을 털고 사람을 해치는데 그 분탕질이 여간 아니라는 것입니다. 머지않아 우리 마을에도 반드시 쳐들어올 듯하니 우리도 대비가 있어야 하지 않겠습니까? 제가 오늘 특히 여러분을 모신 것은 바로 그 일을 상의하고자 함입니다. 그 도둑 떼가 내려올 때에 대비해 모두 병장기를 갖추고 있다가, 우리 장원에서 대통 소리가 들리거든 각기 창칼을 들고 나와 도와주십시오. 다른 집에서도 마찬가집니다. 어느 집에서든 대통 소리만 나면 온 마을이 뛰쳐나가 힘을 합쳐 도적을 막는 것입니다. 만약 그 우두머리들이 직접 나서면 그것들은 제가 맡을 테니 걱정하지 마십시오."

그러잖아도 은근히 소화산 도둑 떼를 걱정하고 있던 마을 사람들은 기꺼이 그 말을 따랐다.

"우리들은 농사나 짓는 무지렁이들이니 무슨 힘이 있겠나만 모두 자네만 믿겠네. 대통 소리만 나면 한 집도 빠짐없이 달려 나감세."

모두 입을 모아 그렇게 말하고 술 몇 잔을 더 얻어 마신 뒤 각기 집으로 흩어졌다.

다음 날부터 사가촌 사람들은 집집마다 대통을 마련하고 창칼을 벼려 도둑 떼가 쳐들어올 때를 대비했다. 사진도 장원의 문과 담장을 고치고 여기저기 대통을 매달았다. 그리고 자신은 갑옷과 창칼이며 말까지 갖춰 도둑 떼가 쳐 내려오기만을 기다렸다.

한편 그 무렵 소화산은 소화산대로 두령 셋이 무릎을 맞대고 의논이 한창이었다. 두령들 중에서도 가장 우두머리 격인 신기군사 주무는 정원(定遠) 사람으로 한 벌 쌍칼을 잘 썼다. 그러나 실은 그 쌍칼보다 더 나은 게 진을 치고 꾀를 쓰는 일이었다. 신기군사란 별호도 바로 그런 그의 재주 때문에 붙은 것이었다.

둘째 두령 진달은 원래 업성(鄴城) 사람으로 한 자루 백점강창(白點鋼鎗)을 잘 썼다. 또 세 번째 두령 양춘은 포주 해량현(解良縣) 사람인데 한 자루 큰 칼을 잘 썼다.

먼저 주무가 양춘과 진달에게 말했다.

"내가 들으니 화음현에서 상금 삼천 관을 내걸고 사람을 모아 우리를 잡으려 한다더군. 저들이 밀고 들면 때려잡아야겠는데 걱정은 산채에 곡식과 돈이 별로 없는 것일세. 어디 알맞은 곳을 털어 산채에서 쓰도록 해야겠네. 무슨 좋은 수가 없겠는가? 산채에 돈과 곡식이 넉넉해야만 관군이 온다 해도 두들겨 쫓을 수가 있다네."

그러자 도간호 진달이 나섰다.

"그 말이 옳소. 얼른 화음현으로 내려가 양식을 먼저 빌려 봅시다."

"화음현으로 가서는 아니 되오. 포성현으로 가야만 만에 하나라도 실수가 없을 것이외다."

백화사 양춘이 그렇게 진달의 의견을 반대하고 나섰다. 진달이 알 수 없다는 듯 양춘에게 물었다.

"포성현은 사람도 적고 돈과 곡식도 흔하지 않은 곳이잖나? 화음현으로 가는 것만 못하네. 거기 놈들은 모두 살기가 넉넉해 털어올 게 많다네."

양춘이 얼른 그 말을 받았다.

"형은 모르시우. 만약 화음현을 털려면 사가촌을 지나가야 하는데 거기는 구문룡 사진이란 놈이 버티고 있단 말이오. 워낙 호랑이 같은 놈이라 가 봐야 이기기 힘들 거요. 그런데 그놈이 우리를 그냥 보내 줄 것 같소?"

"자네는 너무 겁이 많구먼. 한낱 촌놈 때문에 시골 마을조차 지나가지 못하면서 어떻게 관군을 당해 낸단 말인가?"

"형은 그놈을 너무 작게 보시는구려. 하지만 사진이란 놈은 그리 간단한 놈이 아니오!"

진달과 양춘이 그렇게 주고받는데 문득 주무가 양춘을 편들어 말했다.

"아우들 그만하게. 나도 그 사진이란 놈이 대단한 호걸이란 소리는 일찍부터 들었네. 사람들이 말하기로는 무예가 굉장하다는 걸세. 그러니 사가촌으로는 가지 말기로 하세."

그러자 성질 급한 진달이 벌떡 몸을 일으키며 소리쳤다.

"두 사람 모두 다됐구려. 사람이 뜻과 용기를 잃으면 그 위풍도 없어진다 했소. 그래 사진은 모가지가 셋에 팔이 여섯이나 된답디까? 나는 그놈이 그렇게 세다고는 믿지 않소!"

그러고는 소리쳐 졸개들을 부르더니 주무와 양춘이 들으란 듯 명했다.

"어서 내 말을 채비하라. 먼저 사가장부터 때려 엎은 뒤에 화음현을 치겠다!"

주무와 양춘이 그런 진달을 두 번, 세 번 말렸으나 소용없었다. 졸개 백오십 명 정도를 고른 진달은 갑옷을 여미고 말 위에 뛰어올라 사가촌으로 달려갔다. 징을 울리고 북을 치며 나가는 기세가 자못 거세었다.

그때 사진은 말을 장원 앞에 매 놓고 일만 나면 어디든 달려갈 채비를 갖춘 채 기다리는 중이었다. 부리는 머슴 하나가 헐레벌떡 달려와 소화산의 산적이 내려온다는 소식을 알렸다. 그 소리를 들은 사진은 준비한 북과 대통을 요란하게 쳐 댔다.

미리 짜 놓은 대로 대통 소리가 나자 사진의 장원 앞뒤에 있는 삼사백 호의 장정들이 저마다 창과 몽둥이를 들고 사진의 장원으로 몰려들었다. 한 집에서 하나만 나와도 삼사백 명은 되었다.

사진도 그새 채비를 갖춰 놓고 있었다. 머리에는 일자건(一字巾)이요 몸에는 붉은 갑옷인데 그 위에는 푸른 비단 겉옷을 걸치고 있었다. 발에는 녹색 가죽신을 꿰고 허리에는 가죽띠를 두른데다 가슴 앞뒤에는 심장을 보호하는 철판[掩心鏡]을 대고 있으니 바로 늠름하기 짝이 없는 장수의 모습이었다.

사진은 큰 활과 화살통을 허리에 차고 끝이 세 갈래에 양날인 한 자루 큰 칼을 손에 든 채 장정들이 끌고 온 말에 올랐다. 온몸이 불붙은 숯 같은 적토마였다.

말에 오른 사진은 삼사십 명의 젊고 날랜 장정은 앞세우고 나이 든 팔구십 명의 마을 농부들은 뒤딸린 채 마을 북쪽으로 달려나갔다. 그들이 한꺼번에 지르는 함성이 제법 우렁찼다.

한편 소화산을 단숨에 달려 내려온 진달은 산 아래 이르러서야 졸개들을 멈춰 서게 했다. 그리고 졸개를 보내 살펴보려는데 벌써 사진이 들이닥쳤다.

드잡이질에 들어가기 앞서 사진은 먼저 도둑 떼의 우두머리 진달을 살펴보았다. 진달의 차림도 꽤나 볼만했다. 머리에는 홍요면건(紅凹面巾)이요 몸에는 금생철갑(金生鐵甲)에 한 마리 크고 흰말을 타고 있는 품이 한 무리의 우두머리로서 모자람이 없어 보였다. 그 뒤에서는 백여 명의 졸개들이 함성을 질러 대며 기세를 돋우고 있었다.

떠나는 구문룡

진달도 사진을 알아보았다. 저 나름으로는 오래 굴러먹은 도둑떼의 우두머리라 말 위에서 몸을 굽혀 제법 예까지 표했다.

사진이 그런 진달을 꾸짖었다.

"너희들은 사람을 죽이고 함부로 불을 놓았을 뿐만 아니라 남의 집을 부수고 재물 털기를 밥 먹듯 해 왔으니 그 죄가 실로 하늘에 가득하다 할 것이다. 마땅히 죽어야 할 놈이 정말 간도 크구나. 바로 태세(太歲, 목성)가 납시는 쪽 흙을 퍼서 집을 지으려 드는 꼴이니(옛날 중국 사람들은 목성이 뜨는 쪽 흙으로 집을 지으면 재앙이 온다고 믿었음) 왜 살기가 싫어지기라도 했느냐?"

사진이 턱없이 사람을 얕보는 바람에 진달은 속으로 불끈했으나 진달이 억지로 참고 능청을 떨었다.

"고정하시고 잠시 제 말을 들어 주십시오. 지금 저희들은 산채에 식량이 모자라 화음현에 식량을 꾸러 가는 길입니다. 마침 가는 길에 대협의 장원이 있어 지나치게 되었을 뿐이니, 만약 한 가닥 길만 빌려주신다면 이곳은 풀뿌리 하나 다치지 않게 하겠습니다. 뿐만 아니라 저희들을 그냥 지나가게 해 주신다면 돌아올 때는 두터운 사례까지 올리겠습니다."

"헛소리 마라! 마침 나는 이정(里正) 일을 보고 있어 너희 같은 도둑 떼를 잡아야 할 몸이다. 만약 오늘 너희가 이 마을 앞을 지나가는 걸 보고도 우리가 그냥 두었다는 걸 현에서 알면 결코 용납하지 않을 것이다."

그래도 진달은 속 좋게 사정을 거듭했다.

"세상 모든 사람은 형제[四海之內 皆兄弟也]란 말도 있지 않습니까? 그러지 말고 길 좀 빌려주십시오."

"좋다. 하지만 설령 내가 보내 준다 쳐도 너희들이 이곳을 지나려면 또 한 군데 물어봐야 할 곳이 있다."

점점 기가 난 사진이 이죽거림까지 섞어 그렇게 진달의 말을 받았다. 진달이 행여나 해서 물었다.

"또 한 군데 물어볼 곳이라니 그게 누굽니까?"

그러자 사진이 껄껄 웃으며 손에 든 칼을 들어 보였다.

"바로 내 손안에 있는 이 칼이다. 이 칼이 너희들에게 가도 좋다고 하면 지나가도록 해라!"

진달도 그런 놀림에는 더 참지 못했다. 그동안 꾸욱 눌러 참아왔던 분통을 일시에 터뜨리며 소리쳤다.

"달아나는 놈은 뒤쫓을 필요가 없다더니 겁 없이 뻗대는 촌놈도 어찌 달래 볼 수가 없구나. 덤벼라! 네놈에게 정신이 확 돌아오도록 해 주겠다."

그 소리에 화가 난 사진이 칼을 휘두르며 말 배를 걷어찼다. 진달도 창을 꼬나들고 말을 몰아 마주쳐 나왔다.

두 말이 어우러지며 한동안 승부를 가늠할 수 없는 싸움이 벌어졌다. 하지만 아무래도 진달은 사진의 적수가 못 되었다. 사진이 짐짓 빈구석을 보여 주자 진달은 옳다구나 창을 들어 사진을 찔렀다. 미리 짐작하고 있던 사진이 번뜩 허리를 비틀어 피하자 창은 가슴께를 스치고 방비 없는 진달의 몸이 그대로 사진과 엇갈렸다. 사진은 그 틈을 놓치지 않고 원숭이같이 긴 팔을 뻗어 진달의 허리춤을 움켜잡았다.

"에잇!"

사진의 용쓰는 소리가 들리는 순간 진달의 몸은 말안장에서 떴다가 그대로 땅바닥에 패대기쳐졌다. 진달이 탔던 말은 놀란 나머지 주인을 버리고 달아나 버렸다.

"저놈을 묶어라!"

사진이 마을 청년들에게 기세 좋게 소리쳤다. 청년들이 우르르 달려가 아직 제정신이 아닌 진달을 꽁꽁 묶어 버렸다. 그 광경을 본 도둑 떼들은 겁먹고 놀란 나머지 가랑잎처럼 흩어져 저희 산채로 달아나고 말았다.

진달을 사로잡아 앞세우고 장원으로 돌아온 사진은 호기가 만장이나 치솟았다. 진달을 뜰 앞 굵은 나무 기둥에 묶어 놓고 남은 두 괴수를 잡을 때를 기다리면서 그 뒤처리도 게을리하지 않았다. 관청에 사람을 보내 그 소식을 알림과 아울러 술과 고기를 내어 마을 사람들을 배불리 먹였다. 마을 사람들이 입을 모아 사진을 칭송했다.

"자네가 이토록 호걸인 줄 정말 몰랐네. 이제 우리 마을은 발 뻗고 자도 되겠네그려!"

한편 산채에 남아 있던 주무와 양춘은 진달을 보내긴 했지만 아무래도 마음이 놓이지 않았다. 곧 졸개를 풀어 산 아래의 소식을 알아보게 했다. 얼마 뒤에 빈 말 한 필만 끌고 돌아온 졸개가 기막힌 소식을 전했다.

"아뢰니다. 진달 두령께서 두 분의 말씀을 듣지 않고 산을 내려갔다가 기어이 일을 당하셨습니다!"

깜짝 놀란 주무와 양춘이 입을 모아 경위를 묻자 졸개가 진달이 사로잡힐 때까지의 광경을 들은 대로 전했다.

"내 말을 안 듣고 기어이 산을 내려가더니 결국 그런 화를 입었구나!"

졸개의 말을 들은 주무가 진달을 나무라며 그렇게 탄식했다. 곁에 있던 양춘은 제 성미를 이기지 못해 몸까지 부르르 떨며 소리쳤다.

"안 되겠습니다, 형님. 우리 모두 함께 쳐 내려가 사진 그놈과 죽기로 싸워 봅시다!"

생각 깊은 주무가 그런 양춘을 달래며 말했다.

"그것도 안 되네. 그놈이 이미 진달을 이겨 사로잡았는데 자네가 어떻게 당해 낸단 말인가? 그러지 말고 내 말을 듣게. 시행하기는 괴롭지만 그래도 괜찮은 계책이 내게 하나 있으니 그대로 한번 해 보세. 만약 이 계책으로도 진달을 구해 내지 못한다면 그때는 우리 둘이 함께 그놈에게 덤벼 끝장을 보는 거지."

"그게 어떤 계책이우?"

주무의 꾀를 믿는 양춘은 제 성미를 누르며 물었다. 주무가 그런 양춘의 귀에 대고 자신의 계책을 일러 주었다. 듣고 난 양춘이 풀어진 얼굴로 말했다.

"좋은 계책인 듯싶우. 어서 같이 내려갑시다. 일을 서둘러야 하게 됐우."

그때 사진은 자신의 장원에서 아직 가라앉지 않은 흥분을 누르며 나머지 산적들이 다시 내려오기만을 기다리고 있었다. 오래잖아 마을 청년 하나가 달려와 알렸다.

"산채에 남아 있던 두령 주무와 양춘이 제 발로 걸어 내려오고 있습니다."

사진은 당연히 그들이 진달을 구하기 위해 싸우러 내려온 줄 알았다. 벌떡 몸을 일으키며 머슴들에게 소리쳤다.

"그렇다면 그것들도 끝장이지. 세 놈 모두 한 끈에 묶어 관가에 바쳐야겠다. 어서 말을 끌어내 오너라!"

그리고 한편으로는 대통을 쳐 마을 사람들도 모두 모이게 했다.

사진은 기세 좋게 말 위에 뛰어올라 마을 어귀로 달려 나갔다. 그런데 이게 어찌 된 셈인가. 주무와 양춘은 무기도 없이 걸어서 마을로 걸어 들어오고 있었다. 뿐만 아니었다. 둘은 사진을 보자

마자 그대로 땅바닥에 꿇어앉으며 주르륵 눈물을 흘렸다.

"너희 둘이 그렇게 무릎을 꿇고 앉아 무슨 수작을 부리려는 것이냐?"

사진이 말 위에 높다랗게 앉은 채 그렇게 을러댔다. 주무가 흐느끼며 말했다.

"저희들 셋은 죄지은 것 없이 관가의 핍박을 받아 어쩔 수 없이 이렇듯 산중에서 도적질이나 해 먹고 사는 신세로 떨어지고 말았습니다. 일찍이 저희들은 비록 한날한시에 태어나지는 못했어도 죽는 날은 한날한시가 되기를 맹세한 적이 있습니다. 우리가 유비, 관우, 장비 세 사람에게는 아득히 미치지 못함을 알지만 그래도 마음 하나만은 그들과 다르지 않습니다. 그런데 오늘 저희 아우 진달이 말리는 말을 듣지 않고 대협의 범 같은 위엄을 다쳤다가 오히려 대협께 사로잡힌 바 되어 이 장원 안에 묶여 있다는 소리를 듣게 되었습니다. 그러나 힘없는 저희로서는 아우를 구해 낼 길이 없어 생각 끝에 이제 이렇게 함께 죽으러 온 것입니다. 바라건대 대협께서는 저희 셋을 한 끈에 묶어 관가에 넘기시고 상을 청하도록 하십시오. 저희들은 비록 죽는다 해도 영웅의 손 아래 죽게 되니 아무런 원망이 없습니다."

그렇게 말을 마친 주무는 다시 비 오듯 눈물을 흘렸다. 아무리 쇠나 돌로 된 심장을 가진 사람이라도 마음이 흔들리지 않을 수 없는 광경이었다. 하물며 순진하고 인정 많은 젊은이인 사진에 있어서랴.

'저들은 참으로 의리를 아는 자들이로구나. 내가 만약 저들을 관가에 묶어 바치고 상을 받는다면 천하의 호걸들로부터 비웃음을 면키 어려울 것이다. 또 예로부터 이르기를, 호랑이는 쓰러진 짐승의 고기는 먹지 않는다 하지 않는가.'

사진은 속으로 그렇게 가만히 중얼거린 뒤에 주무를 향해 입을 열었다.

"두 분은 나를 따라오시오."

이렇다 저렇다 밝힘 없이 불러들인 것인데도 주무와 양춘은 조금도 겁내는 기색 없이 사진을 따라 마을 안으로 들어갔다. 그리고 사진의 집 안 대청 앞에 이르자 다시 무릎을 꿇으며 태연히 말했다.

"어서 저희를 묶어 진달과 함께 관가에 넘겨주십시오."

사진은 그런 그들의 의기에 더욱 감동이 되었다. 그들더러 일어나 마루 위로 오르기를 청했다. 그들은 세 번, 네 번 사양하다가 마지못한 듯 마루 위로 올라왔다.

"원숭이는 원숭이를 알아보고, 사나이는 사나이를 알아보는 법이오. 두 분의 의기가 그토록 무거운데 내가 어떻게 두 분을 묶어 관가에 바칠 수 있겠소이까? 만약 그리하면 나는 사나이가 아닐 것이오. 진달을 놓아 드릴 테니 데려가시오."

사진이 그들에게 자리를 내어 주며 조용히 말했다.

주무가 펄쩍 뛰듯 소리쳤다.

"아니 됩니다. 저희들의 잘못에 대협께서 연루되시기라도 한다면 그보다 더 부당한 일이 어디 있겠습니까? 차라리 저희를 묶어 관가에 넘기고 상을 청하시는 게 훨씬 저희 마음이 편하겠습니다."

오히려 사진이 좋은 말로 그들을 달랬다.

"천만에, 어찌 그럴 수 있겠소? 그러지 말고 우리 술이나 한잔 나누며 이야기합시다."

주무도 그것까지는 마다하지 않았다.

"죽는 것도 겁내지 않는 저희들인데 술 한잔 마시는 걸 꺼리겠습니까? 그거라면 대협의 뜻대로 따르겠습니다."

이에 사진은 먼저 진달을 풀어 주고 대청에 큰 술상을 차리게 한 뒤 그들 셋을 대접했다. 주무, 양춘, 진달은 그 같은 사진의 관대함에 절하여 감사하고 기꺼이 술잔을 들었다.

술잔이 오고 가는 사이에 그들 셋과 사진의 정분은 한층 두터워졌다. 어지러운 세상을 살다 보니 어떻게 도둑 떼의 우두머리가 되긴 했으나 산채의 세 사람도 그리 막돼먹은 자들은 아니었다.

흥겨운 가운데 술자리가 끝나자 세 사람은 거듭 절하여 고마움을 드러내고 저희 산채로 돌아갔다. 사진은 그들을 마을 어귀까지 바래다주고 자신의 집으로 돌아왔다.

한편 산채로 돌아간 주무는 양춘과 진달에게 말했다.

"이번에 우리가 이 계책을 쓰지 않았더라면 어떻게 목숨을 건질 수 있었겠나? 그렇게 의기로 감동시키는 길밖에는 사 대랑(史大郞)으로부터 진달 아우를 빼내는 수가 없었을 것이네. 어쨌든, 이번에 그분에게 은혜를 입었으니 우리도 갚아야 되지 않겠나? 며칠 뒤 예물을 넉넉히 보내 살려 준 은혜를 갚도록 하세."

양춘과 진달도 거기에는 반대가 없었다.

한 열흘 뒤 금 서른 냥을 마련한 그들 세 사람은 졸개 둘을 시켜 한밤중에 사진을 찾아보고 그 금을 바치게 했다.

산을 내려간 졸개들은 곧 사가장 어귀에 이르러 문을 두드렸다. 자리에 누웠다가 머슴으로부터 산채에서 사람이 왔다는 소리를 들은 사진이 얼른 옷을 걸치고 나왔다.

"무슨 일로 왔는가?"

사진이 그렇게 묻자 졸개 중 하나가 말했다.

"저희 세 분 두령께서 특히 저희들을 보내 대협께 예물을 올리라 하셨습니다. 비록 대단찮으나 대협께서 살려 주신 은혜에 보답고자 하는 것이오니 부디 물리치지 마시고 웃으면서 거두어 주십시오."

그리고 가져온 금덩이를 꺼내 사진에게 바쳤다. 사진은 처음에 그걸 받지 않으려 했으나 다시 생각해 보니 그것도 예의가 아닐 것 같았다.

'저들이 이왕에 좋은 뜻으로 보낸 것이니 안 받으면 도리어 어색해지지 않는가.'

그런 생각으로 금덩이를 거둔 뒤 술상을 차려 두 졸개들을 대접했다. 그리고 그들이 산으로 돌아갈 때는 둘 모두에게 은덩이를 내려 기분을 돋워 주었다.

그로부터 한 보름 뒤였다. 주무를 비롯한 세 사람은 여기저기를 털다가 큰 구슬 하나를 얻었다. 살려 준 은혜도 은혜려니와 사진의 인품에도 깊이 반한 그들은 좋은 물건을 보자 또 사진 생각이 났다. 얼른 졸개 하나를 뽑아 사진에게 갖다 바치게 했다.

사진도 이번에는 전보다 쉽게 그 예물을 받아들였다.

다시 한 보름이 지났다. 소금 먹은 놈이 물켠다던가. 두 번이나 예물을 받고 나니 사진도 가만히 있을 수가 없었다.

'저들 세 사람이 이토록 나를 높이 보는데 그냥 있기 어렵구나. 나도 작은 예물이나마 저들에게 보내 답을 해야겠다.'

그렇게 생각한 사진은 다음 날 머슴을 장으로 보내 붉은 비단 세 필을 끊어 오게 한 뒤 그것으로 좋은 옷 세 벌을 짓게 했다. 그리고 따로 살찐 양 세 마리를 구워 큰 상자에 넣고 비단옷과 함께 머슴 둘에게 지워 산채로 보냈다.

그때 그 머슴 둘을 데리고 사자 격으로 나선 사람은 왕사(王四)란 상머슴이었는데, 벼슬아치들을 잘 구워삶고 언변이 좋아 사람들은 그를 새백당(賽伯當)이라 불렀다. 당나라 때 이름난 변설가인 백당(伯當)보다 말솜씨가 낫다는 뜻이었다.

산채에 오른 왕사와 두 머슴은 파수를 보고 있는 졸개들에게 자기들이 온 까닭을 밝혔다. 졸개들이 곧 안으로 들어가 알리자 주무를 비롯한 세 두령이 달려 나왔다. 그들은 몹시 기뻐하며 사진이 보낸 비단옷과 양고기를 받아들이고 심부름 온 머슴들을 잘 대접해 돌려보냈다. 은자 열 냥에 사람마다 술을 여남은 잔씩 돌리니 머슴들은 입이 귀밑까지 째져 사가장으로 돌아갔다.

"산 위의 두령들은 매우 감격하며 예물을 받았습니다."

돌아온 머슴들로부터 그런 말을 듣자 사진도 흐뭇했다. 거기다가 산채는 산채대로 가만있지 못해 다시 답례를 하니 그로부터 사가장과 산채는 이웃처럼 왕래가 빈번해졌다.

사진이 산채로 물건을 보낼 때 주로 부리는 것은 왕사였다. 보름에 한 번이 열흘에 한 번, 열흘에 한 번이 닷새에 한 번 하는 식으로 왕래가 잦아지더니 마침내 왕사는 거의 매일처럼 산채를 오르내리게 되었다. 그리고 거기 못지않게 산채에서도 자주 사람을 내려보내 사진에게 금은을 바치곤 했다.

그사이 세월이 흘러 팔월 중추절이 되었다. 사진은 산채의 세 두령과 이야기를 나누고 싶어, 보름날 밤 자신의 장원에서 함께 달을 보며 술을 마시자고 그들을 청했다.

왕사가 그 뜻이 담긴 사진의 편지를 품고 산채로 올라가니 주무를 비롯한 세 두령이 반갑게 맞았다. 편지를 읽은 주무가 먼저 기쁨으로 응낙하고 다른 둘도 주무를 따랐다. 주무는 곧 그런 자기들의 뜻을 한 통 글에 담아 왕사에게 주고 사진에게 전하게 했다.

그런데 왕사가 사가장으로 내려오는 길에 기어이 일이 터졌다. 왕사에게 심부름 값으로 은자 닷 냥을 준 것까지는 좋았으나 열 잔이 넘는 술을 권한 게 탈이었다. 얼큰히 취해 산을 내려오던 왕사는 산채의 심부름꾼으로 사가장을 자주 드나들어 얼굴이 익은 졸개 하나를 만났다. 그 졸개가 반갑다고 잡고 놓아주지 않아 다시 길섶 주막으로 드는 바람에 일이 꼬이기 시작했다.

왕사가 그 주막에서 열두어 잔을 더 마시고 장원으로 향했을 때는 이미 술이 머리 꼭대기까지 올라 있었다. 그래도 아니 돌아갈 수는 없어 걷는다고 걷는데 발길은 이리 비틀 저리 비틀, 서 있을 때보다 넘어져 길 때가 더 많았다.

그렇게 한 십 리나 갔을까, 문득 왕사의 취한 눈에 작은 숲이 들어왔다. 비틀거리며 그 뒤로 가 보니 거기에는 푸른 풀밭이 펼쳐져 있었다. 왕사는 그 풀밭을 보자 더 걸을 마음이 없었다. 에라, 모르겠다 싶은 심경으로 거기 드러누워 그대로 코를 골고 말았다.

그때 마침 그 산 아래서 토끼를 쫓던 사냥꾼 이길이 그런 왕사를 보았다. 이길은 왕사가 사가장 사람임을 알아보고 한달음에 달려와 일으켜 세워 보려 했다. 그러나 왕사는 꿈쩍 않고 그의 가슴에 감춰져 있던 은자만 비죽이 흘러나왔다. 그 은자를 본 이길은 생각이 달라졌다.

'이놈이 몹시 취했구나. 찾아보면 은자가 더 있을 듯도 한데…… 그래 어디 한번 찾아보자.'

이길은 그 좋은 기회를 놓칠세라 왕사의 가슴께를 뒤졌다. 편지 한 통과 함께 정말로 은자 몇 냥이 더 나왔다.

은자만 거둬 달아나려던 이길은 문득 호기심이 일어 그 편지를 뜯어보았다. 앞머리에 소화산 석 자와 주무, 진달, 양춘이란 이름들이 보였다. 그러나 가운데 쓰여 있는 내용은 무식한 그로서는 읽어 낼 수가 없었다. 겨우 소화산과 두령 이름 셋만 알아본 이길은 한동안 아쉬운 듯 편지를 뒤적이다 가만히 중얼거렸다.

'나 같은 한낱 사냥꾼이 언제 한번 기 펴고 살 날이 오겠나? 그러나 점을 치니 올해에는 큰 재물이 생긴다 했는데, 이게 바로 그 기회가 아닌지 모르겠다. 이걸 화음현에 갖다 바쳐 도적의 우두머리 셋을 잡게 하고 삼천 관 상금이나 타자. 더군다나 그 사진이란 놈도 그냥 둘 수 없는 놈이지. 전에 내가 난쟁이 구을랑을 찾아갔을 때 내게 무얼 엿보러 왔느냐고 소릴 꽥꽥 질렀겠다. 알고 보니 산도둑놈들과 내통하느라 찔리는 구석이 많아서 그랬구나. 어디 견뎌 봐라…….'

그리고 그길로 화음현 관가로 달려가 은자와 편지를 내놓으며 모든 걸 일러바쳤다.

한편 그 풀숲에서 한잠 늘어지게 잔 왕사는 초저녁이 되어서야 깨어났다. 벌써 해가 저물어 달빛이 온몸을 비추는 걸 보고 깜짝 놀라 사방을 돌아보았다. 보이는 것은 모두 소나무뿐 아무도 없는 숲속이었다.

비로소 자신이 술에 취해 아무 데서나 곯아떨어졌음을 안 왕사는 편지와 은자를 갈무리했던 가슴께부터 더듬어 보았다. 그러나 가슴께는 누가 헤집어 놓은 듯 옷깃이 벌어져 있고 잡히는 것은 아무것도 없었다.

더욱 놀란 왕사는 사방을 찾아보았다. 그러나 보이는 것은 풀밭에 버려진 빈 보자기뿐 거기 싸여 있던 은자와 편지는 간 곳이 없었다. 그래도 왕사는 괴롭게 끙끙대며 한참이나 풀밭을 뒤졌다.

'은자야 그렇다 쳐도, 그놈의 편지를 잃어버렸으니 어쩌면 좋으냐? 정말로 누가 훔쳐 갔지…….'

그러다가 이슥고는 마음을 달리 먹었다.

'만약 돌아가서 편지를 잃어버렸다고 하면 사진 나리는 반드시 성을 내고 나를 내쫓을 것이다. 차라리 편지 같은 것은 받지 않았다고 말하자. 그런들 무슨 수로 알아채겠는가.'

그렇게 생각을 정한 왕사는 곧 마을로 달려 내려갔다. 뛴다고 뛰었건만 왕사가 사가장에 이르렀을 때는 벌써 날이 희붐하게 밝아오고 있었다.

"왜 이렇게 늦었느냐?"

마침 깨어 있던 사진이 헐떡이며 돌아온 왕사에게 물었다. 왕사가 능청스레 대답했다.

"나리 덕분에 그리됐습니다. 산채의 세 분 두령께서 저를 잡고 놓아주시지 않아 밤새도록 술을 마시다 보니 이렇게 늦어진 것입니다."

"답장은 없었느냐?"

사진이 다시 물었다. 왕사는 속이 뜨끔했으나 내색하지 않고 둘러댔다.

"세 분 두령께서 답장을 쓰시려다 말고 제게 말씀하시기를 '우리가 이미 가기로 했으니 따로이 답장이 무슨 필요가 있겠나.' 하시더군요. 저도 술을 마신 뒤라 돌아오는 길에 잃어버리기라도 한다면 큰일이다 싶어 굳이 조르지 않았습니다."

사진이 들어 보니 조금도 이상한 데가 없었다. 왕사가 어려운 심부름을 잘하고 돌아온 것만이 기특해 칭찬까지 해 주었다.

"사람들이 너를 '백당보다 낫다[賽佰當]' 한다더니 이제 그 까닭을 알겠다. 이래저래 애썼다."

"제가 어찌 감히 늑장을 부릴 수 있겠습니까? 돌아오는 길에는 다리 한 번 쉬게 함이 없이 똑바로 달려왔습니다."

기가 살아난 왕사는 그런 거짓말까지 보태 자신이 저지른 실수를 깨끗이 감춰 버렸다. 거기 완전히 넘어간 사진은 아무 걱정 없이 잔치 준비만 서둘렀다.

"알겠다. 안으로 들어가거든 사람을 장에 보내 안줏거리와 술을 사 오게 해라. 이왕 남을 청했으니 잔칫상이 허술해서야 쓰겠느냐?"

며칠 안 되어 중추절이 되었다. 그날 사진은 또 큰 양 한 마리와 닭, 오리 백여 마리를 잡게 해 미리 마련해 둔 술과 안주에 보태니, 왕공(王公)을 대접해도 모자람이 없을 잔칫상이 되었다. 날씨까지 맑아 달을 바라보며 술을 마시기에는 더할 나위 없는 대보름이었다.

소화산에 있는 세 두령 주무와 진달과 양춘은 날이 저물기를 기다려 산을 내려왔다. 산채는 졸개들을 남겨 지키게 하고 평소 가까이 지내는 네댓만을 거느렸는데, 그런 세 두령의 차림도 전에 없이 단출했다. 박도(朴刀) 한 자루에 말도 타지 않고 어슬렁어슬렁 걸어서 내려오는 게 누가 보아도 흉악한 산도둑 떼의 우두머리 같지는 않았다.

세 두령이 사가장에 이르니 기다리고 있던 사진이 반갑게 맞았다. 서로 예를 표한 뒤에 사진은 이미 잔칫상이 펼쳐져 있는 후원으로 그들을 안내했다.

사진은 사양하는 그들을 윗자리에 앉히고 머슴들을 소리쳐 불렀다.

"지금부터 장원 문을 걸어 잠그고 아무도 들이지 말라."

뭐니 뭐니 해도 그들 세 사람은 법을 어기고 관가에 쫓기는 산채의 두령들이었다. 사진은 자신이 그들과 내왕하는 게 여럿에게 알려져서는 좋지 않다 싶어 먼저 문단속부터 시키게 했다.

이어 흥겨운 술자리가 시작되었다. 머슴들이 돌아가며 술잔을 채우고 요리한 양고기를 내와 술을 권했다. 술잔이 서너 순배 돌 무렵 해 동쪽으로 달이 솟아오르니 술자리는 한층 흥이 일었다. 사진은 주무와 진달, 양춘과 더불어 지난 이야기와 앞일의 의논으로 시간 가는 줄 몰랐다.

그렇게 얼마쯤 지났을까, 갑자기 장원 담 밖에서 크게 함성이 일며 횃불이 어지럽게 밝혀졌다. 깜짝 놀라 몸을 일으킨 사진이 밖으로 나가기에 앞서 세 사람에게 말했다.

"세 분은 이대로 앉아 계시오. 내가 나가서 살펴보고 오겠소."

그리고 머슴들에게는 대문을 열지 못하게 한 뒤 사다리를 담에 걸치고 밖을 내려다보았다.

뜻밖에도 먼저 눈에 들어온 것은 말 위에 앉은 화음현의 현위(縣尉)였다. 그 곁에는 낯익은 도두(都頭, 하급 군관) 두 사람이 붙어 서 있는데 그들 뒤에는 또 삼사백 명의 군사들이 장원을 에워싸고 있었다. 산채의 세 두령이 내려온 걸 알고 관군이 잡으러 온 것임에 틀림없었다.

안으로 들어간 사진이 세 사람에게 바깥의 형세를 대강 일러준 뒤 괴롭게 중얼거렸다.

"자아, 이제 이 일을 어찌했으면 좋겠소?"

세 사람이 일제히 머리를 조아리며 말했다.

"형은 원래 죄 없는 몸으로, 저희 세 사람 때문에 어려움에 끌려들어서는 아니 됩니다. 얼른 저희 세 사람을 묶어 넘기시고 상을 청하십시오. 그렇게 해서 형이 저희 일로 연루됨을 면한다면 저희로서는 더 바랄 게 없겠습니다."

사진이 펄쩍 뛰며 목소리를 높였다.

"아니외다. 어찌 차마 그런 짓을 할 수 있겠소? 만약 내가 나를 찾아온 세 분을 묶어 관가에 바치고 상을 구한다면 세상 사람들은 나를 크게 비웃을 것이오. 나는 죽더라도 세 분과 함께 죽을 것이며 살더라도 함께 살 것이오. 이러지들 마시고 일어나시오. 마음을 풀고 따로 좋은 궁리를 내 봅시다. 먼저 내가 저들에게 이렇게 몰려온 까닭이나 들어 보는 게 좋겠소."

그리고 다시 사다리 위로 올라가 전부터 낯을 아는 두 도두에게 물었다.

"두 분은 무슨 일로 이같이 한밤에 나의 장원으로 몰려오셨소?"

"고발이 있어 왔소이다. 사 대랑도 여기 이 이길을 보시면 짐작 가는 게 있을 것이오."

두 도두 중 하나가 자못 거만한 말투로 그렇게 대꾸하고 곁에 있는 사냥꾼 이길을 가리켰다. 그러나 왕사가 편지를 잃어버린 걸 알 길 없는 사진은 좀 어리둥절했다. 평소의 위엄을 잃지 않고 꾸짖듯 이길에게 물었다.

"너 이놈 이길아, 너는 무슨 일로 죄 없는 사람을 고발하였느냐?"

"저는 아무것도 모릅니다. 다만 숲속에서 편지를 주웠기로 현청에 갖다 보였더니 일이 이렇게 되고 말았습니다."

이길이 움찔하여 그렇게 대답했다. 이상한 낌새를 느낀 사진이 얼른 왕사를 불러 물었다.

"너는 전에 받은 편지가 없다 했는데 저놈이 말하는 편지란 건 또 무엇이냐?"

그제야 왕사가 벌벌 떨며 기어 들어가는 목소리로 대답했다.

"제가 깜박 술에 취해 답장이 있었음을 잊었습니다."

"이 짐승 같은 놈! 네가 그러고도 살기를 바라느냐?"

사진이 소리 높여 그런 왕사를 꾸짖었다.

밖에 있던 도두와 군사들은 그 같은 사진의 엄청난 위세에 겁을 먹고 감히 집 안으로 뛰어들 생각을 못 했다. 그때 담 밑에 와 있던 세 두령이 손짓과 함께 말했다.

"어서 바깥의 말에 대답부터 하시지요!"

군사들이 한꺼번에 집 안으로 몰려들 게 걱정되어 적당한 말로 시간을 벌어 두라고 하는 소리였다. 사다리 위의 사진이 얼른 그 뜻을 알아차리고 바깥을 향해 천연스레 소리쳤다.

"알겠소. 두 분 도두께서는 수고롭게 창칼을 휘두를 필요가 없소이다. 잠시 몇 발짝만 물러나 기다려 주시오. 내 스스로 산채의 두령들을 묶어 나가겠소."

은근히 사진을 두려워하고 있는 두 도두는 그 말에 차라리 잘됐다는 듯 선선히 고개를 주억거렸다.

"좋소이다. 우리는 아무 짓도 않고 당신이 그들을 묶어 올 때만 기다리겠소. 그런 뒤 우리와 함께 현청으로 가서 그들의 목에 걸린 상이나 청합시다."

그리고 군사들을 몇 발짝 물러나게 했다.

필요한 시간을 번 사진은 곧 사다리를 내려가 집 안으로 들어갔다. 그리고 먼저 왕사를 불러 한칼에 죽여 버린 뒤 머슴들에게 가만히 명했다.

"지금부터 짐을 싼다. 집 안에 값나갈 만한 물건을 모조리 꾸려 나서도록 해라."

오랫동안 섬겨 온 주인일 뿐만 아니라 당장은 그의 위세에 질려 머슴들은 사진이 시키는 대로 했다. 집 안의 온갖 재물을 꾸려 등에 진 머슴들이 마당에 모이자 사진은 수십 개의 횃불을 켜 들게 한 뒤 장원 뒤편으로 갔다. 그리고 산채의 세 두령을 불러 말했다.

"모두 갑옷으로 몸단속을 하고 박도를 뽑아 들도록 하시오. 알맞은 곳을 골라 힘으로 뚫고 나가는 수밖에 없소."

사진의 의리에 감격한 산채의 두령들은 말없이 거기 따랐다.

대충 준비가 갖춰지자 사진은 먼저 장원 뒤쪽의 초가에 불을 질렀다. 불길을 본 바깥의 관군들이 우르르 그쪽으로 몰려갔다. 사진은 다시 가운데 집채에 불을 질러 관군을 더욱 현혹시킨 뒤 사람들을 몰아 장원 앞문을 활짝 열고 함성과 함께 뛰어나갔다.

앞장선 사진에 이어 주무와 양춘, 진달의 순으로 칼을 휘두르고 달려 나오는데 그 뒤를 산채에서 따라온 졸개들과 사진의 머슴들이 따라왔다. 그들은 몰려드는 관군들을 이리 치고 저리 치며 길을 열었다. 특히 사진은 한 마리 호랑이처럼 동에 번쩍 서에 번쩍 하니 아무도 그를 막아 내지 못했다.

뒤에서는 불길이 어지럽게 일고, 뛰쳐나오는 사람들은 죽기로 싸우자 시골 관군 몇백 명으로서는 그들을 당해 낼 길이 없었다. 마침내 한 줄기 길이 열리고 그 사이로 사진 일행이 빠져나가기 시작했다.

그런데 사진이 막 관군의 에움을 벗어날 무렵이었다. 갑자기 그의 눈에 두 명의 도두와 사냥꾼 이길이 들어왔다.

이길을 본 사진은 화가 꼭뒤까지 치솟았다.

"원수 놈을 잡으려고 내 눈까지 밝아진 모양이구나! 요놈 이길아, 너 잘 만났다."

사진은 그렇게 소리치며 악귀 같은 모습으로 그쪽을 덮쳤다. 이길 곁에 있던 두 도두는 겁부터 먼저 났다. 앞뒤 돌아볼 것도 없이 그대로 몸을 돌려 달아났다.

놀란 이길도 어떻게 몸을 빼쳐 달아나 보려고 했으나 그보다는 사진의 솜씨가 더 빨랐다. 어느새 다가간 사진의 칼이 번쩍 치켜지는가 싶더니 이길은 비명 한마디 못 지르고 두 동강이 났다.

달아난 두 도두도 끝내 무사하지는 못했다. 재수 없게도 양춘과 진달에게 걸린 그들은 각기 박도 한 칼질에 목숨을 잃고 말았다. 멀찌감치 떨어져서 지켜보고 있던 현위는 이길과 두 도두가 죽는 광경에 얼이 빠졌다. 어떻게 관군을 수습해 싸워 볼 생각은 않고 그대로 말 머리를 돌려 달아나고 말았다.

현위가 그 지경이니 시골 관군들이야 오죽하겠는가. 어느새 싸움판은 누가 누구를 잡으러 왔는지 모르게 되고 관군들은 모두 제 한목숨 건져 달아나기에 바빴다.

한편으로 그들을 죽이면서도 한편으로는 달아나기를 게을리

않던 사진은 오래잖아 일행과 함께 소화산에 이르렀다. 산채에 남아 있던 졸개들이 그런 사진과 자기들의 두령을 반갑게 맞아들였다.

산채에 들어가 자리를 잡고 앉게 된 뒤에야 사진은 비로소 숨을 돌렸다. 그사이 주무와 양춘은 졸개들을 시켜 소를 잡고 술을 걸러 잔치를 마련했다. 그리고 사진을 윗자리에 앉히고 극진히 대접했다.

연이은 잔치에 들떠 며칠이 눈 깜짝할 사이에 지나갔다. 어느 날 아침 술에서 깨어난 사진은 홀로 가만히 생각해 보았다.

'저들 셋을 구한다고 집을 모두 태워 버렸으니 이를 어쩐다? 비록 약간의 재물을 건지기는 했지만 정말로 값진 것은 모두 잃어버렸구나…….'

물론 땅이야 남아 있겠지만, 사람을 많이 죽인 마당에 다시 마을로 내려갈 수는 없었다. 하지만 그렇다고 언제까지 산채에 남아 한패로 지낼 수도 없었다. 작은 도둑 떼의 우두머리로 한평생을 살기에는 자신의 지난날이 너무 아까웠다. 이에 이래저래 울적해진 사진은 궁리 끝에 주무와 양춘, 진달을 찾아보고 말했다.

"내 스승 왕 교두님이 관서의 경략부(經略府)에 계시니 나는 먼저 그분을 찾아뵈어야겠소. 아버님이 돌아가신 지금 달리 가볼 곳도 없는 데다 집과 재산을 모두 잃었으니 어찌하겠소? 아마도 스승님을 찾아뵙고 앞날을 의논하는 게 가장 나을 듯싶소."

그러자 주무를 비롯한 세 사람이 말렸다.

"안 됩니다. 형을 그렇게 보낼 수는 없습니다. 이 산채에 며칠 더 계시면서 따로 궁리를 짜내 보도록 합시다. 만약 형께서 저희들과 같이 되는 게 싫으시다면 바깥이 조용해진 뒤에 저희들이 모든 걸 되일으켜 드리지요. 집도 새로 짓고 묵은 땅도 일궈 드리면 되지 않습니까? 그래서 다시 양민으로 돌아가시면 됩니다."

그래도 사진은 뜻을 바꾸지 않았다.

"만약 당신들이 참으로 나를 생각해 준다면 이제 떠나려는 나를 붙들지 말아 주시오. 내가 스승님을 찾게만 된다면, 거기서 이 한 몸이 뒤집어쓴 허물을 털어 버릴 길도 얻을 수 있을 것이오. 아직 많이 남은 앞날을 위해서도 나는 가야 하오."

"그럼 여기서 이 산채의 주인이 되어 지내시는 것은 어떻습니까? 산채가 작고 편안한 곳도 못 되지만 이 또한 한 가지 길은 될 것입니다."

주무가 다시 그렇게 권했다. 그러나 사진의 뜻은 조금도 흔들리지 않았다.

"나는 원래 허물없는 장부였소. 어떻게 부모에게서 받은 깨끗한 몸과 이름을 이런 곳에 머물러 더럽힐 수 있겠소? 나더러 산도적이 되라고는 두 번 다시 권하지 마시오."

그리고 날을 정해 떠나기만을 고집했다. 주무를 비롯한 세 사람이 되풀이해 그런 사진을 말렸으나 끝내 산채에 잡아 둘 수는 없었다.

그로부터 며칠 뒤 사진은 드디어 소화산의 산채를 떠났다. 데리고 간 머슴과 동네 젊은이들은 모두 산채에 남기고, 그들에게 지워 간 재물도 노자로 쓸 은자 몇 냥을 빼고는 모두 산채에 맡긴 채였다. 우연히 말려든 일탈의 길에서 벗어나 다시 법과 제도 속으로 돌아가려는 몸부림의 시작이었다.

또 다른 일탈자

주무와 진달, 양춘을 비롯한 산채 사람들의 눈물 어린 전송을 받으며 소화산을 떠난 사진은 관서로 가는 큰길을 잡아 걸었다. 연안부에 있는 스승 왕진을 찾아보기 위함이었다. 차림은 그럴듯했으나 가진 것은 칼 한 자루에 괴나리봇짐 하나뿐인 나그네라 지난날 사가장의 젊은 주인으로 보여 주었던 위풍은 별로 남아 있지 않았다.

배고프면 밥을 사 먹고 목마르면 물 마시며 밤에도 새벽별이 질 때까지 걷기를 보름이나 했을까, 사진은 그럭저럭 위주(渭州)에 이르렀다. 멀리 성문을 바라보면서 사진은 속으로 중얼거렸다.

'이곳에도 경략부가 있으니 혹시 스승님도 여기 계실지 모르겠구나. 한번 알아보기나 해야겠다.'

그러자 갑자기 마음이 급해진 사진은 걸음을 빨리해 성안으로 들어갔다. 위주도 다른 큰 고을처럼 육가(六街) 삼시(三市)가 있었는데, 그 한 길목에 있는 작은 찻집이 먼저 사진의 눈길을 끌었다. 목도 마르려니와 사람이 많이 드나드는 그곳에서 스승 왕진을 물어볼 수도 있을 것 같았다.

사진이 그 찻집으로 들어가 빈자리를 차지하고 앉자 주인[茶博士]이 와서 물었다.

"손님, 무슨 차를 드시겠습니까?"

"포차(泡茶)를 주시오."

사진이 그렇게 대답하자 오래잖아 주인은 포차를 끓여 내왔다. 사진이 찻잔을 들며 주인에게 물었다.

"경략부는 어디 자리 잡고 있소?"

"이 앞으로 얼마 안 가면 나옵니다."

주인이 그렇게 알려 주었다. 그가 경략부를 잘 아는 것 같아 사진이 다시 물었다.

"그럼 하나 더 물읍시다. 그 경략부 안에 동경에서 온 교두 왕진이란 분이 안 계십니까?"

그러자 주인이 그건 모르겠다는 듯 머리를 저었다.

"저 경략부에는 교두가 매우 많습니다. 왕씨 성을 쓰는 교두만도 서넛이 넘지요. 그런데 어느 왕 교두가 왕진인지는 모르겠소."

그런데 미처 주인의 말이 끝나기도 전이었다.

몸집이 몹시 큰 사내 하나가 성큼성큼 찻집으로 들어서는 게 보였다.

사진이 보니 어딘가 군관 같은 모습이었다. 사진은 왠지 그에게 마음이 끌려 가만히 살펴보았다.

머리에는 삼으로 꼰 만자정(卍字頂) 두건을 쓰고 윗도리에는 푸른 전포를 걸쳤는데, 허리에는 문무를 아울러 나타내는 띠를 두르고 있었다. 얼굴은 둥글고 귀가 컸으며, 코는 곧고 입이 네모졌다.

거기다가 여덟 자 키에 한 아름은 될 듯한 허리가 한눈에 힘깔이나 쓰는 장사로 보였다.

그 사내가 자리를 찾아 앉는 걸 보고 찻집 주인이 사진에게 말했다.

"손님, 왕 교두를 찾으시려면 저분 제할(提轄, 하급 군관)께 물어보시지요. 저분이라면 잘 아실 것입니다."

그러잖아도 그 사내에게 마음이 끌리던 사진은 얼른 몸을 일으켜 예를 표하며 은근하게 청했다.

"저어…… 우리 자리를 함께하는 게 어떻겠습니까? 차라도 한 잔 올리고 싶습니다만……."

그러자 그 사내가 말없이 사진을 살펴보았다. 그도 사진의 크고 떡 벌어진 몸이나 씩씩한 얼굴 생김이 마음에 드는지 슬그머니 일어나 예를 표했다. 그런 그를 한 번 더 청해 자리를 함께하게 된 사진이 물었다.

"하찮은 게 간은 커서 묻는 걸 어려워할 줄 모릅니다. 관인(官人)의 존함은 어떻게 되시는지요?"

그 사내가 별로 못마땅해하는 기색 없이 일러 주었다.

"내 성은 노(魯)가요, 이름은 달(達)이외다. 그런데 형씨는 뉘시오?"

"저는 화주 화음현 사람으로 성은 사가요, 이름은 진입니다. 제가 관인께 묻고 싶은 것은 제 스승인 왕진이란 분입니다. 동경에서 팔십만 금군의 교두를 지내신 분인데 혹시 이 경략부 안에는 안 계십니까?"

사진이 숨김없이 자신의 이름을 밝히고 스승의 일을 물었다. 노 제할이 반가운 얼굴로 그 말을 받았다.

"아니, 그렇다면 형씨는 바로 그 유명한 사가촌의 구문룡 그 사람이란 말이오?"

"그렇습니다."

사진은 상대가 자신을 알아주는 게 고마워 깊숙이 머리를 숙이며 대답했다. 노 제할도 황망히 몸을 굽혀 답례한 뒤 다시 물었다.

"백 번 그 이름을 듣는 것보다 한 번 그 얼굴을 보는 것이 낫다더니 과연 그렇구려. 그럼 형씨가 찾는 왕 교두란 분은 바로 동경에서 고 태위의 미움을 받아 쫓기는 그 왕진이란 분이 아니시오?"

"예, 바로 그렇습니다."

"나도 그분의 이름을 들었소. 그러나 그분은 여기 계시지 않소이다. 들으니 연안부의 노충 경략 상공께 가 있다던가……. 이곳 위주는 소충(小种, 여기서는 충사도를 말함) 경략 상공이 맡아 지키는데 그분은 이리로 오지 않았소. 그건 그렇고 형씨가 바로 그

사 대협(史大俠)이라면 그 또한 내가 많이 들은 이름이오. 우리 여기서 이럴 게 아니라 저쪽 큰 술집에 가서 술이나 같이 들며 이야기합시다."

사진이 바로 소문으로만 듣던 그 사람이란 걸 확인한 노 제할이 대뜸 그렇게 나왔다. 그리고 사진의 손목을 끌듯 찻집을 나서다가 문득 고개를 돌려 주인에게 소리쳤다.

"찻값은 내가 갚아 드릴 테니 그리 아시오."

"좋으실 대로 하십시오. 제할님이라면 어떻게 하셔도 좋습니다."

주인이 허리까지 굽신하며 아첨하듯 말했다.

그렇게 하여 팔짱을 끼듯 찻집을 나온 두 사람이 거리를 따라 한 사오십 발짝 옮겼을 때였다. 한군데 공터에 수많은 사람들이 빙 둘러 서 있는 게 보였다. 궁금증이 인 사진이 노달에게 말했다.

"형씨, 우리도 한번 보고 갑시다."

그 말에 노달도 마다하지 않아 둘은 모여 선 사람들을 헤치고 그 안을 들여다보았다. 한 사람이 긴 막대를 짚고 섰고 땅바닥에는 여남은 가지 고약이 늘어놓여 있었다. 거리에서 창이나 막대 쓰는 재주를 보여 주고 약을 파는 사람인 듯했다.

사진이 무심코 그 사람을 보니 뜻밖에도 몹시 눈에 익은 얼굴이었다. 바로 사진에게 처음 봉술을 가르쳐 준 사람으로, 말하자면 첫 번째 스승이 되는 타호장(打虎將) 이충(李忠)이었다. 사진이 사람들 사이에 끼어 선 채 큰 소리로 인사를 드렸다.

"선생님, 참으로 오랜만에 뵙습니다."

이충도 금세 사진을 알아보고 반갑게 받았다.

"아니, 자네가 여기까지 웬일인가?"

그때 노달이 끼어들어 이충을 보고 권했다.

"이왕 여기 이 사형의 스승 되신다니 우리와 함께 갑시다. 술이라도 몇 잔 드시면서 회포를 푸시지요."

그 말에 이충은 난감한 표정이 되었다.

"데리고 있는 아이놈이 고약을 다 팔 때까지만 기다려 주시오. 잔돈도 셈해 줘야 하고…… 그런 다음이면 제할님과 같이 갈 수 있겠소이다."

"그때까지 어떻게 기다린단 말이오? 그러지 말고 어서 같이 갑시다."

술이 급한 노달이 때 아닌 억지를 쓰기 시작했다. 한층 난감해진 이충이 사정하듯 말했다.

"약을 팔지 못하면 먹고 입을 길이 없으니 어쩝니까? 그러지 말고 제할님이 먼저 술집에 가 계십시오. 저도 곧 뒤따라가겠습니다."

그리고 사진을 보며 도움을 청했다.

"어이, 사진, 자네가 제할님을 모시고 먼저 가게."

하지만 노달은 그걸 참을 성미가 못 되었다. 갑자기 이충은 버려두고, 모여 선 구경꾼들을 향해 욕설을 퍼부었다.

"이 할 일 없는 놈들아, 무슨 구경났다고 여기 모여 이 지랄들이냐? 어서 꺼지지 않으면 내가 두들겨 쫓겠다."

그러면서 금세 휘두를 듯 바윗덩이 같은 주먹을 치켜들었다. 구경꾼들은 그가 바로 그 무서운 노 제할이란 걸 알아보고는 다투어 달아나니 금세 공터에는 노달과 사진만 남게 되고 말았다.

이충은 속으로 몹시 화가 치밀었으나 노달이 워낙 거칠고 힘세 보여 감히 성을 내지 못했다. 그저 쓴웃음으로 '정말 성미 한번 되게 급하시구먼.' 하고는 그대로 고약 보따리를 챙겼다. 사진도 노달의 그 같은 짓거리가 어이없었으나 당장 어쩔 수가 없어 보고만 있었다.

노달이 남의 기분은 아랑곳없이 앞장서서 두 사람을 데려간 곳은 다리 건너 반가(潘家)라는 이름난 술집이었다. 그 집 문 앞에 세워진 높은 장대에는 술집임을 알리는 긴 베 조각이 마침 부는 바람에 한가롭게 펄럭이고 있었다.

술집 안으로 들어간 세 사람은 위층 한구석에 자리를 잡았다. 노달이 주인 자리요, 그 맞은편에 이충, 그리고 조금 자리를 낮춰 사진이 앉는 식이었다.

그들이 술을 청하자 노달을 알아본 주인이 궁굴듯 달려 나와 물었다.

"노 제할님, 술은 얼마나 내올까요?"

"우선 네 각(角, 대략 세 홉쯤)만 내오슈."

노달이 그렇게 대답하자 주인이 다시 물었다.

"안주는 어떻게 하시겠습니까?"

"별걸 다 묻네. 팔아먹고 싶은 게 있으면 뭐든 내오슈. 나중에 한꺼번에 갚아 줄 테니까. 쓸데없이 와서 사람 귀찮게 굴지 말구……."

노달이 그렇게 퉁명스레 받자 주인은 더 길게 묻는 법 없이 주방 쪽으로 돌아갔다.

오래잖아 따끈하게 데운 술이 나오고 이어서 안주가 나왔다. 모두 고기로만 된 안주였다. 노달의 식성을 아는 주인이 거기 맞춰 내온 듯했다.

술이 몇 순배 돌면서 이야기는 이런저런 세상일로부터 창칼 쓰는 법으로 옮아갔다. 셋 다 싸움이라면 한가락 있는 사람들이라 거기서 이야기는 한층 신명이 나기 시작했다.

그런데 언제부터인가 옆방에서 들려오는 젊은 여자의 울음소리가 그들의 신명을 흩어 놓았다. 아무리 창술이나 검술에 미쳐 있는 그들이라도 그냥은 들어 넘길 수 없을 만큼 애절한 울음소리였다. 차츰 좌중의 말수가 적어지고 그 울음소리 쪽으로 더 자주 귀가 기울자 신명이 깨진 노달은 그만 심통이 났다. 이렇다 저렇다 말도 없이 들고 있던 잔이며 상 위의 접시들을 방바닥에 내동댕이쳤다.

술집 주인이 그 소리에 놀라 달려와 보니 이미 노달은 화가 꼭뒤까지 오른 형상이었다. 주인이 어쩔 줄 몰라 하며 떨리는 목소리로 말했다.

"나리, 필요한 것들이 있으면 말씀만 하십시오. 얼른 갖다 올리겠습니다."

노달이 안주 때문에 그러는 줄 잘못 짐작한 것이었다. 노달이 버럭 소리를 질렀다.

"내가 필요한 게 있기는 뭐가 있어? 아직도 네놈은 나를 모르는 모양이구나."

"그럼 무엇 때문에 이러십니까?"

"너는 귓구멍이 막혔느냐? 옆방에서 저렇게 슬피 울어 대는데 내 형제들이 무슨 흥으로 술을 마실 수 있겠느냐? 이제까지 네놈에게 갖다 바친 술값만도 적지 않은데, 이렇게 나를 푸대접할 수 있느냐?"

노달의 그 같은 말에 그제야 까닭을 알아차린 주인이 사정하듯 말했다.

"나리, 잠시만 진정하십시오. 제가 어찌 사람을 슬피 울게 해 나리의 흥을 깨겠습니까? 저 방에서 울고 있는 것은 술집에서 노래를 팔던 계집아이와 그 아비 두 사람입니다. 나리께서 여기서 술을 드시고 계신 줄 모르고 울다가 그리된 듯하니 너그럽게 보아주십시오. 이제 곧 울음소리가 들리지 않게 하겠습니다."

그러나 노달은 그 말을 듣자 이번에는 다른 호기심이 이는 것 같았다. 갑자기 목소리를 풀며 주인에게 말했다.

"그것 참 괴상한 일이군. 그렇다면 주인장과 내가 그들 부녀를 불러 곡절을 한번 물어봅시다."

술집 주인은 그 말을 안 들었다가는 무슨 낭패를 볼지 몰라 그러마 대답하고 방을 나갔다.

술집 주인이 나가고 조금 있으려니 두 사람이 훌쩍이며 그들의 술상 앞에 나타났다. 앞선 것은 열여덟이나 열아홉쯤 되는 젊은 여자였고, 뒤따르는 것은 예순 가까워 뵈는 늙은이로 손에 박자 맞추는 나무판을 들고 있었다. 여자는 썩 예쁜 얼굴은 아니었으나 사람의 마음을 움직일 만큼은 되어 보였다.

방금까지 운 흔적이 남은 눈으로 머뭇머뭇 다가와 그들 앞에서는 걸 보고 노달이 물었다.

"너희 두 사람은 어느 집에서 일하는가? 그리고 무엇 때문에 그토록 슬피 울었는가?"

그러자 젊은 여자가 나직한 한숨과 함께 까닭을 밝혔다.

"나리께서 모르시는 듯하니 천한 것이 감히 여쭙겠습니다. 저희들은 원래 동경에 살았는데 이곳 위주에 친척이 있어 의지하려고 왔습니다. 그러나 뜻밖에도 찾아간 사람은 남경으로 이사를 가고 없고, 어머님마저 객지에서 병들어 돌아가시자 저희 부녀는 하는 수 없이 이렇게 노래를 팔아 하루하루를 지내게 되었습니다……."

"노래를 팔아 사는 게 어디 한둘이냐? 사람이 살다 보면 이럴 수도 있고 저럴 수도 있지……."

젊은 여자가 잠시 숨결을 가다듬는 걸 말이 끝난 줄로 안 노달이 그렇게 퉁명스레 받았다. 여자가 얼른 하던 말을 이었다.

"저희가 슬피 운 것은 그 일이 아니라 진관서(鎭關西)라 불리는 정 대관인(大官人) 때문입니다. 그는 이렇게 사는 저희 부녀를 보더니 중매쟁이를 넣어 저를 첩으로 삼고자 했습니다. 저는 돈 삼천 관을 준다는 그의 꼬임과 인근 불량배를 내세운 으름장에 져서 중매쟁이의 말을 듣기로 했지요. 그런데 누가 생각이나 했겠습니까? 그는 준다던 삼천 관은 주지 않고 문서만 거짓으로 만든 뒤에 저를 데려갔습니다. 그러나 그 집 안방마님이 어찌나 드세고 강짜가 심한지 저는 석 달도 못 돼 쫓겨나고 말았습니다. 거기다가 더욱 기막힌 일은 받지도 않은 삼천 관을 도로 내놓으라는 것입니다. 아버님이 나서 보았으나 힘없는 어른이 어찌 그를 이겨 낼 수 있겠습니까? 거기다가 상대는 돈 많고 세력까지 큰 정 대관인이라 끝내는 저희가 지고 말았습니다. 하지만 삼천 관이란 적은 돈이 아닌데 애초에 한 푼도 받은 게 없는 저희 부녀가 무슨 수로 제꺽 갚아 내겠습니까? 하는 수 없이 아버님은 그간 마련한 작은 밭뙈기를 팔고 저는 이 술집에 나와 몇 푼 버는 돈으로 그 억울한 빚을 갚아 나가고 있습니다. 이제 한 절반을 갚았을 것입니다. 그런데 어제 오늘 이틀은 이 술집에 손님이 없어 오늘까지 갚기로 한 만큼의 돈을 벌지 못했습니다. 돈을 못 갚으면 받게 될 정 대관인의 갖은 행패와 욕설을 견뎌 낼 일이 아득하여 걱정하고 있다 보니 문득 이 같은 고초를 겪으면서도 하소연할 데조차 없는 저희 부녀의 신세가 슬프기 한이 없었습니다. 그래서 부질없이 운 것이 그만 나리의 흥을 깨고 만 듯합니다. 죄스럽기 그지없으나 부디 저희 부녀를 불쌍히 여기시어 너그러이 보아주십시오."

그렇게 이야기를 마친 그녀의 눈에는 다시 샘솟듯 눈물이 흘렀다. 언제부턴가 숨을 씩씩거리며 듣고 있던 노달이 무슨 생각을 했는지 불쑥 물었다.

"네 이름은 무엇이며 지금은 어느 객점에 묵고 있는가? 또 그 정 대관인이란 자는 누구며 지금 어디에 있는가?"

그러자 이번에는 그 아비가 딸을 대신해 대답했다.

"이 늙은이는 김이(金二)라 하옵고, 저 아이는 취련(翠蓮)이라 불리지요. 저희 부녀는 지금 동문 밖 노가객점(魯家客店)에 묵고 있습니다. 또 정 대관인이란 바로 장원교(狀元橋) 옆에서 푸줏간을 하는 정도(鄭屠)란 자로 진관서라 불리기도 합니다."

"쳇, 정 대관인 정 대관인 하기에 누군가 했더니 이제 보니 그 돼지 백정놈 정도로구나. 천하에 몹쓸 놈 같으니! 소충 경략 상공 밑에서 푸줏간이나 해 살아가는 주제에 그따위 못된 짓을 해?"

듣고 난 노달이 그렇게 소리친 다음 벌떡 몸을 일으키며 이충과 사진에게 말했다.

"두 분은 여기 그냥 앉아 계시오. 내 당장 가서 그놈을 때려죽이고 오겠소."

이충과 사진이 그런 노달을 잡고 말렸다.

"형씨, 잠시 노기를 푸시오. 내일 다시 궁리를 내 봅시다."

그들이 세 번 네 번 말리니 노달도 더는 성질을 부리지 못했다. 애써 화를 억누른 뒤 늙은이 쪽을 향해 불쑥 물었다.

"노인장, 이리 와 보시오. 내가 약간의 노자를 마련해 줄 터이니 내일 당장 원래 살던 동경으로 돌아가는 게 어떻겠소?"

"만약 우리가 고향으로 돌아갈 수 있다면 돌아가신 조상이 되살아나신 것만큼이나 반가운 일일 것입니다. 그러나 저희를 맡고 있는 객점 주인이 놓아주겠습니까? 그리되면 정 대관인은 그에게 돈을 물어내라 할 것인데……."

"그건 내가 막아 주겠소. 내게 좋은 수가 있으니 걱정 마시오."

무슨 생각을 하고 있는지 노달이 시원시원하게 늙은이를 안심시켰다. 말뿐만이 아니었다. 노달이 문득 괴춤을 털어 은자 닷 냥을 탁상 위에 놓으며 사진에게 말했다.

"내가 오늘 그리 많은 돈을 가져오지 못했소. 형씨에게 은자가 있으면 좀 빌려주시오. 내일 갚아 드리리다."

노달의 뜻을 짐작한 사진이 선선히 응했다.

"어찌 되돌려받기를 바라겠소? 나도 있는 대로 내리다."

그리고 봇짐을 뒤져 은자 열 냥을 탁자 위에 꺼내 놓았다. 노달이 다시 이충을 보고 같은 말을 했다.

"형씨도 가진 게 있으면 좀 빌려주시구려."

그러나 이충은 사진과 달랐다. 반갑잖은 얼굴로 은자 두 냥을 꺼내 보탰다.

"보기보다 쩨쩨한 양반이구먼."

노달은 이충이 내놓은 돈이 너무 적은 걸 보고 자신과 사진이 낸 열닷 냥만 집으며 그렇게 빈정거렸다. 그러나 시비를 걸기 위함은 아닌 듯 곧바로 그 돈을 김씨 늙은이에게 내주며 당부했다.

"이걸로 두 사람의 노자를 삼고 어서 가서 짐을 꾸리시오. 내일 아침 일찍 내가 당신네 두 사람이 떠날 수 있도록 해 주겠소. 그 객점 주인이 누군지 모르지만, 내가 말하는데 감히 마다하지는 못할 것이오."

그 갑작스러운 행운에 부녀 두 사람은 잠시 어리둥절했다. 그러다가 노달이 진심으로 그런다는 걸 알자, 수없이 절해 고마움을 표시하고 객점으로 돌아갔다.

노달은 그들 부녀가 떠난 뒤에야 아직 탁자 위에 있는 은자 두 냥을 집어 이충에게 돌려주었다. 이충도 힘깨나 쓰는 사람이었으나 워낙 상대가 상대인지라 부글거리는 속을 감히 드러내지 못하고 그 은자를 거두었다.

술자리가 다시 이어졌다. 셋은 술이 네 각 다 없어진 뒤에도 두 각을 더 청해 마시고야 일어났다. 아래층으로 내려온 노달이 술기운 도는 목소리로 소리쳤다.

"주인장, 술값은 외상이오. 내일 갚아 주리다."

"예예, 좋을 대로 하십시오."

주인이 연신 허리를 굽실거리며 노달이 그 정도로 떠나는 것만 기뻐했다.

반가 술집을 나온 세 사람은 거리 모퉁이에서 헤어졌다. 사진과 이충은 각기 객점을 구해 들고 노달은 경략부 앞에 있는 자신의 거처로 돌아갔다.

노달이 자기 거처로 돌아가니 저녁상이 기다리고 있었다. 그러나 노달은 김씨 부녀의 일로 영 기분이 좋지 않은 데다 술까지 흠뻑 마셔 먹을 생각이 전혀 안 났다. 수저도 들지 않고 제 방으로 들어가 잠자리에 들었다. 집주인은 노달이 왜 그러는지 궁금했으나 혹시라도 그의 성미를 건드릴까 두려워 감히 묻지 못했다.

한편 은자 열닷 냥을 얻어 객점으로 돌아간 김씨 늙은이는 먼저 딸아이를 진정시켜 놓고, 성 밖으로 나가 수레 한 대를 구했다.

그 수레를 자기만 아는 곳에 두고 객점으로 돌아온 그는 주인에게 그동안의 숙식비를 치른 뒤 짐을 꾸렸다. 그가 비는 것은 그 밤이 무사히 지나가고 어서 다음 날이 밝는 일이었다.

다음 날 새벽 일찍 일어난 그들 부녀는 급하게 아침밥을 지어 먹고 떠날 채비를 했다. 날이 밝기 바쁘게 노달이 큰 걸음걸이로 그 객점을 찾아드는 게 보였다.

"여봐라, 김씨 노인과 그 딸이 있는 곳이 어디냐?"

노달이 문 곁에서 안을 향해 그렇게 소리쳤다. 심부름 하는 아이가 김 노인에게 큰 소리로 일러 주었다.

"김씨 할아버지, 노 제할님이 찾아오셨어요."

그러자 김 노인이 방문을 열고 나와 노달을 맞았다.

"제할님, 어서 안으로 들어와 앉으시지요."

"앉기는 뭘 땜에 앉는단 말이오? 그러지 말고 어서 떠나기나 하시오. 무얼 기다린다고 아직도 여기서 머뭇거리고 있소이까?"

노달이 퉁명스레 대답하고 어서 떠나기만을 재촉했다. 김 노인은 거기에 힘을 얻었다. 노달에게 거듭 감사의 뜻을 표한 뒤 얼른 객점을 떠나려 했다.

그런 그들의 길을 막으며 심부름꾼 아이가 소리쳤다.

"할아버지, 어딜 가요?"

"왜? 방 값 떨어진 것이라도 있니?"

움찔해 선 김 노인을 대신해 노달이 그 아이놈에게 물었다.

"두 사람의 방 값은 어제 받았소만 아직 정 대관인의 빚은 다 갚지 못했소. 내가 그걸 떠맡아 받아내기로 했으니 아니 되겠소. 두 사람이 그냥 떠나고 나면 내가 그 돈을 물어야 한단 말이오."

아이놈이 조금 전과는 사뭇 다른 목소리로 그렇게 대답했다. 노달이 점잖게 말했다.

"정도의 돈은 내가 갚아 주기로 했다. 그러니 너는 저 사람들을 그냥 보내 주도록 해라."

그러나 아이놈은 길을 비켜 주지 않고 뻗대었다. 벌컥 성이 난 노달은 말 대신 다섯 손가락을 다 편 손으로 아이놈의 따귀부터 올려붙였다. 얻어맞은 아이놈의 입에서는 금세 벌건 피가 쏟아졌다. 그래도 노달은 분이 안 풀리는지 다시 아이놈의 볼따구니에 주먹을 내질렀다. 그 한주먹에 이번에는 아이놈의 이빨 두 개가 와지끈 부러져 나갔다. 그제야 겁을 먹은 아이놈은 기듯이 객점을 빠져나가 어디론가 달아나 버렸다. 노달은 아이놈을 뒤쫓는 대신 김 노인을 재촉해 그 객점에서 내보냈다. 멀찍이서 객점 주인도 그 광경을 보고 있었으나, 심부름꾼 아이놈이 당하는 꼴을 본 뒤라 감히 그들 부녀를 막지 못했다.

객점을 무사히 빠져나온 김 노인 부녀는 얼른 성 밖으로 갔다. 그리고 전날 미리 마련해 둔 수레를 찾아 거기에 짐을 싣고 원래 살던 곳으로 길을 잡았다.

한편 노달은 심부름꾼 아이놈이 되돌아와 그들 부녀가 떠나는 걸 막을까 걱정이 되었다. 그놈이 달아난 쪽에다 의자를 끌어다 놓고 한참이나 앉았다가 그들 부녀를 쫓아가기 어려울 만큼 시간이 지났다 싶자 자리를 털고 일어났다. 그리고 다음 차례인 정도를 찾아 장원교 쪽으로 어슬렁어슬렁 걸어갔다.

정도는 마침 푸줏간에 나와 있었다. 버얼건 돼지고기가 여기저기 매달린 가게의 두 문을 활짝 열어 놓고 궤짝에 걸터앉은 그 곁에는 시퍼런 고기 칼 여남은 개가 놓여 있는 게 보였다. 노달이 그를 소리쳐 불렀다.

"어이, 정도, 거기 뭐하나?"

그 소리에 뭔가 딴생각을 하고 있던 정도가 힐끗 돌아보았다. 자기를 찾은 게 사납기로 이름난 노 제할이라는 걸 알아본 정도는 황망히 몸을 일으켜 달려 나오며 굽신거렸다.

"아이구, 나리, 오시는 줄 몰랐습니다. 용서하십쇼."

그러고는 부리는 아이놈을 불러 의자를 내오게 한 뒤 권했다.

"제할님, 여기 앉으십시오."

노달이 사양 없이 앉더니 능청스레 말했다.

"경략 상공의 분부시네. 고기 열 근만 잘게 썰어 주게. 비계는 눈곱만큼도 섞여서는 아니 되네."

"알겠습니다. 어디를 잘라 드리면 좋을지 골라 주십시오."

정도가 다시 허리를 굽신하며 말했다. 노달은 여전히 능청을 떨었다.

"내가 어디 고기가 좋은지 알 수가 있나? 자네가 알아서 잘라 주게."

"그렇다면 제가 골라서 자르겠습니다."

정도는 그 말과 함께 기름기가 없는 것으로 골라 고기 열 근을 자른 뒤 다지듯 잘게 썰기 시작했다.

그때 객점의 심부름꾼 아이놈이 정도의 푸줏간에 이르렀다. 김 노인 부녀가 달아난 일을 알리려고 뒤늦게 정신을 차려 달려온 길이었다. 그러나 노달이 문 앞에 의자를 내놓고 앉은 길 보자 감히 정도에게 가지 못하고 멀찌감치 처마 밑에 숨어 때만 기다렸다.

한참이나 지난 뒤에야 고기를 다 썬 정도가 그것을 연잎으로 싸며 물었다.

"제할님, 고기는 사람을 시켜 보내 드릴까요?"

"그럴 것 없네. 그보다는 필요한 고기가 더 있네. 이번에는 비계로만 열 근을 주게. 살코기라고는 한 점도 안 묻은 비계라야 되네. 그걸 또한 전처럼 잘게 썰어 주게."

노달이 천연스러운 얼굴로 다시 그런 주문을 했다. 정도가 고개를 갸웃거리며 물었다.

"고기만 다진 것은 만두소 같은 거로 쓸모가 있지만, 비계 다진 것은 어디다가 쓰시렵니까?"

노달이 갑자기 두 눈을 부릅뜨며 목소리를 높였다.

"상공께서 내게 분부하신 거야. 감히 누구에게 묻는 건가?"

정도가 찔끔하며 묻기를 그쳤다.

"아, 예예, 어딘가 쓸데가 있어서 그런 걸 찾으시겠지요. 곧 잘라 올리도록 하겠습니다."

그리고 다시 비계 열 근을 다지듯 잘게 썰어 연잎에 쌌다. 속으로는 아침부터 놀림을 당하는 기분도 들었으나 감히 드러내지는 못했다.

"사람을 딸려 드릴까요? 부중까지 고기를 들어 드려야 할 것 같은데……."

정도가 다시 고기 뭉치를 내밀며 물었다. 그러나 노달은 받으려 않고 한 번 더 엉뚱한 주문을 했다.

"아직 더 있네. 이번에는 연한 뼈를 잘게 썰어 주게. 뼈에는 고기 한 점 묻어 있어서는 안 되네."

정도가 어이없다는 듯 웃으며 말했다.

"아무래도 이상합니다. 혹시 저를 놀리려고 오신 건 아닙니까?"

그제야 노달도 본색을 드러냈다. 갑자기 벌떡 일어나더니 그 두 뭉치의 고기를 손에 들고 정도를 노려보며 소리쳤다.

"오냐, 잘 보았다. 너를 놀리려고 왔으니, 그래 어쩔 테냐?"

그러고는 고기 뭉치를 벽에다 내던졌다. 겉을 싼 연잎이 터지며 푸줏간 안에는 때 아닌 고기 비가 쏟아졌다. 어지간히 참아 내던 정도도 일이 그쯤 되자 더 참아 내지 못했다. 한 줄기 분기가 발끝에서 머리 꼭대기까지 똑바로 치솟으며 가슴속에는 무명업화(無明業火)가 타오르는 것 같았다. 이에 정도는 이것저것 생각할 것 없이 고기 도마 위에서 뼈 발라내는 칼 하나를 집어 들고 우르르 달려 나갔다.

그사이 노달은 푸줏간을 나서 거리를 휘적휘적 걷고 있었다. 마침 그 부근에는 정도에게 빌붙어 사는 가게들이 여남은 개 있었으나 누구도 그런 노달을 막는 사람이 없었다. 길을 지나던 사람들은 그저 걸음을 멈추고 구경만 했고 객점 심부름꾼 아이놈도 놀란 채 보고만 있었다.

오른손에 칼을 들고 뒤따라간 정도가 왼손으로 노달의 옷깃을 덥석 잡았다. 그리고 칼을 내지르려 했으나 그보다는 노달의 발길질이 빨랐다. 정도는 아랫배에 노달의 발길질을 받고 길바닥에 푹 꼬꾸라졌다.

노달은 그런 정도에게 한 발길질을 더 넣은 다음 가슴패기를 짓밟으며 꾸짖었다.

"이놈, 내가 노충 경략 상공 밑에 들어가 관서오로염방사(關西五路廉訪使)에 이르렀다 해도 진관서라고 불리기는 어려울 것이다. 그런데 너같이 고기나 썰어 파는 백정 놈이 진관서가 뭐냐? 진관서가. 그리고 이 개만도 못한 놈아, 취련이는 또 어째서 그렇게 쥐어짰느냐?"

그러고는 돌 뭉치 같은 주먹을 들어 정도의 콧등을 쥐어박았다. 얻어맞은 코는 단번에 자리를 틀어 돌아앉고 콧구멍에서는 시뻘건 피가 쏟아졌다. 마치 장(醬) 파는 가게가 부서져 단 것, 신 것, 매운 것이 한꺼번에 쏟아지는 것 같았다.

버둥거려 봐도 일어날 길이 없고 칼은 손 닿지 않는 곳에 멀리 떨어져 있어 어쩔 수 없게 된 정도는 아직 성한 입으로 악을 썼다.

"잘 친다. 죽여라, 죽여!"

"이 나쁜 놈, 이래도 감히 말대꾸냐?"

노달이 그렇게 꾸짖으며 다시 주먹을 들어 정도의 눈두덩과 눈썹 어름을 내리쳤다. 정도의 눈가죽이 찢어지고 눈알이 튀어나오면서 이번에는 물감 파는 집이 엎어진 형국이 났다. 붉은 물, 검은 물, 보랏빛 물이 얼굴 여기저기서 줄줄이 흘러나왔다.

그래도 구경하는 사람들은 아무도 나와 말리지 못했다. 그만큼 노달을 무서워한 까닭이었다. 그제야 죽음이 겁이 난 정도가 살려 주기를 빌었다.

"예끼, 이 망나니 같은 놈. 진작부터 빌고 들었다면 살려 줄 수도 있었지. 그런데 발악을 하다 안 되니 이제 와서 살려 달라고? 어림도 없다. 너 같은 놈은 죽어야 해!"

노달이 그런 소리와 함께 세 번째 주먹을 들어 정도의 관자놀이를 후려쳤다. 머리통이 부서지는 소리가 무당집 마당에서 나는 소리 같았다. 경쇠 소리, 징 소리, 방울 소리가 함께 어울려 내는 듯한 소리였다.

갑자기 정도의 움직임이 없어진 것 같아 노달이 살펴보니 정도는 사지를 쭉 뻗고 있었다. 입으로 약간씩 숨결이 뿜어져 나오기는 했으나, 들이마시는 게 없는 품이 살기 글러 버린 듯했다. 비로소 노달은 가슴이 뜨끔했지만 정도가 이미 죽은 걸 아는 척할 수는 없었다. 여럿에게 들으라는 듯 짐짓 목소리를 높였다.

"네놈이 죽은 척하고 있지만 아직 멀었다. 네놈은 더 맞아야 돼!"

그러나 그 순간에 정도의 낯빛이 점점 숨 끊어진 사람의 그것으로 변해 갔다. 더 숨기기가 어려워진 노달은 속으로 생각했다.

'나는 한번 호되게 때려 주려 한 것뿐인데 뜻밖에도 주먹 세 대에 이놈이 죽고 말았구나. 내가 관가에 가서 빌고 옥살이를 한다 해도 밥 한 그릇 넣어 줄 사람이 없으니 차라리 멀리 내빼는 게 좋겠다.'

하지만 그대로 달아날 수는 없어 발을 빼면서도 이미 죽은 정도를 다시 꾸짖었다.

"이놈, 네가 죽은 척한다마는 나는 안다. 어디 나를 속이려고……."

그리고 한편으로는 욕질을 계속하며 한편으로는 성큼성큼 걸음을 옮겨 그곳을 빠져나갔다. 구경꾼 중에는 정도에게 빌붙어 사는 사람들도 많았으나 아무도 그런 노달을 막으려 들지 않았다.

그길로 자기 거처로 돌아온 노달은 급하게 보따리를 쌌다. 입을 옷가지 몇 벌과 가진 은자를 모두 꾸려 멀리 달아나려는 것이었다.

짐을 다 꾸린 노달은 피 묻은 옷을 벗어 던지고 새 옷으로 갈아입었다. 그리고 무기라고는 짧은 몽둥이 하나만 지닌 채 남문으로 나가 한 줄기 연기처럼 어디론가 사라져 버렸다.

한편 정도는 객점 심부름꾼 아이놈의 전갈을 받은 가족들에게 업혀 가 반나절이나 구료를 받았으나 끝내 살아나지 못했다. 그가 죽자 가족과 이웃은 부윤(府尹)에게 노달을 살인죄로 고소했다. 부윤은 그 고소장을 읽어 보고 난 뒤 말했다.

"노달은 경략부에 소속된 제할이다. 함부로 들어갈 수 없으니 내가 직접 경략부로 가서 그 흉악한 놈을 잡아 와야겠다."

그리고 그길로 가마에 올라 경략부로 갔다.

경략부 앞에서 가마를 내린 부윤은 문을 지키는 군사들에게 자신이 온 것을 경략 상공에게 알리게 했다. 전갈을 받은 경략 상공은 부윤을 안으로 들게 하고 자리를 권하며 물었다.

"그래 부윤께서 어인 일로 이곳에 오셨소?"

"상공께서도 알고 계시지만 이곳 제할로 있는 노달 때문입니다. 노달은 이렇다 할 까닭 없이 저잣거리에서 정도란 자를 주먹으로 때려죽였습니다. 마땅히 그를 잡아 벌을 주어야 하나 이곳은 저희가 함부로 들어올 수 없는 곳이라 먼저 상공을 찾아뵙고 아뢰는 것입니다."

부윤이 그같이 말하자 경략 상공은 깜짝 놀랐다.

'노달이 비록 무예가 뛰어나다 하되 밖에 나가 사람을 죽였으니 어떻게 보호할 수 있겠는가. 부윤으로 하여금 잡아다 죄를 주게 하는 수밖에 없다.'

속으로 그렇게 생각을 정한 경략이 선선히 부윤의 말을 들어주었다.

"노달은 원래 나의 아버님인 노(老) 경략께서 부리던 군관으로 이곳에 쓸 만한 사람이 적어 내가 특히 뽑아 제할로 써 왔소이다. 그러나 사람을 죽인 죄를 저질렀다니 부윤께서 잡아다 법에 따라 문초하시오. 다만 그의 자백이 뚜렷해 죄가 정해지거든 반드시 아버님께도 알려 드린 뒤에 결단을 내리시는 게 좋을 듯하오. 나중에 아버님께서 그 사람을 찾으실 때에야 그가 그리된 걸 알렸다가는 좋지 못한 일이 생길까 해서 그렇소."

"알겠습니다. 반드시 노 경략께 아뢴 뒤에 노달을 처결하도록 하겠습니다."

부윤은 그렇게 다짐하고 경략부를 나왔다. 그리고 주아(州衙)로 돌아가기 바쁘게 그날의 즙포사신(緝捕使臣)에게 문서를 내려 살인 죄인 노달을 잡아들이게 했다.

마침 그날의 당직이던 왕 관찰(王觀察)은 공문을 받은 즉시 스무 명의 공인(公人)을 데리고 노달의 거처로 달려갔다. 그러나 노달은 이미 어디론가 사라지고 집주인이 나와서 겁먹은 얼굴로 말할 뿐이었다.

"그 사람은 작은 보따리 하나에 짧은 몽둥이 하나만 들고 나갔습니다. 어디를 가는지 소인도 궁금했으나 하도 기색이 험해 감히 물어보지 못했습니다."

그 말을 들은 왕 관찰은 노달의 방문을 열게 했다. 그러나 방 안에는 헌 옷가지만 널려 있을 뿐 아무것도 찾을 수가 없었다.

행여 도움이 될까 하여 집주인을 데리고 나선 왕 관찰은 그와 함께 사방으로 노달을 수소문해 보았으나 그 자취를 찾을 길이 없었다. 고을[州] 남쪽에서 북쪽까지 낱낱이 뒤져도 끝내 노달을 잡지 못한 왕 관찰은 집주인과 노달의 이웃 사람 몇 명을 데리고 주아(州衙, 주의 관청)로 돌아가 부윤에게 고했다.

"노달은 죄받을 게 두려워 달아나 버렸습니다. 어디로 갔는지 알 길이 없어 노달에게 방을 세주었던 집주인과 이웃 몇을 데리고 왔습니다."

그 말을 들은 부윤은 그들을 우선 잡아 두게 함과 아울러 정도의 집안사람들과 이웃도 몇 불러들이게 했다. 그리고 지방 관원들과 이정(里正)들이 보는 데서 오작행인(仵作行人, 오늘날의 검시관격)으로 하여금 정도의 시체를 검사하게 했다.

검시가 끝난 정도의 시신은 가족들에게 넘겨져 장례를 치렀다. 부윤은 정도의 이웃이 정도가 맞아죽는데도 구해 주지 않았다 해서 매질을 한 뒤 내보냈고 노달의 집주인과 이웃은 달아나는 걸 막지 못했다 해서 벌을 주었다. 그런 다음 한편으로는 널리 공문을 내려서 어서 노달을 잡으라고 재촉했다.

그 바람에 노달의 목에는 돈 일천 관의 상금이 걸리고 각처에는 노달의 나이와 출생지, 용모 등이 적힌 방이 나붙었다.

한편 위주를 빠져나간 노달은 한동안 동서남북을 정신없이 헤맸다. '굶주려도 먹을 걸 고를 수 없고 추워도 입을 걸 고를 수 없으며, 가려 해도 길을 고를 수 없고 외로워도 아내를 고를 수 없는' 참담한 도망자의 길이었다.

그렇게 몇 성을 지나고 몇 주(州)를 헤맸을까. 길 떠난 지 한 보름쯤 된 뒤에야 조금 정신이 든 노달은 자신이 있는 곳이 어딘지를 알아보았다. 지나가는 사람에게 물어보니 대주(代州) 안문현이란 대답이었다.

오래 외진 길만 다녀서 그런지 노달은 문득 성안으로 들어가 보고 싶어졌다. 여러 사람이 모인 곳에서 자신에 대한 소문을 들어 보는 것도 좋을 듯했다. 이에 노달은 그동안 쫓기느라 줄어든 뱃심을 애써 되살려 성안으로 들어갔다.

쫓기다 들게 된 불문(佛門)

노달이 안문현 성안으로 들어가 보니 저자는 시끌벅적하고 거리는 사람과 수레로 혼잡스럽기 짝이 없었다. 나라의 온갖 장사치들이 다 거기 모여 저마다의 상품을 늘어놓은 듯한 게 말이 현이지 번화하기는 주나 군보다 더했다.

그런 거리를 두리번거리며 가던 노달은 네 갈래 진 길 어귀에 한 떼의 사람이 모여 웅성거리는 걸 보고 걸음을 멈추었다. 한쪽 담벼락에 붙은 방문을 읽고 있는 듯했다. 노달도 그 방문의 내용이 궁금했지만 글을 몰라 읽을 수가 없었다.

때마침 그중 한 유식한 사람이 노달처럼 글을 모르는 이들을 위해 큰 소리로 방을 읽어 주었다.

"대주 안문현은 태원부(太原府) 지휘사의 명을 받들어 위주에서 정도를 때려죽인 노달을 잡고자 한다. 노달은 경략부의 제할로 있던 자로서…… 누구든 노달을 감추어 주면 그와 같은 죄로 벌할 것이며, 노달을 붙들어 오거나 그 목을 가져오는 사람에게는 돈 일천 관의 상금을 준다…….”

거기까지 들은 노달은 가슴이 덜컥했다. 그런데 바로 그때 누군가 노달을 보고 큰 소리로 말했다.

“아니, 장 형, 장 형이 여기 웬일이오?”

그리고 노달이 무어라고 대답할 틈도 주지 않고 그를 끌듯 사람들 속에서 데려 나갔다. 노달이 끌려가면서 힐끗 보니 그는 다름 아닌 김 노인이었다. 위주의 술집에서 그들 부녀를 구해 줄 때 동경으로 가라 했기에 그리로 간 줄 알았는데 뜻밖에도 이곳에서 만나게 된 것이었다.

김 노인은 네 갈래 길에서 멀찌감치 떨어진 곳에 이르러서야 나직이 말했다.

“은인께서는 정말 간도 크십니다그려! 관청에서는 방문을 붙이고 일천 관의 상금을 걸어 나리를 잡으려고 하고 있는데, 바로 그 방문 아래서 천연스레 그걸 읽고 서 계시다니요. 만약 이 늙은이가 먼저 보지 못했다면 나리는 그 자리에서 여럿에게 붙들리고 말았을 것입니다. 그 방문 끄트머리에는 나리의 나이며 생김새, 고향까지 다 적혀 있으니까요.”

노달이 놀란 가슴을 쓸며 김 노인과 헤어진 뒤의 일을 간략하게 일러 주었다.

“나는 영감에게 거짓말을 한 게 되기 싫어 그날 바로 장원교로 갔더랬소. 정도 그놈을 만나 영감 부녀의 일을 따져 보려 함이었는데, 막상 만나 보니 놈이 더욱 미워져서 나도 모르게 세 주먹질로 때려죽이게 되고 말았소. 그래서 이렇게 도망 다닌 지 이미 여러 날이 되나 도대체 어디로 가야 할지 모르겠구려. 그런데 그건 그렇고 영감은 또 어떻게 된 거요? 어째서 동경으로 돌아가지 않고 여기 계시게 되었소?"

"은인께서 구해 주신 뒤 저희 부녀는 수레 한 대를 빌려 동경으로 돌아가려고 했습니다. 그러나 정도가 뒤쫓아올 때 은인께서 때맞춰 다시 구해 주시지 않으면 되끌려가는 수가 나기에 그 길로 갈 수가 없었습니다. 그래서 막연히 북쪽 길로 달아나다가 옛적 동경에 살 때 가까이 지내던 이웃 사람을 만나 이곳으로 오게 된 것입니다. 그 사람은 얼마간 우리 부녀를 친척처럼 보살피더니 정도가 맞아 죽었단 소리를 듣고는 딸아이 중매를 서 주었습니다. 바로 이 고을의 큰 부자인 조 원외(員外)란 이로, 그 덕에 이 늙은 것은 이제 먹는 것 입는 것 걱정 없이 이곳에서 편안하게 살게 됐습니다. 모두가 은인께서 구해 주신 덕택이랄 수 있지요. 제 딸도 항상 조 원외에게 저희 부녀를 구해 준 제할님의 크신 은혜를 말해 그도 은인을 잘 알고 있을 겝니다. 거기다가 조 원외는 창칼이나 막대 쓰기를 좋아하는 사람이라 늘상 은인을 만나 뵙고 싶어 했습니다. 그러니 이제 그 집으로 가 며칠 머무르시면서 앞일을 의논해 보도록 하시지요."

김 노인이 그렇게 대답하면서 다시 노달을 끌었다. 노달도 굳이 마다할 까닭이 없어 김 노인을 따라나섰다.

김 노인은 거기서 반 리도 안 되는 곳의 어떤 집 앞에 이르더니 문에 쳐 둔 발을 걷고 들어서며 큰 소리로 말했다.

"얘야, 집에 있느냐? 은인께서 여기 오셨다."

그러자 그 딸은 짙은 화장에 비단옷 차림으로 달려 나와 노달을 맞았다.

"은인께서 저희를 구해 주시지 않았더라면 어찌 저희에게 이 오늘이 있겠습니까?"

노달을 모셔 들여 방 안에 앉힌 뒤 여섯 번이나 절을 한 그 딸이 그렇게 감사를 올리며 다시 위층으로 오르기를 청했다. 그들 부녀가 너무도 극진하게 나오니 노달은 오히려 쑥스러워졌다.

"그럴 것까지는 없소. 나는 곧 가 봐야 하오."

그렇게 짐짓 사양을 해 보였다.

"그게 무슨 말씀이십니까? 은인께서 이미 여기까지 오셨는데, 어떻게 그냥 보낼 수 있겠습니까?"

김 노인이 펄쩍 뛰듯 앞을 가로막고 노달의 지팡이와 보따리를 빼앗으며 등을 밀어 위층으로 모셔 갔다. 노달이 못 이기는 척 따라가 자리를 잡고 앉자 김 노인이 딸에게 말했다.

"얘야, 네가 잠시 은인을 모시고 앉아 있거라. 나는 내려가 상을 차려야겠다."

"너무 요란스럽게 할 것은 없소이다. 형편대로 해 주시면 오히려 편하겠소."

노달이 다시 한번 겸양을 떨었다. 김 노인이 천만의 말씀이라는 듯 손까지 내저으며 말했다.

"제할님의 은혜를 생각하면 목숨을 바쳐도 오히려 모자랄 것입니다. 까짓 시원찮은 밥 한 상 차리겠다는데 그 무슨 말씀이십니까?"

그리고 딸아이를 노달 곁에 남아 있게 한 뒤 자신은 아래로 내려갔다.

주방에 들어간 김 노인은 부엌일하는 계집아이에게 불을 피우게 하는 한편 새로 둔 심부름꾼을 불러 시켰다.

"너는 장으로 나가 물 좋은 생선과 연한 닭고기와 오리, 돼지고기 등 요리해서 맛날 게 있으면 모두 사 오너라. 요즘 나는 과일도 굵고 잘 익은 놈으로 듬뿍 들이고."

뿐만 아니었다. 그사이를 기다리게 하는 게 마음 쓰여 우선 술과 채소만으로 한 상을 차려 위층으로 올리게 했다. 김 노인이 채소와 과자만 놓은 상 위에 술잔 셋을 벌여 놓는데 부엌일하는 계집아이가 은 주전자에 든 술과 국물을 받쳐 왔다.

"아직 제대로 마련이 안 됐으니 그동안이라도 목이나 축이십시오."

부녀가 번갈아 노달에게 술을 권하며 그렇게 말했다. 거기다가 김 노인이 다시 엎드려 절까지 하니, 노달은 그 극진한 대접에 되레 마음이 편치 못했다.

"노인장이 너무 예를 심하게 차리시니 아무것도 한 게 없는 나는 차라리 죽을 맛이외다. 제발 이러지 마시오."

노달이 그렇게 말했으나 김 노인의 정성은 조금도 줄어드는 것 같지 않았다.

"늙은이는 이곳에 이른 뒤로 줄곧 홍지(紅紙)와 향을 사르며 은인을 위해 절하고 빌었습니다. 그런데 은인께서 직접 오셨는데 어떻게 절을 올리지 않을 수 있겠습니까?"

그렇게 말하며 눈물까지 글썽이니 노달도 더는 어찌할 수 없었다.

"그렇게까지 생각해 주시니 고맙기 그지없소. 노인장의 따뜻한 마음을 잊지 않으리다."

그러면서 흐뭇한 기분으로 술잔을 들었다.

세 사람이 권커니 잣거니 마시는 새에 날이 저물어 막 불을 밝히려 할 때였다. 갑자기 아래층에서 떠들썩한 소리가 들렸다. 노달이 창을 열고 내려다보니 마당에 장정 스무남은 명이 흰 몽둥이를 들고 와 외쳐 댔다.

"잡아라, 어서 잡아 내려라!"

그런 그들 뒤에는 한 말 탄 관원이 그들을 꾸짖었다.

"떠들지 마라! 도적이 달아나면 어쩌려고 그러느냐?"

노달은 깜짝 놀랐다. 어김없이 그들이 자신을 알아보고 잡으러 온 것이라 단정하고 아래층으로 몸을 날리려 할 때였다. 김 노인이 노달의 손을 끌어당기며 가만히 속삭였다.

"그냥 계십시오. 무슨 일인지 알아보고 움직여도 늦지 않으실 겁니다."

그리고 혼자 아래층으로 내려가 말 탄 관원에게로 갔다. 김 노인이 그 관원의 귀에 대고 몇 마디 하기도 전에 그가 호쾌하게 웃더니 데려온 장정들을 모두 흩어 버렸다.

장정들이 모두 사라진 뒤에야 그 관원은 말에서 내려 집 안으로 들어왔다. 김 노인이 노달을 불러 아래층으로 내려가니 그 관원이 깊숙이 몸을 숙이며 말했다.

"백 번 이름을 듣는 것이 한 번 얼굴을 보는 것에 못 미친다더니 정말 그렇소이다. 소문으로 듣기보다 직접 만나니 더욱 우러러 뵈는구려. 의사(義士)께서는 이 하찮은 사람의 예를 받아 주시오."

노달이 얼떨떨해서 김 노인에게 물었다.

"저분은 뉘시오? 전에 한 번도 만난 적이 없는데 어떻게 내게 절을 하는 거요?"

"저 사람이 딸아이의 남편 되는 조 원외올시다. 이 늙은 것이 남자를 끌어들여 딸아이와 함께 술을 마신단 말을 듣고 은인을 딸아이의 샛서방쯤으로 잘못 안 것입니다. 성난 김에 집안의 일꾼들을 모조리 데리고 달려왔으나 이 늙은이의 말을 듣고 방금 되돌려 보냈습니다."

그제야 노달도 놀란 가슴을 쓸었다.

노달이 조 원외와 함께 위층으로 올라가 앉자 김 노인이 다시 술상을 보아 왔다.

"윗자리에 앉으십시오."

조 원외가 노달에게 윗자리를 권했다.

"제가 어떻게 감히……."

노달이 그렇게 사양하자 조 원외가 한 번 더 권했다.

"제가 우러르는 마음에서 권하는 것이니 부디 사양하지 마십시오. 제할께서 대단한 호걸이란 소문을 여러 번 들었으나 뵈올 길이 없다가 이제 하늘이 이렇게 만나도록 해 주셨으니 이보다 더한 기쁨이 없습니다."

"나는 한낱 말썽꾼에 지나지 않는 데다 지금은 또 죽을죄를 지어 쫓기는 몸이외다. 너무 과분한 대접이 되면 오히려 내가 거북하오. 다만 한 가지 바라는 것이 있다면 원외께서 궁한 이 몸을 모른다 않으시고 어디 있을 만한 거처나 한 군데 마련해 주시는 것이오. 그래서 빨리 이곳을 떠날 수 있다면 서로를 위해 좋은 일일 듯싶소."

노달이 마지못한 듯 윗자리에 앉으며 그렇게 말했다. 조 원외가 기꺼이 응낙했다.

"그 일이라면 염려 마십시오. 제가 마땅한 곳을 마련할 테니 오늘 밤은 술이나 실컷 마십시다."

그러면서 술잔을 돌렸다. 조 원외는 노달에게 정도를 때려죽이게 된 경위를 묻고 그동안 쫓기면서 겪은 고생을 진심으로 위로해 주었다. 그리고 창 쓰기와 봉술 이야기로 건너가 흥겹게 떠들다 보니 어느새 밤이 깊어 있었다.

"고향 집인 양 여기고 편히 쉬십시오."

밤도 깊고 술도 어지간해지자 조 원외 부부는 노달을 사랑으로 안내해 쉬게 하고 자기들도 침실로 돌아갔다.

다음 날 아침이 되었다. 조 원외가 노달을 찾아보고 말했다.

"이곳은 제할께서 편히 숨어 계실 곳이 못 되는 듯싶습니다. 저희 장원으로 옮겨 지내시는 게 어떻겠습니까?"

"그 장원이 어디 있소?"

“여기서 한 십 리쯤 가면 칠보촌(七寶村)이란 곳이 있는데 그곳에 저희 장원이 있습니다.”

“고맙소이다. 그럼 그곳에서 신세를 지겠소.”

노달이 그렇게 말하자 조 원외는 먼저 사람을 장원으로 보내 말 한 필을 끌어오게 했다. 한나절도 안 되어 말 한 필이 왔다. 조 원외는 노달더러 말에 오르라 하고 짐은 머슴에게 지워 칠보촌으로 가게 했다.

노달이 김 노인 부녀와 작별하고 말 위에 오르니 조 원외도 제 말에 올랐다. 노달과 조 원외는 말 머리를 나란히 하고 이런저런 한가로운 이야기를 주고받으며 칠보촌으로 향했다.

얼마 안 되어 둘은 칠보촌의 장원 앞에 이르렀다. 조 원외는 말에서 내린 노달의 손을 끌듯 초당으로 모셔 갔다. 주인과 손님이 자리를 정해 앉기 바쁘게 조 원외가 일꾼들을 불러 말했다.

“양을 잡고 술을 걸러 이곳으로 내오너라. 내 오늘 귀한 손님을 맞았으니 다시 한번 취해야겠다.”

그리고 그날도 밤늦도록 노달에게 술을 권하다가 사랑방으로 안내했다.

조 원외의 대접은 그것으로 그치지 않았다. 다음 날 또 술과 안주를 장만해 대접하니 노달이 감격해 말했다.

“원외께서 이토록 나를 생각해 주시니 어떻게 보답을 해야 될지 모르겠소.”

“세상 모든 사람이 다 형제가 아니겠습니까? 보답이라니 당치도 않은 말씀입니다.”

원외는 그렇게 노달의 입을 막고 한층 대접을 극진히 했다.

그럭저럭 그 장원에서 이레쯤을 지낸 뒤였다. 그날도 노달과 조 원외가 서원에서 이야기를 나누고 있는데 김 노인이 헐떡이며 뛰어 들어왔다.

김 노인은 서원 안에 노달과 조 원외 외에는 아무도 없는 걸 보고 대뜸 노달에게 말했다.

"늙은이가 걱정이 많아서 하는 소린지 모르겠습니다만 좋지 않은 일이 생겼습니다. 며칠 전 제가 은인을 청해 술을 마실 때 원외가 무얼 잘못 알고 장정들을 모아 온 적이 있지 않습니까? 그날 원외는 제 말을 듣고 장정들을 흩어 버렸지만 아무래도 그게 잘못된 듯싶습니다. 의심이 생긴 장정들이 저희끼리 수군댄 말이 관청에 들어갔는지 어제 이상한 일이 생겼습니다. 관원 몇이 저희 집 주위를 돌며 이것저것 캐묻더니 곧 이곳으로 은인을 잡으러 올 것 같은 눈치가 보입니다. 저들이 꼭 은인을 알아보았는지는 모르겠으나 만에 하나라도 일이 그릇되면 어찌하겠습니까? 차라리 일찍 무슨 수를 내는 게 좋을 듯합니다."

"그렇다면 나는 얼른 이곳을 떠나야겠소."

노달이 벌떡 몸을 일으키며 서둘렀다. 조 원외가 그런 노달을 잡으며 말했다.

"제할님을 여기 잡아 두자니 닥쳐올 풍파가 두렵고, 그냥 보내자니 사람들이 비웃을 게 걱정됩니다. 그래서 제가 한 가지 궁리를 해냈는데 제할께서는 어떠실는지⋯⋯ 편안하게 몸을 숨길 수는 있지만 제할님이 가시려 들는지 모르겠습니다."

"나는 죽을죄를 짓고 쫓겨 다니는 몸입니다. 이 한 몸 편히 숨을 곳만 있다면 그게 어딘들 마다하겠습니까?"

노달이 얼른 그렇게 받았다. 그제야 조 원외가 망설이던 것을 털어놓았다.

"그러시다면 꼭 알맞은 곳을 한 군데 일러 드리겠습니다. 여기서 한 삼십 리쯤 가면 오대산이 있고, 그 위에는 문수원(文殊院)이란 사찰이 있지요. 문수보살을 모시는 도량으로, 스님이 한 오륙백 명 되며, 그 주지인 지진(智眞) 장로(長老)는 저와 형제같이 지냅니다. 조상 때부터 그 절에 많은 시주를 해 온 데다 지금은 거의 제가 낸 전곡으로 절이 유지되고 있는 까닭이지요. 저는 벌써부터 이런 날이 올 줄 알고 그곳 스님 하나를 구워삶아 도첩(度牒, 스님의 신분증명서 같은 것) 한 장을 사 두었습니다. 또 제 가까운 사람이 출가를 원해서라는 말만 해 두었기 때문에 그들은 오는 사람을 별로 의심하지도 않을 것입니다. 만약 제할께서 거기로 가 보시겠다면 제가 어찌해 볼 터이니 한번 생각해 보지 않으시겠습니까? 다만 가신다면 정말로 머리를 깎고 스님이 되어야 합니다."

단 것 쓴 것 가릴 처지가 못 되는 노달이 듣기에도 뜻밖인 소리였다. 노달은 얼른 속으로 생각해 보았다.

'지금 빨리 이곳을 떠나기는 해야겠는데 도무지 어디로 달아나야 할지를 모르겠구나……. 별수 있나, 이 사람이 시키는 대로 해 보자.'

그렇게 마음을 정한 노달이 대답했다.

"이미 원외께서 그렇게 손을 써 두셨다니 저도 팔자에 없는 화상(和尙) 노릇 한번 해 보지요. 모든 걸 원외의 뜻대로 따르겠소이다."

그런 결정이 나자 조 원외는 그날 밤으로 노달이 떠날 채비를 갖춰 주었다. 노달 자신이 쓸 것은 말할 것도 없고 절에 올릴 전곡과 예물까지 두루 마련해 짐을 쌌다.

다음 날 아침 조 원외는 힘세고 믿을 만한 머슴들을 불러 짐을 지우고 노달과 함께 오대산으로 향했다. 한나절도 안 되어 산 아래에 이른 조 원외와 노달은 거기서부터 가마에 오르면서 머슴 하나를 먼저 절로 보내 자기들이 온 것을 알리게 했다.

일행이 절 앞에 이르니 절 살림을 맡아보는 도사(都寺)니 감사(監寺)니 하는 스님들이 마중을 나왔다. 가마에서 내린 조 원외와 노달은 산문(山門) 밖 정자에 자리를 잡고 앉았다.

오래잖아 전갈을 받은 주지 지진 장로가 수좌(首座)며 시자(侍者)들을 거느리고 그곳까지 나와 그들을 맞았다. 조 원외와 노달이 공손히 머리를 조아리자 지진 장로가 말했다.

"이곳까지 먼 길을 오시느라 애쓰셨소. 그래 무슨 일로 여기까지 오시었소?"

조 원외가 한층 공손하게 대답했다.

"작은 일이 있어 특별히 이렇게 찾아와 뵙습니다만……."

"우선 안으로 드시지요. 차나 마시면서 천천히 말씀 나누도록 하십시다."

그 같은 주지의 청에 조 원외가 앞장서고 노달이 뒤따르는 형국으로 둘은 절 안으로 들어갔다. 방장실에 이르러 장로가 원외를 손님 자리에 앉히는 걸 보고 노달은 아래 수좌가 앉는 의자로 갔다. 조 원외가 그런 노달을 불러 귓속말로 깨우쳐 주었다.

"이제 당신은 출가해 스님이 될 몸인데 어떻게 감히 장로님과 마주 앉을 수 있겠습니까?"

"알겠소이다. 미처 깨닫지 못했소."

노달은 그 말과 함께 조 원외의 어깨 뒤에 붙어 섰다. 원외 앞으로는 수좌니 지객(知客)이니 도사니 서기(書記)니 하는 스님들이 서열에 따라 동서로 나뉘어 서 있었다.

이때 장정들이 조 원외가 준비해 온 예물을 풀어 방장실로 들이기 시작했다.

"원외께서는 무슨 까닭으로 또 이렇게 많은 예물을 준비해 오셨소? 이러시지 않아도 우리 절은 원외 같은 분들 덕분에 모든 게 넉넉하오."

"대단찮은 예물이라 그런 말씀을 듣기가 송구스럽습니다."

조 원외가 그렇게 겸사를 했다. 도인(道人)과 행동(行童)들이 예물을 거둬 나간 뒤에 원외가 몸을 일으키며 지진 장로에게 말했다.

"제가 큰스님을 찾아뵌 것은 제 친구 하나가 출가를 원하고 있어서입니다. 허락이 내린다면 이곳에서 큰스님 아래 있게 해 주고 싶습니다. 도첩이며 사부(詞簿)는 이미 갖췄으나 아직 머리를 깎지는 않았는데 성은 노씨이며 이름은 달이라고 합니다. 전에는 관내에서 군무를 보았지요."

"호오, 군문(軍門)에 있던 사람이 어인 일로?"

지진 장로가 가만히 물었다. 조 원외가 얼른 둘러댔다.

"진세(塵世)의 어려움과 쓰라림을 홀연 깨달아 속된 인연으로부터 벗어나고자 한다고 합니다. 바라건대 장로께서는 부처님의 대자대비하심을 본받아 그를 거둬 주시고, 이 조 아무개의 낯을 보아서라도 그가 한 스님이 되어 해탈의 길을 걸을 수 있도록 보살펴 주십시오. 거기 필요한 모든 것은 제가 마땅히 마련해 올리겠습니다. 장로님의 허락이 있으면 실로 그보다 더한 다행이 없을 것입니다."

그러자 지진 장로는 별로 꺼리는 기색 없이 고개를 끄덕이며 말했다.

"그 인연이 이 늙은 중의 산문을 빛내 줄 것이라면 어려울 것도 없지요. 너무 걱정 마시고 차나 드시지요."

그리고 행동에게 차를 내오라 재촉할 뿐이었다.

차를 마신 뒤 장로는 여러 스님들을 불러 노달을 맞아들이는데 대한 의견을 묻는 한편 감사와 도사에게는 잿밥을 짓게 했다.

장로 앞을 물러난 수좌와 여러 스님들은 자기들끼리 몰려 의논했다.

"그 사람 생김을 보니 출가할 위인은 아닌 듯하오. 두 눈에 사납고 흉한 빛이 가득했소."

수좌가 그렇게 말하자 다른 스님들도 뜻이 같은지 입을 모아 말했다.

"지객 스님, 스님이 가셔서 손님들을 객실로 불러내도록 하시지요. 그동안 저희들이 장로님께 이 일을 말씀드리겠습니다."

이에 지객 스님은 손님을 모시는 척 조 원외와 노달을 객실로 데려갔다. 방장실에 장로만 남자 수좌를 비롯한 나머지 스님들이 몰려가 말했다.

"출가하겠다는 그 사람을 보니 생김새가 험악하고 얼굴이 흉완(兇頑)해 보이니 그를 받아들여서는 아니 될 듯합니다. 뒷날 저희 산문에 화가 미칠까 두렵습니다."

그 말에 장로도 별로 밝지 못한 낯빛이 되어 말했다.

"그는 조 원외께서 형제보다 더하게 아끼는 사람이다. 조 원외의 낯을 보아서라도 어찌 받아들이지 않을 수 있겠느냐? 너희들은 의심이 나더라도 내가 한번 알아볼 때까지 기다려라."

그렇게 스님들을 달래 놓고는 문득 향 한 줌을 사르면서 선(禪) 할 때 앉는 의자에 앉았다.

여럿이 보는 앞에서 염불을 외며 곧장 선정(禪定)에 들어갔던 장로가 잠시 후에 다시 깨어나 말했다.

"아무래도 그를 받아들여야겠다. 그 사람은 위로 천성에 응해 심지가 곧고 굳세다. 비록 지금은 흉하고 모진 형상에다 기구한 명운을 타서 쫓기고 있으나 나중에는 모든 게 깨끗해질 것이다. 증과(證果, 수행으로 이룬 경지)가 비범하니 너희들은 모두 그에게 미치지 못한다. 내 말을 반드시 새겨듣고 그가 불문에 드는 것을 막지 말라."

입정(入定) 중에 무엇을 보았는지 장로가 그렇게 말하자 스님들도 어쩌는 수가 없었다.

"큰스님께서 그렇게 그 사람을 싸고 도시니 저희로서는 명에 따르는 길뿐입니다. 옳지 않다고 말리지도 않겠거니와 그에게 무얼 하지 말라고 권하지도 않겠습니다."

수좌 스님의 그 같은 말을 끝으로 모두 조용히 물러났다. 지진 장로는 빨리 잿밥을 내라 이르고, 조 원외와 노달을 불러 함께 여느 때처럼 재(齋)를 올렸다.

조 원외는 장로가 노달을 받아들이겠단 말을 하자, 데리고 간 머슴들에게 은자를 주어 스님들이 신는 신과 입는 옷과 걸치는 가사와 지니는 불구(佛具) 일체를 갖춰 오게 했다. 하루도 안 되어 그 모든 게 갖춰졌다.

지진 장로는 좋은 날 좋은 시(時)를 골라 종과 북을 울리게 하고 경내의 모든 스님들을 법당으로 모았다. 몸을 깨끗이 한 오륙백 명의 스님들이 모두 가사를 걸치고 법좌 아래 줄지어서 합장을 했다.

조 원외가 은자를 꺼내 옷값, 향값으로 부처님 앞에 받쳐 올리고 절을 했다.

아무개를 불문에 받아들인다는 선소(宣疏)가 읽혀지자 행동이 노달을 법좌 아래로 이끌고 나왔다. 노달의 머리에서 두건이 벗겨지고 가위질부터 시작되었다.

머리칼을 물로 축여 가며 대강 깎고 나자 다음은 칼로 미는 차례였다. 그 일에 익숙한 스님이 날카로운 칼로 노달의 짧아진 머리칼을 밀고 나가니 잠깐 동안에 노달의 머리는 희게 여문 박같이 되었다. 이윽고 칼이 노달의 보기 좋은 구레나룻에 닿았을 때였다. 노달이 참지 못하고 소리쳤다.

"이건 남겨 두시오. 내가 좋아하는 수염이외다."

그 말을 들은 스님들은 모두 웃음을 참지 못했다. 지진 장로가 법좌 위에 앉았다가 큰 소리로 외쳤다.

"대중은 들어라!"

그게 자신을 향해 소리치는 것임을 안 노달이 찔끔했는데 장로가 다시 염불처럼 이었다.

"한 치의 터럭도 남겨 놓지 않아야 육근(六根)이 두루 깨끗해지는 법, 너에게서 터럭을 벗기는 것은 네 몸을 깨끗이 하고자 함이니라."

그리고 머리를 밀던 스님을 향해 다시 엄하게 소리쳤다.

"무얼 하는고? 터럭 한 올 남기지 말고 모두 밀어 버려라!"

그러자 그 스님이 다가와 노달의 수염까지 깨끗이 밀어 버렸다.

이어 수좌가 노달의 도첩을 법좌로 올리며 불명(佛名)을 내리기를 청했다. 지진 장로는 이름 자리가 비어 있는 도첩을 잡고 게(偈)를 외듯 소리쳤다.

"신령스러운 빛 한 줄기

천금에 값하도다.

불법(佛法)이 크고 넓으니

지심(智深)이란 이름을 내린다."

장로는 노달에게 불명을 내린 뒤 도첩을 법좌 아래로 되돌려주었다. 서기 일을 보는 스님이 받아 도첩 앞머리에 노지심(魯智深)이라 써 넣었다. 그다음 장로는 노달에게 가사와 법의를 내리고 그 자리에서 입게 했다. 잠깐 사이에 노달이란 호걸은 노지심이란 스님으로 바뀌고 말았다.

감사 스님이 노지심을 지진 장로 앞으로 데려가자 장로는 손을 노지심의 정수리에 대고 수기(受記)를 주었다.

"첫째로는 부처님의 본성에 의지할 것이요, 둘째로는 바른 법[正法]을 받아들여야 할 것이요, 셋째로는 사우(師友), 동도(同道)를 공경할 것이니 이를 바로 삼귀(三歸)라 이른다. 오계(五戒)는 첫째가 살생하지 말 것이며, 둘째가 도둑질하지 말 것이며, 셋째가 음란하지 말 것이며, 넷째가 술을 탐내지 말 것이며, 다섯째가 망령된 말을 하지 말 것이다."

하지만 노지심에게는 쇠귀에 경 읽기나 다름없었다. 할 수 있다[能], 못한다[否]를 밝히는 글자도 몰라 속세에서 쓰던 말로 대꾸했다.

"내 꼭 기억하도록 하겠소이다."

이에 다시 모든 스님이 참지 못해 웃음을 터뜨렸다.

수기가 내려진 뒤 조 원외는 따로 스님들을 운당(雲堂)으로 모아 앉히고 노달을 위해 향을 사르며 재를 올렸다. 그리고 절 안의 크고 작은 일을 맡아 하는 스님들에게 각기 예물을 나눠 주며 노지심을 당부했다. 그 밖에 조 원외는 노지심을 데리고 절 안의 모든 사형, 사제들을 찾아보게 하니 그날 밤은 그런 일들로 바쁘게 지나갔다.

다음 날 조 원외는 그곳에서의 모든 일이 끝났다 싶자 돌아갈 채비를 차렸다. 장로가 더 머물기를 권했으나 그럴 처지가 못 되었다. 새벽 재가 끝나는 대로 산문을 나서니 여러 스님이 거기까지 배웅을 나왔다. 조 원외는 그들과 헤어지기에 앞서 합장하며 한 번 더 노지심을 부탁했다.

"장로님은 위에 계시고 여러 스님들은 그 아래서 일하시되 부처님의 대자대비를 따르시기는 매한가지라 믿습니다. 제 아우 지심은 우직하고 예의를 제대로 모릅니다. 말이 거칠고 절 안의 여러 규칙들을 어기는 일이 잦을 것이나, 바라건대 여러 스님께서는 이 조 아무개의 낯을 보아서라도 그를 용서해 주시기 바랍니다."

"그 일이라면 원외께서는 마음 놓으시오. 이 늙은 중이 그를 가르쳐, 염불 독경하고 참선에 힘쓰도록 만들어 보겠소이다."

지진 장로가 여럿을 대신해 조 원외를 안심시켰다. 원외가 감격해 말했다.

"그렇게만 해 주신다면 뒷날 반드시 그 보답을 받을 것입니다."

그리고 여럿 가운데 섞인 노지심을 불러내 귓속말로 다시 한 번 당부했다.

"자아, 이제부터는 전과 같이 해서는 안 됩니다. 모든 일에 스스로 반성하고 경계하며 결코 자신을 크게 여기지 마십시오. 그렇지 않으면 우리는 다시 보기 어렵게 될 것입니다."

"원외께서 하신 말씀 반드시 기억하겠소이다. 앞으로 모든 일을 그 말씀에 따라 행하겠소."

그동안 조 원외가 보여 준 따뜻한 정에 감동한 노지심이 전에 없이 공손하게 다짐했다.

그 말에 다소 마음을 놓은 조 원외는 지진 장로와 여러 스님께 작별하고 산을 내려갔다. 노지심이 타고 왔던 빈 가마와 예물을 담아 온 빈 상자를 메고 진 머슴들이 그런 원외를 뒤따랐다. 장로와 스님들은 모두 절로 되돌아갔다.

그리하여 팔자에도 없는 노지심의 어려운 중노릇은 시작되었다. 생전 처음, 그것도 하룻밤 새 갑자기 하게 된 중노릇이니 싸움질로 잔뼈가 굵은 노지심에게 수월할 리가 없었다. 그날 조 원외를 작별하고 절 안으로 돌아와서부터 당장 그랬다. 간밤 늦도록 잠을 설쳐서인지 졸음이 온 노지심은 선불장(選佛場) 안의 선상(禪床)에 벌렁 드러누웠다.

선불장을 돌보는 스님들이 그걸 보고 깜짝 놀라 달려와 노지심을 일으키며 나무랐다.

"이러시면 안 됩니다. 이미 출가해 불문에 들었으면 앉아서 선이나 하실 일이지 이 무슨 짓입니까?"

그러나 노지심은 들은 척도 안 했다.

"내가 잠 좀 자겠다는데 무슨 간섭인가?"

오히려 눈을 부라리며 그렇게 맞받았다. 한 스님이 어이없어 한 마디했다.

"좋구나, 참 잘한다!"

그러자 노지심이 벌떡 몸을 일으키며 으르렁댔다.

"뭐라구? 내가 단잠을 자려는데 '잘한다.'라?"

"바로 그런 괴로움을 이겨 내야 하는 거란 말이외다!"

다른 스님이 정색을 하고 말했다. 노지심은 오히려 그를 비웃었다.

"남은 단잠을 즐기는데 그게 바로 괴로움이라니? 헛소리 말고 꺼져!"

그렇게 상소리를 해 대니 스님들로서는 어찌해 볼 길이 없었다. 노지심은 그들이 머리를 절레절레 흔들며 나가는 걸 보고 선상에 도로 누워 드렁드렁 코를 골았다.

다음 날 선방을 지키던 두 스님은 노지심의 그 같은 무례함을 일러바치러 장로를 찾아가려 했다. 그걸 안 수좌 스님이 그 둘을 말렸다.

"장로님께서 말씀하시기를 그 사람은 뒷날 크게 깨우쳐 우리가 오히려 미치지 못한다 하지 않으셨는가? 그렇게 감싸고 도시는 판이니 가 봤자 소용없을 것이네. 그 사람이 하는 대로 놓아두는 게 좋을 걸세."

이 두 사람은 장로를 찾아가기를 그만두고 말았다.

한편 노지심은 그날부터 아무도 말리는 사람이 없자 저녁나절만 되면 선방으로 가 선상 위에서 네 활개를 뻗고 잠을 잤다. 낮뿐만 아니라 밤까지 내처 자 그때는 코 고는 소리가 천둥소리 같았다.

노지심의 막돼먹은 행실은 거기서 그치지 않았다. 오줌이 마려우면 불전(佛殿) 뒤고 어디고를 가리지 않고 갈겨 댔고, 똥도 아무데고 편한 데서 일을 보았다. 그 지린내 구린내에 견디다 못한 시자 스님이 장로에게 마음먹고 일러바쳤다.

"노지심이 너무도 무례합니다. 도대체 출가인이 지켜야 할 예절을 조금도 지키지 않습니다. 저런 사람을 어떻게 산문 안에 둘 수 있겠습니까?”

그러자 장로는 오히려 그 스님을 꾸짖었다.

“쓸데없는 소리 마라. 그를 보낸 사람의 낯을 보아서도 그래서는 안 된다. 가만히 두면 반드시 나아질 게야.”

그렇게 되자 다음부터는 아무도 노지심의 잘못에 대해 말하는 사람이 없었다.

하지만 노지심 편에서 보면 그런 중노릇도 여간 괴롭지가 않았다. 하급 군관으로 하루 종일 창칼을 만지며 지내던 그에게는 머리에 들어오지도 않는 염불 소리부터가 맞지 않았다. 거기다가 예전에 거침없이 싸다니던 그에게 외진 산속의 절 안에 갇혀 지내는 것은 그대로 감옥살이나 진배없었다. 먹는 것, 입는 것도 마음에 찰 리 없었다. 노지심이 보기에 중놈들이란 맛난 것을 모두 먹어서는 안 되는 별종들이었으며, 좋은 옷과 즐거운 일도 골라가며 마다해야 하는 답답하기 짝이 없는 중생들일 뿐이었다.

어쩌다 운수가 사나워 쫓기게 된 탓에 이곳까지 흘러 들어오게 됐지만 남자로 태어나서 세상 못할 짓이 중노릇인 것 같았다. 그 바람에 처음에는 고맙기 짝이 없던 조 원외도 날이 갈수록 은근히 원망스러워지기까지 했다.

문수원에서 내쫓기는 노지심

노지심이 오대산에 들어간 지도 어언 네댓 달이 되었다. 때는 이미 초겨울로 접어들어 노지심은 곰처럼 웅크리며 날을 보내고 있었다. 그러던 어느 날이었다. 햇볕이 밝고 따뜻하게 쪼이자 노지심은 갑자기 절 밖으로 나가 보고 싶어졌다.

한번 하고 싶은 일이 있으면 또한 못 참는 성미라 노지심은 곧 검은 승복을 걸치고 승혜(僧鞋)를 꿴 뒤 성큼성큼 걸어 산문을 나왔다. 산을 반쯤 내려가다 보니 정자 하나가 눈에 들어왔다. 노지심은 거기 놓인 좁고 긴 의자에 걸터앉아 홀로 생각해 보았다.

'젠장할…… 나는 항상 술과 고기를 좋아해 그것들이 매일 입에서 떠나는 날이 없었는데, 이게 뭐냐? 이제 중이 되어 버렸으니 환장할 지경이로구나. 조 원외가 다음에 그런 것들을 보내 실컷 먹게 해 주었으면 좋으련만…… 정말 생각만 해도 입에 침이 도네. 빌어먹을, 어디서 술이라도 생겨 마음껏 퍼마셨으면 얼마나 좋을까.'

그러다 보니 술 생각은 더욱 간절해졌다. 노지심은 그 바람에 소용없는 줄 알면서도 사방을 휘휘 둘러보았다. 그런데 그런 노지심의 눈에 멀리서 무슨 통인가를 메고 노래를 부르며 산을 올라오는 사내가 하나 들어왔다.

구리산 옛 싸움터선	九里山前作戰場
목동이 헌 창칼을 줍고	牧童拾得舊刀鎗
바람에 이는 오강 물은	順風吹起烏江水
우희와 패왕이 이별하듯이	好似虞姬別霸王

그런 노랫소리와 함께 점점 다가온 사내는 정자에 이르자 메고 온 통을 내려놓았다. 노지심은 그게 술통이기를 간절히 빌며 그 사내에게 슬쩍 물어보았다.

"이봐, 그 통 안에 무엇이 들었나?"

"좋은 술이지요."

사내가 그렇게 대답했다. 그 뜻밖의 대답에 노지심은 자신의 귀가 다 의심스러울 지경이었다. 두 번 세 번 물어 그게 정말로 술이란 걸 알자 노지심이 다시 물었다.

"그 한 통에 얼만가?"

그러나 그 사내는 옷이 승복이라 그런지 공연한 소리 말라는 듯 통을 놓았다.

"스님이 쓸데없이 그건 왜 물으시오?"

"쓸데없는지 있는지 네가 어찌 아느냐? 어쨌든 저 술 한 통에 얼마냐?"

"하지만 이 술은 팔 게 아니오. 저 위 문수원의 대장장이며 가마꾼, 불목하니 들이 일할 때 마시는 거란 말이오. 거기다가 장로 스님께서 엄히 이르시기를 스님들에게는 술을 주지 말라 하셨소. 만약 스님들에게 술을 팔았다간 당장에 벌을 받고 여기서 쫓겨날 것이외다. 보아하니 스님도 이곳 절에 계신 분 같은데 어떻게 술을 판단 말이오?"

사내가 그렇게 말하는 품이 거짓은 아닌 듯했다. 그러나 술을 보고 눈이 뒤집힌 노지심이 그대로 물러날 리 없었다. 이번에는 눈을 치떠 겁을 주며 물었다.

"정말로 못 팔겠느냐?"

"죽인대도 팔 수 없소!"

사내가 지지 않고 뻗대었다. 노지심이 벌떡 몸을 일으키며 소리쳤다.

"누가 널 죽이겠다 했느냐? 나는 다만 마실 술을 좀 팔아 달라고 하고 있을 뿐이다!"

그제야 사내도 심상찮은 기색을 느낀 모양이었다. 얼른 내려놓았던 술통을 메고 산 위로 내빼려 했다. 노지심은 그런 사내를 정자 아래까지 쫓아가 두 손으로 술통을 낚아채며 한 발길질을 넣었다. 힘깨나 쓴다던 정도조차 단번에 녹아난 노지심의 발길질을 한낱 술장수 사내가 어떻게 견뎌 내겠는가. 그대로 땅바닥에 널브러져 반나절이 넘도록 깨어나지 못했다.

노지심은 그런 사내를 거들떠보는 법도 없이 술통 둘을 들고 정자로 올라갔다. 바닥에는 술 데우는 그릇이 떨어져 있었다. 술통 뚜껑을 연 노지심은 그 그릇으로 찬술을 퍼서 벌컥벌컥 마셨다.

얼마 안 되어 술통 두 개가 모두 비어졌다. 그제야 어느 정도 목마름이 풀린 노지심은 때마침 깨어난 사내에게 느긋하게 말했다.

"이봐, 술값은 내일 절에 와서 받아 가라구."

그러나 사내는 술값을 받으러 갈 처지가 못 되었다. 지진 장로가 알면 밥줄이 떨어질까 봐 절로는 올라갈 엄두도 못 내고 빈 술통을 거둬 산 아래로 내뺐다.

노지심은 오랜만에 술을 실컷 마셔 한없이 흡족한 기분으로 정자에 기대앉았다. 한 반나절 지나자 술기운이 차츰 머리 위로 뻗어 올라왔다. 정자 안에 있기가 답답해진 노지심은 이번에는 그 아래 소나무 곁으로 내려가 한참을 앉아 보냈다. 제 딴에는 술기운이 걷히기를 기다려 절로 돌아갈 속셈이었지만, 웬걸, 술기운은 갈수록 심하게 올라왔다.

'할 수 없군. 그냥 돌아가야지…….'

이윽고 노지심은 그렇게 중얼거리며 일어났다. 승복을 어깨까지 벗어부치고 소매는 빼 허리에 묶은 차림이었다. 그 바람에 드러난 등허리에는 먹실로 뜬 꽃 그림이 요란했다.

노지심이 이리 비틀 저리 비틀하며 절 아래 이르자 산문을 지키던 스님 둘이 선방(禪房)에서 쓰는 대나무 매[竹篦]를 들고 뛰쳐나왔다. 노지심이 술 취한 걸 알아보고 길을 막으려 함이었다.

"너는 불제자로 어떻게 그리 취해 이 문을 들려 하느냐? 너는 눈이 까져 고국(庫局)에 붙은 경고문도 읽지 못했느냐? 누구든 화상(和尙)이 계율을 어기고 술을 마시면 이 대나무 매로 마흔 대를 맞고 절에서 쫓겨나게 되어 있다. 네 취한 꼴을 보니 술을 마셔도 잔뜩 마셨구나. 어서 저 아래로 내려가지 않으면 매질하여 쫓겠다."

하지만 노지심이 누군가. 어쩌다 그렇게 몰리긴 해도 아직 중 노릇한 지 오래되지 않아 이전의 성미가 그대로 살아 있었다. 사형이고 나발이고 기분 좋게 절로 들어가려는 사람을 문 앞에서 가로막고 딱딱거리니 성부터 먼저 났다.

"이 계집 같은 놈들아, 뭐라구? 네놈들이 나를 때리겠다구? 어림없는 소리 마라. 내가 도리어 네놈들을 때려 주겠다!"

노지심이 두 눈을 부릅뜨고 그렇게 맞받았다. 문을 지키던 스님 둘은 아무래도 형세가 불안하게 느껴진 듯했다. 하나는 나는 듯 안으로 달려가 감사에게 그 일을 알리고, 다른 하나는 헛기세로 대나무 막대를 휘둘러 노지심을 막아 보려 했다.

원래부터가 어림없는 일이었다. 노지심이 솥뚜껑 같은 손바닥을 펴 뺨을 후리니, 길을 막던 스님은 그 한 대에 비틀비틀 제정신이 아니었다. 그걸 그냥 두지 않고 노지심이 주먹 한 대를 더 안겼다. 완전히 잘못 걸린 스님은 그 한주먹에 더 견디지 못하고 땅바닥에 꼬꾸라져 괴로운 신음만 질러 댔다.

"내 손에 맞아 죽지 않은 것만도 부처님 덕인 줄 알아라!"

노지심은 손을 털며 그렇게 중얼거리고 절 안으로 들어갔다.

한편 안으로 들어간 스님으로부터 산문에서의 일을 전해 들은 감사는 절에서 일하는 대장장이, 요리사, 불목하니, 교꾼들을 모조리 불러 모았다. 그리고 합쳐 스무 명이 넘는 사람이 모여들자 가서 노지심을 잡아 오게 했다.

각기 흰 나무 몽둥이 하나씩을 쥔 일꾼들은 머릿수만 믿고 기세 좋게 몰려갔다. 서편 낭하를 빠져나오기도 전에 건들건들 걸어오는 노지심이 보였다.

그들이 막 노지심을 덮치려 할 때였다.

"요놈들! 요 쥐새끼 같은 놈들……."

그들을 본 노지심이 그렇게 벼락같은 고함을 지르며 먼저 우르르 달려왔다.

일꾼들은 애초부터 그가 군관 노릇을 했다는 것을 알 턱이 없고 그저 엄청난 기세에 질려 버렸다. 어떻게 막아 볼 엄두도 못 내고 황망히 장전(藏殿) 안으로 뒤쫓겨 들어가 문을 닫아걸었다. 뒤따라간 노지심이 한주먹, 한 발길질로 문살을 부수어 문을 열어젖혔다. 더 달아날 데가 없게 된 일꾼들은 모조리 몽둥이를 버리고 장전 뒤쪽으로 내빼 버렸다.

그 소식에 놀란 감사는 얼른 지진 장로를 찾아가 알렸다. 장로도 더는 눈감아 줄 수 없었던지 시중드는 스님 서넛을 데리고 급히 낭하로 내려갔다.

"지심아, 네 너무 예를 모르는구나!"

장로가 그렇게 꾸짖자 노지심은 취한 중에도 그만은 알아보았다. 들고 있던 몽둥이를 내던지고 앞으로 나가 변명이랍시고 혀 꼬부라진 소리를 했다.

"저는 술 두 잔밖에…… 먹은 게 없습니다. 그리고 아무 짓도 한 게 없는데 저 사람들이 몰려와 저를 때리려 하기에 그만……."

장로는 노지심이 자신을 알아봐 주는 것만도 대견스러웠던지 목소리를 부드럽게 해 달랬다.

"알았다. 오늘은 내 낯을 보아서라도 어서 돌아가 자거라. 내일 다시 이야기하자."

기가 산 노지심이 제법 생색까지 내며 장로의 말을 들어주었다.

"이놈들아, 오늘 모두 용꿈 꾼 줄 알아라. 내가 오늘 장로님 체면을 보지 않았다면 민대가리 노새 몇 놈쯤은 때려죽였을 게다!"

장로는 시중드는 스님들을 불러 그런 노지심을 부축하도록 했다. 스님들의 시중을 받고 선방으로 돌아간 노지심은 선상 위에 눕기 바쁘게 코를 드르렁드르렁 골았다.

멀찌감치 떨어져서 그 모든 걸 지켜본 스님들이 모두 지진 장로에게 몰려가 떠들어 댔다.

"전에 저희들이 그토록 말렸는데도 듣지 않으시더니 이제 보니 어떻습니까? 저런 들짐승 같은 자가 본사의 깨끗한 규율을 이토록 어지럽혀도 용납해야 합니까?"

그래도 장로는 여전히 노지심을 싸고돌았다.

"비록 아직까지는 저러하나 뒷날 반드시 정과(正果)를 얻을 사람이다. 그게 아니라도 조 원외의 낯을 보아 이번 한 번만은 용서하도록 하자. 내일 지심이 깨어나면 정신이 번쩍 들게 꾸짖어 주겠다."

장로가 그렇게 나오니 다른 스님들도 별수가 없었다.

"장로님은 무얼 너무 모르신단 말이야!"

그렇게 투덜대면서도 하릴없이 물러났다.

다음 날 재가 끝난 뒤 장로는 선방에 앉아 승당에서 자는 노지심을 불렀다. 그러나 노지심은 아직 깨어나지도 못하고 있었다. 다른 스님들이 그를 깨워 승복을 입힌 뒤에 장로가 부른단 말을 전했다. 노지심은 버선도 꿰지 않은 맨발로 한달음에 승당을 달려 나갔다.

기다리고 있던 스님들이 깜짝 놀라 그를 찾으러 나갔다. 노지심은 불전 뒤에서 시원스레 오줌을 내갈기고 있었다. 스님들은 웃음을 참지 못하고 있다가 그가 손을 씻는 걸 보고 다시 한번 일렀다.

"장로께서 하실 말씀이 있어 부르시오."

그러자 노지심은 군소리 없이 그 스님을 따라 장로가 있는 곳으로 갔다. 장로는 노지심이 나타나기 바쁘게 꾸짖었다.

"지심, 네가 비록 무부 출신이나 조 원외의 천거가 있어 나는 너를 불문에 거두고 수기(受記)까지 내렸다. 함부로 죽이지 말며, 도둑질하지 말며, 계집질하지 말며, 술을 탐내지 말며, 거짓말하지 말라는 다섯 가지 계율은 출가한 사람이 반드시 지켜야 할 도리인 바, 그중에서도 술을 탐하는 것은 가장 해서는 안 될 짓이다. 그런데 너는 어찌하여 그렇게 술을 많이 마셨느냐? 술에 취해 문지기를 때리고 장전의 붉은 문살을 부쉈으며 절 안의 일꾼들을 모조리 두들겨 쫓고 고래고래 소란을 피우고 다녔으니, 이미 승복을 입은 자가 어찌 그따위 몹쓸 짓들을 할 수 있느냐?"

그 소리에 술이 확 깬 노지심이 무릎을 꿇고 빌었다.

"이제부터는 두 번 다시 그런 짓을 않겠습니다."

"이미 출가한 몸이 어떻게 주계(酒戒)를 깨고 도량의 깨끗한 규칙을 어길 수 있단 말이냐? 만약 조 원외의 낯을 보지 않았더라면 너를 이 절에서 내쫓아 마땅하나 이번만은 용서할 터이니 다시는 그런 짓을 하지 말라."

장로가 그렇게 용서의 뜻을 비치자 노지심이 벌떡 일어나 두 손을 모으며 다짐했다.

"결코 그런 일은 두 번 다시 저지르지 않겠습니다. 맹세드립니다."

노지심이 워낙 설설 기며 빌자 지진 장로는 적이 마음이 풀린 듯했다.

아침을 겸상으로 차려 오게 해 노지심과 함께 먹으며 좋은 말로 그의 불심을 돋우었다. 뿐만 아니라, 베 한 필을 내어 찢어진 승복을 새로 짓게 하고 승혜 한 쌍을 내린 뒤에 제 방으로 돌아가게 했다.

"술은 일을 이루어지게도 하지만 그르치게 하기도 한다. 간이 작은 사람도 술을 먹으면 간이 커져 어지러운 짓거리를 하는 법인데 하물며 너처럼 성정이 거센 위인이랴!"

그런 경계의 말과 함께였다.

그 일이 있은 뒤로 노지심도 조금 깨달아지는 게 있었던지 한 서너 달은 산문 밖을 나가지 않았다. 불심이 자랐달 것까지는 없어도 그의 심경에 어떤 변화가 일기 시작한 것만은 틀림없었다.

그러던 어느 날이었다. 그사이 겨울이 가고 춘이월(春二月)이 되었다. 날이 따뜻하고 햇볕이 밝아 승방을 벗어난 노지심이 어슬렁어슬렁 걷다 보니 산문 밖까지 나오게 되었다.

거기 서서 오대산을 둘러보던 노지심은 자기도 모르게 호기가 일어 목청껏 한마디 뜻도 없는 소리를 외쳐 보았다. 골짜기마다 울리는 그 메아리가 때마침 인 순풍을 타고 산 위로 되울려왔다.

그 소리가 이상하게 자신을 산 아래로 부르는 것 같아 못 견딘 노지심은 제 방으로 돌아가 은자 몇 냥을 괴춤에 챙겨 넣은 뒤 슬슬 산을 내려갔다. '오대복지(五臺福地)'란 팻말이 붙은 곳에 이르러 아래를 내려다보니 그 아래 제법 큰 마을이 보였다. 한 육칠백 호는 됨 직한 마을로 저자까지 갖춘 듯했다.

노지심은 끌린 듯 마을로 내려갔다. 저자에는 고깃간, 채소전, 술집, 국숫집 해서 없는 게 없었다. 그걸 본 노지심은 금세 본성이 되살아났다.

'이런 젠장, 여기 이런 곳이 있는 줄 진작 알았으면 남의 술통을 빼앗아 마시고 말썽을 피울 까닭이 없었지 않은가? 우선 저기서 한잔 걸치고 여기저기 돌아보다 마음에 드는 것이 있으면 좀 더 먹어야겠다.'

지진 장로와의 약속 따위는 까맣게 잊고 그렇게 마음을 정한 노지심은 어슬렁거리며 저자 안으로 들어갔다. 그런데 몇 발짝 떼어놓기도 전에 가까운 거리에서 쇠 두드리는 소리가 났다. 노지심이 그 소리를 따라가 보니 한 대장간이 있는데 그 안에서 세 사람이 방금 무언가를 만드느라 쇠를 두드리고 있었다.

"주인장, 나 좀 봅시다. 여기 좋은 쇠가 있소?"

노지심이 불쑥 다가가 그들에게 물었다. 대장장이가 일하다가 힐끗 보니 어디서 온 중인지 모르나 짧게 깎은 머리는 텁수룩 자라 있고 눈길이 사나운 게 여간 험상궂은 생김새가 아니었다. 우선 겁부터 나 하던 일을 멈추고 굽신거리며 물었다.

"스님, 우선 여기 앉으십시오. 그런데 그 쇠로 무엇을 하시게요?"

"지팡이 하나와 칼 한 자루를 맞췄으면 싶은데 좋은 쇠가 있는지 모르겠소."

노지심이 내놓은 의자에 털썩 앉으며 그렇게 대답했다. 주인이 얼른 받았다.

"선장(禪杖)과 계도(戒刀)를 말씀하시는군요. 제게 마침 좋은 쇠가 있습니다만 선장과 계도의 무게는 어떻게 하시렵니까?"

"한 백 근은 돼야겠소."

노지심이 그렇게 말하자 대장장이가 어이없다는 듯 웃으며 말했다.

"스님, 그건 너무 무겁습니다. 제가 그걸 못 만들어서가 아니라 스님께서 어떻게 그걸 들고 다니시겠습니까? 관왕(關王)의 청룡도도 여든한 근밖에 안 됐습니다."

노지심이 그 말에 불끈 성을 내며 말했다.

"내가 관왕에게는 못 미친단 말이지? 하지만 그도 한낱 사람일 뿐이라고!"

"그러지 마시고 제 말대로 하십시오. 사오십 근짜리로 만들어 드리겠습니다. 그것도 아주 무겁습니다."

주인이 그렇게 권해 보았으나 노지심은 들으려 하지 않았다.

"그렇다면 나도 관왕의 청룡도와 같이 여든한 근짜리로 해 주시오."

그렇게 뻗대자 대장장이가 다시 달랬다.

"스님, 그래도 그건 너무 굵습니다. 보기도 좋지 않고 쓰기에도 불편하지요. 제 말대로 따르십시오. 예순두 근짜리 수마선장(水磨禪杖)을 만들어 드리겠습니다. 그것도 무거워 못 쓸 것 같지만 그렇더라도 절 나무라서는 아니 됩니다. 그리고 계도는…… 아무래도 시키는 대로는 어렵겠고 그냥 제게 맡겨 주십시오. 제가 아주 좋은 쇠로 알맞게 뽑아 두겠습니다."

그러자 노지심도 뻗댈 때와는 달리 쉽게 그 말을 따라 주었다.

"알겠소, 헌데 값은 그 두 가지 모두에 얼마요?"

"은자 닷 냥이면 됩니다. 더 깎으려고는 들지 마십쇼."

"그럼 은자 닷 냥을 주고 가겠소. 만약 물건이 잘 나와 마음에 들면 몇 냥 더 얹어 드리리다."

노지심이 그러면서 은자를 내놓자 대장장이가 굽신거리고 거두며 말했다.

"염려 맙쇼. 아주 멋진 놈으루다가 빼놓겠습니다."

기분이 좋아진 노지심이 그런 대장장이더러 함께 한잔하자고 나왔으나 대장장이가 사양해 그렇게는 안 되었다.

대장간을 나온 노지심은 다시 저잣거리를 따라 어슬렁거리며 걸었다. 한 서른 발짝도 옮겨 놓기 전에 술 있다는 표시를 한 깃발을 처마에 꽂은 집이 보였다. 발을 걷고 그 술집 안으로 들어간 노지심은 자리를 잡기 바쁘게 젓가락으로 탁자를 두드리며 소리쳤다.

"이보슈, 술 한잔 빨리 내주슈."

주인이 달려 나오다 노지심이 승복을 입은 걸 보고 난처한 얼굴로 말했다.

"스님, 정말 죄송합니다. 저희 술집은 산 위 사찰의 것이고 밑천도 거기서 나온 겁니다. 장로님께서 정해 놓으시기를 만약 저희가 스님들에게 술을 팔면 이 집은 물론 본전까지 뺏고 내쫓기로 되어 있습니다. 그래서 스님께는 술을 내놓을 수 없으니 너무 괴이쩍게 여기지는 마십시오."

"시끄러워지지 않으려거든 술을 갖구 와. 내가 이놈의 술집 이야기는 하지 않으면 될 거 아냐?"

노지심이 눈을 부릅뜨며 그렇게 을러대 봤으나 소용없었다.

"시끄러워져도 할 수 없지요. 술은 안 됩니다. 다른 데로 가 보십시오."

주인이 끝내 그렇게 나오자 노지심은 불끈 화가 치밀었으나 아직은 맨정신이라 주먹까지 내지르지는 않았다. 들기 싫은 엉덩이를 억지로 들어 일어나며 겁만 주고 그 술집을 나섰다.

"좋다, 다른 데 가서 마시지. 우선 목부터 축인 뒤 네놈을 찾아와 따지겠다."

그러나 다른 집도 마찬가지였다. 노지심이 주먹까지 을러메며 을러댔으나 모두가 한입으로 술을 내놓을 수 없다는 것이었다.

네댓 집을 돌아도 술 한잔 못 얻어 걸린 노지심은 머리를 짜내 보았다.

'도무지 어찌해 볼 도리가 없구나. 무슨 수로 술을 마신다? 가만있자…….'

하지만 원래가 잔꾀에는 밝지 못한 그였다. 아무리 머리를 짜내도 좋은 궁리가 나지 않아 속만 끓이고 있는데 문득 눈길을 끄는 곳이 있었다. 멀리 거리 끄트머리에 살구꽃이 만발한 가운데 있는 작은 술집이었다. 술집임을 알리는 베 조각 대신 풀잎으로 빗자루 같은 걸 만들어 꽂아 둔 게 보잘것없는 주막 같았다.

노지심은 얼른 그 집으로 달려가 사립문 앞에서부터 소리쳤다.

"주인장, 길 가는 중이니 술 한잔 하고 갑시다!"

주인이 나와 노지심을 보며 의심스러운 듯 물었다.

"스님, 어디서 오셨습니까?"

묻는 품이 그도 오대산의 승려에게는 술을 팔지 못하게 되어 있는 듯했다. 그 눈치를 알아챈 노지심이 거짓말을 했다.

"나는 여기저기 떠다니는 중이외다. 방금 이곳에 이르렀으니 술 한잔 주시오."

"스님, 만약 오대산에서 오셨다면 드릴 수가 없는데요."

"나는 오대산에서 오지 않았소. 그러니 어서 술이나 내오시오."

노지심이 그렇게 시치미를 떼자 주인은 한 번 더 그를 살펴보았다. 생김이나 음성이 남다른 게 전에 보던 오대산의 승려들 같지는 않았다.

"술은 얼마면 되겠습니까?"

이윽고 술을 팔기로 작정한 주인이 물었다. 노지심이 얼른 대답했다.

"많고 적고 있는 대로 내오시오. 다만 술잔은 좀 컸으면 좋겠소."

이에 주인은 처음부터 큰 잔으로 술을 나르기 시작했다. 큰 잔 열 개를 잇달아 비운 노지심이 그제야 생각났다는 듯 물었다.

"고기는 없소? 한 접시만 가져다주시오."

"조금 전까지 쇠고기가 약간 있었습니다만 이제 다 팔리고 없습니다."

주인이 그렇게 대답했다. 그런데도 어디선가 고기 냄새가 나는 것 같아 노지심은 자리에서 벌떡 일어났다. 냄새를 따라 이리저리 기웃거리던 노지심의 눈에 문득 불이 지펴진 가마솥 하나가 들어왔다. 마당 한구석 담 곁에 걸어 둔 솥이었는데, 다가가서 보니 개 한 마리를 삶는 중이었다.

"당신 집에 개고기가 있는데 그건 왜 내게 팔지 않소?"

노지심이 주인을 잡고 따지듯 물었다. 주인이 어이없어하며 대답했다.

"출가한 분은 개고기를 잡숫지 않는다기에 그랬습니다."

그러자 노지심이 태연히 말했다.

"내게도 은자가 있소. 저 개고기가 돈 받고 팔지 않는 것이라면 모르되, 그렇지 않으면 좀 내오시오."

그리고 괴춤을 털어 은자를 탁자에 내놓으며 덧붙였다.

"이만하면 반 마리 값이 되겠소?"

그렇게 되자 주인도 할 수 없다는 듯 삶은 개 반쪽을 썰어 양념과 함께 내왔다. 개고기를 보자 노지심은 좋아서 어쩔 줄 몰랐다. 젓가락을 쓸 겨를도 없이 손으로 집어 욱여넣기 시작했다. 그 고기와 함께 술도 큰 잔 열 잔을 더 들이켜자 어지간한 노지심도 속이 좀 차는 듯했다.

"스님, 이제 그만 드시렵니까?"

큰 잔으로 스무 잔 술을 들이켜고 삶은 개고기 반 마리를 다 먹어 치운 뒤에도 끄떡없이 앉아 있는 노지심에게 얼이 빠진 주인이 와서 물었다. 노지심이 갑자기 눈을 부릅뜨고 말했다.

"나 실은 오대산에서 내려왔소. 그런데 나는 틀림없이 이 집에서 마시지 않았다고 해 주겠소만, 주인장은 나를 위해 무얼 해 주겠소?"

그제야 노지심이 오대산의 승려란 걸 안 주인이 기가 막혀 물었다.

"무어 더 필요한 게 있으십니까?"

"술 한 통 더 갖다 주시오."

노지심이 그런 떼를 쓰니 주인은 어쩌는 수 없이 술 한 통을 더 내왔다. 잠깐 동안에 그 술 한 통까지 다 마신 노지심은 남은 개다리 한 개를 옷섶에 찔러 넣고 일어나며 말했다.

"은자 중에서 남는 것은 내일 다시 와서 먹겠소."

주인은 그 엄청난 주량과 사나운 기세에 말도 한마디 제대로 붙여 보지 못하고 산으로 올라가는 노지심의 뒷모습만 바라보왔다.

산을 오르던 노지심은 그 중턱에 있는 정자에 이르렀다. 전에 술을 빼앗아 먹고 사람을 친 적이 있는 곳이었다. 그 정자에 한참 앉아 있으려니 슬슬 오르던 술기운이 꼭뒤까지 차올랐다.

"내가 여태까지 주먹질 발길질을 못 해 봤더니 온몸이 찌뿌드드하구나. 오늘 한번 손발을 써 봐야겠다."

노지심은 그렇게 중얼거리며 정자 아래로 내려가 소매를 걷고 주먹질을 해 보았다.

오랜만에 술과 고기를 배불리 먹어 그런지 힘이 솟아 헛주먹질만으로는 영 속이 차지 않았다.

이에 노지심은 대뜸 그 곁에 있는 정자 기둥에 덤벼들었다. 노지심이 정자 기둥에 한쪽 어깨를 대고 한번 용을 쓰자 우지끈하고 정자 기둥이 부러지며 정자가 반쯤 기울어졌다.

산문을 지키던 스님이 그 소리에 놀라 내려다보았다. 산 중턱에 있던 정자가 반이나 내려앉아 있고, 그걸 보며 무엇이 좋은지 낄낄거리던 노지심이 비틀거리며 산 위로 올라오는 게 보였다.

"저 짐승 같은 놈이 오늘 또 술에 취했구나. 안 되겠다."

문을 지키던 두 스님은 그렇게 말하며 얼른 산문을 닫아걸었다.

비틀거리며 산문 앞에 이른 노지심은 문이 잠긴 걸 보고 주먹으로 쾅쾅 내질렀다. 꼭 사람이 힘껏 미는 것처럼 문이 흔들거렸다. 그래도 문지기 스님들이 문을 열어 주지 않자 노지심은 무얼 찾는지 몸을 돌려 사방을 돌아보았다. 그런 그의 눈에 산문을 지키는 금강역사(金剛力士)의 상이 들어왔다.

"너 이놈, 덩치 한번 크구나. 나 대신 문을 좀 두드려 주지 않고, 주먹만 불끈 쥐고 섰으니 사람을 겁주자는 거냐, 뭐냐? 오냐, 내가 상대해 주마. 네 따위는 조금도 겁나지 않는다!"

노지심은 대뜸 금강역사에게 그렇게 호통을 치더니 받침대 위로 올라가 둘러쳐져 있는 난간을 부수었다. 그리고 그중에 몽둥이로 쓰기 좋은 나무토막 하나를 집어 금강역사의 허벅다리를 후려쳤다. 퍽 하는 소리와 함께 흙으로 빚은 금강역사가 부서져 내리며 흙가루와 흙에 스며 마른 물감 부스러기가 어지럽게 날렸다.

"저런, 저런!"

숨어서 살피던 문지기 스님이 괴롭게 그런 소리를 내뱉으며 지진 장로에게 알리려고 뛰어갔다.

한편 금강신상 하나를 부수고 나서 한차례 숨을 돌린 노지심은 다시 오른편에 있는 금강역사에게 덤벼들었다.

"너는 이눔아, 왜 그리 아가리를 크게 벌리고 섰느냐? 나를 비웃기라도 하는 게냐?"

그런 욕설과 함께 다시 그쪽 받침대 위로 기어 올라갔다.

"이놈, 너도 맛 좀 봐라!"

노지심이 그런 소리와 함께 몽둥이로 후려치자 그 금강역사도 요란한 소리를 내며 부서져 받침대 아래로 굴러 떨어졌다. 노지심은 몽둥이를 짚은 채 통쾌하게 웃어 젖혔다.

문지기 스님이 장로를 찾아가 노지심의 행패를 알린 것은 그 무렵이었다.

"건들지 말고 그대로 둬라. 가서 너희들 할 일이나 하도록."

듣고 난 장로가 담담히 말했다. 하지만 아무래도 그대로 보고만 있을 일이 아니었다. 이번에는 수좌, 감사, 도사 등 절의 일을 맡아보는 스님들이 모두 한꺼번에 장로를 찾아가 떠들었다.

"저 산짐승 같은 놈이 오늘 또 취해 왔으니 큰일입니다. 산중턱의 정자를 반이나 부숴 놓고 지금은 산문을 지키는 금강상을 들부수고 있습니다. 이 일을 어찌했으면 좋겠습니까?"

그래도 장로는 별로 동요하는 빛이 없었다.

"예로부터 이르기를 천자도 술 취한 사람은 피한다고 하는데 하물며 이 늙은 중이겠느냐? 정자를 부수었다면 저를 이곳에 보낸 조 원외더러 고쳐 달라면 될 것이고 금강을 부쉈다면 금강도 그보고 다시 만들어 내라고 하지. 저 하는 대로 버려둬라."

그렇게 속 좋은 소리만 했다. 듣고 있던 스님들이 다시 입을 모아 말했다.

"금강은 산문을 지키는 으뜸입니다. 어떻게 그걸 아무렇게나 갈아 치우신단 말씀이십니까?"

"금강은 말할 것도 없고, 설령 대웅전의 삼세불(三世佛)을 때려 부순다 한들 어찌하겠는가? 그저 피하는 수밖에……. 너희들은 전에 그가 흉악하게 날뛰는 걸 못 보았느냐?"

장로가 그렇게 나오니 다른 스님들도 하는 수 없었다. 다만 문지키는 스님에게 문을 열어 주지 말라는 것만 한목소리로 권할 뿐이었다.

그때 문을 두드리다가 화가 치솟을 대로 솟은 노지심의 고함

소리가 절 안까지 들려왔다.

"이 머리 벗겨진 노새 같은 놈들아! 어서 문을 열지 못하겠느냐? 만약 나를 안으로 들여 주지 않으면 여기 불을 질러 이놈의 절을 확 그을려 버릴 테다!"

그 소리에 스님들은 깜짝 놀랐다. 마음만 먹으면 능히 그럴 수도 있는 위인이라 문지기 스님에게 다급하게 말했다.

"어이, 안 되겠네. 어서 빗장을 벗겨 저 짐승 같은 자가 들어오게 해야겠어. 안 그러면 정말로 불을 지르고 말 것일세."

이에 문지기 스님은 조심조심 문 곁으로 다가가 빗장을 벗기고는, 걸음아 나 살려라 하며 승방 쪽으로 달아났다. 다른 스님들도 저마다 노지심이 보이지 않는 곳으로 숨어 버렸다.

그것도 모르고 힘을 다해 문을 밀던 노지심은 갑자기 문이 열리는 바람에 그대로 땅바닥에 나동그라졌다. 그게 다시 그의 화를 돋우었으나 아무도 따질 만한 사람이 없으니 별수 없었다. 엉금엉금 기듯 일어나서는 곧바로 승당으로 갔다.

승당 안에는 수많은 스님들이 자리 잡고 앉아 선을 하고 있었다. 노지심이 갑자기 문을 열어젖히고 들어오자 깜짝 놀란 스님들은 모두 자라같이 목을 움츠렸다. 다행히도 노지심은 선을 하는 스님들에게는 시비를 걸지 않았다. 그들을 못 본 체 뚜벅뚜벅 걸어 들어가다가 갑자기 속이 받쳐 오는지 왝왝거리며 도량 바닥에 먹은 것을 토해 냈다. 개고기가 뒤섞인 술이 한 말은 족히 도량 바닥에 쏟아졌다.

아무리 그런 노지심을 못 본 체하려 해도 그 냄새만은 견딜 수 없었다.

'잘한다!'

스님들은 그렇게 속으로 중얼거리며 코를 싸쥐었다.

그런 스님들이 안중에 없는 듯 한바탕 시원하게 토한 노지심은 늘상 자신이 누워 자는 선상으로 갔다. 띠를 풀고 승복을 벗어젖히고 모든 게 제멋대로였다. 그런데 옷을 벗어젖히다 보니 산 밑 술집에서 감춰 온 개다리가 바닥에 굴러 떨어졌다.

"좋아, 한바탕 토하고 나니 마침 속이 출출하던 차에."

노지심은 그렇게 중얼거리며 그 개다리를 뜯어먹기 시작했다. 스님들이 차마 그 꼴을 볼 수 없어 소매로 눈을 가렸다.

그들 중에 젊은 선승(禪僧) 둘이 견디다 못해 비실비실 자리를 피했다. 그걸 본 노지심은 짓궂은 마음이 일었다.

개고기 한 점을 뜯어낸 뒤 그 스님들 중 하나에게 쑥 내밀며 말했다.

"어이, 한번 먹어 보지그래?"

그 스님이 질겁을 하고 두 소매로 입을 가리며 피했다. 그러자 노지심은 다른 스님을 잡고 말했다.

"이거 한번 안 먹어 보겠나?"

말뿐이 아니었다. 노지심은 달아나려는 그 스님을 붙들어 귀를 잡고 개고기를 입에 쑤셔 넣으려 했다. 맞은편에 있던 스님 몇이 보다 못해 노지심을 말렸다. 그러자 노지심은 개고기를 내던지고 주먹을 들어 그들의 번쩍이는 머리통을 마구 쥐어박았다.

그렇게 되자 더 참을 수 없게 된 승당의 모든 스님들이 한꺼번에 일어나 각기 제 바랑을 찾아 메고 달아나기 시작했다. 그야말로 자리를 말아 뿔뿔이 흩어지는 판이라 수좌들도 어떻게 붙들어 놓을 수가 없었다.

그 소동에 재미를 붙인 노지심은 승당 밖까지 그들을 쫓아 나왔다. 그러자 태반의 선객(禪客)들은 낭하를 따라 우르르 쫓겨갔다.

그 광경을 본 감사와 도사는 더 참을 수가 없었다. 장로에게 알릴 것도 없이 절 안의 일꾼들과 젊은 스님들을 모조리 끌어모았다. 합쳐 백 명이 넘는 사람이 모이자 감사와 도사는 그들에게 노지심을 잡게 했다.

그들은 모두 머리에 수건을 동이고 몽둥이와 쇠 막대, 곤봉 따위를 휘두르며 노지심이 있는 곳으로 몰려갔다. 그들을 본 노지심은 무언가 짐승 같은 소리를 내지르더니 승당 안으로 뛰어 들어갔다. 제 딴에는 무기를 마련하러 들어간 것이었다.

하지만 승당 안에 무기가 있을 리 없었다. 한동안 여기저기를 찾아보던 노지심은 갑자기 부처님 앞에 놓인 공양 탁자를 뒤엎고 거기서 탁자 다리 두 개를 빼냈다.

노지심이 탁자 다리를 휘두르며 다시 뛰쳐나오자 그 사납고 거친 기세에 눌린 절간 일꾼과 스님들은 겁을 먹었다. 모두 몽둥이를 끌고 낭하를 따라 달아났다.

노지심이 오히려 그들을 쫓기 시작했다. 그러자 스님들은 두 갈래로 흩어졌다가 다시 노지심을 에워싸고 양쪽에서 치고 들었다. 그 바람에 몇 대 얻어맞은 노지심은 정말로 화가 났다. 동쪽을 겨냥하는 척하며 서쪽을 치고 남쪽을 겨냥하는 척하며 북쪽을 치는 식으로 두 갈래를 한꺼번에 상대했다.

노지심이 평생 익힌 무예를 다 풀어 덤비니 다시 스님들 쪽이 밀리기 시작했다. 노지심은 기세가 올라 그들을 법당 쪽까지 따라가며 두들겼다. 그때 갑자기 지진 장로가 나타나 큰 소리로 양쪽 모두를 꾸짖었다.

"지심아, 무례하지 마라. 그리고 너희들도 모두 손을 멈춰라."

이미 사람이 여남은 명이나 상해 스님들도 몹시 성이 나 있었으나 장로가 나타나 말리니 어쩌는 수가 없었다. 일제히 몽둥이를 거두고 한쪽으로 물러났다.

사람들이 흩어지는 걸 보고 노지심도 정신이 번쩍 들었다. 얼른 탁자 다리를 내던지고 장로 쪽을 보며 크게 소리쳤다.

"장로님, 이놈을 좀 어떻게 해 주십시오……."

진심으로 스스로도 어쩌지 못하는 본성을 괴로워하며 하는 소리였다. 그러는 노지심은 이미 술이 거의 깨어 있었다. 지진 장로가 전에 없이 엄하게 노지심을 꾸짖었다.

"이놈 지심아, 너는 이 늙은 몸을 괴롭혀 죽일 작정이라도 했더란 말이냐? 저번에도 취해서 한바탕 난리를 벌여 놓고 이제 다시 이게 무슨 꼴이냐? 지난번 일은 네 형 조 원외에게 알렸더니 그가 특히 글을 보내 여러 사람에게 사죄함으로써 대강 마무리지었다마는 이번에는 안 되겠다. 출가한 자가 술에 취한 것도 죄가 가볍지 않은데, 정자를 허물고 금강상까지 부숴 놓다니. 그리고 그것도 모자라 참선하는 객승들을 모조리 내쫓다니……. 우리 오대산 문수보살 도량은 천백 년 깨끗한 향불을 이어 온 곳인데, 어떻게 그 같은 더럽힘을 용납할 수 있겠느냐? 우선 너는 나를 따라와 방장실로 가 있도록 하라. 며칠 안으로 네가 갈 만한 곳을 정해 주겠다."

그 같은 장로의 꾸짖음에 노지심은 술에서 완전히 깨어났다. 좀전의 기세는 다 어디 갔는지 끽소리 없이 방장실로 따라갔다.

한편 장로는 절 안의 모든 스님들을 모아 각기 제 할 일로 돌아가게 했다. 선객들은 승당으로 돌아가 좌선을 계속하게 하고, 직사승(職事僧, 절간의 일을 맡아 하는 승려)은 각기 맡은 일로 돌아가게 했으며, 그 소동에서 다친 사람은 제 방으로 돌아가 다친 곳을 돌보게 했다. 그리되니 절 안은 다시 전처럼 조용해져 부서진 금강역사만 아니면 아무 일도 없었던 것같이 되었다.

다음 날 지진 장로는 수좌 스님과 의논하고 노지심을 다른 곳으로 보내기로 결정했다. 그러나 조 원외가 맡긴 사람이라 그냥 보내지는 못하고 먼저 조 원외에게 절에서 있었던 일부터 알리기로 했다.

장로가 써 보낸 글을 받아 본 조 원외는 마음이 즐거울 리 없었으나 그 자리에서 답장을 보내 장로에게 사죄하고 덧붙여 적었다.

"부서진 금강상과 정자는 이 조 아무개가 즉시 되세워 드리겠습니다. 지심의 일은 장로님의 뜻을 따르겠사오니 알맞은 곳으로 보내 주십시오."

그 같은 답장을 받아 본 장로는 곧 노지심을 불러 새 승복과 승혜에 은자 열 냥을 내놓으며 말했다.

"지심아, 너는 지난번에도 술에 취해 승당에서 행패를 부렸는데, 이번에 또 술에 취해 이같이 엄청난 짓을 했으니 네 죄가 가볍지 않다. 그러나 조 원외의 낯을 보아 그냥 내쫓을 수는 없구나. 내 글 한 통을 줄 터이니 일러 주는 곳으로 가서 그 글을 보이고 거기서 지내도록 해라. 네 한 몸은 편히 지낼 수 있을 것이다."

노지심은 대강 짐작은 하고 있었으나 막상 떠나란 소리를 들으니 앞일이 아득해 급히 물었다.

"스승님, 어디를 가면 제자가 편안히 숨을 곳이 있겠습니까?"

"내게 한 사제가 있는데, 지금 동경의 대상국사(大相國寺) 주지인 지청선사(智淸禪師)다. 내가 그에게 글을 써서 너에게 직사승 자리라도 하나 내주라고 했으니 모르는 척은 않을 것이다. 동경의 대상국사로 가 보도록 해라."

지진 장로는 그렇게 말해 놓고 한동안 노지심을 바라보다가 다시 한마디 보탰다.

"내가 간밤에 네 상을 헤아려 지은 네 귀의 게언(偈言)이 있다. 죽을 때까지 기억하고 따르도록 해라."

"그게 어떤 것입니까?"

노지심이 얼른 물었다. 장로가 지그시 눈을 감으며 시를 읊조리듯 외었다.

숲을 만나 일어나고	遇林而起
산을 만나 가멸해지며	遇山而富

고을을 만나 옮기고　　　　遇州而遷
강을 만나 그치리라　　　　遇江而止

무슨 뜻인지 전혀 짐작 가지 않았으나 노지심은 그 네 구절을 소중히 기억했다. 그리고 지진 장로에게 아홉 번 절을 한 뒤 승복에 바랑 하나만 멘 채 오대산을 떠났다. 절 안의 스님들은 한결같이 그가 떠나게 된 걸 기뻐해 마지않았다.

산을 내려온 노지심은 먼저 지난번에 갔던 저잣거리의 대장장이부터 찾아갔다. 맞춘 지 며칠 되지 않아서인지 선장과 계도는 아직 되어 있지 않았다. 이에 노지심은 그곳 객점에 며칠을 더 묵으면서 그것들이 다 되기를 기다렸다.

대장장이가 서둘러 선장과 계도는 오래잖아 노지심의 손에 들어왔다. 노지심은 대장장이에게 몇 푼 인심을 쓴 뒤 계도는 칼집을 만들어 꽂고 선장은 검은 칠을 해 짚었다. 승복과 바랑에 그렇게 선장과 계도까지 갖추니 누가 봐도 떠도는 스님 같았다.

드디어 길을 떠난 노지심은 말할 것도 없이 동경으로 향했다. 그러나 그가 길을 가는 방식은 여느 스님들과는 전혀 달랐다. 우선 다른 것은 잠자리였다.

보름 동안을 걸으면서도 해가 져서 절을 찾는 법은 한 번도 없었다. 언제나 객점을 찾아 뜨뜻하고 편안한 방 안에서 밤을 보냈다.

먹는 것도 다른 스님들과는 전혀 달랐다.

버얼건 대낮에도 고기건 술이건 먹고 싶은 대로 사 먹었다. 말하자면 스님다운 것은 복색과 머리뿐인 셈이었다.

한편 오대산의 뒤치다꺼리는 죄 없는 조 원외가 도맡았다. 노지심이 떠나고 며칠 안 되어 오대산으로 올라간 조 원외는 적지 않은 돈을 들여 노지심이 부순 금강상을 새로 빚고 무너진 정자를 다시 세웠다. 얼마 안 되어 문수원은 전처럼 고요하고 평온한 도량으로 돌아갔다.

야승과 산도둑과

한편 동경으로 가던 노지심은 어느 날 한 경치 좋은 고을을 지나게 되었다. 잘생긴 산과 맑은 물을 구경하며 쉬엄쉬엄 걷다 보니 어느새 날이 저물어 왔다. 주위를 둘러보니 막막한 산중이라 잠 잘 곳도 없고, 걷자 해도 함께 걸을 사람이 없어 은근히 다급해진 노지심은 걸음을 빨리했다.

그렇게 한 이삼십 리를 걸었을까, 개울에 걸쳐진 널판 다리 하나를 건넜을 때였다. 문득 멀리 붉게 비낀 노을 아래 한 숲이 나타나고 그 숲속에 장원의 지붕 하나가 솟은 게 보였다. 그 장원 뒤로는 다시 첩첩산중이었다.

"하는 수 없구나. 저기서 하룻밤 묵어 가야겠다."

그렇게 생각을 정한 노지심은 어슬렁어슬렁 그리로 다가가 살펴보았다. 장원은 몇 집 되었는데 사람들이 이리저리 몰려다니며 황황해하는 게 왠지 이상한 느낌이 들었다. 그러나 노지심은 내 알 바 아니라는 듯 대문간에 선장을 짚고 서서 주인을 찾았다. 주인은 안 나오고 일꾼 하나가 비쭉 내다보며 물었다.

"스님, 날도 다 저물었는데 여기는 뭣하러 오셨소?"

"내가 잘 만한 곳이 없어 이 집에서 하룻밤 잠자리를 빌렸으면 하고 왔소이다. 내일 아침 일찍 떠날 터이니 사정을 좀 봐주시오."

노지심이 그렇게 말하자 일꾼이 안 되겠다고 고개를 저었다.

"저희 장원에는 오늘 밤 무슨 일이 있어 쉬어 갈 수 없습니다. 다른 데로 가 보십쇼."

그 말에 불쾌해진 노지심이 따지듯 거칠게 물었다.

"하룻밤 쉬어 가자는데 그 무슨 인정머리 없는 소리요? 내일 일찍 떠나겠다 하잖았소?"

그래도 일꾼은 조금도 겁먹는 기색이 없었다. 오히려 이래도 뻗대려느냐는 투로 퉁명스레 쏘았다.

"스님, 여러 소리 말고 빨리 달아나기나 하시오! 여기서 개죽음당하지 않으려면 말이오."

"거참, 알다가도 모를 소리군. 하룻밤 재워 달라는데 죽기 싫으면 빨리 가라니? 어째서 여기 있으면 죽는다는 거요?"

노지심이 슬몃 호기심이 일어 물었다. 일꾼은 설명하기도 귀찮다는 듯 그냥 을러대기만 했다.

"가랄 때 빨리 가시오! 아니면 꽁꽁 묶어 광에 처넣어 버리겠소."

그 일꾼 놈의 불손한 말투에 노지심은 벌컥 화가 났다. 불같은 성미가 일어 말 대신 선장부터 안기고 보려고 선장을 치켜들려는데, 갑자기 장원 안에서 한 노인이 걸어 나왔다. 한 예순은 넘어 보이는 늙은이로 몸이 안 좋은지 지팡이를 끌고 있었다.

"왜들 이렇게 시끄러우냐?"

노인이 노지심을 가로막고 선 일꾼에게 물었다. 일꾼은 뒤틀린 목소리로 대꾸했다.

"저 중놈이 쓸데없이 떼를 쓰며 저를 때리려 하지 않았겠습니까?"

그러나 일꾼의 태도가 한없이 공손한 걸로 보아 노인은 그 장원의 주인인 듯했다. 일꾼보다는 주인을 직접 상대하는 것이 낫겠다 생각한 노지심이 얼른 목소리를 가다듬어 노인에게 말했다.

"저는 오대산에서 내려와 동경의 대상국사로 가는 불제자올시다. 이제 이렇게 날이 저물어 하룻밤 쉬어 가기를 청했을 뿐인데 저 사람이 나를 잡아 묶겠다 하지 않습니까? 그래서 좀 시끄러워졌습니다."

그러자 그 노인은 쓰다 달다 표정도 없이 말했다.

"오대산에서 오신 스님이시라면 저를 따라오십시오."

이에 노지심은 그를 따라 집 안으로 들어갔다. 주인과 손님이 각기 자리를 잡고 앉은 뒤에 노인이 담담한 표정으로 입을 열었다.

"스님께서는 너무 괴이쩍게 여기지 마십시오. 오대산에서 오신 활불(活佛) 같은 분이신 줄 몰라보고 여느 사람 대한 듯한 모양입니다그려. 하지만 역시 오신 때가 좋지 못합니다. 이 늙은이도 깊이 불도를 믿어 온 터이나, 오늘 밤 집안에 무슨 일이 있어 하룻밤밖에는 쉬게 할 수 없으니 그리 아십시오."

그런데 그 목소리가 처량하게 떨리는 게 반드시 무슨 곡절이 있는 사람 같았다. 노지심이 선장을 뉘어 놓고 몸을 일으켜 합장하며 물었다.

"고맙습니다. 그런데 한 가지 여쭈어 봐도 되겠습니까?"

"궁금한 게 무엇인지요?"

노인이 마지못해 그렇게 받았다. 노지심이 진작부터 궁금하던 걸 물었다.

"좀 전에 그 일꾼도 그랬고 어르신도 지금 말씀하셨는데, 도대체 무슨 일이 있습니까? 오늘 밤 이곳에 무슨 일이 있기에 나그네 한 사람조차 받기 거북해합니까?"

그러자 노인은 한참 노지심을 바라보다가 묻는 것은 대답 않고 딴소리를 했다.

"이 늙은이의 성은 유(劉)가요, 여기는 도화촌(桃花村)이란 마을입니다. 이곳 사람들은 나를 도화장(桃花莊)의 유 태공(太公)이라 부르지요. 그런데 스님의 법명은 어떻게 되며 속세에서의 이름이 무엇이었는지요?"

"제 스승님은 지진 장로이십니다. 장로님께서는 제 속세의 성인 노에다 지심이란 법명을 지어 주시어 이제 저는 노지심이라 불리고 있습니다."

노지심이 왠지 떳떳잖은 마음이 되어 그렇게 자신의 이름을 밝혔다. 지진 장로란 이름이 나오자 주인은 한층 공경하는 어조

가 되어 물었다.

"이제 저녁 공양을 들도록 하시지요. 그런데 기름기 있고 파, 마늘이 든 것도 괜찮겠습니까?"

"저는 파, 마늘 든 것은 물론 술도 꺼리지 않습니다. 맑은 것이든 흐린 것이든 흰 것이든 술이라면 가리지 않지요. 고기도 쇠고기, 개고기 무어든 다 잘 먹습니다."

노지심이 천연스레 대답했다. 술과 고기를 달라는 것이나 다름 없었다. 주인이 얼른 알아듣고 말했다.

"스님께서 이왕에 음식을 가리지 않으신다니 먼저 술과 고기부터 내오게 하겠습니다."

그리고 머슴을 불러 그대로 시켰다. 오래잖아 머슴이 고기 한 소반과 채소 서너 접시를 탁자로 날라 왔다. 노지심이 허리띠를 풀고 앉자 다시 술 한 동이와 잔이 왔다.

노지심은 한번 사양하는 법도 없이 술을 마시고 고기를 먹었다. 잠깐 사이에 한 동이 술과 한 소반의 고기가 다 없어졌다. 주인이 넋을 잃고 그 모양을 보다가 다시 머슴을 불러 저녁상을 차리게 했다. 노지심은 그것도 남김없이 먹었다.

"스님께서는 바깥채에 있는 방에서 쉬십시오. 밤에 바깥이 떠들썩하더라도 내다봐서는 아니 됩니다."

상을 물린 뒤에 주인이 노지심에게 그렇게 말했다. 그제야 노지심은 아직껏 그 집에 무슨 일이 있는지를 물어보고도 대답을 듣지 못한 걸 기억해 냈다. 이번에는 제법 예의까지 갖춰서 물었다.

"감히 묻습니다만, 오늘 밤 이 댁에 무슨 일이 있는지요?"

"이미 출가하신 스님께서 간여하실 일이 아닌 듯하니 굳이 알려고 하지 마십시오."

주인이 그런 대답으로 오히려 노지심의 궁금증을 키웠다. 노지심이 슬쩍 수를 썼다.

"어째 어르신네 얼굴이 좋지 않아 보이십니다그려. 혹시 제가 무슨 걱정을 끼쳐 드릴까 봐 그러십니까? 제가 자고 먹은 값이라면 마음 놓으십시오. 내일 아침에 깨끗이 셈해 드리겠습니다."

그 말에 주인이 펄쩍 뛰며 털어놓기 시작했다.

"스님께서 잘못 아셨습니다. 저희 집은 늘 절에 재를 올리고 시주도 많이 하는 편이지요. 그런데 스님 한 분 공양한 걸 가지고 그럴 리 있겠습니까? 다만 오늘 밤에는 제 딸이 시집을 가게 돼 있어 그 때문에 좀 걱정이 될 뿐입니다."

"남자가 크면 장가를 들고 여자가 크면 시집을 가는 것은 인륜의 대사요, 다섯 가지 떳떳한 예의 하나가 아닙니까? 그런데 어르신네께서 무엇 때문에 그리 걱정하십니까?"

노지심이 크게 웃으며 그렇게 말했다. 주인이 더욱 어두운 얼굴이 되어 한숨을 내쉬며 대꾸했다.

"스님께서는 모르시니까 하시는 말씀이십니다. 이 혼인은 저희가 바라서 하는 게 아닙니다."

"그건 더욱 이상하지 않습니까? 바라지도 않으면서 어떻게 사위로 맞으신단 말입니까?"

노지심이 더욱 큰 소리로 웃으며 말했다.

노인이 다시 한번 땅이 꺼질 듯한 한숨을 내쉬며 사정을 모두 털어놓았다.

"이 늙은이에게 딸이 있는데, 올해 열아홉입니다. 한창 꽃같이 피어나는 나이지요. 그런데 이 마을 근처에 있는 도화산이라는 곳에 도둑 떼가 들면서 일이 생겼습니다. 근래 저희끼리는 대왕이라고 부르는 도둑의 우두머리 둘이 나타나 산채를 든든히 하고 졸개들을 모으니 무리가 오륙백이나 되는 큰 도둑 떼로 자란 것입니다. 그것들이 집을 부수고 재물을 털기 시작하자 청주(青州) 관아에서 잡으려 했으나 세력이 커서 어쩌지 못하고 있습니다. 그 때문에 저희들은 하는 수 없이 도둑들에게 재물을 바치고 화를 면하는 형편인데, 그 우두머리 중에 하나가 제 딸을 보고 그만 반해 버렸습니다. 그자는 금 스물네 냥과 붉은 비단 한 필을 보내 예물로 삼고 멋대로 날을 받아 정혼을 했는 바, 오늘 밤이 바로 그날입니다. 이제 밤이 늦으면 그자가 내려올 것인데 이 늙은이가 무슨 힘으로 그와 맞서 싸우겠습니까? 마음에 없어도 딸을 내주는 길밖에 없지요. 그 일로 이렇게 괴로워하는 것이지, 스님이 온 것 때문은 결코 아닙니다."

그 말을 듣자 노지심은 그 도둑의 우두머리에 대해 불같이 화가 났다. 그러나 주인이 워낙 겁을 먹고 있어, 싸우겠다고 나섰다가는 일이 제대로 될 것 같지 않았다. 부글거리는 속을 누르고 능청스레 말했다.

"일이 원래 그랬었구려. 제게 그 사람의 마음을 돌려놓을 좋은 수가 있습니다. 그렇게만 되면 마음에도 없는 곳에 딸을 시집보내지 않아도 될 것이니 어떻겠습니까?"

"그자들은 사람 죽이기를 밥 먹듯 하는 악귀 같은 것들입니다. 스님께서 어떻게 그런 자의 마음을 돌려놓을 수 있단 말씀입니까?"

주인이 아무래도 믿을 수 없다는 듯 물었다. 노지심이 여전히 시치미를 떼며 대답했다.

"저는 오대산의 지진 장로 밑에서 불가의 인연에 관해 설법을 많이 들었습니다. 따라서 비록 쇠나 돌로 만들어진 사람이라도 제 말을 들으면 마음을 돌리지 않고는 못 배길 것입니다. 오늘 밤 따님은 다른 곳으로 보내고 저를 따님의 방으로 보내 주십시오. 그러면 제가 그자를 인연으로 달래 마음을 바꿔 먹도록 만들겠습니다."

그러나 주인은 영 마음이 안 놓이는 듯했다. 얼른 대답을 않고 망설였다.

"그것도 좋긴 합니다만, 자칫하면 호랑이의 수염을 뽑는 꼴이 되지 않을런지……."

"전들 목숨이 아깝지 않겠습니까? 그러지 말고 제가 하는 대로 믿고 기다려 보십시오."

노지심이 한 번 더 그렇게 능청을 떨자 주인도 드디어 마음을 정한 듯 말했다.

"좋소이다. 스님 뜻대로 그렇게 한번 해 보지요. 내 집에 복이 있어 이렇게 활불이 오셨다고 믿겠소!"

그러자 곁에서 듣고 있던 머슴들은 모두 놀라고 겁먹은 얼굴이 되었다. 아무리 봐도 노지심에게 그런 신통력이 있을 것 같지 않은 까닭이었다.

"더 드시고 싶은 건 없습니까?"

모든 걸 노지심에게 맡기기로 한 주인이 호의로 물었다. 노지심은 기다렸다는 듯 대답했다.

"밥은 먹을 만큼 먹었습니다. 주시려면 술이나 좀 더 마시게 해 주십시오."

"술이야 있지요, 얘들아!"

주인이 얼른 머슴들을 불러 잘 익은 술 한 독과 찐 오리고기를 날라 오게 했다. 그리고 노지심에게 큰 술잔을 내주며 마음껏 마시게 했다.

큰 잔으로 서른 잔이나 퍼마시자 노지심도 어지간히 술배가 찼다. 노지심이 선장과 계도를 챙겨 일어나는 걸 보고 주인이 머슴들에게 먼저 신방(新房)을 치우게 했다.

"어르신, 아직도 따님께서 피하지 않으셨습니까?"

노지심이 그렇게 묻자 주인이 대답했다.

"딸은 이미 이웃집으로 옮겨 놨습니다."

"그럼 저를 그 방으로 안내해 주십쇼."

주인이 그런 노지심을 데리고 딸의 방으로 갔다. 노지심이 그 방으로 성큼성큼 걸어 들어가며 말했다.

"그럼 다른 분들은 모두 가 보십시오."

이에 주인과 머슴들은 바깥마당에 잔치 자리를 마련했다.

한편 방 안으로 들어간 노지심은 모든 세간들을 한곳으로 밀어낸 다음, 계도는 침상 머리맡에 놓아두고 선장은 의자에 기대

놓았다. 그리고 휘장 뒤로 가서 옷을 벗어부친 뒤 벌거숭이로 침상 위에 올라앉았다.

주인은 날이 아주 어두워진 걸 보고 머슴들을 불러 집 안팎에 등불을 내다 걸게 했다. 그런 다음 보리타작 마당에 탁자 하나를 꺼내 놓고 그 위에 향불과 꽃등을 얹어 혼례상을 꾸몄다. 거기다가 한편으로는 머슴들에게 고기를 한 상 가득 벌여 놓게 하고 다른 한편으로는 큰 독째 술을 데우게 하니 겉보기에는 멀쩡한 혼인 잔칫집이었다.

한 초경쯤이 되었을까, 문득 도화산 쪽에서 북소리, 징 소리가 은은하게 들려왔다. 주인과 머슴들이 벌벌 떨며 문간으로 나가 보니 멀리서 사오십 개의 횃불이 대낮같이 비추며 다가오고 있었다.

나는 듯 달려 다가온 것은 한 떼의 말 탄 사람들이었다.

주인은 머슴들을 시켜 장원의 문을 활짝 열게 하고 그들을 맞아들였다. 장원 문으로 몰려드는 도둑들의 모습은 볼만했다. 저희 대왕을 앞뒤로 호위한 도둑들은 창칼과 깃발을 벌려 세운 중에도 새신랑을 따른다는 복색을 잊지 않고 있었다. 모두 붉고 푸른 비단옷에 머리에는 들꽃을 꽂고 있었으며 그중 앞선 네댓 놈은 홍사초롱까지 받쳐 들고 있었다. 대왕이라 불리는 말 탄 새신랑은 더욱 볼만했다. 머리에는 끝이 뾰족한 붉은 비단 두건을 썼으며 그 둘레에는 울긋불긋한 조화를 꽂고 있었다. 윗도리는 수놓은 녹색 비단 도포에 허리는 금빛 번쩍번쩍하는 띠요, 발에는 한 켤레 흰 쇠가죽 신을 꿰고 있었다. 거기다가 한 마리 큼직한 백마에 높게 앉았으니 정말로 대왕 같은 모습이었다.

그 대왕이 장원 문 앞에 이르러 말 등에서 내릴 때 졸개들이 목청껏 혼례 때의 노래를 불러 흥을 돋우었다.

사모관대 번쩍번쩍
오늘 밤 새신랑이로구나
비단옷 착착 맞아
오늘 밤의 새색시네……

그를 본 주인이 황망히 달려나가 잔에 술을 친 뒤 한 잔을 올리고 무릎을 꿇었다. 머슴들도 주인을 따라 모두 무릎을 꿇었다. 대왕이라 불리는 자가 그런 주인을 부축해 일으키며 자못 점잖게 말했다.

"영감님은 이제 제 장인이 되시는데 어찌하여 제게 무릎을 꿇으십니까?"

"그런 말씀 마십시오. 이 늙은이는 다만 대왕의 다스림을 받는 한낱 백성에 지나지 않습니다."

주인이 그렇게 대답하자 이미 술에 얼큰해 있던 대왕이 껄껄 웃었다.

"나는 이미 영감님의 사위가 되었으니 어떻게 영감님을 낮춰 볼 수 있소? 따님만 아내로 주신다면 모든 게 전과 다를 것이오."

그리고 주인이 주는 하마배(下馬杯)를 마신 뒤 객청으로 들어갔다. 향불이 피워지고 홍사초롱이 밝혀진 걸 본 대왕이 다시 주인에게 공치사를 했다.

"나를 이렇게 맞아 주시니 고맙기 짝이 없소."

말뿐만이 아니었다. 대왕은 정말로 기분이 좋은지 거기서 다시 술 석 잔을 더 들고 마루로 올라갔다. 졸개들이 북이야 피리야 요란하게 불고 두들기며 한층 잔치 분위기를 돋우었다.

마루에 앉은 대왕이 주인에게 물었다.

"장인, 내 아내 될 사람은 어디 있소?"

"부끄러워서 나오지 못하고 있습니다."

주인이 그렇게 둘러댔다. 대왕이 그대로 믿고 빙긋 웃었다.

"그렇다면 술이나 더 내오시오. 장인과 함께 들며 정을 두텁게 하고 싶소."

그리고 술이 나오자 한 잔을 더 마신 뒤에 불쑥 말했다.

"아내 될 사람을 보고 싶소. 술도 아직 모자라니 따님을 이리로 데려올 수 없겠소?"

"그럼 차라리 이 늙은이가 신방으로 안내해 드리지요."

주인은 노지심이 그 대왕을 잘 달래 주기만을 빌며 그 말과 함께 앞장을 섰다.

병풍 뒤를 돌아 똑바로 대왕을 신방으로 데려간 주인이 문 앞에서 말했다.

"바로 여기가 신방입니다. 이제는 대왕 혼자서 들어가 보십시오."

그리고 길을 밝히던 촛불을 든 채 얼른 그곳을 떠났다. 만약 일이 잘못 꼬이면 달아날 길을 찾기 위함이었다.

아무것도 모르는 대왕은 호기 좋게 신방 문을 열어젖혔다. 방 안엔 불이 없어 깜깜한 동굴 같았다. 대왕은 그게 기름을 아끼기 위해 등불을 켜지 않은 까닭인 줄로만 알았다.

"우리 장인 살림 솜씨 좀 보게. 방 안에 불도 켜지 않고 캄캄한 데 마누라 될 사람을 앉혀 놓다니. 내일 졸개들을 시켜 산채에서 좋은 기름을 한 통 갖다 줘야겠다."

그렇게 씨부렁거리며 안으로 걸어 들어갔다. 장막 뒤에 숨어 있던 노지심은 그 소리를 듣자 웃음을 참을 수 없었다. 자기도 모르게 킥 웃으니 그게 새색시의 웃음소리인 줄 안 그 대왕이 말을 걸어왔다.

"아가씨, 어째서 나를 맞으러 나오지 않소? 부끄러워하지 말고 이리 나오시오. 내일부터 산채를 마음대로 하는 부인이 되도록 해 주겠소."

그러면서 한편으로는 아가씨를 부르고, 한편으로는 두 손을 휘저으며 새색시를 찾았다. 그런 그의 손에 노지심이 숨은 장막이 걸렸다. 얼른 그리로 다가간 그가 장막 안으로 손을 넣어 더듬자 노지심의 뱃가죽이 만져졌다.

대왕은 그게 신부의 살결인 줄 알고 손끝이 짜릿했으나 단꿈은 바로 거기서 끝장이 났다. 갑자기 어둠 속에서 억센 집게 같은 게 그의 머리를 움켜잡더니 질질 끌고 침상으로 갔다. 그리고 놀라 버둥거리는 그를 침상에 메다꽂더니 이어 쇠뭉치 같은 주먹이 사정없이 날아들었다. 새색시 아닌 노지심이 드디어 솜씨를 보이기 시작한 것이었다.

"이 계집 도둑놈아!"

노지심이 그렇게 욕설까지 퍼부었으나 아직도 상대가 새색시인 줄로만 알고 있는 대왕은 턱도 없는 소리를 내질렀다.

"아이쿠, 왜 이러시오? 남편을 때리는 법이 어디 있소?"

"그래? 이게 아직도 계집 타령이구나. 그럼 여편네 맛 좀 봐라!"

노지심이 그렇게 소리치며 꼴사납게 된 대왕을 침상 가에다 처박고 올라타 마구잡이 주먹질을 해 댔다. 그래도 거친 도둑 떼의 우두머리라 정도처럼 맥없이 늘어지지는 않았지만, 노지심의 주먹을 견뎌 낼 수 없기는 대왕도 마찬가지였다. 어떻게든 피해 보려고 버둥거리며 숨넘어가는 소리를 내질렀다.

"사람 죽인다아!"

바깥에서 그 소리를 들은 주인 늙은이는 놀라 얼이 빠질 지경이었다. 스님이 좋은 말로 인과(因果)나 설법하는 소리를 들을 줄 알았는데 개 잡는 듯한 소리와 함께 사람 죽는다는 비명이 먼저 들려온 까닭이었다.

주인은 황망히 등불을 들고 신방으로 들어가 보았다. 그 뒤를 산채의 졸개들이 '우' 하고 따라 들어갔다.

등불 아래 비친 광경은 실로 뜻밖이었다. 한 몸집이 큰 중이 실오라기 하나 안 걸친 벌거숭이로 대왕을 침상에 끌어 놓고 깔고 앉아 주먹비를 퍼붓는 중이었다. 졸개 중에도 좀 윗자리인 성싶은 도둑 하나가 소리쳤다.

"모두 덤벼들어 대왕을 구하라!"

그러자 졸개들이 일제히 창칼을 꼬나들고 방 안으로 몰려들었다. 그걸 본 노지심이 대왕을 버려두고 침상 곁에 기대 놓았던 선장을 집어 들었다.

벌거숭이 노지심이 선장을 휘두르며 다가가자 졸개들은 그 흉맹한 기세에 질려 버렸다. 저마다 비명 같은 소리를 내지르며 되돌아서서 달아나기에 바빴다. 그제야 일이 돌아가는 속내를 알게 된 주인 늙은이만이 괴로운 한숨을 내뿜으며 멀거니 보고 있을 뿐이었다.

노지심이 잠시 졸개들에게 눈을 팔고 있는 틈을 타 대왕은 방문으로 기어 나왔다. 그리고 한달음에 마당가로 달려가 말 등에 올라앉았다. 급한 김에 버들가지를 꺾어 말을 후려쳤으나, 이게 또 무슨 일인가. 말이 몸만 뒤틀 뿐 내닫지를 않았다.

"어이쿠, 이제는 이놈의 말까지 말썽이구나!"

대왕이 그렇게 탄식하다 다시 살펴보니 말고삐가 그대로 매어져 있었다. 원체 다급한 바람에 말고삐 푸는 것조차 잊은 것이었다. 대왕은 얼른 말에서 뛰어내려 고삐를 푼 뒤 뛰어올라 달아나다가 문득 집주인 늙은이를 돌아보며 큰 소리로 을러댔다.

"이 못된 늙은 것아, 네놈은 우리가 겁나지 않는단 말이지? 어디 두고 보자!"

그러고는 연신 말에게 버드나무 가지를 휘둘러 산채 쪽으로 사라져 버렸다.

"스님, 이게 어찌 된 일입니까? 이제 이 늙은이의 집안은 결딴난 거나 다름없습니다."

겁에 질린 주인이 노지심을 잡고 원망스레 말했다. 노지심이 태연히 대꾸했다.

"너무 괴이쩍게 생각하지 마십쇼. 우선 옷이나 걸치고 말씀드리겠습니다."

그리고 방 안으로 들어가 옷을 걸치고 나왔다. 주인이 다시 그런 노지심을 잡고 원망을 거듭했다.

"제가 원래 바란 것은 스님께서 인연으로 설법하여 그자가 마음을 돌려먹게 되는 일이었습니다. 스님께서 주먹으로 그자를 때려눕힐 줄이야 누가 상상이나 했겠습니까? 이제 그자가 산채로 돌아가 이 일을 알리면 산도둑들이 크게 무리를 지어 쳐 내려올 것입니다. 우리 집안을 모조리 죽이려 들 것이니 이를 어찌하면 좋습니까?"

"어르신께서는 너무 겁내지 말고 제 말을 들으십시오. 저는 딴 사람이 아니고 연안부의 노충 경략 상공 밑에서 제할로 있던 노달입니다. 어쩌다 사람을 죽인 까닭에 지금 이렇게 중노릇을 하고 있지요. 그러나 산채에 있다는 그 엉터리 대왕 두 놈은 말할 것도 없고 일이천 군마가 온다 해도 조금도 겁날 게 없습니다. 만약 제 말을 믿지 못하겠으면 머슴들을 시켜 이 선장을 한번 들어 보라고 하십시오."

노지심이 그 말과 함께 들고 있던 선장을 내주었다. 머슴들이 그걸 받아 움직이려 해 보았지만, 들고 서 있기조차 힘이 들었다.

노지심이 다시 그 선장을 받아 한 손으로 잡고 휘둘러 보았다. 선장은 마치 가벼운 지푸라기처럼 노지심의 손안에서 놀았다. 그걸 본 주인 늙은이가 비로소 마음이 놓이는지 원망 대신 간곡히 매달렸다.

"스님, 부디 달아나지 마시고 저희 집안을 살려 주십시오!"

"무슨 말씀이오? 나는 죽으면 죽었지 달아나지는 않소."

노지심이 불끈해 대꾸하자 주인이 얼른 말을 바꾼다.

"그럼 술을 드릴 테니 마시며 기다리십시오. 다만 너무 취하셔서는 아니 됩니다."

"걱정 마시오. 나는 한 푼어치 술을 마시면 한 푼어치 힘이 더 나고, 열 푼어치 술을 마시면 열 푼어치 힘이 더 나는 사람이오!"

"알겠습니다. 잠깐만 기다려 주시면 술과 고기를 장만하겠습니다. 그때 드시도록 하십시오."

주인은 노지심을 그렇게 달래 놓고 안으로 들어갔다.

한편 그 무렵 도화산의 큰 두령은 마을로 장가들러 간 둘째 두령의 뒷소식이 궁금했다. 막 졸개를 불러 산 아래로 보내 보려는데 둘째 두령을 따라 내려갔던 졸개 대여섯이 멍들고 터진 몰골로 쫓겨 들어오며 소리쳐 댔다.

"아이고, 아이고……."

"무슨 일이냐? 어쩌다 이 꼴이 되었느냐?"

놀란 큰 두령이 그들에게 물었다. 졸개들이 입을 모아 대답했다.

"둘째 두령이 흠씬 두들겨 맞았습니다."

"그게 무슨 소리냐? 어서 자세히 말하라."

큰 두령이 그렇게 묻고 있는데 다시 다른 졸개가 달려와 알렸다.

"둘째 두령께서 돌아오십니다."

큰 두령이 보니 곧 둘째 두령이 산채로 들어오는데 꼴이 말이 아니었다. 머리에 썼던 붉은 두건은 부서지고 몸에 걸쳤던 녹색 비단옷도 갈가리 찢어진 데다 얼굴은 붉고 푸른 물감을 뒤집어 쓴 것 같았다. 그런 둘째 두령이 말에서 떨어질 듯 내려 엉금엉금 기어들어오면서 죽는소리를 냈다.

"아이쿠, 형님, 이놈을 좀 살려 주시우……."

"어찌 되었느냐?"

큰 두령이 그렇게 묻자 둘째 두령이 끙끙 앓으며 경위를 털어 놓았다.

"아우가 마을로 내려가니 그 앙큼한 영감쟁이가 수를 써 놓았더군요. 딸년을 어디다 감추고 웬 깍짓동 같은 중놈을 신방의 침상에 데려다 놓은 것입니다. 아우는 그것도 모르고 그 방에 들어가 더듬다가 그놈의 주먹 한 방에 나가떨어져 넙치가 되도록 얻어맞았습니다. 꼼짝없이 맞아 죽는가 싶었는데 마침 데려간 아이들이 몰려와 구해 주는 바람에 겨우 그놈의 손에서 풀려났습니다. 그놈이 선장을 잡으려고 놓아주는 틈에 달아나 겨우 한목숨을 건진 겁니다. 형님, 분합니다. 이 원수를 갚아 주십시오……."

"알았다. 너는 잠시 방에 들어가 쉬어라. 내 너를 위해 산을 내려가 그 중놈의 민대가리를 부수어 놓겠다."

큰 두령이 그렇게 둘째를 달래 놓고 졸개들을 향해 소리쳤다.

"빨리 내 말을 끌어오너라. 너희들도 모두 싸우러 내려갈 채비를 하고!"

졸개들은 큰 두령이 시키는 대로 했다. 모든 채비가 갖춰지자 큰 두령은 창을 잡고 말에 오르고 졸개들은 있는 대로 모두 그 뒤를 따라 뛰며 함성도 드높게 마을로 쳐 내려갔다.

이때 노지심은 한창 술을 마시고 있는 중이었다. 주인이 마음 먹고 장만해 낸 안주로 마시는 술이라, 더욱 맛이 각별해 들이붓듯 마시고 있는데 머슴 하나가 뛰어 들어와 알렸다.

"산 위에서 큰 두령이 졸개들을 모조리 이끌고 쳐 내려오는 중입니다!"

"너희들은 너무 겁내지 말고 시키는 대로 해라. 내가 그놈들을 때려눕히거든 묶어다 관가에 바치고 상이나 타면 된다. 내 계도나 가져다주고……."

노지심은 그렇게 말해 놓고 다시 윗옷을 벗어 던졌다. 그리고 가져온 계도를 아랫도리만 입은 허리에 찬 뒤, 선장을 둘러메고 보리타작 마당으로 성큼성큼 걸어 나갔다.

장원 문 앞에는 어느새 도둑 떼가 당도해 있었다. 그들 중 긴 창을 들고 말 위에 높이 앉은 게 큰 두령인 듯했다.

"머리 까진 노새 놈은 어디 있느냐? 어서 나와 결판을 짓자!"

긴 창 들고 말 탄 자가 그렇게 소리쳤다. 성난 노지심이 맞받아 욕을 퍼부었다.

"이 더럽고 하찮은 도둑놈이 무어라고 떠드느냐? 도대체 내가 누군지 알고나 하는 소리냐?"

그리고 선장을 풍차같이 돌리며 우르르 달려 나갔다. 큰 두령이 긴 창으로 맞받으려다 말고 급하게 소리쳤다.

"이봐 스님, 잠깐 손을 멈추쇼. 당신 목소리가 어디서 많이 듣던 것인데, 도대체 당신 이름이 뭐요?"

"나는 다른 사람이 아니고 노충 경략 상공 밑에서 제할로 있던 노달이다. 이제는 출가해 중이 되어 노지심으로 불린다만 왜, 어째 알 만하냐?"

노지심이 무슨 수작이냐는 듯 그렇게 대꾸했다. 그러자 큰 두령이 갑자기 껄껄 웃으며 말에서 뛰어내렸다. 그리고 창을 거두더니 몸을 굽히며 뜻밖의 말을 했다.

"형님, 그간 별일 없으셨소? 우리 둘째 두령이 어째서 그 꼴이 났는지 알겠구려. 형님 손에 걸렸으니 제 놈이 어찌 배겨 내겠소?"

노지심은 갑자기 상대가 그렇게 공손하게 나오자 어리둥절했다. 몇 발짝 물러나 선장을 거두고 가만히 큰 두령을 살펴보았다. 불빛 아래 드러난 얼굴을 보니 그제야 노지심도 그를 알아볼 만했다. 장바닥을 떠돌며 창술, 봉술을 보여 주고 약을 팔던 전(前) 교두 타호장(打虎將) 이충(李忠)이 바로 그였다.

이충이 그런 모습으로 나타난 게 하도 뜻밖이라 노지심이 다음 말을 잇지 못하고 있는데 절을 마친 이충이 다가와 물었다.

"그런데 형님은 어쩌다가 이렇게 스님이 되셨소?"

"그거야…… 저, 어쨌든 우리 안으로 들어가세. 가서 이야기를 나누자구."

노지심이 겨우 입을 열어 그렇게 반가움을 나타냈다. 곁에서 보고 있던 주인 늙은이는 덜컥 겁이 났다.

'저 중놈이 원래 산도둑들과 한패였구나……. 이거 정말 큰일 났다.'

그렇게 속으로 중얼거리며 어쩔 줄 몰라 했다.

이충과 함께 안으로 들어간 노지심은 벗어 던졌던 옷을 다시 걸치고 대청에 자리를 잡았다. 한동안 이충과 옛 이야기를 주고받던 노지심이 문득 주인을 불러냈다. 벌벌 떨며 불려 나온 주인은 자리를 내주어도 감히 마주 앉지를 못했다. 노지심이 그런 주인을 안심시켰다.

"어르신, 겁내실 거 없소이다. 이 사람은 내게 아우나 다름없소."

하지만 주인 늙은이는 아우란 말에 더욱 겁이 났다. 함께 앉지 못하고 떨기만 하다가, 노지심이 가장 윗자리에 앉고, 이충이 그 다음 자리에 앉자 겨우 그 끝자리에 앉았다. 노지심이 먼저 그 둘을 상대로 자신이 거기까지 흘러온 경위를 털어놓았다.

"나는 위주에서 진관서를 때려죽이고 달아나다가 대주 안문현에 이르게 되었네. 거기서 내가 구해 준 김 노인 부녀를 만나……."

노지심은 그렇게 한바탕 늘어놓은 뒤에 이충에게 물었다.

"그런데 내가 두들겨 준 그 사람은 누군가? 그리고 자네는 어찌해서 거기 있게 됐나?"

"그날 형님과 사진 그리고 나 셋이 술집에서 헤어진 뒤였습니다. 하룻밤 자고 나니 형님께서 정도를 때려죽였다는 소문이 들리더군요. 나는 사진을 찾아가 어떻게 할까를 의논하려 했습니다만 그 또한 어디로 갔는지 알 수가 없었습니다. 거기다가 관가에서 사람을 풀어 형님을 잡으려 한다는 말이 돌기에, 나는 정한 곳도 없이 그대로 달아났지요. 그날 우리도 형님과 함께 그 술집에 있었으니 불똥이 튈까 봐 겁이 난 겁니다. 나는 그길로 여기저기를 헤매다가 어느 날 이 도화산 아래를 지나게 되었습니다.

그때 이 도화산은 좀 전에 형님에게 얻어맞은 그 사람이 먼저 산채를 열고 있었지요. 소패왕(小霸王) 주통(周通)이란 아인데, 그가 졸개 몇을 이끌고 산을 내려왔다가 지나가는 내게 덤벼들었습니다. 제가 그를 때려눕혔더니 주통은 대뜸 나를 산 위로 청해 산채의 큰 두령 자리를 내주더군요. 그리해서 제가 이 도화산에 있게 된 것입니다."

그러자 노지심이 문득 생각난 듯 그 집 주인 일을 꺼냈다.

"이왕에 아우가 그 산채의 큰 두령으로 있다니 이 어르신네와의 혼인 문제는 다시 말이 되지 않게 해 주게. 저분은 자식이 그 딸뿐이라, 그 딸이 곁에서 돌봐 드려야 하네. 자네들이 데려가 버리면 이 집안은 없어질 판이라네."

"알겠습니다. 제가 주통에게 잘 말하지요."

이충이 별로 어려울 거 없다는 듯 대답했다. 벌벌 떨며 앉아 있던 주인은 그 소리에 기쁨을 이기지 못했다. 얼른 안으로 들어가 술과 고기를 내어 둘을 대접했다. 졸개들에게도 만두 두 개, 고기 두 토막에 술 한 사발씩을 돌리니 모두 흥겹게 먹고 마셨다.

태공은 그것으로 파혼이 되었다 싶었던지 전에 주통이 보내온 금덩이와 비단 한 필을 꺼내 왔다. 노지심이 그걸 이충에게로 밀며 말했다.

"이건 자네가 거두게. 뒷일은 모두 자네가 맡아 처리할 것이니 이것도 자네가 거둬야 하지 않겠나?"

"아닙니다. 그 일이라면 따로 마음 쓰시지 않아도 됩니다. 형님께서 우리 산채에 가서 며칠만 머무시면 유 태공의 어려움은 절로 풀릴 것입니다."

그 말을 들은 주인은 얼른 머슴을 불러 가마를 준비시키고, 선장과 계도며 짐 보따리를 꾸려 노지심이 떠날 수 있게 했다. 이윽고 노지심이 가마에 오르자 이충도 말에 오르고 주인도 작은 가마에 올랐다. 이미 날은 훤히 밝아 길을 가기에는 아무런 어려움이 없었다.

산채로 돌아간 이충은 노지심과 장원 주인 유 태공을 취의청(聚義廳, 산채 같은 데서 두령들이 모여 앉는 자리)으로 안내했다. 세 사람이 자리를 잡고 앉자 이충이 주통을 불러냈다. 불려 나온 주통은 노지심을 보자 아직도 분이 안 풀리는지 이충에게 퉁명스레 쏘아붙였다.

"형님은 내 원수는 갚아 주지 않고 되레 저놈을 산채로 끌어들였구려. 왜 큰 두령 자리라도 내주실 작정이오?"

이충이 빙긋 웃으며 주통을 달래듯 말했다.

"아우는 이 스님이 누군지 아나?"

"만약 저 사람이 누군 줄 알았다면 내가 그렇게 얻어맞지는 않았을 거요."

주통이 여전히 뒤틀린 목소리로 대꾸했다. 이충이 한층 소리 높여 웃으며 말했다.

"저 스님이 바로 내가 늘 말하던 그분일세. 주먹 세 대로 진관서를 때려죽인 노달 형님 말이네."

그제야 주통은 모가지를 움츠리며 노지심 앞에 무릎을 꿇는 것이었다. 노지심이 점잖게 답례하며 말했다.

"몇 대 쥐어박힌 일을 너무 언짢게 생각하지 마시오. 나도 알지 못해 한 짓이오."

그리고 주통이 자리 잡고 앉기를 기다려 유 태공의 일을 꺼냈다.

"주씨 성 쓰는 형제, 내 말을 잘 들어 주시오. 형제는 모르지만 저 어르신에게 자식이라고는 그 딸 하나뿐이오. 늙도록 어버이를 모시는 일이며 제사를 받드는 일이 모두 그 딸에게 달린 거요. 만약 형제가 그녀를 데려가면 저 어르신네의 집안은 그걸로 없어진단 말이오……."

주통은 유 태공의 딸 이야기가 나오자 다시 눈길이 실쭉해졌다. 그걸 본 노지심이 한층 간곡히 당부했다.

"비록 저 어르신네가 허락했다 해도 그것은 형제가 두려워서이지 마음속으로 원해서가 아니오. 그러니 이제 내 말을 듣고 그 혼사는 잊어버리시오. 따로 좋은 아내감을 찾아보는 게 좋을 듯싶소. 자, 여기 청혼할 때 보낸 금과 비단을 도로 가져왔소. 이 정도로 마음을 푸는 게 어떻겠소?"

"알겠습니다. 형님께서 그렇게 말씀하시니 이제 다시는 그 집 문턱을 밟지 않겠습니다."

주통이 마지못한 듯 그렇게 대답했다. 그게 못 미더웠던지 노지심이 한 번 더 그 말에 쐐기를 박았다.

"대장부가 한번 일을 정했으면 뒤집거나 후회하지 않는 법이오."

그러자 주통은 화살을 꺾어 맹세하며 다시는 유 태공을 괴롭히지 않으리라 다짐했다.

일이 그렇게 잘 풀리자 유 태공은 기뻐해 마지않았다. 가져온 금덩이와 비단을 내놓고 열 번 스무 번 절한 뒤에 자신의 마을로 내려갔다.

이충과 주통은 노지심을 위해 소와 말을 잡고 크게 잔치를 열었다. 그리고 그 뒤에도 며칠이나 노지심을 안내해 도화산 앞뒤를 구경시켜 주었다. 도화산은 과연 도둑이 들기에 알맞은 산세였다. 사방이 험한 산으로 막혀 한 갈래 길만 막으면 아무도 들어올 수가 없어 보였다.

"정말로 좋은 산세로군!"

노지심은 속으로 그렇게 중얼거렸으나 거기 머무르고 싶지는 않았다. 이충과 주통이 한가지로 그릇이 작은 데다 재물에 너무 마음을 쓰는 까닭이었다. 하지만 이충과 주통은 노지심과 속셈이 달랐다. 노지심의 힘이 탐났던지 그가 떠나려 하자 자기들과 함께 머물기를 권했다.

"나는 이미 출가한 사람인데 어떻게 도둑의 무리에 끼어들겠나."

노지심은 그렇게 거절하며 산을 내려갈 것만 고집했다. 이충과 주통도 하는 수 없다 싶었던지 잡아 두기를 단념했다.

"형님께서 머물고 싶지 않으시다니 하는 수 없군요. 그렇지만 가시더라도 내일 가시도록 하십시오. 저희가 산을 내려가 형님께서 노자로 쓸 것을 털어 오겠습니다."

그렇게 하루를 더 붙들었다. 노지심도 그것까지는 마다할 수 없어 그들의 말을 따랐다.

다음 날이 되었다. 이충과 주통은 다시 양과 돼지를 잡아 길 떠나는 노지심을 위로하는 잔치를 차렸다. 금은으로 만든 그릇들을 탁자 위에 벌여 놓고 한창 흥이 나 부어라 마셔라 하고 있는데, 갑자기 졸개 하나가 달려와 알렸다.

"산 아래 수레 두 대와 사람 여남은 명이 지나가고 있습니다."

그 말을 들은 주통은 졸개 몇만 남겨 노지심을 접대하게 하고 자신들은 나머지 모든 졸개와 함께 산을 내려갔다.

"형님, 여기서 몇 잔만 더 하고 계십시오. 저희들은 잠시 내려가 형님의 노자나 좀 마련해 오겠습니다."

둘은 떠나면서 꼭 맡겨 놓은 물건을 찾으러 가듯 노지심에게 그렇게 말했다. 노지심은 좋은 낯으로 그들을 보냈으나 기분은 결코 그렇지가 못했다.

'이 두 녀석이 너무 짜구나. 여기 이렇게 금은을 놓아두고 지나가는 사람을 털어 내 노자를 마련하겠다니……. 내가 그 녀석들을 놀라게 해 버르장머리를 고쳐 줘야겠다.'

속으로 그렇게 마음을 정하고 남아 있는 졸개 몇을 가까이 불러 술을 먹이기 시작했다.

졸개들이 멋모르고 좋아하며 넙죽넙죽 술을 받았다. 노지심은 그들이 취하기를 기다릴 것도 없이 한주먹씩 안겨 잠재우고 마대 하나를 찾아냈다. 그 마대에다 탁자 위의 금은 그릇을 모조리 쓸어담은 노지심은 계도와 선장을 끌고 그대로 산채를 빠져나왔다.

노지심이 산 뒤쪽으로 올라가 내려다보니 산세가 너무 험해 내려갈 방도가 없었다.

'전에 여기 왔을 때는 어떻게 뚫고 나갈 길이 있을 것 같더니 그게 아니구나. 산 앞으로 나가다가는 돌아오는 것들과 맞닥뜨리게 될 테구…… 할 수 없지, 이쪽 풀 넝쿨이 우거진 곳으로 뛰어내리자.'

노지심은 그렇게 방책을 세우고 먼저 언덕 아래로 계도와 선장, 금은 그릇이 든 자루 등을 내던진 뒤 자신도 훌쩍 몸을 날렸다.

다행히도 노지심은 이렇다 할 상처 없이 산 밑으로 내려올 수 있었다. 이에 먼저 계곡 바닥에 내던져져 흩어져 있던 계도와 선장, 금은 그릇이 담긴 자루 따위를 챙겨 들고 길을 찾아 내달렸다.

한편 산을 내려간 이충과 주통은 졸개가 알려 온 두 대의 수레를 덮쳤다. 그러나 수레 주위를 따르는 사람들도 모두 무기를 갖추고 있어 곧 만만하지는 않았다.

"이놈들, 돈과 재물은 여기다 놓고 가거라!"

이충이 창을 비껴들고 그렇게 으름장을 놓자 수레를 지키는 사람들 중에 하나가 말없이 큰 칼을 휘두르며 나와 이충에게 덤볐다. 두 사람이 치고받기를 여남은 차례나 하도록 승부가 나지 않는 게 상대도 여간내기가 아닌 듯했다.

시간을 끌어 봤자 이로울 게 없다고 생각한 주통은 머릿수로 내려 누를 작정을 했다. 데려간 졸개들을 모조리 휘몰아 밀고 드니 마침내 수레를 지키던 사람들도 견뎌 내지 못했다. 몇몇은 창칼에 찔려 죽고 나머지는 그대로 달아나고 말았다. 그들 뒤로 재물 실린 수레 두 대가 고스란히 남겨졌음은 말할 나위도 없었다.

이충과 주통은 얻은 재물이 적지 않아 자못 신나게 산채로 돌아왔으나 기다리는 것은 뜻 아니한 사태였다. 남겨 둔 졸개들은 산채 기둥에 꽁꽁 묶여 있고 탁자 위에 있던 금은 그릇과 노지심이 보이지 않는 것이었다.

"노지심은 어디 갔느냐?"

주통이 묶여 있던 졸개를 풀어 주며 물었다. 졸개가 벌벌 떨며 대답했다.

"저희들을 때려눕힌 뒤 탁자 위의 금은 그릇을 모조리 쓸어 가버렸습니다."

"뭐라구? 그 민대가리 중놈이 정말 나쁜 놈이로구나! 이따위 분탕질을 쳐 놓고 그래 어디로 갔단 말이냐?"

주통이 그렇게 악을 쓰다가 난처해 있는 이충을 충동질해 노지심을 찾아 나섰다. 산을 돌아 뒤쪽에 이르니 한군데 가파른 언덕 아래 수풀 무성한 곳이 있는데 거기 사람이 뒹군 자국이 보였다.

"그 머리 까진 노새 같은 놈이 알고 보니 진짜 도둑놈이었구나. 이렇게 험한 비탈길을 굴러 내려가다니!"

대강 짐작을 한 주통이 분을 못 이겨 욕을 퍼부어 댔다. 낯이 없어진 이충도 마침내 화를 내며 맞장구를 쳤다.

"우리 어서 따라가 그놈을 잡도록 하세. 그놈에게 한바탕 망신이라도 주잔 말이야."

그러나 한번 노지심에게 혼이 나 본 까닭인지 주통에게는 그럴 생각까지는 없었다.

“에이, 그만둡시다. 이미 이곳을 벗어나 멀리 달아나 버린 도둑놈을 어떻게 따라간단 말이오? 또 용케 따라잡는다 해도 우리가 이긴다는 보장은 어디 있소? 만약 따라나섰다가 우리가 그를 당해 내지 못하면 정말로 어려운 꼴을 당하게 됩니다. 이만 돌아가 뒷날을 기약하는 게 낫겠소. 차라리 방금 털어 온 수레나 몫을 지어 나누고 속을 풉시다. 형님이 한몫, 내가 한몫, 그리고 저 애들이 한몫, 이렇게 하면 아무도 불평이 없을 게요.”

주통이 그같이 말하며 이충을 잡았다. 이충도 굳이 노지심을 뒤쫓을 생각은 없었다. 다만 노지심을 산 위로 불러들인 게 자신이라 난처한 나머지 성난 체했을 뿐이었다.

“내가 그자를 산 위로 끌어들이지 않았다면 자네가 그 많은 물건을 잃지는 않았을 것이네. 그러니 이번의 내 몫은 자네가 갖게.”

이충이 풀 죽은 목소리로 받자 주통이 펄쩍 뛰었다.

“형님, 그게 무슨 말씀이오? 나와 형님은 함께 살고 함께 죽기로 하지 않았소? 하찮은 재물 가지고 그렇게 옴니암니 따지면 내가 오히려 섭섭하우.”

그렇게 이충을 나무랐다. 이충도 더는 고집을 피우지 않아 전과 같은 사이로 돌아간 그들은 곧 졸개들을 이끌고 산채로 돌아갔다. 그리고 그날 털어 온 재물을 나눈 뒤 노지심의 일은 두 번 다시 입 밖에 내지 않았다.

다시 만난 구문룡과 노지심

그 무렵 도화산을 빠져나간 노지심은 방향도 없이 달아나기에 바빴다. 아침부터 한낮이 지나도록 달려 한 육십 리쯤 가니 못 견디게 배가 고파 오기 시작했다. 그제야 겨우 걸음을 늦추고 사방을 돌아보았으나 마을은커녕 불 피울 만한 곳조차 없는 산골이었다.

'아침부터 줄곧 뛰기만 하고 아무것도 얻어먹은 게 없으니 정말 죽겠구나. 자, 어디로 간다……?'

노지심은 그렇게 중얼거리며 다시 사방을 둘러보았다. 여전히 보이는 것은 없고 다만 멀리서 방울 소리와 목탁 소리 같은 것만 은은히 들려왔다. 그 소리를 들은 노지심은 반가워 소리쳤다.

"됐다, 이 근처 어디에 절 아니면 도관(道觀)이 있겠구나. 바람

곁에 처마의 풍경 소리가 들리는 듯하니 소리 나는 쪽으로 가 봐야겠다."

그리고 곧 소리 나는 쪽으로 걸음을 옮겼다. 산언덕 몇 개를 지나니 큰 솔숲 하나가 나오고 그 사이로 산길이 한 갈래 보였다. 그 산길로 다시 한 반 리나 갔을까, 문득 노지심의 눈에 낡고 허물어져 가는 절이 한 채 들어왔다. 풍경 소리는 거기서 들려오는 것이었다.

노지심은 그곳이 절간인 게 한층 반가워 뛰듯이 산문으로 다가갔다. 산문에 걸린 붉은 편액에는 '와관지사(瓦官之寺)'란 네 글자가 금칠로 쓰여 있었다.

거기서 다시 한 사오십 걸음을 지나니 돌다리 하나가 나오고, 멀지 않은 곳에 손님 받는 집채[知客寮]가 보였다. 노지심은 얼른 그쪽으로 가 보았다. 실망스럽게도 대문은 없고 네 벽이 모두 헐어 내려앉은 게 누가 있는 것 같지 않았다.

"이렇게 큰 사찰이 어떻게 이다지도 헐었을꼬?"

노지심이 그렇게 중얼거리며 이번에는 그 절의 주지가 거처함 직한 곳으로 가 보았다. 거기 또한 황폐하기는 앞서의 집채와 마찬가지였다. 땅바닥에는 제비 똥만 가득 쌓여 있고 문에 채워진 자물쇠에는 거미줄만 어지러이 쳐져 있었다. 노지심은 그래도 행여나 싶어 선장으로 땅바닥을 치며 큰 소리로 외쳐 보았다.

"객승 문안이오!"

그러나 한참 되풀이해 외쳐도 안에서는 아무런 대답이 없었다. 할 수 없이 주방 쪽으로 가 보니 거기도 형편은 마찬가지였다.

아궁이에는 솥 하나 남아 있지 않고, 부뚜막도 허물어져 있었다.

노지심은 지고 온 보따리를 부엌에다 내려놓고, 선장만 낀 채 다시 사람을 찾아 나섰다. 여기저기 기웃거리던 끝에 부엌 뒤에 있는 작은 방에서 늙은 스님 몇이 앉아 있는 걸 찾아냈다. 모두가 노랗게 말라비틀어진 몰골이 오래 굶은 사람들 같았다.

"당신네 스님들은 정말 도리도 모르는구려! 내가 그렇게 소리쳐 불렀는데 어찌 대답 한마디 없단 말이오?"

노지심이 치미는 분을 누르지 못해 꽥 소리를 질렀다. 그 스님들 중 하나가 놀라 손을 저으며 나직이 말했다.

"그렇게 큰 소릴 내지 마시오."

"나는 지나가는 객승인데 밥 한 끼 얻어먹으러 왔소이다. 안 되겠소?"

노지심이 까닭도 알아보지 않고 급한 것부터 물었다. 늙은 스님이 한숨과 함께 대답했다.

"우리도 밥을 굶은 지 사흘이나 되는데 당신에게 줄 밥이 어디 있겠소?"

그래도 워낙 배가 고픈 터라 노지심은 한 번 더 사정했다.

"나는 오대산에서 왔는데 배가 몹시 고프오. 죽이라도 좋으니 한 반 그릇 얻어먹을 수 없겠소?"

"오대산이라면 활불 같으신 분이 계시는 곳에서 왔구려. 우리가 마땅히 잿밥을 드려야 하나, 보다시피 사람은 모두 흩어지고 절 안에는 곡식 한 톨 남아 있지 않소. 이 늙은 중도 굶은 지 사흘이나 된단 말이오."

"거짓말 마시오. 이같이 큰 사찰에 곡식이 없다니 누가 믿겠소?"

마침내 속이 상하기 시작한 노지심이 그렇게 따지고 들었다. 그 스님이 다시 큰 한숨과 함께 말했다.

"원래는 이 절도 지금 같지는 않았지요. 사방에서 예불을 드리러 모이는 신도들로 한때는 제법 흥성하던 곳입니다. 그런데 한 떠돌이 중이 도사(道士) 하나를 데리고 주지로 앉으면서 이 꼴이 나고 만 것입니다……."

"그자들이 어떻게 했기에 이리 됐단 말씀이오?"

"한마디로 못 할 짓이 없는 자들이지요. 도량을 더럽히고 오는 시주들에게 행패를 부리고, 스님들을 내쫓고……. 저희들은 늙어 움직이지 못하는 까닭에 이렇게 붙어 있을 뿐입니다. 그런 저희에게 무슨 곡식이 있겠습니까?"

그러나 노지심은 그 말을 믿을 수가 없었다.

"그것도 거짓말이오. 기껏해야 중 하나에 도사 한 놈이 어떻게 그런 짓을 할 수 있단 말이오? 정히 안 되면 관가에 일러바칠 수도 있지 않소?"

"스님, 모르시는 말씀 마십시오. 관가는 여기서 멀고 관군도 여간해서는 움직이려 들지 않습니다. 거기다가 그 중과 도사는 사람을 죽이고 불 지르기를 밥 먹듯 하는 자들이란 말입니다. 지금도 방장실 뒤에 있는 한곳을 차지하고 있을 터이니 못 미더우면 그리로 가 보십시오."

늙은 스님이 답답하다는 듯 그렇게 대꾸했다. 그제야 노지심도 그가 거짓말을 하고 있는 것 같지는 않다는 생각이 들었다. 이번에는 다른 이유로 화가 치솟아 거칠게 물었다.

"도대체 그 두 놈의 이름이 뭐요?"

"중은 성이 최(崔)고 이름은 도성(道成)이며, 도사는 성이 구(丘)요 이름은 소을(小乙)이라 하며 따로이 비천야차(飛天藥叉)란 별호도 씁니다. 둘 다 모두 출가한 사람 행세를 하고 있지만 실은 산도둑이나 다름없는 것들이지요."

늙은 스님이 새삼 두려운 얼굴로 그렇게 일러 주었다. 그런데 노지심이 다시 그에게 뭔가를 물으려 할 때였다. 갑자기 코에 구수한 냄새가 와 닿았다.

노지심은 선장을 끌고 그쪽으로 얼른 가 보았다. 집 뒤를 돌아가니 흙 아궁이가 하나 있고, 그 위는 풀로 엮은 뚜껑이 덮여 있었다. 노지심이 그 풀 뚜껑을 들치자 그 밑에서 나온 것은 놀랍게도 한 솥의 좁쌀죽이었다.

"야, 이 도리를 모르는 늙은 중놈들아, 사흘이나 굶었다더니 여기 있는 죽 한 솥은 뭐냐? 출가인도 거짓말을 하느냐?"

노지심이 그렇게 늙은 스님들을 욕했다. 스님들은 노지심에게 죽 솥을 들켜 버리자 이번에는 그 죽을 떠먹을 연모와 그릇을 모조리 치워 버렸다. 솥에 든 뜨거운 죽을 먹을 수 없으리라 여긴 듯했다.

노지심은 너무도 배가 고파 그런 스님들과 다툴 틈이 없었다. 죽을 보니 염치고 뭐고 없어질 만큼 속이 뒤틀려 와서 어떻게든 우선 먹고 볼 궁리만 하는데, 문득 알맞은 곳이 보였다. 아궁이 근처에 있는 돌로 된 식대(食臺)로 먼지가 하얗게 덮여 있지만 어떻게 이용할 수 있을 것 같았다.

"우선 사람부터 살고 보자."

노지심은 그렇게 씨부렁거리며 선장을 기대 놓고, 솥 위에 덮고 있던 풀 뭉치를 잡아 그 식대 위의 먼지를 쓸었다. 그리고 죽 솥을 두 손으로 안고 와 거기 쏟았다.

죽이 쏟아진 걸 보고 늙은 스님들이 다투어 몰려들었다. 노지심이 그들을 거칠게 밀어 버리자 그들은 자빠지고 달아나고 해서 근처에 오지를 못했다. 그걸 보고야 노지심은 돌 식대에 쏟아져 식은 죽을 두 손으로 움켜 먹었다.

서너 움큼을 먹었을 때 늙은 스님 하나가 애처롭게 말했다.

"우리들은 정말로 사흘 동안 아무것도 먹지 못했단 말이오. 어찌어찌해 겨우 좁쌀 약간을 동냥해 와 이제 그 죽을 쑨 거외다. 그런데 당신이 다 먹어 버리면 우리는 어쩌란 말이오?"

그래도 노지심은 서너 움큼을 더 먹고서야 겨우 그 말을 알아들었다. 듣고 보니 아닌 게 아니라 좀 미안했다. 그래서 슬그머니 먹기를 그만두고 있는데 문득 바깥에서 누군가 노래를 흥얼거리는 소리가 들렸다.

노지심은 얼른 손을 씻은 뒤에 선장을 끌고 소리 나는 쪽으로 가 보았다. 무너진 벽 뒤에 숨어서 보니 한 도사가 어슬렁거리며 어디론가 가는 중이었다. 도사는 머리에 검은 두건을 쓰고 몸에는 도포를 걸쳤으며, 허리에는 여러 가지 색실로 꼰 끈을 매고 있었다. 삼으로 엮은 신발에, 어깨에는 짐 나르는 긴 막대를 얹고 있는데, 노지심의 눈길을 특히 끄는 것은 그 막대 끝에 매달린 대나무 광주리였다. 한쪽 광주리에는 생선 꼬리와 연잎으로 싼 짐승 고기가 보였고, 다른 쪽 광주리에는 술병이 담겼는데 역시 연잎으로 마개를 하고 있었다.

도인은 노지심이 훔쳐보고 있는 줄도 모르고 그저 제 흥에만 겨워 노래를 계속했다. 가만히 들어 보니 도인이 부를 노래가 아니었다.

그대 동쪽에 있을 때 이 몸 서쪽에 있고

你在東時我在西

그대 낭군 없는데 이 몸은 아내가 없네

你無男子我無妻

이 몸 아내 없음 오히려 한가로우나

我無妻時猶閒可

그대는 낭군 없이 쓸쓸해 어찌할거나

你無夫時好孤悽

그때 늙은 스님들이 가만가만 노지심에게 다가오더니 그 도인을 가리키며 소리 죽여 알려 주었다.

"저 사람이 바로 비천약차 구소을이외다."

그 말을 들은 노지심은 선장을 단단히 움켜잡고 그 도인의 뒤를 따라갔다. 그래도 그 도인은 노지심이 뒤따르는 줄을 모르고 태연스레 방장실을 돌아 후원으로 갔다. 노지심이 보니 그곳 큰 느티나무 아래 상이 벌어져 있고, 그 위에는 이런저런 안주와 술잔 셋, 수저 세 벌이 놓여 있었다. 거기다가 더욱 놀라운 것은 사람이 둘씩이나 거기 앉아 있는 것이었다. 한 사람은 시커먼 눈썹에 살색이 거무튀튀한 힘깨나 써 보이는 중이었고, 다른 한 사람은 어떤 젊은 여자였다.

도인은 그 상 곁으로 가서 어깨에 메고 온 대나무 질통을 내려놓았다. 뒤꼭지에 눈이 없는지라 그때까지도 노지심이 따라오는 줄 모르고 있었다. 그러나 도인 쪽을 바라보고 있던 중은 달랐다. 노지심이 험상궂은 얼굴로 선장을 둘러메고 따라오는 걸 보고 깜짝 놀라 얼른 몸을 일으키며 소리쳤다.

"사형, 어서 오십시오. 같이 한잔 드십시다."

그 목소리가 자못 은근했으나 노지심은 우선 소리 높여 꾸짖었다.

"너희 두 놈이 절을 차지하고 앉아 아예 쑥밭을 만드는구나!"

"사형, 그게 아닙니다. 우선 자리에 앉아 제 이야기부터 들어 보십시오."

다급해진 중이 더욱 은근하게 노지심에게 달라붙으며 말했다. 노지심이 두 눈을 부릅뜨며 몰아붙였다.

"네놈이 무슨 할 말이 있단 말이냐? 있다면 어서 해 봐라."

"있습지요. 잠시만 고정하고 들어 주십쇼. 이 절은 원래가…… 그렇지요, 아주 괜찮은 곳이었습니다. 딸린 논밭도 넓고 스님들도 많고…… 그런데 몇몇 늙은 중놈들이 차고 앉아 결딴이 나고 말았습니다. 술을 처먹고 계집질을 하고 돈을 빼돌리고, 어쨌든 못할 짓이 없었습지요. 장로께서 어떻게 그놈들을 말려 보려 했으나 될 일이 아니었습니다. 그러다 보니 절은 이 꼴이 나고 스님들은 모두 떠나가고 만 것입니다. 그러다 보니 논밭도 모두 팔아먹고…… 저와 저 도인이 그런 이 절을 어떻게 되세워 보려고 이렇게 왔습니다. 절 안 일이 정리되면 건물들도 다시 고치고 세울 작정입지요…….”

중이 그렇게 물 흐르듯 주워섬겼다. 거짓말을 밥 먹듯 해 온 처지라 순진한 노지심이 듣기에도 그럴듯했다. 그러나 아무리 그 중의 말을 믿어도 선뜻 알 수 없는 게 하나 있었다. 바로 그 중이 끼고 앉은 젊은 여자였다.

“그럼 저 여자는 누구란 말이냐? 어째서 저기 앉아서 술을 마신다는 게냐?”

노지심이 그렇게 묻자 그 중이 다시 둘러댔다.

“그것도 아뢰겠습니다. 저 아가씨는 아랫마을 왕유금(王有金)이란 분의 따님입니다. 그 부친은 이 절의 단월(檀越, 신도 중의 우두머리)로 계셨으나 요즘 들어 빈털터리가 된 데다 며칠 전에는 또 크게 좋지 못한 일을 당해 집안사람이 모두 죽어 없어졌습니다. 저 아가씨는 시집을 갔지만 친정이 그 모양이 나니 남편이 앓아누워도 어디 손 벌릴 데가 있어야지요. 그래서 저희 절에 쌀을 꾸러 온 것입니다. 저희는 돌아가신 왕 단월의 낯을 보아 술을 내어 조금 대접하고 있는 것뿐이지 결코 딴 뜻이 있는 건 아닙니다. 사형은 절대로 그 늙은 중놈들의 말을 듣지 마십시오.”

그렇게 말하는 게 노지심이 듣기에는 조금도 이상하지 않았다. 노지심은 오히려 그 늙은 중들에게 속았다 싶자 앞뒤 없이 화부터 났다.

"그렇다면 늙은 것들이 나를 놀렸구나. 그냥 둘 수 없다!"

노지심은 그 말을 남기고 씨근대며 돌아섰다.

노지심이 선장을 끌고 부엌으로 돌아가니 늙은 스님들은 부뚜막에 쏟아진 죽을 쓸어 먹느라 한창이었다. 노지심이 성난 얼굴로 뛰어들어 그들에게 손가락질하며 욕부터 퍼부었다.

"알고 보니 절을 망친 것은 네놈들 늙은 것들 짓이더구나. 그런데 내 앞에서 그따위 거짓말을 해?"

그러자 늙은 스님들이 한 목구멍에서 나오는 듯한 소리로 말했다.

"사형은 부디 그놈들의 말을 믿지 마시오. 방금도 그것들이 계집을 끼고 있는 걸 보지 않았소? 사형이 힘깨나 써 보이는 데다 선장을 짚었고, 저희는 손에 든 무기가 없으니 감히 맞서 싸울 엄두가 안 나 그렇게 둘러댄 거외다. 만약 우리 말을 못 믿겠거든 다시 한번 가서 그것들이 어떻게 나오나 보시오. 무엇보다도 우리는 사형에게 죽 한 그릇 대접 못 할 지경인데 그것들은 술을 마시고 고기를 먹지 않소이까?"

그렇게 되자 노지심은 다시 어리둥절해졌다. 듣고 보니 아무래도 늙은 스님들 쪽이 더 옳은 것 같았다.

"하긴 그것도 그렇소만……."

그렇게 웅얼거리며 되돌아서서 방장실 쪽으로 가 보았다. 뒤뜰로 가는 문이 잠겨 있는 게 노지심을 더욱 늙은 스님들의 말 쪽으로 기울어지게 했다. 속은 것에 화가 치솟은 노지심이 한 발길질에 문을 차 부수고 안으로 뛰어들었다. 기다리고 있었다는 듯 생철불(生鐵佛) 최도성이 한 자루 박도를 들고 노지심을 향해 덤볐다. 그걸 본 노지심이 한소리 벽력같은 고함과 함께 선장을 바람개비 돌리듯 해 최도성을 덮쳐 갔다. 한 열네댓 합이나 버텼을까, 마침내 힘이 달린 최도성이 돌아서서 내빼기 시작했다.

그때 도인 구소을이 싸움을 보고 있다가 노지심의 등 뒤에서 박도를 휘두르며 달려 나왔다. 등 뒤에서 발소리가 나는 걸 들었으나 노지심은 돌아볼 틈이 없었다. 누군가 몰래 공격하려 드는 걸 알면서도 그대로 최도성만 밀어붙였다.

"받아라!"

노지심이 무서운 호통 소리와 함께 선장을 내려치자 최도성은 겁이 나서 감히 맞받지 못하고 껑충 뛰어 저만치 달아났다. 그제야 몸을 돌린 노지심은 등 뒤에 와 있던 구소을과 싸움을 벌였다. 달아나던 최도성이 되돌아와 싸움은 곧 세 사람이 뒤엉킨 것이 되고 말았다.

노지심은 혼자서 그 둘을 상대로 한 십여 합을 싸웠다. 그러나 워낙 먹은 게 없는 데다 먼 길을 달려온 터라 힘이 모자랐다. 거기다가 싸움깨나 해 본 놈들이 둘씩이나 한꺼번에 덤비니 당해내기 어려웠다. 마침내 버티지 못해 선장을 끌고 달아나기 시작했다.

노지심이 달아나는 걸 보자 최도성과 구소을은 힘이 났다. 박도를 휘두르며 산문까지 따라왔다. 거기서 노지심은 하는 수 없이 서너 합을 더 싸웠다. 그러나 끝내는 당할 수 없어 다시 산 아래로 도망쳤다. 둘은 산 밑 돌다리 있는 곳까지 따라오며 기세를 올리다가 겨우 노지심을 놓아주었다.

간신히 최도성과 구소을을 따돌린 노지심은 한 군데 쉴 만한 곳에 앉아 숨을 돌리며 홀로 생각했다.

'보따리를 절 안에 두고 왔으니 이거 큰일이로구나. 거리에는 주막이 없을뿐더러 가진 게 한 푼도 없으니 어쩐다? 돌아간다 해도 두 놈을 이겨 낼 것 같지 않고…… 두 놈이 악착같이 덤비니 자칫하다간 목숨을 잃을 판이니…….'

그렇게 중얼거리다 하릴없이 터덜터덜 산을 내려가기 시작했다. 한참을 가다 보니 눈앞에 큰 숲이 하나 나타났다. 붉고 밋밋한 줄기를 가진 소나무들로만 이루어진 숲이었다. 그 숲을 바라보던 노지심은 자신도 모르게 중얼거렸다.

"못된 도둑놈들이 들기에 꼭 좋은 숲이구나!"

그런데 미처 그 말이 끝나기도 전이었다. 나무 그늘에서 누군가 머리를 내밀고 힐끗힐끗 살피더니 침을 한번 탁 뱉고 다시 나무 그늘 속으로 사라졌다. 노지심은 속으로 생각해 보았다.

'하는 꼴을 보니 이 숲에 먼저 든 도둑놈 같구나. 지나가는 나그네를 기다리던 중에 내가 나타나자 나왔다가 내가 중인 걸 보고 털 게 없다 싶어 침이나 뱉고 다시 숨은 거겠지. 나를 업신여긴 것이니 그냥 둘 수 없다. 저놈의 옷이나 벗겨 술이라도 바꿔 먹어야겠다.'

그렇게 마음을 정한 노지심은 선장을 끌고 숲 곁으로 다가가 소리쳤다.

"이놈, 숲속에 숨은 도둑놈아! 어서 나오너라."

그 소리를 들은 산도둑이 껄껄 웃으며 대꾸했다.

"나를 욕하다니 배짱 한번 좋다. 너 정말로 나를 가리켜 한 소리냐?"

그러고는 박도를 잡은 채 몸을 번득여 나타났다.

"이 미련한 중놈아, 죽더라도 나를 원망하지는 마라. 내가 너를 찾은 게 아니라 네가 나를 불러냈으니."

"헛소리 마라, 네놈이야말로 이제 곧 내가 누군지 알 게 될 게다."

노지심이 그렇게 말하며 선장을 휘둘렀다. 그 선장을 받아 낸 상대가 갑자기 몸을 피하며 급하게 물었다.

"잠깐만 기다리시오, 스님. 그 목소리가 몹시 귀에 익은 듯하오. 도대체 성이 무엇이오?"

그러나 노지심은 상대가 무슨 잔꾀라도 쓰려는 줄 알고 손을 멈추지 않았다.

"먼저 네놈과 삼백 합을 싸운 뒤에 이름을 일러 주겠다."

그러자 상대도 성이 났는지 박도를 휘둘러 선장을 맞받기 시작했다. 여남은 번쯤 무기를 어우른 뒤에 상대가 중얼거렸다.

"중놈 솜씨가 제법이구나."

그러면서도 이어 사오십 합이나 싸우다가 다시 급하게 말했다.

"잠깐만 손을 멈춰라, 할 이야기가 있다."

이번에는 노지심도 이상한 느낌이 들어 손을 멈췄다. 상대가 좀 밝은 숲 밖으로 나가며 물었다.

"도대체 당신 이름이 무엇이오? 아무래도 그 음성이 너무 귀에 익소."

그제야 노지심은 자신의 이름을 밝혔다. 상대가 갑자기 칼을 내던지고 무릎을 꿇으며 말했다.

"역시 그러셨군요. 이 사진을 알아보시겠습니까?"

노지심이 가만히 살피니 몹시 변해 있기는 해도 틀림없이 사진이었다.

"아, 사 대랑(史大郎)이었구려! 그런 줄도 모르고……."

노지심이 반가운 웃음을 감추지 못하며 소리쳤다. 예를 마친 둘은 서로 얼싸안듯 숲속으로 들어가 자리를 잡고 앉았다. 노지심이 먼저 물었다.

"그래 사 대랑은 위주에서 헤어진 뒤로 어디에 가 있었소?"

"그날 형과 헤어져 객점에 들었다가 이튿날 형께서 정도를 때려죽였단 소문을 들었지요. 무턱대고 도망부터 치고 봤습니다. 제가 형과 함께 김 노인 부녀의 노래를 들었다는 걸 관원이 알면 잡으러 올 것 같아서 위주를 뜬 겁니다. 그리하여 연안으로 스승님을 찾아갔으나 끝내 만나지 못하고 북경으로 돌아왔지요. 하지만 버는 것 없이 쓰기만 하니 얼마 안 되는 노잣돈이 얼마나 견디겠습니까? 곧 밥 사 먹을 돈도 없어 이리저리 떠돌다가 오늘 뜻밖에 형을 만나게 된 것입니다."

사진이 울적한 얼굴로 그렇게 말해 놓고 다시 노지심에게 위주에서 헤어진 뒤의 일을 물었다. 노지심도 간략하게 그날까지 있었던 일을 털어놓았다. 그러다 보니 절로 끝 이야기는 최도성과 구소을을 상대로 싸운 일이 안 될 수 없었다.

"형께서 그렇게 시장하시다면 제게 마련이 좀 있습니다. 여기 말린 고기와 구운 떡이 있으니 우선 드십시오."

이야기를 듣고 난 사진이 얼른 보따리에서 먹을 것을 꺼내며 말했다. 노지심은 눈치코치 볼 것 없이 사진이 내주는 대로 먹어 치웠다. 노지심이 다 먹기를 기다려 사진이 다시 말했다.

"보따리를 그 절에 두셨다니 저와 함께 가서 찾도록 하시지요. 그것들이 마다하면 해치워 버리는 게 어떻겠습니까?"

"아암, 그래야지."

노지심도 그 말에 찬동했다. 이에 둘은 각기 박도와 선장을 꼬나들고 다시 와관사로 올라갔다. 절 가까이 이르러 보니 최도성과 구소을은 아직도 산문 앞 돌다리에 앉아 있었다.

그들을 보자 새삼 분이 치솟은 노지심이 소리쳤다.

"야, 이놈들아, 이제 어디 한번 덤벼 봐라. 이번에 덤볐다간 둘 다 골로 가는 줄 알아라!"

그러자 최도성이 비웃듯 받았다.

"너는 이미 나에게 진 놈 아니냐? 싸움에 한 번 진 놈이 어찌 감히 다시 덤비느냐?"

그 말에 노지심은 화가 머리 꼭대기까지 차올랐다. 여러 말 할 것 없이 선장을 바람개비 돌리듯 하며 다리께로 뛰어갔다. 최도성도 지지 않고 박도를 꼬나쥔 채 마주 달려왔다.

노지심은 사진이 등 뒤에 있는 데다 배불리 먹은 뒤라 힘이 배나 솟았다. 조금 전과는 사람이 달라진 듯 그런 최도성을 덮쳤다.

최도성은 힘을 다해 싸웠으나 원래가 노지심의 적수는 못 되었다. 여덟아홉 합 싸우다가 겁을 먹고 달아날 길만 찾았다.

최도성이 밀리는 걸 본 비천야차 구소을이 박도를 들고 도우러 달려왔다. 그러나 이번에는 전과 사정이 달랐다. 그때껏 숲 뒤에 숨어 있던 사진이 몸을 날려 길을 막으며 소리쳤다.

"이놈, 달아나지 마라!"

그리고 쓰고 있던 삿갓을 벗어 던지며 칼을 뽑아 들었다. 구소을이 하는 수 없이 그와 어울리게 되니 싸움은 두 패로 나누어졌다.

다리 위에서 최도성과 싸우던 노지심은 최도성을 난간 쪽으로 몰아붙였다. 물러날 곳이 없게 된 최도성이 마지막 발악을 했지만 헛일이 되었다.

"받아라!"

노지심이 그 같은 기합 소리와 함께 내려친 선장을 얻어맞은 생철불 최도성은 비명조차 내지르지 못하고 다리 아래로 떨어졌다.

최도성이 맞아 죽는 걸 보자 구소을은 더 싸울 마음이 없었다. 틈을 보아 얼른 달아났지만 뜻 같지가 못했다.

"어디로 가려느냐!"

뒤따라온 사진이 그 한소리와 함께 박도를 내지르자 거기 등허리가 찍힌 구소을은 구슬픈 비명과 함께 땅에 쓰러졌다. 사진이 그런 구소을에게 닥치는 대로 칼질을 하는 사이 노지심도 다리 아래로 뛰어 내려가 최도성의 숨통을 깨끗이 끊어 놓았다. 가

였게도 그 두 도둑은 거기서 남가일몽(南柯一夢)과도 같은 한살이를 끝내고 말았다.

둘의 시체를 끌어다 개울가 구덩이에 처박은 노지심과 사진은 기세도 좋게 절 안으로 들어갔다. 그런데 이게 어찌 된 일인가. 노지심이 보따리를 찾으러 들어가니 거기 있던 스님들이 모조리 목을 매고 죽어 있었다. 노지심이 쫓겨 가는 걸 보고 최도성과 구소을이 돌아와 자기들을 죽일까 봐 겁을 먹은 나머지 먼저 목을 맨 것이었다.

노지심과 사진은 다시 방장실 뒤편으로 가 보았다. 거기 있던 젊은 여자도 우물에 몸을 던져 죽어 있었다. 역시 노지심이 쫓겨 가는 걸 보고 구함받을 길이 없다 싶어 자결한 듯했다.

노지심과 사진은 혀를 차면서도 최도성과 구소을이 거처하던 일고여덟 개의 방을 뒤져 보았다. 사람은 하나도 보이지 않고 다만 한 군데 침상 위에 서너 개의 옷 보따리가 놓여 있는 게 눈에 들어왔다. 사진이 그 보따리를 풀어 보니 옷 속에는 금은이 감춰져 있었다. 사진은 그 보따리를 하나로 뭉쳐 등에 진 뒤 부엌 쪽으로 가 보았다. 그 부엌에는 짐승 고기와 생선, 술이 고루 있었다.

둘은 아궁이에 불을 지펴 고기를 삶고 생선을 구웠다. 그리고 거기 있던 술과 함께 배가 부르도록 먹었다.

먹기를 마친 둘은 지고 온 보따리를 나누어 각기 하나씩 등에 멨다. 그런 다음 아궁이에 남은 불씨로 그쪽부터 불을 질렀다. 부엌에 붙은 불은 이내 본채로 옮아갔고, 다시 옆 건물로 번져 갔다. 방장실이 타고, 창고가 타고, 마침내는 대웅전의 처마에도 불이 옮아 붙었다. 수백 년의 거찰인 와관사는 그렇게 한 줌 재로 변해 간 것이었다.

"양원(梁園, 한나라 양효왕이 꾸몄다는 화려한 궁궐)이 비록 좋다 해도 너무 오래 정을 두어서는 안 된다지 않던가. 우리 두 사람 모두 얼른 여기서 없어지는 게 좋겠어."

노지심과 사진은 그렇게 의논하고 와관사를 떠났다. 횃불을 만들어 미처 불이 옮겨 붙지 않은 집채까지 깨끗이 태워 버린 뒤의 일이었다.

그곳을 나온 두 사람은 공연히 마음이 급해져 하룻밤을 뛰듯이 걸었다. 날이 희붐하게 밝아 올 무렵 해서 보니 저만치 사람 사는 집들이 올망졸망 모여 있는 게 눈에 들어왔다. 제법 큰 시골 장터인 듯했다.

두 사람은 한층 걸음을 재촉해 그 장터로 갔다. 외나무다리를 건너다보니 그 맞은편에 맞춤한 주막 하나가 보였다. 밤새껏 걸어 목이 마르고 배가 고파진 노지심과 사진은 얼른 그 주막으로 들어가 술부터 청했다.

새벽바람에 찾아와 술을 청하는 두 사람이 괴이쩍었으나 주인은 말없이 술과 잔을 내놓았다. 그런 주인에게 두 사람이 다시 청했다.

"이봐, 돈은 넉넉히 낼 테니 먹을 만한 고기 좀 삶아 내오라구. 쌀도 씻어 밥도 좀 짓구……."

그래 놓고 안주도 없는 술을 들이붓듯 마시며 지난 이야기를 떠들어 대기 시작했다.

부리는 호기로 보아 돈이 떼일 것 같지 않았던지 주인은 오래잖아 밥과 고기를 내왔다. 둘은 일면 술을 비우며 일면 밥과 고기를 먹어 대기 시작했다.

이윽고 술, 밥간에 어지간히 양이 찬 노지심이 사진에게 물었다.

"그래, 자네는 이제 어디로 갈 참인가?"

사진이 갑자기 막막한지 머리를 긁적이며 우물거렸다.

"하는 수 없이 소화산(小華山)으로 돌아가야겠군요. 거기서 주무(朱武)를 비롯한 세 사람이 권하는 대로 때를 기다리다가 어찌해 보는 수밖에……."

몇 달 전까지만 해도 큰 장원의 귀공자로 지내던 사진으로서는 참담한 영락이었다. 그러나 노지심도 또한 쫓기는 몸이라 막막하기는 마찬가지였다.

"내가 생각해도 그게 좋을 듯하군."

그렇게 말한 뒤 봇짐을 풀어 이충과 주통에게서 훔쳐 온 금은 그릇을 사진에게 주었다. 그래도 자신은 갈 곳이 정해져 있어 사진보다는 덜 막막하다 느낀 까닭이었다.

사진은 몇 번 사양하다가 그것들을 받아 봇짐에 꾸렸다. 남의 신세를 지러 가야 할 판이라 노지심보다는 마음이 더 궁한 듯했다.

다시 봇짐을 멘 두 사람은 술값을 치르고 그 주막을 나왔다. 얼마 걷지 않아 시골 장터가 끝나고 다시 들길이 시작되었다. 거기서 한 오 리쯤 가니 문득 길이 세 갈래로 나누어졌다.

"이보게 아우, 이만 여기서 헤어지세. 나는 동경으로 가야 하니 자네가 거기까지 바래다줄 수는 없지 않은가? 자네는 화주로 가려면 저쪽 길을 따라가야 할 걸세. 뒷날 다시 만나기로 하고 이만 헤어지세. 인편이 있으면 서로 소식 전할 수도 있겠지……."

노지심이 먼저 그렇게 입을 열었다. 사진도 그 말이 옳아 보였다. 노지심에게 머리 숙여 예를 표하고 화주로 가는 길을 잡았다.

사진과 헤어진 노지심은 동경을 향해 부지런히 걸었다. 한 열흘도 안 되어 저만치 동경성이 보였다. 그동안 해 놓은 짓들이 있어 큰 성안으로 들어가기가 마음에 꺼림칙했으나, 고단한 몸을 의탁하자면 그 안으로 들어가 대상국사를 찾는 수밖에 없었다.

노지심이 성안으로 들어가 보니 저자는 예나 다름없이 시끌벅적하고 길거리에는 사람들이 분주하게 오가고 있었다. 대송의 도읍인 만큼 당연한 일이었다.

까닭 없이 움츠러든 노지심이 지나가는 사람을 잡고 공손하게 물었다.

"대상국사가 어디 있습니까?"

"저 앞에 보이는 다리만 건너면 바로 거기요."

그 사람은 무엇이 바쁜지 그렇게 일러 주고는 휑하니 제 갈 길을 가 버렸다. 노지심도 마음이 갑자기 바빠져 그가 일러 주는 곳으로 걸음을 재촉했다.

대상국사의 채마밭지기

노지심이 대상국사에 이르러 보니 오대산 문수원과는 견줄 수도 없을 만큼 큰 절이었다. 동서로 뻗은 집채를 두릿두릿 살피며 경내를 걷고 있는데, 그를 본 도인 하나가 먼저 지객(知客) 스님에게 알렸다.

전갈을 받은 지객 스님이 오래잖아 나왔다가 노지심을 보고 겁부터 냈다. 생긴 게 사납고 거칠어 보이는 데다, 쇠로 만든 굵은 선장을 짚고 계도를 허리에 찬 게 벌써 심상치가 않은 까닭이었다. 그 바람에 지객 스님은 절로 공손해져 물었다.

"사형께서는 어디서 오시는 길입니까?"

노지심이 등에 진 봇짐을 내려놓으며 대답했다.

"오대산에서 오는 길이외다. 스승 되시는 진 장로(長老)님께서

써 주신 글이 여기 있소. 나를 보내신 것은 이곳 지청대사(智淸大師) 장로께 말씀드려 직사승(職事僧) 자리나 하나 얻어 주시려는 뜻인 듯하오."

"진 대사(大師)님의 글을 지니고 오신 분이라면 방장실로 들도록 하십시오."

생김이나 차림과는 달리 오대산 지진 장로의 서찰을 가지고 왔다는 말에 지객 스님이 얼른 그렇게 말하며 방장실로 데려갔다.

방장실에 이른 노지심은 메고 온 보따리를 풀고 지진 장로의 서찰을 꺼냈다. 노지심이 그 편지를 아무렇게나 집어 지청 장로께 바치려는데 지객 스님이 그런 노지심을 나무랐다.

"사형은 어찌 그리 예의를 모르시오? 장로님께서 납시기 전에 먼저 계도를 풀고 일곱 가지 승구(僧具)를 갖추도록 하시오. 그런 다음 향을 사르고 절하며 장로님을 뵈어야 할 것이오."

그제야 노지심도 어디서 그런 말을 들은 듯도 싶었다. 한 절의 가장 웃어른을 만나려는데 그만한 예는 올려야 할 것 같아 그 말을 따랐다.

"진작 말해 주실 것이지."

그렇게 지객 스님에게 퉁을 놓으며 계도를 풀고 보따리 속에서 향 한 줌을 꺼내 피웠다. 지객 스님도 가사를 걸치고 노지심이 일곱 가지 승구를 펴는 걸 도와주었다.

이런저런 채비를 끝내고 한참 있으려니 지청 선사가 방장실로 나왔다. 지객 스님이 그 앞에 나가 아뢰었다.

"저 스님은 오대산에서 왔는데 지진 선사의 글월을 가지고 왔다고 합니다.”

“사형께서 오랫동안 글 같은 건 없으셨는데 무슨 일인지 까닭을 모르겠구나.”

지청 선사가 그렇게 받자 지객 스님이 노지심을 돌아보고 말했다.

“사형, 어서 장로님께 예를 올리시오.”

그때 노지심은 향을 너무 많이 피워 자욱한 연기에 싸여 있었다. 지객 스님이 그걸 보고 웃음을 참지 못하다가 노지심의 향을 받아다 향로에 꽂았다.

노지심이 지청 선사에게 세 번 절을 하자 지객 스님이 그를 물러나게 하고, 지진 장로에게서 온 글을 올렸다.

지청 선사가 봉함을 열고 읽어 보니 거기에는 노지심에 관한 온갖 사연이 자세히 적혀 있었다. 어떻게 하여 불문에 들게 되었으며, 출가해서는 어떻게 했으며, 이제는 왜 대상국사로 보내는가 따위였다. 그리고 그 말미에는 이렇게 덧붙여 놓았다.

> 부디 바라건대 자비로써 이 사람을 거두어 주게. 직사승으로 막일을 시키더라도 그냥 내쫓아서는 아니 되네. 두고 보게나. 그래도 오랜 뒷날 이 사람의 성취는 놀라울 것이네…….

그 글을 다 읽고 난 지청 장로는 아무런 내색 없이 지객 스님에게 일렀다.

“멀리서 온 사람을 잠시 승당으로 물러나 쉬게 하라. 그사이

젯밥도 올려 주고……."

노지심은 그런 지청 장로에게 감사하고 풀어 놓은 승구들을 다시 챙겨 보따리에 쌌다. 그리고 선장과 계도까지 챙겨 승당으로 물러났다.

노지심을 내보낸 지청 장로는 곧 절 안의 모든 스님들을 불러 모았다. 그들이 모두 방장실에 이르자 지청 장로가 말했다.

"너희들은 모두 내 사형 지진 장로가 너무도 세상일을 모른다 여길 것이다. 이번에 온 그 사람은 원래 경략부(經略府)의 군관으로 사람을 때려죽인 까닭에 머리를 깎고 스님이 된 사람이다. 거기다가 두 번이나 승당을 어지럽힌 탓에 그곳에서 쫓겨난 사람인데……."

장로는 거기까지 말해 놓고 가볍게 한숨을 내쉰 뒤 이었다.

"그러하되 어찌하겠느냐? 우리로서는 받아들일 수 없는 사람이나 사형께서 천만번 당부하여 내쫓지 말라 하셨으니 거스를 수가 없구나. 우리가 그를 받아들인다 하더라도 그가 여기서 다시 불문의 법규를 어긴다면 어떻게 해야 할지 실로 난감하다."

지객 스님이 그런 지청 선사의 말에 맞장구를 쳤다.

"저희들이 보기에도 그 스님은 조금도 출가한 사람 같지가 않았습니다. 저희 사찰이 어떻게 그런 사람을 받아들일 수 있겠습니까?"

그러자 절 안 일을 도맡아 보고 있는 스님이 문득 한 의견을 내놓았다.

"제자에게 생각난 게 있습니다. 산조문(酸棗門) 밖 퇴거해우(退

居廨宇, 해우는 관청 건물) 뒤에 채마밭이 있는데, 언제나 근처의 병졸들과 스무남은 명 되는 망나니들 때문에 골치를 썩고 있습니다. 그것들이 양과 말을 마음대로 놓아기르고 떼 지어 몰려와 떠들고 놀아도 지금 그곳을 지키고 있는 스님 혼자로는 어떻게 해볼 도리가 없기 때문입니다. 거기에 이 사람을 보내 보는 게 어떻겠습니까? 힘꼴이나 써 보이는 게 그 채마밭쯤은 넉넉히 지켜낼 것 같지 않습니까?"

듣고 보니 청 장로도 그럴듯하게 여겨졌다.

"도사(都寺)의 말이 옳은 듯싶소."

그렇게 찬성하고 노지심을 불러오게 했다.

그때 노지심은 승당 안에서 잿밥을 먹고 있었다. 장로가 자신을 찾는다는 전갈을 받자 얼른 방장실로 달려갔다.

노지심이 방 안으로 들어오자 청 장로가 밝은 얼굴로 말했다.

"나의 사형 진 대사께서 자네를 이리 보내 잡일이나 하며 머물 수 있게 해 달라고 하셨네. 마침 우리 절은 산조문 밖 악묘(嶽廟) 근처에 큰 채마밭을 가지고 있는데 거기 가서 그 채마밭을 좀 지켜 주지 않겠나? 매일 거기 있는 일꾼들을 시켜 채소 열 짐만 이곳으로 보내 주면 되네. 나머지는 자네가 팔아 쓰도록 하고……."

말하자면 채마밭지기를 해 달라는 소리였다. 그것까지는 너무하다 싶어 노지심이 얼른 대꾸했다.

"스승 진 장로님께서는 큰 사찰로 가서 직사승 일을 맡아보라고 하셨습니다. 도사나 감사 같은 자리까지는 바라지 않았지만 채마밭지기가 뭡니까? 채마밭지기가."

그러자 수좌(首座) 스님이 노지심을 달랬다.

"사형, 그건 사형께서 잘못 생각하셨소. 사형은 이제 새로 오신 데다 아직 이렇다 할 공도 없는데 어떻게 도사 같은 자리를 내줄 수 있겠소이까? 그 채마밭을 지키는 것도 작은 일은 아니외다."

"그래도 채마밭지기는 싫소. 차라리 감사니 도사니 모조리 때려죽여 버리는 게 낫지!"

노지심이 더욱 기가 살아 그렇게 뻗댔다. 지객 스님이 보다 못해 차근차근 일러 주었다.

"사형은 내 말을 들어 보시오. 절에서 일을 보는 스님들은 각기 맡은 바가 다르게 마련이오. 나처럼 손님 접대를 맡아보는 이도 있고, 시자(侍者), 서기, 수좌 같은 일도 있는데 이는 모두 청직(淸職)이라 아무나 맡을 수는 없소이다. 그다음이 도사, 감사, 제점(提點), 원주(院主) 등인데 이들은 모두 절의 재물을 관리하는 자리요. 사형은 방금 우리 절로 오셨는데 어찌 그런 중한 일을 맡을 수가 있겠소? 장주(藏主)니 전주(殿主)니 욕주(浴主)니 하는 중간쯤 되는 일자리도 있지만 역시 순서가 있는 법이오. 그 아래 일부터 배워 올라가는 게 상례란 말이외다. 그 아래 일이란 탑을 돌보는 탑두(塔頭), 부엌일 맡는 반두(飯頭), 차 대접을 맡는 다두(茶頭) 등이 있는데 채마밭을 지키는 채두(菜頭)도 그중의 하나요. 만약 사형이 일 년 동안 그 채마밭을 잘 돌보면 탑두로 오를 것이고 거기서 다시 일 년을 잘 일하면 욕주에 오를 수 있을 것이오. 그리고 욕주 일을 다시 일 년만 잘 보면 감사가 될 수 있고 감사로 일하다 보면 높은 자리로도 갈 수 있소이다. 그래도 채마밭으로 가지 않으시겠소?"

그제야 노지심도 알아들었는지 그들의 권유를 받아들였다.

"그렇다면 알겠소. 내일부터 그 채마밭을 지켜보리다."

그걸 본 청 장로는 속으로 가슴을 쓸어내리고 그날로 노지심이 채마밭지기로 간다는 걸 알리는 문서를 그 채마밭으로 보냈다.

그날 밤 방장실에서 잔 노지심은 다음 날 일찍 다시 장로에게 불려 나갔다. 청 장로는 법좌 위에 높직이 앉아 노지심에게 절의 채마밭을 맡긴다는 문서를 내렸다. 그걸 받아 든 노지심은 곧 장로께 작별하고 산조문 밖 채마밭으로 갔다. 지고 온 봇짐과 선장, 계도는 전처럼 챙겨 지고 차고 든 채였다.

한편 그 채마밭 주위에는 스무남은 명의 노름꾼, 건달, 망나니들이 몰려 도둑질을 일삼고 있었다. 넓은 채마밭에서 난 채소들을 멋대로 뽑아내다 푼돈으로 바꿔 쓰는 재미가 여간 아니었다. 그런데 어느 날 또 채소를 훔치러 왔다가 해우 벽에 붙은 방문 하나를 보게 되었다.

> 대상국사는 노지심에게 이 채마밭을 맡긴다. 내일부터 그에게 지키게 할 것인 바, 그 외의 잡인은 일절 드나들어서는 아니 된다.

방문에는 대강 그런 글이 적혀 있었다. 그걸 본 망나니 몇이 얼른 패거리에게 달려가 알리자 그 패거리들이 비웃으며 별렀다.

"대상국사에서 노지심이란 중놈을 뽑아 채마밭지기로 보냈다고? 어디 보자. 내일 당장 그놈의 채마밭으로 가 한바탕 난리를 피워 그게 우리 것이나 다름없음을 놈에게 가르쳐 줘야겠다."

그러자 그중의 하나가 나서서 말했다.

"내게 좋은 수가 하나 있네. 그는 우리 얼굴을 모르니 우리가 찾아가서 한바탕 골려 주는 게 어떤가? 그를 똥통 근처로 불러내어 새로 온 것을 축하하는 척하다가 똥통에 밀어 넣어 버리지. 우리가 다리 하나씩을 잡고 밀어 넣는다면 제놈이 거기 처박히지 않고 어쩌겠나?"

"좋지, 좋구말구!"

망나니들이 떠들썩하게 웃으며 그 말에 찬성하고, 노지심이 오기만을 기다렸다.

오래잖아 퇴거해우에 이른 노지심은 먼저 방에 들어가 보따리부터 풀었다. 입을 옷가지는 내놓고 계도는 벽에 걸고, 선장은 벽에 기대 세워 두고 하는데, 채마밭 농사를 맡은 사람들이 찾아와 인사를 드렸다. 노지심은 그들에게 대상국사에서 받은 문서를 내보이고 먼저 그곳에서 채마밭을 돌보던 늙은 스님은 길을 안내해 준 스님들과 함께 대상국사로 돌아가게 했다.

노지심이 채마밭을 돌아보기 위해 밖으로 나선 것은 그 모든 일이 끝난 뒤였다. 이쪽저쪽을 둘러보며 느릿느릿 걷고 있는데 문득 스무남은 명 되는 사람들이 안주가 든 찬합과 술을 들고 나타났다. 한눈에 봐도 말로만 듣던 그 망나니 패거리들임을 알 수 있었다.

그러나 그들은 무엇이 좋은지 싱글거리며 노지심에게 다가와 절을 하며 말했다.

"스님께서 새로이 이곳 주지를 맡아 오신다는 말을 듣고 경하해 드리고자 왔습니다. 저희들은 모두 근처 저잣거리에 사는 것들입니다."

노지심은 그 뜻밖의 말에 어리둥절했다. 아무래도 좋아할 일이 아닌데 술까지 받쳐 들고 찾아온 까닭이었다.

그런데 그 망나니 패거리 중에는 유독 앞장서 설치는 놈이 둘 있었다. 하나는 과가노서(過街老鼠)라는 별호를 지닌 장(張) 아무개요, 하나는 청초사(青草蛇)란 별명을 지닌 이(李) 아무개였다.

길가의 늙은 쥐[過街老鼠]나 풀숲 뱀[青草蛇]이란 별호가 암시하듯 패거리 중에서는 약삭빠르고 꾀 많기로 잘 알려진 녀석들이었다.

둘은 노지심을 슬슬 똥통 쪽으로 이끌어 가다가 미처 패거리가 그쪽으로 오기도 전에 일을 벌였다. 갑자기 넙죽 땅에 엎드리며 말하는 것이었다.

"저희들이 먼저 스님께 경하를 드리고자 합니다. 거기 앉으시지요."

그러나 노지심은 그때까지도 그들의 속셈을 몰라 좋은 뜻으로만 해석했다.

"자네들이 근처 거리에서 왔다면 나중에 집으로 오게. 거기서 앉아 이야기를 나누세."

그렇게 말하며 앉으려 하지 않았다. 그래도 둘은 엎드린 채 몸을 일으키지 않고 노지심이 다가와 일으켜 세워 주기만을 기다렸다. 노지심이 다가오면 한꺼번에 덤벼들어 손을 쓸 작정들이었다.

노지심도 그쯤 되자 속으로 슬며시 의심이 들었다. 주위를 둘러보니 두 놈의 속셈을 짐작 못할 바도 아니었다.

'저것들이 서넛뿐만이 아닌데 가까이 다가오지를 않는구나. 알겠다, 네놈들이 감히 호랑이 수염을 뽑겠단 말이지. 그래, 네놈들이 가라는 곳으로 가 주마. 거기서 내 팔다리의 솜씨가 어떤 것인지 맛이나 봐라.'

노지심은 그렇게 마음을 정하고 성큼성큼 걸어 여럿 앞으로 갔다. 바로 똥통 곁이었다. 그걸 본 장과 이가 얼른 입을 모아 말했다.

"저희 형제가 먼저 스님께 절을 올리겠습니다."

그리고 앞으로 달려오더니 다짜고짜로 하나는 노지심의 오른쪽 다리를 잡고 다른 하나는 왼쪽 다리를 잡았다. 그렇게 해서 노지심을 똥통에 밀어 넣겠단 수작이었으나 될 일이 아니었다.

이미 그들의 속셈을 짐작하고 있던 노지심은 그들 몸에 손 하나 대지 않고 산악같이 버티다가 슬몃 오른쪽 다리를 쳐들어 거기 매달린 이가를 짚 검불 털어 내듯 가볍게 똥통에 차 넣어 버렸다.

노지심의 왼쪽 다리를 맡았던 장가는 그걸 보자 아차, 싶었다. 얼른 손을 풀고 달아나려 했으나 그 또한 노지심이 그냥 두지 않았다. 슬며시 왼쪽 다리를 들어 달아나는 장가마저 똥통 속으로 차 넣어 버렸다.

노지심이 별로 힘들이지 않고 망나니 두 녀석을 똥통에 처박아 버리자 구경하던 나머지 건달패는 깜짝 놀랐다. 모두 눈을 둥그렇게 뜨고 입을 헤벌린 채 달아날 생각조차 잊고 있었다. 노지심이 그런 그들에게 으름장을 놓았다.

"이놈들, 한 놈도 내뺄 생각을 마라. 한 놈이 달아나면 한 놈을 차 넣을 것이고 두 놈이 달아나면 두 놈을 차 넣을 것이다!"

그 말에 더욱 오금이 얼어붙은 건달패는 아예 달아날 생각을 버렸다. 다만 똥통 속에서 머리만 내놓고 허우적거리는 장과 이를 멀거니 쳐다보고 있을 뿐이었다.

원래 깊게 만든 똥통이라 거기 처박혔다 떠오른 두 놈의 몰골은 말이 아니었다. 온몸에 냄새 나는 똥물을 뒤집어썼고, 머리에서는 구더기가 구물거리며 기어 다니고 있었다. 겨우 똥통가로 헤어 나와 노지심에게 죽는소리를 내며 빌었다.

"스님, 정말 잘못했습니다. 제발 저희를 용서해 주십시오."

그러자 노지심이 건달패를 돌아보며 소리쳤다.

"야, 이 망나니들아! 어서 저것들이나 건져 주어라. 내 네놈들에게 가르쳐 줄 게 있다."

이에 건달패들이 똥통가로 달려가 두 놈을 건져 냈다. 두 놈은 겨우 땅 위로 기어 올라왔으나 구린내, 지린내에 가까이 다가갈 수가 없었다. 노지심이 껄껄 웃으며 다시 말했다.

"이 벌레 같은 놈들아, 어서 채마밭 뒤 연못에 가서 몸이나 씻고 오너라. 네놈들 모두에게 이야기할 게 있으니 그리 알고."

그 말에 두 망나니가 엉금엉금 기듯 연못으로 가서 몸을 씻고 돌아왔다. 패거리들이 새 옷을 가져다 그들에게 갈아입히는 걸 보고 노지심이 일렀다.

"모두 내가 거처하는 해우로 오너라. 거기서 이야기하마."

그리고 먼저 집으로 돌아가 자리 잡고 기다렸다.

오래잖아 건달패들이 모두 노지심의 거처로 몰려들었다. 노지심이 그들을 손짓해 불러 점잖게 꾸짖었다.

"이놈들 나를 속일 생각은 마라. 도대체 네놈들은 뭣하는 놈들이냐? 어째서 나를 속이려 했느냐?"

그러자 장, 이가 그 앞에 무릎을 꿇으며 말했다.

"저희들은 할아버지 때부터 이곳에 살면서 노름으로 일을 삼고 지내는 무립니다. 이 채마밭은 그런 저희에게 밥벌이 터가 되지요. 대상국사에서는 여러 번 저희에게 돈을 주어 구슬리려 했으나 듣지 않았습니다. 스님께서 이곳으로 오실 때 그곳 장로님께 들은 말이 있을 것입니다만, 그전에는 스님 같은 분이 이 채마밭을 지키지 않았으니까요. 그러나 이제 저희는 진심으로 잘못을 뉘우치고 엎드려 빕니다. 다시는 이 채마밭에 손을 대지 않을 것이니 부디 너그럽게 보아주십시오."

그 말을 들은 노지심은 마음이 좀 풀렸다. 한 번 더 겁도 줄 겸해서 자신의 신상 내력을 간략히 일러 주었다.

"나는 원래 관서 연안부 노충 경략 상공 밑에 제할로 있던 사람이다. 사람을 여럿 죽인 탓으로 출가해 오대산에서 중이 되었는데 속세에서의 성은 노가요, 불가에서 받은 법명은 지심이라 한다. 너희들 같은 망나니 이삼십 명은 말할 것도 없고, 천군만마

가운데서라도 마음대로 들고 날 수 있는 게 여기 이 어른이시다!"

그 말에 놀란 건달패들은 연신 감탄의 소리를 내며 몇 번이나 노지심에게 절을 하고 돌아갔다. 노지심은 그들이 물러간 뒤 집 안을 정돈하고 평온하게 끝난 첫날의 나머지를 쉬었다.

다음 날 건달패들은 저희끼리 의논하여 돈을 거둔 뒤 술 열 병과 돼지 한 마리를 사서 끌고 노지심을 다시 찾아왔다. 노지심을 가운데로 모시고 나서 스무남은 명의 건달패가 줄지어 앉자 노지심이 물었다.

"무슨 까닭으로 이렇게 몰려왔는가?"

그러자 그중의 하나가 미리 준비한 듯 대답했다.

"저희들이 복이 있어 오늘 스님 같은 분을 이곳에 모시게 되었습니다. 저희들의 우두머리가 되어 주십시오."

그 말에 노지심은 몹시 흐뭇했다. 곧 그들과 함께 어울려 술을 마시고 고기를 뜯기 시작했다. 노래를 부르기도 하고 허풍을 떨기도 하고 손뼉을 치기도 하고 껄껄대기도 하면서 한참 흥겹게 취해 갈 때였다. 문득 문밖에서 까마귀가 깍깍 시끄럽게 울어 대는 소리가 들렸다. 건달패들이 재수 없다는 시늉으로 이맛살을 찌푸리며 한마디씩 했다.

"붉은 입은 하늘로 올라가고, 흰 혀는 땅으로 꺼지거라!"

민간에서 액땜을 할 때 쓰는 주문이었다. 노지심이 그들에게 물었다.

"까짓 새 한 마리 때문에 무슨 소란들인가?"

"까마귀가 울면 남의 입 끝에 오르내리게 된다기에……."

그들 중에 하나가 그렇게 대답했다. 노지심이 무슨 생각이 났는지 다시 물었다.

"어디서 저렇게 우는가?"

"담 곁 버드나무에 새로이 집을 지어 저렇게 시끄럽습니다."

누군가가 그렇게 대답하자 다른 하나가 불쑥 말했다.

"차라리 사다리를 놓고 나무 위로 올라가 그놈의 까마귀 집을 없애 버리지."

그러자 다시 또 하나가 벌떡 일어나며 맞장구를 쳤다.

"맞아, 내 얼른 갔다 옴세."

그때 노지심은 한창 술이 올라 있었다. 여럿의 말을 들은 다음 밖을 내다보니 정말로 담 곁 버드나무 위에 까마귀 집이 하나 눈에 띄었다.

"사다리를 놓고 올라가 그놈의 가지를 아예 꺾어 버리라구. 그래야 귀뿌리가 시원해질 거야."

누군가가 다시 그렇게 말하자 다른 이가 얼른 받았다.

"나와 자네가 떠받쳐 주면 사다리는 필요없을 거네. 그렇게 하세."

그러나 먼저 몸을 일으킨 것은 노지심이었다. 한번 보기나 한다며 나무 아래로 달려간 노지심은 무슨 생각이 났는지 웃통을 훌훌 벗어젖혔다.

이어 나무에 달라붙은 노지심은 오른손으로 밑둥치를 잡고 몸으로 지그시 밀어붙이더니 문득 왼손으로 나무 기둥을 잡으며 용을 써서 나무를 뽑아 올렸다. 노지심이 한번 허리에 힘을 주는

가 싶자 갑자기 우두둑 하는 소리와 함께 그 나무가 뿌리째 뽑혀 올라왔다.

영문도 모르고 우르르 노지심을 따라 나왔던 건달패들은 그 놀라운 광경에 얼이 빠졌다. 누가 시킨 것도 아닌데 일제히 땅에 엎드려 절을 하며 놀란 외침을 내질렀다.

"사부님은 여느 사람이 아니십니다. 그야말로 나한(羅漢)이십니다! 몸에 천 근을 들 힘이 없다면 어떻게 이 나무를 뿌리째 뽑을 수 있겠습니까!"

노지심이 기분 좋게 그 말을 받았다.

"이까짓 나무쯤이야. 내일은 내가 손발 쓰는 법을 좀 보여 주지."

그 말에 건달패는 더욱 놀라움을 금치 못했다. 이튿날 보게 될 노지심의 기막힌 솜씨에 기대를 걸며, 그날 늦게까지 놀다가 돌아갔다.

이튿날 노지심은 약속대로 그들에게 먼저 주먹질, 발길질의 재간부터 보여 주었다. 감탄한 건달패는 그날부터 매일같이 술과 고기를 마련해 노지심을 보러 왔다. 그리고 그가 보여 주는 놀라운 무예를 구경하는 데 시간 아까운 줄 몰라 했다.

표범 대가리 임충

그렇게 며칠이 지난 뒤였다. 하루는 노지심이 속으로 생각했다.

'매일 저것들이 가져오는 술과 고기만 얻어먹어 미안하구나. 오늘은 내가 저것들을 대접하는 자리를 한번 마련해야겠다.'

그러고는 부리는 사람을 불러 시켰다.

"오늘은 저자에 나가 과자 이것저것하고 좋은 술 세 독, 그리고 돼지 양 한 마리씩을 사다 주게."

그때는 삼월도 다해 가는 늦봄이었다. 날씨가 더워 방 안은 안 되겠다 싶어진 노지심은 음식이 마련되자 그것을 집 밖 느티나무 그늘 아래에 차리게 했다.

모든 채비가 갖춰지자 노지심은 평소 그를 찾아오던 건달패들을 모조리 불러 한턱을 썼다. 큰 술잔에 크게 자른 고깃덩이를 안주로 배불리 먹고 마신 건달들에게 다시 과자가 나갔을 무렵이었다. 과자를 집던 건달 하나가 말했다.

"이 며칠 스님의 주먹 쓰는 법은 잘 보았습니다만 무기 쓰는 것은 아직 구경 못 했습니다. 그걸 저희들에게 한번 보여 주셨으면 좋겠습니다만……."

"말인즉 그렇군. 어려울 것도 없지."

노지심이 선뜻 그렇게 대답하고 방 안으로 들어가 쇠로 만든 선장을 꺼내 왔다. 길이 다섯 자에 무게 예순두 근이나 되는 선장을 본 건달패는 하나같이 놀라움을 이기지 못했다. 둘러서서 구경하다가 입을 모아 말했다.

"한 팔로 소 한 마리씩 붙잡아 둘 힘이 없다면 어떻게 저런 선장을 쓸 수 있겠는가!"

그 소리를 들은 노지심은 더욱 우쭐해졌다. 보란 듯이 그 쇠로 된 선장을 잡아 휙휙 소리가 나도록 휘둘러 댔다. 곧 그의 몸은 빽빽한 선장 그림자 뒤에 감추어져 한 점 틈도 보이지 않았다.

노지심이 제 흥에 겨워 한참 선장을 휘둘러 대고 있을 때였다. 담 밖에서 한 관원이 들여다보다가 저도 모르게 감탄의 소리를 내질렀다.

"좋다! 정말로 잘하는구나!"

그 소리를 들은 노지심이 선장을 거두고 보니 담장 무너진 곳에 한 관원이 서 있었다. 머리에는 푸른 망사관에 백옥 발환(髮環, 머리 묶개)이요, 몸에는 초록의 비단 전포를 걸치고 허리에는 은띠를 둘렀으며, 발에는 참외 모양의 검은 가죽신을 신고 있었다. 손에는 부채 하나를 쥐고 있는데 얼굴 생김은 표범 같은 머리에 눈이 둥그렇고 제비턱에는 호랑이 수염을 길렀다. 여덟 자 키에 나이는 한 서른대여섯쯤 될까. 노지심이 자기를 바라보자 겸연쩍어졌는지 그 관원이 다시 한마디 했다.

“저 스님, 여느 분이 아니시군. 정말로 좋은 솜씨를 지니셨소.”

나쁜 소리가 아니라 듣기 싫지는 않았지만, 낯 모르는 사람이라 좀 쑥스러워진 노지심이 건달패에게 물었다.

“저 군관은 누구냐?”

“저분은 팔십만 금군의 창봉교두(鎗棒敎頭)이신 임 무사(武師)십니다. 존함은 임충(林沖)이라 하구요.”

건달패 가운데 하나가 아는 대로 일러 주었다. 노지심이 그만하면 벗할 만하다 싶었던지 그 건달에게라기보다는 임충에게 들으라는 듯 크게 말했다.

“그렇다면 어째서 모셔 들이지 않느냐?”

그러자 임충이 훌쩍 몸을 날려 담을 뛰어넘었다. 그도 노지심에게 예사 아닌 호감을 품은 듯했다.

노지심과 임충은 누가 끼어들 것도 없이 인사를 나누고 오래전부터 알던 사람들처럼 한자리에 앉았다.

“스님은 어디에서 오신 분이며 법명은 어떻게 됩니까?”

마주 앉기 바쁘게 임충이 궁금한 걸 물었다. 노지심은 간략하게 자신의 내력을 이야기했다. 그러다가 문득 옛일 하나가 떠올랐는지 한마디 덧붙였다.

“그런데 혹시 어렸을 적 한번 동경에 온 적이 있소? 그때 영존

(令尊) 되시는 임 제할(提轄)을 뵈었소이다."

노지심이 자기 선친을 안다고 하자 임충은 더욱 친밀감을 느꼈다. 그 자리에서 형제를 맺고 노지심을 형으로 모시기로 했다. 결의의 술잔을 나눈 뒤에 노지심이 물었다.

"그래, 교두는 오늘 무슨 일로 이곳에 오셨소?"

임충이 웃으면서 대답했다.

"집사람과 함께 악묘에 향을 사르러 나온 길입니다."

"그런데 어떻게 이리 혼자요?"

"가다가 봉 쓰는 소리가 들리기에 심부름하는 계집아이 금아(錦兒)에게 집사람을 데리고 악묘로 가게 하고 저만 이곳으로 왔지요. 그 바람에 뜻밖에도 형 같은 분을 뵙게 된 것입니다."

임충이 그렇게 말하자 노지심도 흐뭇해져 대꾸했다.

"나는 이곳에 온 이래 아는 사람이 없어 적적하기 그지없었소. 그래서 여기 있는 사람들과 매일 만나 적적함을 달랬는데 오늘 임 교두를 만나게 되었구려. 거기다가 교두가 나를 못났다고 버리지 않고 형제까지 맺게 되었으니 이 아니 좋은 일이오?"

그러고는 부리는 사람을 불러 술을 더 가져오게 하고 함께 마셨다.

두 사람이 한 서너 잔쯤 걸쳤을 때였다. 임충의 계집종 금아가 놀라고 급해 새빨개진 얼굴로 무너진 담 곁에 나타나 째지는 소리를 냈다.

"나리, 큰일 났습니다. 여기 앉아 계실 때가 아니에요! 어떤 못된 놈들이 아씨를 잡고 희롱을 하고 있어요."

"어디냐? 그게!"

임충이 벌떡 몸을 일으키며 물었다. 금아가 울먹이며 대답했다.

"바로 오악루(五嶽樓) 아래예요. 어떤 못된 놈이 아씨를 보더니 다짜고짜로 끌고 가서 놓아주려 하지를 않아요."

그러자 임충은 노지심에게 서둘러 작별을 하고 자리를 떴다.

"나중에 다시 형님을 만나러 오겠습니다. 너무 괴이쩍게 여기지 마십시오."

다시 몸을 날려 담장을 뛰어넘은 임충은 뒤따라온 금아와 함께 악묘로 달려갔다. 오악루 아래 이르러 보니 건달패 서넛이 거문고다 피리다 하는 것들을 들고 난간에 기대서 있는데, 그중 젊은 놈 하나가 뒤에 서서 임충의 아내를 붙들고 추근대는 것이었다.

"이봐요 아가씨, 잠깐만 누각으로 올라갑시다. 할 이야기가 있어요."

임충의 아내는 화가 나서 새빨개진 얼굴로 쏘아붙였다.

"이 밝은 세상에 이게 무슨 짓이에요? 멀쩡한 사람을 붙들고 놀리다니?"

눈이 뒤집힌 임충은 그 광경을 더 보지 못하고 훌쩍 몸을 날렸다. 그리고 그 젊은 놈에게 다가가기 무섭게 어깻죽지를 잡아 돌려세우며 소리쳤다.

"네 이놈, 무고한 양민의 처자를 희롱하는 죄가 어떤 건지 아느냐?"

원래 임충은 그 말과 함께 그 젊은 놈의 상판대기에 한주먹을 안길 작정이었다. 그러나 희뜩 돌아보는 얼굴에 주먹을 내지르려다 보니 뜻밖에도 눈에 익은 얼굴이었다. 다름 아니라 나는 새도 떨어뜨린다는 고 태위(太尉)의 수양아들 고 아내(衙內)였던 것이었다.

고 태위 고구(高俅)는 공 차는 재주 하나로 높이 출세는 했지만 친아들이 없었다. 거기다가 가까이서 도울 친척도 없어 종형(從兄)인 고삼랑(高三郎)의 아들을 양자로 삼았는데 그가 바로 고 아내였다. 고 아내는 그 위인이 보잘것없어 양아버지의 권세만 믿고 못된 짓만 하고 돌아다녔는데, 특히 여염의 아낙을 건드리는 데 남다른 재미를 느끼고 있었다. 그러나 동경 사람들은 고 태위의 위세에 눌려 아무도 그와 다투지 못하고, 그저 화화태세(花花太歲)란 별명으로 부르면서 멀리서 피할 뿐이었다. 화화태세란 난봉꾼이나 색골을 듣기 좋게 부르는 소리였다.

임충은 주먹을 부르쥐고 그를 돌려세우기까지는 했으나, 그가 고 태위의 양자인 걸 알아보고는 차마 주먹을 내지를 수는 없었다. 힘없이 주먹을 푸는데 고 아내가 도리어 임충을 알아보고 기세 좋게 소리쳤다.

"임충, 네가 웬 간섭이냐? 너는 아무데나 나서지 마라!"

아직 자신이 희롱하는 여자가 임충의 아내라는 걸 모른 까닭이었다. 아무리 고 아내라 하더라도 그걸 알았다면 그렇게까지는 나오지 않았을 것이었다.

임충은 기가 막혔다. 당장 무어라 할 말이 생각 안 나 붉으락푸르락한 얼굴로 서 있는데, 시비가 벌어진 걸 본 고 아내의 졸개들이 우르르 몰려왔다.

"교두님, 너무 노엽게 생각하지 마십시오. 아내께서 모르셔서 한 짓입니다. 젊은 혈기에 불쑥 그러다 보니……."

고 아내를 따라다니던 건달의 한패는 그렇게 임충을 달래고, 다른 한패는 고 아내에게 달려가 잡고 있는 여자가 임충의 아내라는 걸 알렸다. 그제야 고 아내도 머쓱해져 임충의 아내를 놓아주었다.

그 뒤로도 고 아내의 졸개들은 여러 가지 좋은 말로 임충을 달랬으나, 임충은 영 분이 풀리지 않았다. 한 쌍의 고리눈을 부릅뜨고 고 아내를 무섭게 노려보았다. 놀란 고 아내의 졸개들이 더욱 힘써 임충을 권해 겨우 고 아내와 화해하게 만들기는 했지만 임충의 속이 풀리지 않기는 매한가지였다. 그 바람에 고 아내는 열적은 웃음만 흘리다가 말에 올라 악묘를 떠났다.

고 아내가 떠난 뒤 임충도 아내와 금아를 데리고 악묘를 나왔다. 그때 노지심이 쇠로 만든 선장을 둘러메고 건달패 스무남은 명과 함께 악묘로 달려오는 게 보였다.

"형님, 어디로 가십니까?"

임충이 그런 노지심에게 물었다. 노지심이 큰 소리로 대답했다.

"나는 자네를 도우러 왔네. 그래, 어찌 됐나?"

"알고 보니 고 태위의 아들놈이 제 아낸 줄 모르고 잠시 무례했던 것 같습니다. 한주먹 안겨 주고 싶었으나 고 태위의 낯을 보아 차마 그러지는 못했지요. 옛말에 관리를 무서워하지 말고 몸가짐이나 잘하라[不怕官 只怕管]는 말이 있지 않습니까? 이 임충이 비록 고 태위의 봉록을 먹고 있는 것은 아니나 하는 일이 그의 다스림 아래에 있으니 어찌하겠습니까?"

임충이 그렇게 맥없이 대답하자 노지심이 불끈해 소리쳤다.

"자네는 고 태위를 겁낼 거 없네. 내가 혼내 줄 테니. 언제 그 놈을 만나기만 하면 이 선장으로 삼백 대를 때려 주지!"

"고맙습니다. 그럼 우리 어디 가서 무얼 좀 드시지요."

임충은 노지심이 몹시 취한 걸 보고 오히려 그렇게 달랬다. 노지심이 더욱 기세등등해 꽥꽥거렸다.

"앞으로도 무슨 일이 있거든 꼭 내게 먼저 알려 주게. 당장 달려가 어떤 놈이건 박살을 내 놓을 테니……."

그때 건달패들도 노지심이 취한 걸 보고 그를 부축하며 구슬렸다.

"스님, 우리는 이만 가지요. 내일 다시 만나 이야기하는 게 좋겠습니다."

그러자 노지심도 선장을 끌며 돌아섰다. 그러나 임충 내외에게 한 번 더 큰소리치기를 잊지 않았다.

"제수씨, 조금도 걱정하지 마십시오. 이거 결코 우스갯소리가 아닙니다. 이보게 아우, 우리는 내일 다시 만나세."

그러고는 건달패들과 얼려 산을 내려갔다.

임충도 아내와 금아를 데리고 집으로 돌아갔다. 그러나 마음은 여전히 꺼림칙하고 즐겁지가 못했다.

마음이 즐겁지 못하기는 고 아내도 마찬가지였다. 임충에게 쫓기듯 제 패거리와 함께 부중으로 돌아오기는 했지만 영 허전하고 찜찜했다. 거기다가 한편으로는 임충의 아리따운 아내가 눈만 감으면 머릿속에 어른거리니 더 미칠 지경이었다. 그 바람에 고아내는 문을 닫아걸고 바깥출입을 딱 끊고 말았다.

며칠이 지난 뒤였다. 고 아내를 따라다니던 건달들이 몰려와 문안을 드리다 보니 고 아내의 꼴이 말이 아니었다. 무슨 걱정이 있는지 얼굴은 비쩍 마르고 눈빛이 흐릿한 게 꼭 병든 사람 같았다. 원래는 어디 가서 한바탕 흥겹게 놀다 오자고 꾀러 갔으나 그걸 본 건달들은 하는 수 없이 그냥 돌아오고 말았다.

그런데 그 건달 중에는 건조두(乾鳥頭, 마른 새대가리)란 별명을 가진 부안(富安)이란 자가 있었다. 그 부안이 고 아내의 심사를 알아차리고 가만히 홀로 찾아갔다. 아무도 없는 방 안에 앉게 되자 부안이 고 아내에게 다가가 소곤거렸다.

"아내께서 얼굴색이 영 좋지 않으신 게 무슨 안 좋은 일이 있으신 듯합니다. 제게 일러 주실 수는 없는지요."

사람이 마음이 답답하면 그걸 털어놓을 상대를 찾게 마련이다. 고 아내가 짐짓 놀라는 체하며 부안에게 물었다.

"네가 그걸 어떻게 알았느냐?"

"다 아는 수가 있습지요."

"그럼 무엇 때문인지도 알겠구나?"

"그까짓 거 어려울 게 무에 있습니까? 아내께서는 임충이 힘깨나 쓴다고 두려워 함부로 어쩌지 못하시는 듯한데 그럴 거 없습니다. 제가 아무리 잘나도 그놈은 태위님 밑에서 일하고 그 봉록으로 살아가는 놈 아닙니까? 그런 제놈이 어찌 태위님을 함부로 거스를 수 있겠습니까? 그러다간 가벼워야 얼굴에 먹자를 넣고 귀양을 갈 것이요, 무거우면 목숨을 잃을 뿐입니다. 제게 마침 한 가지 좋은 계책이 있으니 아내께서는 마음을 놓으십시오. 반드시 그 계집을 손에 넣도록 해 드리겠습니다."

부안은 고 아내가 털어놓을 필요도 없이 바로 임충을 꼬집어 내어 그렇게 속살거렸다. 더 감출 것도 없다 싶은지 고 아내가 얼른 그 말을 받아들였다.

"나도 이렇다 할 계집을 여럿 본 적이 있지만 이번처럼 반하기는 처음일세. 정신이 아뜩아뜩하고 가슴이 터질 듯하네. 만약 자네가 그 계집을 얻게 해 준다면 내 자네에게 큰 상을 내리지."

그러자 부안이 처음부터 품고 왔던 꾀를 일러 주었다.

"가까이 데리고 있는 사람 중에 우후(虞候) 육겸(陸謙)이 있지 않습니까? 그 사람이 임충과 친하니 한번 써 보시지요. 내일 아내께서 육겸을 불러 그의 집 으슥한 방에 술과 음식을 차려 두게 하고 다시 그를 보내 임충을 부르게 하십시오. 그래서 임충의 집에서는 임충이 육겸의 집으로 간 줄 알게 해 놓고 실제로 육겸은 임충을 번루(樊樓, 당시 장안에서 제일가던 술집)로 데려가게 하는 겁니다. 육겸의 집 으슥한 방에는 다만 아내께서 혼자 남으시게 되는데 그때 제가 임충의 집으로 달려가 그 아낙에게 거짓말을 하겠습니다. 임충이 육겸과 술을 마시다가 별안간에 쓰러졌으니 빨리 와서 보살피라면 제까짓 게 아니 속고 어쩌겠습니까? 그래서 아내께서 혼자 계신 방으로 임충의 아낙이 들게 되면 일은 거지반 된 거나 다름없습니다. 여자란 정에 끌리기 쉬워 풍류를 싫어

하지 않는 데다 아내께서는 말솜씨까지 좋으시니 아니 넘어가고는 못 배길 것입니다. 이런 제 꾀가 어떻습니까?"

그럴듯하다 여긴 고 아내가 부안을 칭찬하며 말했다.

"좋은 계책이야. 오늘 저녁 당장 육 우후를 불러 한번 꾸며 봐야겠다."

그리고 그길로 곧 일을 시작했다.

육겸의 집은 고 태위의 집과 벽 하나를 사이하고 있었다. 고 아내에게 불려 간 육겸은 조금도 꺼리는 기색 없이 그 청을 받아들였다. 권세 있는 사람을 기쁘게 하기 위해 친구 간의 정분을 헌신짝처럼 저버린 것이었다.

한편 임충은 오악묘에서의 일이 있은 뒤로 연일 울적함을 이기지 못했다. 아무 일도 손에 안 잡혀 집에 틀어박혀 있는데 누가 찾아와 문을 두드리며 소리쳤다.

"임 교두, 집에 있나?"

임충이 얼른 나가 보니 평소 친하게 지내는 육 우후였다.

"아니, 육 형이 웬일인가?"

임충이 놀라 그렇게 묻자 육겸이 은근하게 다가들며 대꾸했다.

"하도 안 보이기에 마음먹고 찾아보러 왔네. 대체 무슨 일이 있기에 거리에서는 통 볼 수가 없나?"

"좀 그럴 일이 있네. 마음이 울적하니 어디 나가고 싶어야지."

임충이 무심코 그렇게 받자 육 우후가 기다렸다는 듯 임충의 소매를 끌었다.

"가세, 가서 나하고 술이나 한잔해 속을 풀도록 하지."

술 이야기를 들으니 임충도 마음이 끌렸다. 그러나 찾아온 손님을 그냥 보낼 수 없어 그대로 나서려는 육 우후를 집 안으로 끌어들였다.

"그렇더라도 차나 한잔하고 나가지."

그러자 육 우후는 잘됐다는 듯 임충을 따라 집 안으로 들어갔다.

둘은 차 한잔을 나누기 바쁘게 자리에서 일어났다. 집을 나서던 육 우후가 문득 안쪽에 대고 소리를 질렀다.

"아주머니, 전 임 형하고 우리 집에 가서 술 한잔합니다."

평소 남편과 가까이 지내는 사람이라 임충의 아내는 별생각 없이 그 말을 받아들였다. 발 건너서 다만 임충에게 한마디 당부했다.

"너무 많이 드시지 말고 일찍 돌아오세요."

그런데 갑자기 육 우후의 말이 달라진 것은 둘이서 집을 나와 한참을 걸은 뒤였다.

"임 형, 우리 집으로 가지 말고 번루로 가지. 술맛이야 역시 거기가 아니겠나?"

그런 육 우후의 말에 임충도 마다할 까닭이 없어 둘은 곧 번루로 갔다.

술집 주인에게 좋은 술 두 병과 비싼 안주를 시킨 그들은 술이 나오기 바쁘게 잔을 비우기 시작했다. 그런데 술잔과 더불어 이런저런 세상 이야기를 한참 나누었을 때였다. 임충이 저도 몰래 한숨을 푹 내쉬자 육 우후가 물었다.

"임 형, 무슨 까닭으로 그리 한숨인가?"

임충이 숨김없이 털어놓았다.

"육 형은 모를 것이네. 사내로 태어나 좋은 주인을 못 만나고 소인배 아래서 몸을 굽히며 사는 게 어떤 건지. 온갖 더러운 욕을 보고도 참아야 하는 게 한심스러워 절로 한숨이 나온 모양일세."

"지금 금군에 교두가 여럿 있다고는 하지만 임 형과 견줄 만한 자가 어디 있단 말인가? 거기다가 태위께서도 잘 보아주시는 것 같은데 속상할 게 무엇 있는가?"

육겸이 아무것도 모르는 체 다시 그렇게 물었다. 순진한 임충은 며칠 전 고 아내와 있었던 일을 털어놓고 한바탕 울분을 토했다. 육겸이 좋은 말로 그런 임충을 달랬다.

"아내께서는 아주머니가 누군지 몰라서 그랬을 거야. 이제 그만 분을 삭이고 술이나 드세."

그 말에 임충은 거푸 여덟, 아홉 잔을 비우더니 문득 몸을 일으켰다. 오줌이라도 마려워진 듯했다.

"내 손 좀 씻고 오겠네."

임충이 그러면서 술집을 나갔다. 그를 술집 안에 붙잡아 두는 게 육겸의 할 일이었으나 손 씻으러 나간다는 것까지 막을 수는 없었다. 육겸은 불안한 대로 임충이 술집을 나가는 걸 보고만 있었다.

술집 위층에서 내려온 임충은 서쪽 문을 나와 골목 저편에 있는 세수간으로 갔다. 그런데 일을 마친 임충이 손을 씻고 술집으로 들어가려 할 때였다. 심부름 하는 계집아이 금아가 어디선가 주르르 달려와 숨넘어가는 소리를 했다.

"나리! 여기 계셨군요. 찾느라고 얼마나 애를 먹었는지……."

"무슨 일이냐?"

공연히 불안해진 임충이 얼른 그렇게 물었다. 금아가 울먹이며 대답했다.

"나리와 육 우후께서 함께 나가신 지 반 시진쯤 되었을 무렵이었습니다. 웬 사람이 황황히 집 안으로 뛰어들더니 아씨에게 자신을 육 우후네 머슴이라며 나리께서 육 우후와 술을 마시다가 기절해 쓰러지셨다고 하지 않겠습니까? 거기다가 쓰러지신 나리께서 아씨를 찾으신다는 말에 놀란 아씨는 이웃 왕(王) 할머니에게 집을 맡기고 저와 함께 그 사람을 따라나섰지요. 그런데 태위부 곁에 있는 어떤 집 안으로 들어가니 이게 또 웬일입니까? 나리는 보이지 않고 방 안에는 술상만 그득하게 차려져 있었습니다. 저와 아씨는 그래도 할 수 없이 기다리고 있는데 또 그놈이 나타난 것입니다. 오악묘에서 아씨를 붙들고 희롱하던 그 젊은것 말입니다. 그놈이 나리께서 곧 오실 것이니 기다리라며 수작을 걸고 들지 않겠어요? 놀란 제가 그 집을 뛰쳐나오는데 아씨의 자지러지는 듯한 비명 소리가 들렸습니다. 사람 살리라는 소리 같았어요……."

"그래, 내가 여기 있는 것을 어떻게 알았느냐?"

"이곳저곳을 뛰어다녀 보아도 나리를 찾지 못해 허둥대다가 약장수 장 선생을 만났지요. 내가 나리를 찾는다고 하자 나리가 어떤 사람과 이 술집으로 들어가는 걸 봤다고 하더군요. 그래서 죽을힘을 다해 뛰어온 것입니다. 나리, 어서 가 보십시오!"

금아의 말이 아니더라도 임충은 이미 눈이 뒤집혀 있었다. 금아가 따라오는지 마는지 되돌아보는 법도 없이 육겸의 집으로 달려갔다. 한 발짝이 여느 사람 세 배는 되게 내닫는 게 정말로 성난 표범이 뛰는 것 같았다.

임충이 대뜸 육겸의 집으로 달려가게 된 데는 나름대로 짚이는 게 있어서였다. 태위부 곁에 있는 집으로 고 아내가 마음대로 쓸 수 있는 집은 그뿐인 데다, 일이 그렇게 되고 보니 육겸이 굳이 자기 집을 두고 술집으로 가자고 한 것도 수상쩍었다. 더군다나 거짓말로 아내를 꾀어 낸 놈도 스스로를 육겸의 머슴이라 했다지 않은가. 아내의 일이 더 급하지 않았더라면 먼저 육겸부터 요절을 냈을지도 모를 일이었다.

날듯이 육겸의 집에 이른 임충은 곧장 계단을 뛰어올라 금아가 말한 방으로 들이닥쳤다. 그러나 방문은 굳게 걸려 있고 아내의 비명 같은 꾸짖음 소리만 밖으로 새어 나올 뿐이었다.

"이 밝은 세상에 무슨 짓이에요? 양민의 아낙을 속여 이래도 되는 거예요?"

"낭자, 이 몸을 가엾게 보아 주시오. 쇠와 돌로 된 사람이라도 다시 한번 돌려 생각해 주실 수 있을 것이오……."

고 아내가 들척지근한 목소리로 그렇게 임충의 아내에게 매달렸다. 임충은 그 소리를 더 들을 수가 없어 방 안에다 대고 소리쳤다.

"여보, 문 여시오. 내가 왔소."

그게 임충의 목소리임을 알아들은 임충의 아내는 고 아내를 뿌리치고 달려가 문을 열었다. 깜짝 놀란 고 아내는 그대로 누각 창문을 박차고 아래로 뛰어내려 담을 넘어 달아나 버렸다.

고 태위의 아들놈이건 뭐건 잡히기만 하면 골통을 부숴 놓으려고 뛰어 들어간 임충은 고 아내가 방 안에 없는 걸 보자 맥이 빠졌다.

"그래 욕이나 보지 않았소?"

임충이 묻자 그의 아내가 도리질을 하며 대답했다.

"아뇨, 때맞춰 와 주셔서……."

하지만 그것으로 풀릴 분이 아니었다. 임충은 고 아내의 골통 대신 육겸의 집 안을 가루가 나도록 들부숴 놓은 뒤에야 아내를 데리고 그 집을 나왔다. 문을 나오다 보니 겁을 먹은 이웃집들이 모두 문을 닫아걸고 있었다.

임충은 아내와 금아를 데리고 집으로 돌아왔으나 그대로 끝낼 일이 아니었다. 곧 날카로운 칼 한 자루를 품고 번루로 달려갔다. 앞뒤를 재어 보니 모든 게 육겸의 수작 같아 살려 둘 수 없다는 생각이 든 까닭이었다.

그러나 번루에 가 보니 육겸은 이미 달아나고 보이지 않았다. 임충의 성깔을 누구보다 잘 아는 그라, 일이 꼬인 걸 알자 얼른 피해 버린 것이었다.

성이 가라앉지 않은 임충은 다시 육겸의 집으로 돌아가 밤늦게까지 기다렸다. 그러나 겁을 먹은 육겸이 끝내 집으로 돌아오지 않아 할 수 없이 빈손으로 돌아오고 말았다. 그런 임충에게 그의 아내가 말했다.

"그만두세요. 제가 욕을 본 것도 아닌데 너무 그러실 것 없어요."

분을 삭이지 못한 임충이 이를 갈며 대꾸했다.

"아니오, 육겸이란 놈은 결코 용서할 수 없소. 나와 형이야 아우야 하며 지내던 놈이 어찌 그런 짐승 같은 짓을 할 수 있단 말이오? 감히 나를 속이려 들다니!"

임충의 아내는 더욱 간곡히 그를 말렸으나 소용이 없었다. 임충은 다시 집을 나가 육겸의 집에서 그를 기다렸다.

그때 고 태위의 부중에 숨어 있던 육겸은 몇 날이고 감히 집으로 돌아갈 엄두를 못 냈다. 그 바람에 임충은 사흘이나 기다려도 육겸을 잡을 수가 없었다.

나흘째 되는 날 점심때였다. 노지심이 문득 임충을 찾아와 물었다.

"교두, 요즈음 무슨 일이 있나? 도통 얼굴을 볼 수가 없군."

"아우가 좀 바빠 형을 찾아뵙지 못했습니다. 이왕 저희 집까지 오셨으니 전에 말한 대로 한잔하도록 하시지요. 그러나 갑작스러워 저희 집에서는 술상 마련이 돼 있지 않습니다. 함께 거리로 나가 마시는 게 어떻겠습니까?"

임충이 굳은 얼굴로 그렇게 대답했다. 눈치 없는 노지심은 술이란 말에 그저 반가워 입이 헤벌어졌다.

이에 거리로 나간 두 사람은 하루 종일 술을 마신 뒤 다음 날 다시 만나기로 하고 헤어졌다.

다음 날부터 임충의 술타령이 시작되었다. 임충은 모든 걸 팽개치고 노지심과 어울려 술만 퍼마시며 하루를 보냈다. 그러면서도 자신의 가슴속 울분으로 노지심을 불편하게 만들지 않는 게 신기할 지경이었다.

한편 괴로운 나날을 보내기는 고 아내도 마찬가지였다. 그날 누각에서 뛰어내려 담을 넘고 도망쳐야 했던 자신의 꼴이 한심스러워 아무에게도 그 이야기를 못 하고 홀로 속을 삭이자니 절로 병이 되었다. 그길로 자리에 누워 시름시름 앓기 시작했다.

고 아내가 드러눕자 걱정이 된 육겸과 부안이 보러 왔다. 얼굴색이 누르께하고 말이 헷갈리는 게 예삿일이 아니었다. 그대로 두어서는 안 되겠다 싶어 육겸이 물었다.

"아내께서는 무슨 일로 이렇듯 괴로워하십니까?"

고 아내가 땅이 꺼질 듯한 한숨과 함께 털어놓았다.

"자네들이니까 속이지 않고 다 말하지. 나는 두 차례나 임충의 아낙을 건드려 봤지만 일은 안 되고 망신만 당했네. 공연히 내 병만 무겁게 만든 꼴이라 이제는 오래 살지도 못할 듯싶으이."

"아내께서는 마음을 편하게 지니십시오. 저희 두 놈이 있지 않습니까? 어떻게 하든 그 계집을 얻게 해 드리겠습니다. 임충이란 놈은 목이 매달리게 하고……. 그 모든 게 머지않아 이루어질 것이니 죽는단 말씀은 아예 입 밖에도 내지 마십쇼."

부안과 육겸이 그렇게 고 아내를 위로했다. 그 소리에 고 아내도 기운이 나 셋이서 한창 수군거리고 있는데 태위부의 늙은 청지기[老都管]가 들어왔다. 양아들이 병들어 누웠단 말을 들은 고 태위가 병세를 살피러 보낸 것이었다.

청지기가 고 아내의 병세를 살피는 동안 바깥에 나와 있던 부안이 육겸에서 속살거렸다.

"우리 이렇게 이렇게 해 보세……."

그 말이 그럴듯하다 싶은 육겸이 찬동해 둘은 곧 한 가지 계책을 정하고 태위부의 청지기가 나오기만을 기다렸다.

이윽고 고 아내의 병세를 다 살핀 청지기가 방을 나왔다. 기다리고 있던 육겸과 부안이 그를 끌고 으슥한 곳으로 가서 말했다.

"아시는지 모르지만…… 아내의 병은 예사 병이 아니외다. 만약 그 병이 낫기를 원한다면 태위님께 이르시오. 임충을 죽이고 그 계집을 아내와 한곳에 살게 해야만 될 것이라고. 그래야만 병이 빨리 나을 것이며, 그러지 않으면 아내께서는 오래잖아 죽고 말 것이오."

늙은 청지기도 달리 들은 말이 있던지 쉽게 고개를 끄덕였다.

"그거야 쉽지요. 오늘 밤 이 늙은 게 책임지고 태위께 그렇게 고해 바치겠소."

"우리는 이미 계책을 세워 놓고 있소. 다만 태위께서 어떻게 생각하실지 몰라 기다리고 있으니 말씀 아뢴 뒤 들으신 대로 우리에게 일러 주시오."

둘은 그렇게 다짐까지 받고 청지기를 놓아주었다.

그날 밤 청지기는 부안과 육겸이 시키는 대로 고 태위에게 일러 바쳤다.

"아내의 병은 별게 아닙니다. 임충의 계집 때문인 듯합니다."

"그래, 도대체 임충의 계집을 몇 번이나 보았기에 그런다더냐?"

정에 눈이 먼 고구는 양아들을 나무랄 생각은 조금도 않고 그렇게 물었다.

"지난달 스무여드렛날 오악루에서 보았다니 이제 달포 남짓됩니다. 또……."

청지기는 그 말에 이어 육겸의 집에서 있었던 일까지 상세하게 말했다.

듣고 난 고구가 선뜻 육겸과 부안이 바란 대로 나왔다.

"그렇다면 할 수 없구나. 그 때문에 집안이 어지럽다면 그를 없애는 수밖에……. 임충의 인물이 아깝다만, 만약 그를 아끼다가는 내 아들이 죽을 것이니 어쩌겠느냐?"

"육 우후와 부안에게 거기에 대해 세워 둔 계책이 있다 합니다."

청지기가 얼른 그걸 알렸다. 고구는 그것참 잘됐다는 듯 말했다.

"그렇다면 가서 두 사람을 불러오너라."

이에 청지기는 이내 육겸과 부안을 불러왔다. 두 사람이 방 안으로 들어오자 고구가 물었다.

"들으니 내 아들놈의 병을 낫게 할 계교가 너희들에게 있다는구나. 그걸로 그 아이의 병이 낫는다면 내 너희를 높게 써 주겠다."

"황송합니다. 태위께서는 위에서 저희가 하는 일을 가만히 보고만 계시다가 필요할 때 나오셔서 마무리만 지어 주시면 됩니다."

육 우후가 그렇게 말하고 자기들의 계교를 밝혔다. 고구가 만족한 듯 말했다.

"좋다, 내일 당장 손대도록 하자. 나도 힘껏 돕겠다."

그때 임충은 매일 노지심과 어울려 퍼마시며 고 아내와의 일을 잊으려고 애썼다. 그러던 어느 날이었다. 그날도 노지심과 더

불어 열무방(閱武坊)이란 거리를 가다가 한 몸집 큰 사내를 보게 되었다.

뒤틀려 버린 삶

사내는 뿔 달린 두건에 낡은 전포를 걸치고 있었는데, 그런 차림보다 더 임충의 눈을 끈 것은 그가 들고 있는 칼이었다. 얼른 보아도 흔하지 않은 보도(寶刀) 같았다.

사내는 그 칼을 팔려고 나왔는지 길거리에 서 있다가 임충과 노지심이 지나갈 무렵 해서 혼잣말처럼 중얼거렸다.

"알아줄 사람을 만나지 못하겠구나. 이 칼이 보도임을 어찌도 이리 몰라주는가……."

그러나 딴생각에 빠져 있던 임충은 그 말을 알아듣지 못했다. 다만 노지심과 하던 이야기를 나누며 갈 길을 갈 뿐이었다. 몸집 큰 사내가 그런 임충을 따라오며 등 뒤에서 말했다.

"참으로 좋은 칼이다! 그러나 알아주는 이 없으니 어쩌랴."

그래도 임충은 여전히 못 듣고 노지심만 바라보며 함께 골목길로 접어들었다. 사내가 그런 임충의 등에 대고 한 번 더 큰 소리로 한탄했다.

"애석하다. 이 큰 동경에 좋은 칼 한 자루 알아보는 사람이 없구나!"

그제야 그 말을 들은 임충이 머리 돌려 그 사내 쪽을 보았다. 그때 사내가 보란 듯이 칼을 칼집에서 뺐다. 칼날에서 쏟아지는 빛이 얼마나 휘황한지 눈이 부실 지경이었다. 그걸 본 임충이 갑자기 무얼 깨달은 사람처럼 말했다.

"그것 좀 봅시다."

몸집 큰 사내가 기다렸다는 듯 그 칼을 임충에게 넘겨주었다. 노지심과 함께 그 칼을 본 임충은 깜짝 놀라며 자신도 모르게 소리쳤다.

"좋은 칼이구나! 그래 얼마면 팔겠소?"

"삼천 관(貫) 값은 나가는 칼이지만 이천 관만 내시오."

사내가 선심 쓰듯 말했다. 칼은 탐났으나 이천 관도 임충에게는 적은 돈이 아니었다.

"이천 관 값으로도 알아보는 사람이 아무도 없지 않소? 일천 관만 받으시오. 그럼 내가 사겠소."

임충이 그렇게 값을 깎자 사내가 조금 망설이다 말했다.

"내가 급하게 돈이 필요해서 그러는데, 좋시다. 꼭 사시겠다면 오백 관을 깎아 드리지. 일천오백 관만 내시오."

"일천 관이라 했소. 그 값이면 당장 사겠소."

임충이 한 번 더 뻗대 보았다. 그 사내가 한동안 기가 막힌다는 표정이더니 이내 고개를 끄덕였다.

"돈이 급하니 어쩔 수 없구나. 그럽시다. 하지만 일천 관에서는 일 문(文)도 모자라서는 아니 되오."

"알겠소. 따라오시오. 집에 가서 돈을 드리겠소."

임충은 그래 놓고 노지심을 돌아보며 말했다.

"형님, 저 찻집에서 잠시만 기다려 주십시오. 얼른 갔다 오겠습니다."

그러자 노지심이 시원스레 받았다.

"아니야, 나도 마침 돌아가 봐야 하니 여기서 그냥 헤어지고 내일 다시 보세."

이미 그 칼에 반해 제정신이 아닌 임충은 고맙다는 말조차 없이 그런 노지심과 이별했다. 그리고 그 몸집 큰 사내를 데리고 집으로 돌아가 칼 값을 치렀다.

"그런데 당신은 이 칼을 어디서 얻으셨소?"

셈이 끝난 뒤 임충이 문득 물었다.

사내가 숨기는 기색 없이 대답했다.

"조상으로부터 물려받은 것이지요. 집안 살림이 어려워 어쩔 수 없이 팔려고 내놓았소."

"조상이 어떤 분이시기에……."

"그건 말씀드릴 수가 없소. 만약 말했다간 이 목이 남아나지 못할 게요."

사내가 그렇게 나오자 임충은 더욱 궁금했다. 두 번 세 번 물어보았으나 사내는 끝내 밝히지 않고 돈만 챙겨 가 버렸다.

사내가 나간 뒤 임충은 다시 한번 그 칼을 살펴보았다. 볼수록 좋은 칼이었다. 이리저리 뜯어보던 임충은 자신도 모르게 중얼거렸다.

"정말 대단한 물건이다. 듣기로 고 태위의 부중에도 한 자루 보도가 있다던데 다른 사람에게는 아무렇게나 보여 주지 않는다지. 나도 여러 번 보고 싶어 했으나 한 번도 보지 못했다. 그런데 이제 내게도 보도가 한 자루 생겼으니 언제 한번 견주어 봐야지. 그 칼이 얼마나 좋은지는 몰라도 이 칼보다 낫기는 어려울 것이다."

그리고 임충은 혼자 그 칼을 쓸어 보다가 밤이 늦어서야 잠이 들었다.

다음 날이었다. 새벽에 일어나 다시 어제 산 칼을 쓸고 어르다 잠이 든 임충은 누군가 문을 두드리는 소리에 늦잠에서 깨어났다. 나가 보니 태위부에서 일한다는 승국(承局) 둘이었다. 둘은 놀라 달려 나간 임충에게 뜻밖의 말을 전했다.

"임 교두님, 태위께서 이르시기를 임 교두가 좋은 칼을 샀다 하니 가져와 보라십니다. 태위님이 가지신 보도와 견주어 보고 싶은 듯한데, 부중에서 기다리시니 어서 갑시다."

그 말을 들은 임충은 어리둥절해 중얼거렸다.

"정말 입이 싼 놈두 있구나. 누가 벌써 내가 칼을 산 걸 태위께 알렸을까?"

하지만 태위의 부름이니 아니 갈 수도 없었다. 임충은 곧 옷을 입고 새로 산 칼을 든 채 두 승국의 뒤를 따랐다.

한참 뒤를 따르던 임충이 문득 두 승국을 보고 말했다.

“당신들이 태위부에서 왔다 했소? 그런데 나도 태위부에 나가지만 처음 보는 사람들이구려.”

두 사람이 얼른 입을 모아 말했다.

“저희는 근래에 새로 들어온 사람이라 그렇겠지요.”

고 아내와의 일로 며칠 부중을 나가지 않은 임충은 그 말을 듣고 보니 할 말이 없었다. 예감이 좋지 않은 대로 그들을 따라갔다.

오래잖아 태위부에 이른 임충은 먼저 대청 앞으로 나가 태위가 나오기를 기다렸다. 두 승국이 그런 임충에게 말했다.

“태위님께서는 안쪽 뒤채에 앉아 계십니다. 그리로 가 보시지요.”

이에 임충은 뒤뜰로 갔다. 그러나 그곳에도 태위는 보이지 않았다. 임충이 또 우두커니 서서 태위가 나오기를 기다리는데 그 두 승국은 어딘가 다녀오더니 말했다.

“태위께서 바로 저 뒤에서 교두님을 기다리고 계십니다. 왜 빨리 오지 않느냐고 성화이십니다.”

그렇게 해서 조금씩 조금씩 부중 깊숙한 곳으로 끌어들이는 것이었다.

임충은 그런 그들에게 이끌려 자신도 모르게 대문을 셋이나 지났다. 그러다 한 군데 푸른 말뚝을 둘러친 집 앞에 이르렀을 때였다.

"교두님, 여기서 조금만 기다리십시오. 저희들이 곧 가서 태위님께 말씀드리겠습니다."

두 승국은 그 말과 함께 그 집 안으로 사라졌다.

임충은 무엇에 홀린 기분으로 처마 밑에 서서 태위가 나타나기만을 기다렸다. 새로 산 칼은 여전히 손에 쥔 채였다. 안으로 들어간 두 사람은 차 한잔을 마실 시간이 되어도 소식이 없었다.

그제야 이상한 느낌이 든 임충은 머리를 들어 사방을 살펴보았다. 그런 그의 눈에 처마에 걸린 현판과 거기 쓰인 넉 자의 글씨가 들어왔다. '백호절당(白虎節堂)' 넉 자를 보자 임충은 문득 가슴이 섬뜩했다.

'저 절당은 군기대사(軍機大事)를 의논하는 곳이다. 어떻게 함부로 들어갈 수 있겠는가…….'

그런 생각이 들어 급히 몸을 돌리려는데 등 뒤에서 여럿의 발소리가 났다. 임충이 놀라 돌아보니 어떤 사람이 고개를 돌린 채 걸어 들어오고 있었다. 다름 아닌 고 태위였다.

고 태위를 본 임충은 칼을 안은 채 몸을 숙여 문안을 드렸다. 비로소 고개를 바로 한 고 태위가 그런 임충에게 소리쳤다.

"임충, 너는 어찌하여 내가 부르지도 않았는데 감히 백호절당으로 들어왔느냐? 너는 법도도 모르느냐? 더구나 손에는 칼까지 쥐고 있으니 혹시 나를 찔러 죽이러 온 것이 아니냐? 듣자 하니 네가 사나흘 전에도 칼을 품고 내 집 앞을 오락가락했다던데, 좋지 않은 뜻을 품고 온 게 틀림없구나!"

그 소리에 놀란 임충은 더욱 몸을 숙이며 급한 변명을 했다.

"아니올시다. 아침에 이곳 승국 두 사람이 와서 이 칼을 가지고 오라는 태위님의 분부를 전하기에……."

"내가 너를 불렀다고? 그럼 그 승국은 어디 갔느냐?"

고 태위가 당치도 않은 소리 말란 표정으로 그렇게 물었다. 그때까지도 자신이 함정에 빠진 줄 모르고 있던 임충이 자신 있게 대답했다.

"저 절당 안으로 들어갔습니다."

"되잖은 소리! 승국 따위가 어떻게 감히 백호절당 안으로 들어간단 말이냐? 여봐라, 저놈을 당장 묶어라!"

고 태위는 더 들을 것도 없다는 듯 그렇게 소리쳤다. 그 말이 채 끝나기도 전에 그의 좌우에서 군졸 수십 명이 우르르 달려 나와 임충을 잡아 내렸다. 고 태위가 성난 목소리로 그런 임충을 꾸짖었다.

"너는 금군의 교두로서 법도를 모른다 하지는 못하겠지? 손에 날카로운 칼을 들고 백호절당으로 들어온 것은 틀림없이 나를 죽이려 한 것이렷다!"

그러고는 그 자리에서 임충을 목 베려 했다. 억울한 임충이 큰 소리로 자신의 죄 없음을 밝히려 애썼다.

"그럼 네가 여기에 무슨 볼일이 있느냐? 손에 날카로운 칼까지 들고 여기 들어온 게 나를 죽이려 한 것이 아니라면 무엇이란 말이냐?"

고 태위는 들은 척도 않고 그렇게 덮어씌웠다.

"태위께서 부르시지 않았는데 제가 어찌 여기 들어오겠습니까? 그 두 승국이 안으로 들어가면서 저를 속인 것입니다."

임충이 한 번 더 뻗댔으나 소용없었다.

"거짓말 마라. 내 부중에 그런 승국이 어디 있느냐? 저것이 그래도 아니라고 우기는구나!"

그런 고함으로 임충을 윽박지른 태위는 다시 좌우에게 엄하게 명을 내렸다.

"저놈을 끌고 가 개봉부(開封府)에 넘겨라. 등(滕) 부윤에게 저놈을 문초하고 죄를 명백히 가려 처결하라 이르라. 저 칼도 아울러 보내 증거로 삼게 하도록."

이에 임충은 꼼짝없이 죄인이 되어 개봉부로 끌려가는 신세가 되고 말았다.

임충이 개봉부로 끌려갔을 때 마침 부윤은 아직 퇴청하지 않고 있었다. 태위부에서 임충을 묶어 온 사람들이 임충을 등 부윤 앞에 무릎 꿇게 하고 일의 전말을 전했다. 증거로 보낸 칼까지 본 부윤이 임충을 보고 물었다.

"임충은 들어라. 너는 금군의 교두로서 어찌 법도를 모른다 하느냐? 손에 날카로운 칼을 들고 무얼 하러 백호절당에 들어갔느냐? 그게 죽을죄가 된다는 걸 너는 모르느냐?"

"부윤께서는 맑은 거울처럼 이 임충의 억울함을 비춰 주십시오. 제가 비록 무식한 무관이라 하나 군의 법도를 아는데 어찌 그런 곳엘 함부로 들어가겠습니까? 지난달 스무여드렛날 저와 아내는 오악묘에 향을 사르러 갔던바, 거기서 고 태위님의 아드님 되는 고 아내로부터 제 아내가 놀림을 당한 적이 있습니다.

그날은 소인이 꾸짖어 그를 쫓았으나 그 뒤 다시 그는 육 우후와 부안을 시켜 나를 다른 곳으로 불러내고 아내를 육 우후의 집으로 꾀어내 욕보이려 했습니다. 그때도 제가 늦지 않게 달려가 그를 쫓고 육 우후의 집을 두들겨 부순 일이 있습지요. 그 두 번의 사건에는 증인을 대겠습니다. 그런데 다음 날이었습니다……."

임충은 이어 그날의 일을 상세히 말하고 자신의 억울함을 호소했다. 부윤이 들어 보니 앞뒤가 맞는 게 임충이 거짓말을 꾸며대는 것 같지 않았다. 그러나 워낙 권세 좋은 고 태위라 그의 말 또한 함부로 흘려들을 수가 없었다. 임충의 말을 그대로 받아 적게 한 뒤 그의 목에 칼을 씌워 감옥에 가두게 했다.

임충이 옥에 갇히자 임충의 아내는 밥을 사 넣는다, 옥졸을 매수한다, 임충을 위해 돈을 아끼지 않았다. 임충의 장인 되는 장교두도 사위를 위해 힘을 아끼지 않았다. 윗사람은 뇌물로 사고 아랫사람은 얼러 대며 재물을 뿌렸다.

그때 개봉부의 공목(孔目, 법원 서기 정도의 벼슬) 가운데 손정(孫定)이란 사람이 있었다. 성미가 곧으면서도 어질고 착해 사람들은 그를 손 부처[孫佛兒]라 부를 정도였다.

이 손정이 임충의 억울함을 알고 속으로 애태우다가 부윤을 찾아보고 말했다.

"이번 사건은 임충이 억울하게 말려든 듯합니다. 그는 죄가 없습니다."

"하지만 어쩌나? 어쨌든 그는 칼을 들고 들어가서는 안 될 곳을 들어갔고 고 태위께서는 저렇게 죄를 주려 하시니……. 자기를 죽이려 했다고 주장하며 길길이 뛰는데 무슨 수로 임충을 놓아주겠나?"

부윤도 속으로는 손정과 생각이 같은지 푸념 섞어 그렇게 대꾸했다.

"이 개봉부는 조정의 것이 아니라 고 태위의 집안 것이로구나!"

손정이 부윤의 말에 그런 탄식을 내쏟자 부윤이 나무랐다.

"그 무슨 소릴……."

"그렇지 않고 무엇입니까? 고 태위의 권세가 대단하다는 건 세상 사람이 다 압니다. 못할 짓이 없는 사람들이지요. 그들에게 작은 죄라도 지으면 당장 개봉부로 잡아 보내, 죽이고 싶으면 죽이고 뼈를 발라내고 싶으면 뼈를 발라내게 하지 않습니까? 그때마다 우리 개봉부는 밉다 하지 못하고 들어줘야 하니 이게 고 태위의 것이 아니고 뭡니까?"

"그렇다면 임충의 일도 저들이 꾸며 댄 거란 말인가? 임충을 죽이려고……."

"제가 임충의 말을 들어 보니 그는 죄 없는 사람입니다. 다만 그를 꾀어 들인 승국 두 놈을 찾을 수 없어 증거를 댈 수 없을 뿐이지요."

손정은 그렇게 임충을 변호해 놓고 다시 부윤에게 권했다.

"만약 그의 말처럼 부름을 받아 간 것이라면 날카로운 칼을 차고 절당에 잘못 들어갔다 해도 죽을죄는 아닙니다. 등허리에 매스무 대를 때린 뒤 얼굴에 먹자를 넣어 먼 곳으로 귀양 보내는 정도면 넉넉하겠습니다."

등 부윤도 그런 손정의 말을 옳게 여겼다. 그러나 고 태위도 막 볼 수는 없어 몸소 고 태위를 찾아보고 임충의 말을 두 번 세 번 옮겼다. 고구는 자신의 주장이 아무래도 이치에 닿지 않는 데다 부윤도 임충을 죽일 마음이 없음을 알자 더 고집을 부릴 수가 없었다. 마침내 손정이 말한 대로 벌주는 것에 찬동했다.

다음 날이었다. 임충을 옥에서 끌어낸 부윤은 목에 씌운 큰칼을 풀게 하고 등허리에 매 스무 대를 때렸다. 그리고 먹자 뜨는 장인(匠人)을 불러 임충의 얼굴에 먹자를 새긴 다음 창주 노성(牢城)으로 귀양을 보냈다.

통상으로 귀양 가는 죄수는 철판을 붙인 무게 일곱 근 반의 칼을 써야 했는데 임충도 마찬가지였다. 길 가는 중에 함부로 벗지 못하게 봉인한 칼을 목에 쓰고 두 명의 공인(公人)에 이끌려 귀양지로 가게 되었다.

임충을 압송해 가는 공인은 동초(董超)와 설패(薛霸)란 자였다. 두 사람은 죄상을 적은 공문과 함께 임충을 넘겨받아 개봉부를 나섰다.

그런데 두 사람이 임충을 끌고 막 관아를 나왔을 때였다. 길 한모퉁이에서 임충의 장인인 장 교두가 기다리고 섰다가 그들을 이끌고 주교(州橋) 아래쪽에 있는 술집으로 데려갔다. 네 사람이 자리를 정해 앉은 뒤 임충이 장인에게 말했다.

"손 공목이 여러 가지로 봐주어 매질도 독하지 않았습니다. 덕분에 이렇게 움직일 수 있으니 불행 중 다행이랄 수 있겠지요."

그러자 장 교두는 술집 주인을 불러 좋은 술과 안주를 내오게 하고 두 공인을 대접했다. 술대접뿐만 아니었다. 장 교두는 은자까지 둘에게 나눠 주며 귀양 가는 사위를 잘 봐 달라 당부했다. 두 공인은 입이 헤벌어져 은자를 받아 넣으며 고개를 끄덕였다.

장인의 그 같은 정에 감동한 임충이 두 손을 모아 고마움을 나타내며 말했다.

“장인의 크나큰 은혜를 입고서도 운수가 불길하니 고 아내 같은 자에게 걸려들게 되었습니다. 이제 억울한 죄를 쓰고 귀양을 가게 된 바, 떠나기 전에 한 말씀 여쭙겠습니다. 제가 장인어른의 아낌을 받아 귀한 따님을 아내로 맞은 지 어언 삼 년이 되었지요. 그동안 아내는 작은 일도 그르침이 없었을 뿐만 아니라 저희 내외는 한번 얼굴 붉혀 가며 싸워 본 적조차 없습니다. 하오나 이제 저는 뜻밖의 횡액을 만나 창주로 귀양 가게 되었으니 앞으로는 죽고 사는 것조차 장담할 수 없는 신세입니다. 제가 특히 장인어른께 당부드리려 하는 것은 바로 혼자 남겨지는 아내의 일입니다. 아내가 집에서 저를 기다리게 되면 제 마음이 편하지 못할 뿐더러 고 아내가 그냥 두지 않을 것입니다. 거기다가 아내는 아직 나이도 어리니 자칫하면 이 임충 때문에 헛되이 앞날을 그르치게 될까 걱정입니다. 이에 한 가지 생각한 게 있습니다만…….”

“그게 무언가?”

“이것은 저 스스로 결심한 것이지 누가 시켜서 하는 것은 아닙니다. 오늘 여러 사람이 보는 앞에서 문서로 아내를 풀어 드릴 테니, 늦기 전에 다른 곳으로 개가하게 하십시오. 그렇게 하면 제 마음도 편해질 뿐만 아니라 고 아내 같은 놈이 집적대지도 못할 것입니다."

임충의 그 같은 말에 장 교두가 펄쩍 뛰었다.

"아니 이 사람, 그게 무슨 소린가? 이제 자네 운수가 불길해 이 같은 횡액을 당했으나 그래서는 안 되네. 자네가 비록 창주로 귀양을 가기는 하지만 하늘이 불쌍히 여겨서라도 오래지 않아 되돌아오게 될 걸세. 그때 부부의 인연을 다시 맺어 전처럼 내 딸년과 함께 살기 바라네. 우리 집이 넓지는 않으나, 딸아이와 금아를 데려다 놓을 만은 하고, 몇 년 먹고 입히는 것도 크게 힘들지는 않을 것이네. 오늘 당장 집으로 데려다 앉히고 딴 사람이 함부로 드나들지 못하게 하면 아무리 고 아내라도 어쩔 수 없을 것이니 마음 놓게. 모든 걸 이 늙은이에게 맡기고 떠나면 되네. 창주 노성에도 글이며 옷가지를 자주 보낼 것이니 어지러운 생각 말고 귀양살이나 잘 때우게."

"태산 같은 장인의 은혜를 어떻게 갚아야 할지 모르겠습니다. 그러나 제가 마음을 놓지 못해서가 아니라 혹시라도 일이 잘못될까 해서 그러하니 부디 제 말대로 해 주십시오. 그래야 죽어도 편히 눈감을 수 있을 것입니다."

임충이 그래도 자기 뜻을 굽히지 않자 마침내 장 교두도 마음이 움직였다. 그러나 모여든 이웃은 여전히 임충을 말렸다.

"만약 그렇게 하지 않으면 이 임충이 설령 오래잖아 돌아오는 일이 있더라도 아내와는 다시 살지 않을 것이오!"

임충은 그렇게까지 말해 자신의 뜻이 굳음을 나타냈다. 장 교두가 어쩔 수 없다는 듯 말했다.

"정히 자네 뜻이 그렇다면 그 문서를 쓰기로 하세. 그러나 딸 아이를 급하게 개가시키지는 않겠네."

그러고는 술집 주인을 불러 그런 문서를 쓰는 일을 맡아 하는 서사를 데려오게 했다.

오래잖아 서사가 왔다. 문서 값을 치른 임충은 입으로 부르고 서사는 받아썼다.

동경의 팔십만 금군교두 임충은 무거운 죄를 짓고 창주로 귀양을 가게 되니 앞으로의 존망을 기약할 수 없게 되었다. 이에 나이 어린 아내 장 씨에게 휴서(休書, 이혼장)를 써 두고 가노니, 일후 장 씨가 개가하더라도 임충은 결코 그 일을 다투지 않을 것이다. 이는 임충이 스스로의 정에 움직여 쓰는 것이요, 누구의 핍박을 받아서가 아니다. 그래도 혹 뭇 미더워할까 걱정돼 특히 이 문서로 밝혀 두는 바이다.

모년 모월 모일 임충

임충은 서사가 다 쓴 걸 보고 붓을 받아 날짜 밑에 제 이름을 쓰고 손도장을 찍었다.

임충이 막 그 문서를 봉해 장인에게 건네주려는데 그 아내가 슬피 울며 달려왔다. 심부름하는 계집아이 금아도 임충의 옷가지를 싸들고 뒤따라오며 눈물을 질금거렸다. 임충이 그런 아내를 맞아 말했다.

"여보, 내가 꼭 할 말이 있었는데 마침 장인어른이 오셨기에

다 말씀드렸소. 나는 뜻밖으로 억울한 죄를 쓰고 창주로 귀양 가게 되어 생사를 장담할 수 없게 돼 버렸소. 자칫 젊은 당신의 앞날을 그르칠까 걱정돼 여기 몇 자 적었으니, 바라건대 당신은 헛되이 나를 기다리지 말고 좋은 사람 만나 개가하도록 하시오. 이 임충으로 하여금 착한 아내를 망쳐 놨다는 말을 듣게 해서는 아니 되오."

그 말을 들은 그의 아내가 더욱 슬피 울며 말했다.

"아니 됩니다……. 제가 당신의 아내 된 뒤로 아직껏 한 번도 그릇된 짓을 한 적이 없는데, 어째서 저를 버리려 하십니까……."

"여보, 그렇지가 않소. 나는 좋은 뜻으로 그리 말했을 뿐이오. 뒷날 우리 둘 모두가 잘못될까 걱정해 당신을 혼인에서 풀어 준 것이외다."

임충이 그렇게 아내를 위로했다. 장 교두도 사위를 거들어 딸을 달랬다.

"얘야, 너무 걱정 마라. 설령 이 사람이 우긴다 해도 내가 그리 하지는 않을 것이다. 다만 네 남편이 그래야 마음 편히 떠날 수 있다기에 저 좋은 대로 쓰게 한 것뿐이다. 저 사람이 영영 돌아오지 않는다 해도 내가 한평생 너를 돌보아 줄 것이니 부디 마음을 굳게 먹어라."

남편과 아버지가 번갈아 달래도 임충의 아내는 가슴이 무너지는 듯했다. 거기다가 또 임충이 쓰게 한 휴서가 눈에 들어오자 한층 슬픔이 북받쳤다. 목메어 울다가 문득 정신을 잃고 땅바닥에 쓰러졌다.

그녀는 임충과 장 교두가 흔들고 주물러 한참 뒤에 다시 깨어났으나 슬픈 울음은 그칠 줄 몰랐다. 하지만 언제까지고 그렇게 울며불며 붙들고 앉아 있을 수는 없었다. 임충이 먼저 장인에게 휴서를 준 뒤 털고 일어나고 구경꾼 중 아낙들이 권해 임충의 아내도 집으로 돌아갔다.

헤어질 무렵 장 교두가 한 번 더 임충에게 당부했다.

"잘 가게. 자네 식구들은 내가 내일 당장 집으로 데려다 돌볼 터이니 그 일일랑 걱정하지 말게. 자네 스스로나 잘 돌보고 인편 있으면 글이나 자주 보내게."

임충은 그런 장인에게 다시 한번 감사를 올리고 보따리를 등에 졌다. 그리고 두 공인을 따라 먼 귀양길에 올랐다.

임충과 함께 주점을 나온 공인 동초와 설패는 임충을 사신방(使臣房, 유치장 같은 곳)에 잠시 맡기고 각기 집으로 돌아갔다. 그들도 멀리 다녀오자면 행장이 필요한 까닭이었다.

동초가 한창 행장을 꾸리고 있는데 골목 술집 주인이 와서 말했다.

"동 단공(端公, 하급 벼슬아치인 공인을 높여 부르는 말), 어떤 분이 저희 술집에서 이야기나 좀 나누자고 부르십니다."

"그게 누군데?"

"저도 잘 모릅니다. 그저 빨리 오시라고만 합니다."

이에 궁금해진 동초는 싸던 보따리를 놓아두고 술집으로 가보았다. 술집 으슥한 방문을 여니 제법 그럴듯하게 차려입은 사내 하나가 반갑게 그를 맞으며 말했다.

"단공, 어서 들어오시오."

그의 풍채에 기가 눌린 동초가 몸에 익은 버릇대로 굽신대며 물었다.

"누구신지 모르나 뵈온 적이 없는 분 같습니다. 제게 무슨 시킬 일이 있는지요?"

"우선 앉으시오. 조금만 들어 보면 모든 걸 알게 될 것이오."

사내가 그러면서 동초를 끌어 앉혔다. 그사이 술집 주인이 들락날락하며 탁자 가득 술과 안주를 벌여 놓았다. 잠시 말이 없던 사내가 다시 동초에게 물었다.

"설 단공은 어디 사시오?"

"바로 요 앞 골목입니다."

동초가 그렇게 대답하자 사내가 주인을 불러 그 골목을 아는가 묻더니 또 한 번 심부름을 시켰다.

"가서 설패란 이도 데려오시오."

주인은 두말 않고 방을 나가 차 한잔 마실 시간도 되기 전에 설패를 데려왔다.

설패가 들어오는 걸 보고 동초가 설명했다.

"저분 나리께서 자네와 나를 좀 보자시네."

그 말에 조심성 많은 설패가 사내를 보고 물었다.

"나리의 성함을 여쭈어 봐도 되겠습니까?"

"조금만 있으면 알게 될 것이오. 우선 술이나 한 잔씩 들고 이야기합시다."

사내는 다만 그렇게 대꾸하고 주인을 재촉해 술잔부터 돌리게 했다. 권커니 잣거니 술이 서너 잔 돈 뒤, 사내가 문득 소매에서 금 열 냥을 꺼내 탁자 위에 놓으며 말했다.

"두 분 단공께서 닷 냥씩 나눠 가지도록 하시오. 약간 귀찮은 일을 부탁드릴 게 있어 그렇소."

금덩이를 보자 동초와 설패는 입이 딱 벌어졌다. 그러나 그냥 집어넣을 수가 없어 입을 모아 물었다.

"저희들이 나리를 잘 알지도 못하는데 무슨 일로 이같이 많은 돈을 주십니까?"

그러자 그 사내가 문득 목소리를 낮춰 물었다.

"두 분은 이번에 창주를 다녀오시게 되지 않았소?"

"그렇지요. 저희들은 부에서 시켜 임충을 그곳까지 데려다주게 되었습니다만……."

동초가 쭈뼛거리며 그렇게 대꾸하자 사내가 비로소 자신을 밝혔다.

"바로 그 때문에 두 분 신세를 좀 지려는 것이오. 나는 고 태위를 가까이서 모시는 육겸이란 사람이오."

고 태위란 말에 한층 기가 눌린 두 사람이 목소리까지 떨며 말했다.

"저희 같은 것들이 무얼 할 수 있다고……. 감히 한자리에 앉는 것조차 송구스럽습니다."

육겸이 제법 으스대기까지 하며 그런 두 사람에게 진작부터 시키려 한 일을 털어놓았다.

"두 분도 알고 있겠지만, 임충이란 놈은 태위께 대든 놈이오.

괘씸히 여긴 태위께서는 두 분에게 금 열 냥을 내리시면서 말씀하시기를, 멀리 갈 것도 없이 남의 눈 없는 곳에서 임충을 요정(了定) 내라 하셨소. 개봉부에서 무슨 말이 있으면 태위께서 막아주실 것이니 그건 염려하지 않아도 되겠소."

"그 일이 어려운 건 아니지만, 개봉부의 공문(公文)이 임충을 살려서 데려가라는 것이지 끝장을 내 주라는 것은 아니어서…… 거기다가 임충이 길 가다 죽을 만큼 나이가 많은 것도 아니고…… 만약 일이 잘못되면 시끄러워질까 두렵습니다."

좀 더 나이 든 쪽인 동초가 그런 말로 몸을 사렸다. 그러자 설패가 답답한 듯 동초를 나무라고 나섰다.

"이봐, 영감, 내 말 좀 들어 보라고. 고 태위님은 말 한마디로 자네와 나를 죽일 수 있는 어른이야. 모든 걸 그 어른께 맡기고 시키는 대로 해 보자고. 거기다가 그 어른은 또 우리에게 돈까지 두둑이 보내지 않으셨나? 여러 소리 말고 한번 해 보세. 나중에 어려운 일 당하지 않으려거든 쓰잘 데 없는 인정은 거두는 게 나을 걸세. 창주로 가는 길에는 얼마 안 가 큰 숲이 나오는데, 사나운 짐승과 도둑들이 득시글거리는 곳이지. 거기서 임충 그놈을 없애 버리면 되네."

그리고 탁자 위에 놓인 금을 쓸어 넣으면서 육겸에게 말했다.

"나리, 마음 놓으십시오. 오참로(五站路) 끝에 두 갈래 길이 있는데 그쯤에서 일을 치르도록 하겠습니다."

설패가 그렇게 앞장서고 나서자 동초도 마지못한 척 고개를 끄덕였다. 육겸이 기뻐해 마지않으며 설패를 치켜세웠다.

"알고 보니 설 단공이 시원시원하시구려. 내일 일을 끝낸 뒤에는 임충의 뺨에 새겨진 금인(金印)을 증표로 가지고 오시오. 이 육겸은 그때 다시 금자 열 냥으로 두 분께 사례할 것이니 결코 어긋남이 있어서는 아니 되오."

금인이란 송대(宋代)에 죄짓고 귀양 가는 죄인의 뺨에 먹으로 새긴 글자를 말한다. 임충의 금인을 가져오라는 말은 곧 얼굴 가죽을 벗겨 오라는 뜻이었다. 이번에도 설패가 선뜻 따르고 동초도 마다하지 않아 거래는 이내 매듭이 지어졌다.

세 사람은 다시 술 한 잔을 더 나눈 뒤에야 일어났다. 육겸이 술값을 치르고, 술집을 나온 세 사람은 각기 제 갈 길로 흩어졌다.

동초와 설패는 육겸에게서 받은 금을 나눈 뒤 집으로 돌아가 싸던 보따리를 마저 쌌다. 그리고 수화곤(水火棍, 반은 붉고 반은 검은 짧고 단단한 방망이)을 찾아 들고 사신방으로 갔다.

사신방에서 임충을 꺼낸 두 사람은 곧 길을 떠났다. 출발이 늦어서인지 그날은 성을 나간 지 삼십 리도 안 되어 날이 저물었다.

"그만 쉬어 가세."

마음속으로는 흉측한 생각을 품고 있으면서도 두 놈은 조금도 내색 않고 그렇게 의견을 맞추었다. 그들이 육겸과 한 거래를 알 길이 없는 임충은 그들이 하자는 대로 따랐다.

송대의 길가 주막은 죄수를 끌고 가는 공인들에게는 방값을 받지 않았다. 그러나 밥값은 그렇지가 않아서, 대개 죄수와 공인들은 제 손으로 밥을 지어 먹곤 했다.

임충과 두 공인도 마찬가지여서, 잠은 어떤 주막에서 그냥 잤으나 아침 식사는 지어 먹기로 했다. 이튿날 날이 새기 바쁘게 일어난 그들은 불을 피워 밥을 지어 먹은 뒤 길을 떠났다.

때는 유월이라 날이 몹시 더웠다. 임충은 처음 매를 맞을 때는 별일이 없었으나 날씨가 더워지자 매 맞은 곳이 덧나기 시작했다. 거기다가 처음 매를 맞아 본 터라 몸도 그리 좋지가 못했다. 전날은 그럭저럭 걸었지만 둘째 날이 되자 한 발짝 한 발짝 떼어 놓기가 괴로울 지경이었다.

창주로 가는 길

설패가 조금씩 본색을 드러내며 임충을 몰아대기 시작했다.

"이런 젠장할! 여기서 창주까지는 이천 리가 넘는 길인데 그 꼴로 언제 간단 말인가!"

"제가 태위부에서 적잖이 골탕을 먹은 데다 어제는 매까지 맞아 매 맞은 자리가 덧난 듯합니다. 게다가 날까지 찌는 듯해 한 발짝 옮기기가 괴롭군요."

임충이 처량한 심경을 억누르고 그렇게 사정했다. 곁에 있던 동초가 퉁을 놓았다.

"늑장을 부리는 주제에 엄살은."

그러고는 저희끼리 수군거리다가 해를 살폈다. 마침 날도 어느새 저물어 가고 있었다. 이에 큰 선심이나 쓰듯 가던 길을 그만

두고 가까운 마을로 접어드는 것이었다.

마을의 주막에 이른 세 사람은 가까스로 방 하나를 얻어 들게 되었다. 방 안에 이른 동초와 설패는 방망이를 내려놓고 짐을 풀었다. 그들을 따라 짐을 푼 임충은 그들이 뭐라 하기도 전에 쇄은(碎銀)을 내어 술과 고기를 샀다. 그리고 쌀을 꺼내 밥을 짓고 반찬을 마련해 둘에게 함께 먹기를 청했다.

두 놈은 한번 사양하는 기색도 없이 밥과 고기를 먹고 술을 마셨다. 그리고 임충에게도 억지로 권해 취하게 만들더니 칼을 씌워 방 한구석에 밀쳐놓았다. 영문 모르고 취해 방 한구석에 누워 있는 임충을 두고 밖으로 나간 설패는 한참 뒤에 어디서 펄펄 끓는 물이 든 솥을 하나 들고 들어왔다.

그 물을 대야에 쏟은 설패가 얼큰하게 누워 있는 임충에게 소리쳤다.

"어이, 임 교두 발 좀 씻지. 그럼 잠이 잘 올 거야."

그 소리를 들은 임충이 얼른 일어나려 했으나 칼을 채워 놓아 몸을 움직일 수가 없었다. 그 사정을 잘 안다는 듯 설패가 얼른 말했다.

"그럼 내가 씻겨 주지."

"아니 되오!"

임충은 너무 황송스러워 고개까지 저었다. 설패가 여전히 내색 않고 말했다.

"길 떠난 사람이 무얼 그리 이것저것 따지나?"

그렇게 되니 그 속을 알 길 없는 임충으로서는 다리를 그에게 맡기는 수밖에 없었다. 설패가 비죽이 웃으며 임충의 다리를 끌어 뜨거운 물속에 집어넣었다.

"으악!"

임충이 비명과 함께 급하게 발을 뺐지만 이미 그의 발은 뜨거운 물에 껍질이 익어 군데군데 붉은 물집이 부풀어 올랐다.

"이 무슨 짓이오? 나를 삶아 죽일 작정이오?"

임충이 성난 눈으로 노려보며 설패에게 소리쳤다. 설패가 도리어 벌컥 화를 내고 임충을 꾸짖었다.

"뭐라구? 내 지금까지 죄수가 공인을 시중드는 것은 보아도 공인이 죄수를 시중드는 것은 보지 못했다. 그런데 나는 좋은 뜻으로 네 발을 씻어 주었건만 너는 물이 뜨겁다 차다로 불평을 해? 이거 정말 웃는 낯에 침 뱉는 격이로구나!"

그리고 밤늦도록 임충이 무슨 큰 배은망덕이라도 저지른 것처럼 나무랐다. 임충은 속이 터질 듯했지만 그들의 미움을 샀다가는 또 어떤 꼴을 당할지 몰라 대꾸 한마디 더 하지 못하고 방 한구석에 그대로 누워 버렸다.

두 놈은 물이 식기를 기다려 밖으로 들고 나가더니 번갈아 발을 씻고 들어왔다. 임충은 쓰라려 오는 발을 주무르다가 밤이 늦어서야 겨우 눈을 붙였다.

다음 날 이른 새벽이었다. 아직 주막에서는 아무도 일어나지 않았는데 설패가 일어나 부산을 떨었다. 불을 피운다, 밥을 짓는다, 한참 수선을 피우던 끝에 임충을 흔들어 깨우고 아침밥을 먹으라 했다.

임충은 마지못해 일어났으나 밥을 먹을 수가 없었다. 뿐만 아니라 두 놈이 저희끼리 밥을 먹고 떠나기를 재촉했을 때는 몸을 움직일 수가 없었다. 매 맞은 자리가 덧난 데다 전날 끓는 물에 덴 발이 부어오른 까닭이었다.

설패가 몽둥이를 둘러메며 그런 임충을 몰아댔다. 거기 한술 더 뜬 게 동초였다. 동초는 허리춤에서 새 미투리 한 켤레를 꺼내더니 억지로 임충에게 신겼다. 새것이라 거칠기 짝이 없는 미투리를 임충의 반쯤 익다 만 발에 끼워 넣자 임충은 저도 모르게 죽는소리를 내지르지 않을 수가 없었다.

동초가 새 미투리를 기어이 신긴 뒤에 임충이 제 발을 보니 발등, 발바닥 할 것 없이 물집이 터지고 살갗이 찢겨 피와 진물이 줄줄 흘렀다. 임충은 헌 신을 신고 가게 해 달라고 빌었으나 이미 두 놈은 본색을 완연히 드러낸 다음이었다. 임충의 말은 들은 척도 않고 주막 심부름꾼을 소리쳐 불렀다.

저희가 마신 술값을 셈한 두 놈은 비틀거리는 임충을 끌고 주막을 나왔다. 그때야 겨우 날이 훤히 밝아 오고 있었다. 임충은 악귀 같은 두 놈의 몽둥이가 겁이 나 억지로 걸었지만 두어 마장도 못 가 주저앉고 말았다. 새 미투리에 찢기고 해진 발에서는 피가 철철 흐르고 있었다.

임충이 주저앉아 끙끙 앓는 걸 본 설패가 다시 몰아댔다.

"어서 일어나! 빨리 가잔 말이야! 말을 안 들으면 이 몽둥이가 너를 뛰게 만들 거다."

"너무 그러지 마십시오. 내가 어찌 게으름을 피워 이러겠습니까? 다만 이 발이 아파 꼼짝을 못하고 있습니다."

임충이 그렇게 죽는소리로 사정을 했다. 그때 곁에 있던 동초가 이죽거리듯 말했다.

"그래? 그럼 내가 부축해 모시지."

그리고 임충을 부축하는 척했다. 하지만 그것은 부축이라기보다는 질질 끄는 것에 가까웠다. 그렇게 다시 한 네댓 마장이나 갔을까, 갑자기 멀지 않은 곳에 짙은 숲이 나타났다. 바로 야저림(野猪林)이라 불리는 곳으로 당시 동경에서 창주로 가는 길에서는 맨 처음 만나게 되는 험한 곳이었다. 귀양 가는 죄수에게 원한이 있는 사람들이 공인에게 돈을 먹이고 그 죄수를 없애 달라고 할 때, 공인들은 대개 거기서 손을 썼다. 따라서 거기서 원통하게 죽은 호한(好漢)이 하나둘이 아니었는데, 이제 두 놈이 임충을 그리로 끌고 갔으니 속셈을 알 만했다.

"온종일 걸어도 십 리를 못 왔으니 이러다간 창주에 이를 수 있기나 하겠나."

"더 갈 수 없을 바에야 저 숲속에서 하룻밤을 쉬고 가세."

동초와 설패는 능청스레 주고받으며 임충을 데리고 숲 깊숙이 들어간 뒤 짐을 풀었다. 임충은 신음 소리와 함께 큰 나무 아래 쓰러지듯 주저앉았다. 동초와 설패가 그런 임충 쪽을 보지도 않고 투덜거렸다.

"한 발짝 걷고 한 번씩 기다려야 하니 지루해서 어디 견딜 수 있겠나? 여기서 잠깐 눈을 붙이고 가세."

그리고 두 놈 모두 나무 아래 벌떡 드러누웠다. 눈을 감고 있을 때만 해도 한숨 자고 가려는 줄 알았으나 그게 아니었다. 얼마 되지 않아 두 놈이 슬그머니 몸을 일으켰다.

"왜 일어나시오?"

임충이 까닭 없이 불안해져 두 놈을 보고 물었다. 두 놈이 한 목구멍에서 나온 듯한 소리로 대답했다.

"우리 둘이 잠깐 눈을 붙이려 해도 네놈 때문에 그럴 수가 있어야지. 손발에 채울 자물쇠도 없는 마당에 그냥 두고 자다간 네놈이 달아나고 말 것 아닌가. 도무지 마음이 안 놓여 잠을 못 자는 게야."

"내가 이래 보여도 호걸이란 소리를 듣던 사람입니다. 결코 달아나는 일은 없을 것이오!"

임충이 그들을 안심시키려 했으나 두 놈은 믿어 주려 하지 않았다.

"네 말을 어떻게 믿겠느냐? 아무래도 네놈을 꽁꽁 묶어 두어야 우리 마음이 놓이겠다."

설패가 그렇게 말하는 소리를 듣고 임충이 선선히 응했다.

"두 분이 그래야만 마음 놓을 수 있다면 제가 어찌 마다하겠습니까?"

그러자 설패가 기다렸다는 듯 허리에서 포승줄을 꺼내 임충을 그 나무에 꽁꽁 묶었다. 그런데 그다음이 이상했다.

임충을 묶고 제자리에 돌아간 설패는 거기 드러누워 자기는커녕 오히려 수화곤이란 몽둥이까지 찾아 들고 동초와 함께 되돌아왔다.

두 놈의 눈에 살기가 번쩍이는 걸 보고 임충은 비로소 모든 게 짐작되었으나 이미 때는 늦어 있었다. 다치고 지친 몸에 포승줄까지 꽁꽁 묶였으니 움치고 뛰려야 뛸 수 없는 처지였다. 그런 임충에게 다가온 설패가 음산한 웃음과 함께 말했다.

"임충, 이제 이쯤서 죽어 줘야겠다. 우리가 널 죽이고 싶어서가 아니라 높으신 분의 당부가 있어서다. 실은 그저께 동경을 떠날 때 육 우후란 분이 와서 고 태위님의 분부를 전했다. 너를 죽이고 네 뺨의 금인을 벗겨 돌아오라는 분부셨다. 이제 이만큼 왔으니 죽는 것도 네놈 운수인 줄 알고, 우리 두 사람을 원망하지 마라. 윗사람이 시키는 일을 우리가 어떻게 마다할 수 있겠느냐? 자세한 내막을 알고 싶으면 내년 이맘때를 기다려라. 그날은 네놈의 첫째 기일이 되니 그때 제사상 머리에서 모든 걸 다 일러 주마."

그 말을 들은 임충은 온몸에서 힘이 쭉 빠졌다. 이제 꼼짝없이 죽는구나 싶자 눈물이 비 오듯 쏟아졌다.

"두 분과는 그전에도 요즘에도 원수진 일이 없습니다. 두 분께서 나를 불쌍히 여기시어 한목숨 구해 주신다면 그 은혜 죽어서도 잊지 않겠습니다."

겨우 정신을 가다듬어 그렇게 사정해 보았으나 쇠귀에 경 읽기였다.

"쓸데없는 소리 마라. 네놈은 살려 둘 수 없다."

동초가 퉁명스레 쏘아붙이고 설패는 벌써 수화곤을 쳐들고 임충에게로 다가들었다. 단번에 임충의 머리통을 짜개 놓겠다는 기세였다.

하지만 미처 그 몽둥이가 임충의 머리 위에 떨어지기 전에 뜻밖의 구원이 왔다. 어디선가 철 선장이 날아들어 설패의 몽둥이를 멀리 쳐내 버리더니 이어 몸집이 큰 스님 하나가 몸을 날려 두 놈 앞에 우뚝 서며 호통을 쳤다.

“이놈들, 꼼짝 마라! 내가 숲속에서 네놈들이 하는 짓을 엿본 지 오래다.”

그러고는 선장을 휘둘러 두 놈을 후려치려 했다. 호통 소리에 임충이 놀라 눈을 뜨고 보니 그 스님은 다름 아닌 노지심이었다. 그를 알아본 임충이 급한 소리로 말렸다.

“형님, 그러지 마십시오. 제가 드릴 말씀이 있습니다.”

그 말에 두 놈을 당장에 박살 내려고 별렀던 노지심이 꼬나든 선장을 거두었다. 얼이 빠진 두 놈은 그대로 얼어 버린 사람마냥 뻣뻣이 굳은 채 손끝 하나 까딱하지 못했다.

“저 둘은 건드리지 마십시오. 고 태위가 육 우후란 놈을 시켜 저 두 공인에게 나를 죽여 달라고 한 것입니다. 그놈들을 믿지 않았다면 저 두 사람이 무엇 때문에 나를 죽이려 했겠습니까? 그런데 만약 지금 저들을 죽인다면 저들은 너무도 억울하게 됩니다.”

임충이 다시 노지심을 말린 까닭을 차근차근 밝혔다. 그 말을 들은 노지심은 둘을 버려두고 계도를 뽑아 임충을 묶고 있는 줄부터 끊었다.

“이보게 아우, 자네가 그 칼을 사던 날 이후 늘 자네 걱정을 했다네. 그 뒤 자네가 관부에 잡혀 갔다는 소릴 들었으나 구할 길이 없어 애만 태우던 차에 자네가 창주로 귀양 가게 되었다는 소리를 들었지. 개봉부를 죄다 뒤지다시피 해 자네를 찾아봤지만 어디 있는지 볼 수가 없더군. 그러다가 겨우 자네가 사신방에 갇혀 있단 걸 알게 되고 또 술집에서 어떤 놈이 저 두 놈을 불러 뭔가 수작을 부린 것도 알게 됐지. 그걸 알게 되니 갑자기 자네가 창주로 가는 도중에 죽임을 당할지도 모른다는 걱정에 아무래도 자네를 혼자 보낼 수 없다 싶어 뒤를 밟았지. 전날 밤 쉰 주막 있잖나? 나도 거기 쉬면서 저놈들이 짐승 같은 짓을 하는 것도 다 봤네. 저놈들이 자네 발을 끓는 물로 튀할 때만 해도 당장 달려나가 때려죽이고 싶었다네. 그러나 그곳에는 보는 눈이 많아 일만 그르치고 자네를 구하지 못하게 될까 봐 참았지. 나는 저놈들이 자네를 해칠 마음이 있는 걸 알고, 그러자면 여기가 가장 알맞은 곳이라 싶어 먼저 이 숲속에 와서 기다렸네. 아니나 다를까, 저놈들은 자네를 끌고 이 숲으로 들어오더군……."

노지심이 그렇게 자신이 거기까지 오게 된 경위를 늘어놓다가 갑자기 미움이 치미는지 동초와 설패를 노려보며 선장을 꼬나들었다.

"어쨌든 이 나쁜 놈들부터 때려죽이고 보세."

"아니 됩니다. 형님께서 정말로 나를 구해 주시려면 저 둘을 죽이지 마십시오."

임충이 다시 한번 그런 노지심을 말렸다.

노지심이 애써 화를 억누르며 두 놈을 꾸짖었다.

"이 나쁜 놈들, 내가 아우의 낯을 보아 주지 않았다면 네놈들은 다져져 육장(肉醬)이 되었을 게다. 아우의 낯을 보아 목숨만은 살려 준다!"

그리고 계도를 칼집에 꽂으면서 을러댔다.

"이놈들, 내 아우를 업지 않고 무얼 하느냐. 어서 업고 나를 따라오너라!"

노지심은 그 말을 끝으로 선장을 끌고 앞장서 걷기 시작했으나 두 놈은 아직도 제정신이 아니었다. 노지심에게는 감히 대꾸할 엄두도 못 내고 임충에게만 거듭 빈다.

"임 교두, 어쨌든 우리 둘의 목숨만 살려 주시오!"

그러다가 겨우 정신을 차려 한 놈은 셋의 보따리를 모두 맡고 다른 한 놈은 임충을 업었다.

숲을 빠져나온 일행이 한 서너 마장 가다 보니 마을 어귀에 한 채 작은 주막이 나타났다. 노지심이 앞장서 주막으로 들어가고 그 뒤를 임충, 동초, 설패가 따랐다.

네 사람은 다 나름대로는 한껏 용을 쓴 뒤끝이라선지 속이 출출했다. 노지심이 주인을 불러 고기 대여섯 근과 술 두 각(角)을 시켰다. 이어 국수야 떡이야 한참을 욱여넣은 뒤에야 네 사람은 어느 정도 배가 찼다.

"그런데 저…… 스님은 어느 절에 계십니까?"

그사이 놀란 가슴도 어지간히 가라앉았는지 두 공인이 머뭇머뭇 노지심에게 물었다. 노지심이 씨익 웃으며 받았다.

"네놈들이 내가 어느 절에 있는지를 알아 무엇하려느냐? 가서 고구한테 내가 한 짓을 일러바치기라도 할 작정이냐? 아서라, 다른 놈들은 그놈을 겁낼는지 모르지만 나는 그놈이 조금도 두렵지 않다. 내가 그놈을 만나기만 하면 이 선장으로 삼백 대를 때려 줄 작정이다."

그러자 두 공인은 움찔해 두 번 다시 물어볼 마음을 버렸다.

먹기를 마치고 셈을 한 뒤 주막을 나서는데 임충이 노지심에게 물었다.

"형님은 이제 어디로 가십니까?"

"사람을 죽이려면 반드시 피를 볼 때까지라야 하고 사람을 구해 주려면 끝까지 구해 줘야 한다는 말이 있지 않은가. 자네를 이대로 보낼 수 없으니 창주까지 바래다주겠네."

그 말을 들은 두 공인은 속으로 괴롭게 중얼거렸다.

'이거 큰일 났구나! 이 일을 어쩌나? 그리고 돌아가서는 뭐라고 말하나?'

하지만 노지심이 무서워 마다하는 말을 감히 입 밖에 내지 못했다.

그리하여 이제 넷으로 불어난 그들 일행은 색다른 귀양길을 떠났다. 곧 임충과 노지심은 상전이 되고 동초와 설패는 종 같은 길이었다. 노지심은 빨리 가고 싶으면 빨리 가고 쉬고 싶으면 쉬었다. 그리고 동초와 설패를 개 몰듯 하는데 잘해야 욕설이요, 잘못되면 매질이었다. 두 놈은 지은 죄가 있어 소리 한번 크게 질러 보지 못하고 괴로운 길을 가야 했다. 마침 수레가 있어 몸이 성치 못한 임충을 태우게 된 덕에 임충을 업고 가지 않게 된 것만도 다행이었다.

하지만 두 놈의 고생은 그걸로 그치지 않았다. 까딱 잘못해 노지심의 성미를 건드렸다간 언제 맞아 죽을지 몰라 조심조심 따라가려니까 절로 피가 마르는 듯했다. 주막을 만나 술과 고기를 먹을 때는 노지심과 임충이 먹다 남은 것이라야 겨우 차례가 돌아왔고, 밥을 짓고 반찬을 장만해야 할 때는 그 모든 일이 두 놈 차지였다. 그렇게 하루 이틀 가다 보니 두 놈의 가슴속에서는 절로 탄식이 나왔다.

'이건 뭐 우리가 저 중놈에게 잡혀 압송돼 가는 꼴이구나. 이제 돌아가면 고 태위님은 또 우리에게 어떻게 나올지.'

그러던 어느 날 설패가 동초에게 가만히 말했다.

"듣자니 대상국사의 채마밭에 중놈 하나가 새로운 채마밭지기로 왔다던데 대단한 놈이라더군. 이름이 노지심이라던가. 그런데 이제 보니 아무래도 이 중놈이 바로 그놈 같단 말이야……."

그러다가 갑자기 좋은 꾀가 생각난 듯 한층 목소리를 죽여 이었다.

"우리 이렇게 하세. 돌아가거든 고 태위님께 사실대로 아뢰는 거야. 우리가 야저림에서 임충을 죽이려는데 그 중놈이 와서 구해 줬다고. 그리고 창주까지 따라오며 살피는 바람에 결국 임충에게 손을 쓸 수 없었다고. 그러면 아마도 이미 받은 금 열 냥은 도로 내놓지 않아도 될 것일세. 육겸 그 사람이 저 중놈을 찾아가 보면 우리 허물은 절로 씻어질 게 아닌가?"

"그게 좋겠네. 그리하세."

동초도 달리 길이 없는지라 그렇게 따라 주어 그날부터 두 놈은 그 일로 다시는 머리를 썩이지 않았다.

그사이에도 날은 가고 길은 줄어, 노지심이 함께 걸은 지 보름 남짓 되자 일행은 창주 근처에 이르게 되었다. 창주까지는 한 칠십 리 남은 곳이었다. 갑자기 길이 넓어지며 길가로 마을이 주욱 늘어선 걸 본 노지심은 만나는 사람마다 이것저것 묻더니 드디어 생각을 정한 듯 임충을 불러 가만히 말했다.

"이보게, 아우, 여기서 창주까지는 길도 멀지 않을뿐더러 인가가 총총히 박혀 있네. 두 놈이 다시 흉측한 마음을 먹을 만큼 외진 곳은 없는 듯하니 나는 이쯤서 자네와 헤어져야겠네. 뒷날 다시 만나기로 하고 이만 헤어지세."

노지심이 여기저기서 알아보고 하는 말이라 임충도 더는 노지심을 붙들지 않았다.

"그리하십시오. 그리고 동경에 돌아가시거든 장인어른께도 제가 탈 없이 창주에 이르렀다고 말씀드려 주십시오. 살려 주신 형님의 은혜는 또 어떻게 해야 갚을 수 있을지……. 형님, 이 은혜 죽어서도 반드시 잊지 않겠습니다."

임충이 그렇게 작별의 말을 하자 노지심은 괴춤에서 은자 스무 냥을 꺼내 임충에게 주었다. 그리고 다시 은자 두어 냥을 꺼내 두 공인에게 나눠 주며 마지막으로 한 번 더 으름장을 놓았다.

"너희 두 놈은 잘 들어라. 네놈들은 원래 그때 거기서 모가지를 날려야 했다만, 아우의 낯을 보아 목숨을 붙여 놓았다. 이제 얼마 안 남은 길 잘 모시고 가거라. 행여라도 흉측한 마음을 품었다가는 그 목이 어깨 위에 남아 있지 않을 것이다!"

"저희들이 어찌 다시 그런 짓을 하겠습니까? 모든 게 태위가 시켜 한 일이니 그 일은 이제 그만 잊어 주십시오."

두 놈은 그 말과 함께 은자를 거두어들였지만 노지심은 영 마음이 놓이지 않았다. 한 번 더 겁을 줘 놓기로 작정하고 물었다.

"네놈들 생각에는 네놈 돌머리가 저 소나무보다 단단하다 싶으냐?"

"천만에, 그럴 리가 있겠습니까? 저희들의 머리는 부모님께 받은 살가죽이 해골바가지를 싸고 있을 뿐입니다."

두 놈이 영문 모르고 그렇게 대꾸했다. 노지심은 그들에게 보란 듯 선장을 휘두르다 조금 전에 가리킨 굵은 소나무 둥치를 후려쳤다. 선장이 두 치는 실히 되는 깊이로 둥치에 박히는가 싶더니 우지끈 소나무가 부러졌다. 노지심이 그 소나무를 가리키며 두 놈에게 엄하게 말했다.

"만약 네놈들이 두 번 다시 흉측한 마음을 먹었다간 네놈들 골통은 이 소나무 둥치 짝이 날 줄 알아라!"

그러고는 선장을 어깨에 둘러메며 임충에게 작별을 했다.

"아우, 그럼 잘 가게."

동초와 설패는 노지심의 그 엄청난 힘에 얼이 빠져, 그가 떠나간 한참 뒤까지도 혀를 한 발이나 빼물고 굳어 있었다. 임충이 그들을 일깨웠다.

"자, 우리도 이제 가 봅시다."

그제야 제정신으로 돌아온 두 공인이 때늦은 감탄의 말을 토해 냈다.

"정말 대단한 스님이구나! 선장 한번 휘둘러 저 큰 소나무를 꺾어 놓다니……."

"그 정도는 아무것도 아니지요. 대상국사에서는 버드나무 한 그루를 뿌리째 뽑아 젖힌 적도 있소."

임충이 그렇게 전에 본 것을 이야기해 한층 더 겁을 주었다.

쉬고 있던 소나무 숲을 빠져나온 세 사람은 다시 창주를 향해 걷기 시작했다. 한나절을 걷고 나니 길가에 주막 하나가 보였다. 지치고 시장한 세 사람은 마침 잘됐다 싶어 그리로 들어갔다.

그런데 그 주막이 이상했다. 그들 셋이 자리를 차고앉은 뒤 한 시간이 지나도록 누구 하나 와서 무얼 먹겠느냐고 묻는 사람이 없었다. 사람이 없다면 모르되, 주인 심부름꾼 합쳐 네댓 명이 오락가락하면서도 그러는 게 통 영문을 알 수 없었다.

소선풍 시진

참다못한 임충이 탁자를 두드리며 소리쳤다.

"이봐요 주인장, 이거 손님 접대를 어떻게 하는 거요? 내가 끌려가는 죄수라고 손님으로 보이지도 않는 거요? 무얼 좀 먹으러 왔는데 본 척도 안 하니 이게 무슨 도리요?"

그러자 술집 주인이 별로 미안해하는 기색도 없이 그 말을 받았다.

"손님은 남의 호의를 영 몰라주시는구려."

"술과 고기도 팔려고 하지 않으면서 호의는 무슨 호의요?"

임충이 알 수 없어 다시 물었다. 주인이 차근차근 일러 주었다.

"이 마을에는 시진(柴進)이란 부자 한 분이 계시는데, 저희들은 그분을 시 대관인(大官人)이라 높여 부르고 바깥 사람들은 소선풍(小旋風)이란 별호로 부르지요. 우리 태조 황제께 나라를 넘겨 주신 대주(大周) 시세종(柴世宗)의 자손으로, 태조 무덕(武德) 황제께서 진교(陳橋)에서 제위를 물려받으실 때 내리신 '서서철권(誓書鐵券, 송제종(宋帝宗)은 시세종의 후예를 해치지 않겠다는 약속을 적은 철판)'을 집에 간직하고 있어 누구도 업수이 여기지 못하는 분이십니다. 그런데 그분은 호걸들을 좋아하여 이곳을 오가는 호걸들을 모두 불러들이니 그 집에는 평소에도 수십 명씩 득실거리지요. 저희들에게도 늘 말씀하시기를, '죄짓고 귀양 가는 사람들 중에도 호걸들이 많으니 내 집으로 보내 다오. 내가 그를 돕겠다.'라고 했습니다. 만약 제가 손님에게 술과 고기를 팔아 손님이 배부르고 술에 취하게 된다면 그분 집으로 간들 그분이 어떻게 손님을 도와 드릴 수 있겠습니까? 그래서 제가 호의로 술과 고기를 팔지 않는 것입니다."

그 말을 들은 임충은 대접 때문이 아니라 시진이란 인물이 궁금해서 한번 그 집으로 가 보고 싶어졌다. 노지심 때문에 아직도 기를 펴지 못하고 있는 두 공인에게 슬며시 물었다.

"내가 동경에 있을 때 시 대관인의 이름을 자주 들었는데, 이제 보니 이곳에 사셨군. 우리 한번 그 집으로 가 보는 게 어떻겠소?"

설패와 동초는 그 말에 잠시 속으로 생각하다가 선뜻 승낙했다.

"그렇다면 함께 가 보도록 하지요."

그리고 보따리를 둘러메며 임충과 함께 술집 주인에게 물었다.

"그럼 시 대관인 댁은 어디 있소? 우리 한번 찾아가 보겠소."

"이 앞으로 서너 마장 걸으면 큰 돌다리가 나올 거요. 그 건너

물굽이를 돌아가면 끄트머리에 큰 장원이 하나 있는데, 그게 시대관인 댁이오."

주인이 어서 가 보라는 듯 그렇게 일러 주었다.

술집을 나온 임충과 두 공인은 주인이 가리킨 길로 걷기 시작했다. 서너 마장 가다 보니 정말로 큰 돌다리가 하나 나왔다. 그 돌다리 건너서는 평평한 큰길이 나왔는데, 그리로 걸은 지 얼마 안 되어 한 채의 큰 장원이 푸른 숲속에 싸여 있는 게 보였다. 가까이 가서 보니 장원을 빙 둘러 물이 있고, 물 양쪽 언덕에는 큰 수양버들이 줄지어 서 있었다. 그 수양버들 숲 아래 한 줄기 회벽 친 담이 쳐져 있어 셋은 그 담을 따라 걸었다.

물굽이 하나를 도니 장원 문이 나오고 그 앞 넓은 널판 다리[板橋]에는 장정 서넛이 바람을 쐬고 있었다. 그들에게로 다가간 세 사람은 가볍게 예를 나누었다.

"번거롭지만 대관인께 동경에서 귀양 온 죄수 임(林) 아무개가 뵙기를 청한다고 일러 주시오."

임충이 예를 마치고 그렇게 청하자 장정들이 입을 모아 말했다.

"정말로 복 없는 분이시군. 대관인께서 집에 계셨다면 술과 밥에 돈까지 두둑이 주실 텐데……. 하지만 오늘은 아침 일찍 사냥을 나가셨소."

"내가 복이 없어 뵙지 못하는 걸 어쩌겠소? 그럼 우리는 이만 돌아가겠소."

임충은 별수 없이 그렇게 말하며 장객들과 작별을 하고 돌아섰다. 그러나 마음속으로는 서운하기 그지없었다.

세 사람이 길을 되짚어 나오기를 한 반 리쯤 갔을까, 문득 멀리 숲가에서 한 떼의 인마가 나는 듯 달려왔다. 가까이 오는 걸 보니 눈같이 흰말을 탄 벼슬아치 하나와 그를 에워싼 장정들이었다. 말 위의 사람은 용의 눈썹에 봉의 눈이요, 붉은 입술 사이로 흰 이가 가지런한데, 세 갈래로 기른 수염이 또한 여간 당당하지 않았다.

나이는 한 서른서넛쯤 됐을까. 머리에 쓴 두건이며 몸에 걸친 옷이며 두른 띠가 한결같이 화사하기 그지없었고, 메고 찬 활과 화살통 역시 예사 것이 아니었다. 그가 여럿을 딸리고 나타나는 걸 보자마자 임충은 속으로 짐작했다.

'저 사람이 시 대관인이로구나…….'

하지만 감히 물어보지를 못해 속으로만 애를 태우며 망설이고 있는데, 그 젊은 벼슬아치가 먼저 물어 왔다.

"거기 칼을 쓰고 가는 사람은 누군가?"

임충이 황망해 자신도 모르게 몸을 굽히며 대답했다.

"저는 동경의 금군교두로 있던 임충이란 자입니다. 고 태위의 미움을 받아 개봉부로 얽혀 갔다가 거기서 처결이 나 얼굴에 먹자를 뜨고 창주로 귀양 가는 중입지요. 주막 주인으로부터 시 대관인이란 분이 천하의 호걸들을 맞아들이신단 말을 듣고 외람되게 찾아왔다가 인연이 얕아 못 뵈옵고 돌아가는 길입니다."

그러자 그 벼슬아치는 말을 몰아 임충에게로 다가오더니 정중하게 말했다.

"이 시진의 소홀함을 용서하시오. 자칫하면 호걸 한 분을 못

뵈올 뻔했소."

그리고 말에서 뛰어내려 정중하게 예를 표했다. 임충은 더욱 몸 둘 곳 몰라 하며 엉거주춤 답례를 했다.

시진이 임충의 손을 잡고 장원 앞에 이르니 거기 있던 머슴들이 크게 대문을 열고 맞아들였다. 집 안으로 들어간 시진은 임충을 데리고 곧바로 대청으로 올랐다. 그리고 거기서 다시 한번 새로 만난 예를 나눈 뒤 임충을 보고 말했다.

"저는 오래전부터 교두의 큰 이름을 듣고 있었습니다. 그런데 오늘 뜻밖에도 보잘것없는 이곳까지 오셨으니 실로 평생 애타게 바라던 바를 이룬 듯합니다."

임충도 공손하게 답했다.

"천한 임충도 대인의 우레 같은 이름이 천하에 널리 떨쳐 울리는 걸 잘 듣고 있었습니다. 누군들 그 이름을 우러르지 않을 수 있겠습니까. 그런데 오늘 이렇게 죄짓고 귀양 가다 존안을 뵙게 되었으니 이보다 더한 다행도 없을 것입니다."

"원, 넘치는 말씀을…… 제가 어떻게 그만한 위인이 되겠습니까?"

시진은 그렇게 겸양을 떨며 임충을 손님 자리에 앉혔다. 동초와 설패는 머뭇머뭇 그 아랫자리에 앉았다.

자리를 정해 앉기 바쁘게 머슴들을 부른 시진은 술상을 내오게 했다. 오래잖아 머슴들이 각기 무언가를 들고 줄줄이 들어왔다. 고기 한 쟁반, 떡 한 쟁반, 데운 술 한 병, 돈 열 관을 얹은 쌀 한 말 따위였다.

"촌것들이라 높고 낮음을 모르는구나. 교두께서 오셨는데 어찌 그같이 가볍게 모시려 하느냐? 그것들은 가져가고 먼저 과자와 술부터 내오너라. 그런 다음 양을 잡아 제대로 갖춘 상을 차리도록 하라!"

임충이 일어나 그런 시진을 말렸다.

"대관인, 너무 그러실 거 없습니다. 저는 지금 나온 것만으로도 넉넉합니다."

"그런 소리 마십시오. 교두께서 이런 데 오기가 쉽지 않은데 어찌 소홀히 대접하겠습니까?"

시진이 그러면서 머슴들을 재촉하자 머슴들이 얼른 마른안주와 술을 내왔다. 몸을 일으킨 시진이 스승을 대하듯 술 석 잔을 받쳐 올렸다. 임충이 마지못해 받아 마신 뒤에 두 공인도 한 잔씩 얻어 걸칠 수가 있었다.

"교두님, 이제 안으로 드시지요."

술이 한 순배 돈 뒤 시진이 다시 그렇게 청했다. 임충이 따라 들어가니 시진도 활과 화살통을 벗어 걸고 공인 둘을 끼워 새로 술자리를 만들었다. 시진은 주인 자리에, 임충은 손님 자리에, 그리고 동초와 설패는 임충 뒷자리에 하는 식이었다.

시진과 임충이 이런저런 세상일을 이야기하는 사이에 붉은 해는 서산으로 지고 날이 저물었다. 곧 상다리가 휘어지게 차려진 술상이 들어오면서 술자리다운 술자리가 다시 벌어졌다. 시진이 잔을 들어 석 잔이나 비운 뒤에 자리에 앉으며 소리쳤다.

"이제 탕을 내오너라."

그 말이 떨어지기 바쁘게 잘 끓인 탕이 나왔다. 그들이 탕 그릇을 비운 뒤 다시 대여섯 잔을 더 마셨을 때 머슴 하나가 들어와 알렸다.

"선생님께서 오셨습니다."

"한곳으로 모셔 앉혀 함께 마시는 게 좋겠다. 빨리 여기 술상과 자리를 하나 더 마련하라."

시진이 머슴에게 그렇게 시켰다. 선생이란 말에 임충이 몸을 일으켜 낯선 인물을 기다렸다. 오래잖아 두건을 비뚜름히 쓴 비쩍 마른 중년 한 사람이 뒤채로부터 들어왔다.

'머슴이 선생님이라 했으니, 틀림없이 시 대관인의 스승일 것이다…….'

그렇게 지레짐작한 임충이 몸을 굽히며 공손히 예를 올렸다.

"임충이 귀하신 어른을 뵙습니다."

그러나 그 사내는 거들떠보지도 않으며 답례조차 없었다. 그 거만함에 더욱 기가 죽은 임충이 고개도 제대로 못 들고 있는데 시진이 그 사내에게 말했다.

"홍 교두님, 저분은 동경 팔십만 금군의 창봉교두(鎗棒教頭)로 계시던 임충이란 분입니다. 서로 인사 나누시지요."

그 말을 들은 임충은 자신의 예가 모자랐나 싶어 이번에는 홍 교두에게 절을 했다.

"절까지 하실 건 없소. 일어나시오."

홍 교두란 사내는 입으로만 그럴 뿐, 자신이 맞절로 답례하려 들지 않았다. 그걸 본 시진의 얼굴에 유쾌하지 못한 기색이 떠올랐다. 그러나 아무것도 모르는 임충은 두 번이나 절을 올린 뒤에야 제자리를 두고 홍 교두 자리로 가서 앉았다. 홍 교두는 한번 사양하는 법도 없이 임충이 비워 준 윗자리에 척 앉았다. 그걸 본 시진의 얼굴에 다시 한번 못마땅해하는 기색이 떠올랐다.

어수선하던 술자리가 제대로 가라앉기도 전에 홍 교두가 시진에게 물었다.

"대관인, 오늘은 무슨 까닭으로 저런 귀양 가는 죄수를 이토록 두텁게 대접하시오?"

"저분은 다른 사람과 다르지요. 팔십만 금군을 가르치시던 분입니다. 그런 분을 어찌 함부로 대접할 수 있겠습니까?"

시진이 밝지 못한 얼굴로 그렇게 대꾸했다. 홍 교두가 피식 웃으며 빈정댔다.

"대관인께서 그렇게 창봉을 좋아하시니까 온갖 것들이 다 꾀지. 귀양 가는 어중이떠중이가 모두 '나는 창봉교두입네.' 하고 장원으로 모여들어 술과 밥에 쌀과 돈까지 후려 가질 않습니까? 대관인은 무턱대고 그게 참말인 줄 믿어 탈이라니까!"

어지간한 임충도 그 말을 듣고는 불끈했으나 아직 맞대들지는 못했다. 시진이 그런 임충을 가로막듯 홍 교두의 말에 퉁을 놓았다.

"상(相)은 함부로 바꿀 수 있는 게 아닙니다. 저분을 너무 하찮게 보지 마십시오."

홍 교두는 시진의 그 같은 말에 심사가 틀어졌다. 얼른 몸을 일으키며 거칠게 말했다.

"그래도 나는 저 사람을 못 믿겠소. 나와 봉술을 한번 겨뤄 보면 저 사람이 정말 교두인지 아닌지를 알 수 있을 것이오!"

시진이 그 말을 기다렸다는 듯 껄껄 웃으며 임충에게 말했다.

"그것 참 잘됐소. 좋소. 임 무사의 생각은 어떠시오?"

"제가 어떻게 감히 그럴 수 있겠습니까?"

임충이 여전히 그렇게 겸양을 보였다. 그러나 홍 교두는 그런 임충의 겸양을 저 좋을 대로만 해석했다.

'저놈이 거짓말을 해 놓고, 겁을 먹고 있구나…….'

그렇게 생각하고 한층 더 거만을 떨며 봉술을 겨뤄 보자고 나섰다. 임충의 무예를 보고 싶은 시진도 양쪽을 부추기고 나서니 임충도 더는 마다하기 어려웠다.

"그럼 술을 더 마시다가 달이 뜨거든 술자리를 끝내도록 하지요."

임충이 반승낙을 하는 걸 보고 시진이 그렇게 말하며 다시 여럿에게 술잔을 돌렸다.

대여섯 잔이 더 돌았을 무렵 달이 높이 떠 뜰 안이 대낮같이 밝았다. 시진이 술잔을 놓고 일어나며 말했다.

"자아, 이제 됐습니다. 두 분 교두께서 한번 겨뤄 보도록 하시지요."

그러나 임충은 아직도 마음이 제대로 정해지지 않았다. 한 번 더 속으로 헤아려 보았다.

'이 홍 교두란 사람은 틀림없이 시 대관인의 무예 스승일 것이다. 그런 사람을 꺾어 놓는다면 시 대관인 낯이 뭐가 되는가…….'

그래서 다시 주저하고 있는데 시진이 불쑥 말했다.

"저분 홍 교두께서는 이곳에 오신 지 오래지 않아 아직 이렇다 할 적수를 만나 본 적이 없으십니다. 임 무사께서는 너무 사양하지 마시고 한 수 겨뤄 보십시오. 저도 두 분 교두의 솜씨를 한번 보고 싶습니다."

임충이 자신의 낯을 보아 머뭇거리는 줄 짐작한 시진이 스스로 나서서 그렇지 않음을 밝힌 것이다. 임충도 시진이 진정으로 말하고 있음을 알아차렸다. 마음 놓고 홍 교두와 겨뤄도 되리라 싶어 그리하기로 작정하고 있는데 홍 교두가 먼저 일어나 서둘렀다.

"나가자구, 나가잔 말이야. 자신 있으면 몽둥이로 말하라구."

임충도 더 망설일 까닭이 없어 방 밖으로 나온 그들은 집 뒤 빈 터로 갔다. 머슴들이 여러 종류의 몽둥이를 한 아름 가져왔다.

먼저 겉옷을 벗어젖힌 홍 교두가 소매를 걷어 올리며 몽둥이 하나를 골랐다.

"자, 어서 와. 덤벼!"

임충을 얕볼 대로 얕보고 그렇게 몰아대는 홍 교두가 밉살스러운지 시진도 임충을 재촉했다.

"임 무사, 어서 몽둥이를 고르시지요. 한번 겨뤄 보는 게 좋겠습니다."

"그럼, 보잘것없는 솜씨를 너무 비웃지 마십시오."

임충이 그 말과 함께 몽둥이 하나를 고르고 홍 교두와 마주 섰다.

"자아, 한 수 가르쳐 주십시오."

임충이 그렇게 말하며 자세를 갖추자 홍 교두는 가만히 임충을 살폈다. 한스럽게도 한 치의 빈틈조차 보이지 않았다. 홍 교두가 함부로 덤비지 못하는 걸 보고 임충이 먼저 몽둥이를 내질렀다. 홍 교두가 자신의 몽둥이를 휘둘러 임충의 몽둥이를 막았다.

달은 휘영청 밝은데 두 사람의 봉술 겨루기는 차츰 달아올랐다. 그런데 두 사람의 몽둥이가 다섯 번이나 맞부딪쳤을까, 임충이 문득 몸을 빼쳐 싸움판에서 물러나며 소리쳤다.

"잠깐만 기다리시오."

"교두, 왜 그러시오?"

시진이 까닭을 몰라 임충에게 물었다. 임충이 무언가 억울한 얼굴로 대답했다.

"제가 졌습니다."

"아니, 제대로 겨뤄 보지도 않고 졌다니 그 무슨 말씀입니까?"

시진이 더욱 이상한 듯 다시 물었다. 임충이 한숨과 함께 실토했다.

"제가 목에 칼을 쓰고 어떻게 저분을 이겨 낼 수 있겠습니까? 그래서 아예 졌다고 하는 것입니다."

그 말을 들은 시진이 문득 깨달았다는 듯 사죄를 했다.

"제가 미처 생각하지 못했습니다. 칼을 벗고 하도록 하시지요. 그쯤은 쉬울 것입니다."

그리고 머슴들을 불러 은자 열 냥을 내오게 했다.

머슴들이 은자를 가지고 오자 시진은 그 은자를 설패와 동초에게 나누어 주며 말했다.

"제가 좀 간 큰 부탁을 두 분께 드려야겠습니다. 임 교두의 칼을 잠시만 벗겨 주십시오. 내일 노성 안에서의 일은 모두 제가 책임지겠습니다."

원래 죄수를 압송할 때는 칼에 봉인을 찍어 길 가는 도중에 함부로 벗기지 못하게 되어 있는데, 그걸 벗겨 달라는 소리였다. 그러나 동초와 설패는 시진의 사람됨에 눌리어 감히 마다하지 못했다. 거기다가 은자까지 열 냥 생겼으니 마지못한 척 임충의 목에 쓴 칼을 벗겨 주었다.

"자아, 그럼 이제 두 분이 다시 한번 겨뤄 보십시오."

홍 교두는 임충이 다시 몽둥이를 들고 나오는 걸 보고 속으로 코웃음을 쳤다. 조금 전 임충이 싸움판에서 달아난 게 겁을 먹어서인 걸로 단정한 까닭이었다. 그래서 한층 더 임충을 얕보게 된 홍 교두는 단번에 임충을 혼내 주려 덤벼 오기만을 기다렸다.

"기다리시오!"

시진이 갑자기 그렇게 소리치더니 장객을 시켜 스물닷 냥이나 되는 은덩이를 내오게 했다.

오래잖아 머슴들이 은덩이를 내왔다.

시진이 그 은덩이를 가리키며 임충과 홍 교두에게 말했다.

"두 분은 힘껏 겨뤄 주시오. 이기시는 분에겐 이 은덩이를 드리겠소."

시진이 속으로 그 은덩이를 주고 싶은 사람은 임충이었다. 그러나 그냥 주면 받지 않을 것 같아 일부러 그런 구실을 만든 것이었다. 그만큼 시진은 임충을 믿었다.

홍 교두는 임충이 꽁무니를 빼지 않고 덤벼 오는 게 괘씸한 데다 그 은덩이도 탐이 났다. 시간을 끌다가 날카로운 기세가 꺾이게 되는 게 싫어 얼른 몽둥이를 고쳐 잡고 파화소천세(把火燒天勢)란 자세를 취했다. 곧 횃불을 들어 하늘을 사르는 형국으로 봉을 쳐든 것이었다.

'시 대관인은 속으로 내가 저 사람을 이겨 주기를 바라는구나…….'

그렇게 시진의 속셈을 짐작한 임충도 몽둥이를 고쳐 잡고 자세를 취했다. 발초심사세(撥草尋蛇勢), 곧 수풀을 쳐 뱀을 찾는 듯 몽둥이를 비스듬히 내민 자세였다.

"덤벼! 덤비라니까!"

그렇게 소리친 홍 교두가 갑자기 몽둥이를 번쩍 쳐들고 덮쳐 왔다. 임충이 주춤주춤 몸을 뺐다. 홍 교두가 그런 임충을 한 발짝 따라붙으며 번쩍 쳐든 몽둥이를 내리쳤다.

임충은 홍 교두의 발놀림이 어지러운 걸 보고 몽둥이를 아래로 늘어뜨린 채 훌쩍 뛰었다. 임충의 번개 같은 움직임에 홍 교두는 손발이 맞지 않았다. 급하게 몸을 돌리는데 임충의 몽둥이가 목덜미에 떨어졌다. 홍 교두는 정신이 아뜩해 들고 있던 몽둥이를 떨어뜨리고 그대로 땅바닥에 쓰러졌다. 임충으로서는 싱거운 한판이었다.

그 광경을 보고 있던 시진은 기뻐해 마지않았다. 얼른 술잔을 가져오라 소리치자 보고 있던 사람들이 모두 크게 웃었다.

머슴 한 사람의 부축을 받고 겨우 정신을 차려 일어난 홍 교두는 얼굴 가득 부끄러운 빛을 띠고 밖으로 나가 버렸다.

시진은 임충의 손을 잡아끌며 다시 술자리로 돌아갔다. 그리고 몇 잔이나 거푸 권한 뒤에 은덩이를 가져오게 해 임충에게 주었으나 임충이 굳이 받지 않자 도로 거둬들였다.

시진이 붙들어 임충은 며칠을 더 그곳에 묵었다. 온종일을 좋은 술과 맛난 음식으로 보내는 사이 대엿새가 지나갔다. 죄인을 압송해 가는 길이라 더 지체할 수 없게 된 두 공인이 드디어 임충에게 떠날 것을 재촉하기 시작했다. 임충을 더 붙들어 둘 수 없게 된 시진이 다시 크게 잔치를 열어 떠나는 임충을 위로하며 편지 두 통을 내놓았다.

"창주 대윤(大尹)과 이 시진은 매우 가까운 사입니다. 또 노성의 관영(管營, 교도소장 격)과 차발(差撥, 간수장 격)도 이 시진과 교분이 두터우니 이 편지를 그 둘에게 내보이도록 하십시오. 반드시 교두님을 함부로 대하지는 않을 것입니다."

시진의 후의는 거기서 그치지 않았다. 다시 은자 스물닷 냥을 내오게 해 스무 냥짜리 큰 덩이는 임충에게 주고 나머지 닷 냥은 두 공인에게 나눠 주는 것이었다.

하룻밤을 새다시피 시진과 술을 마신 임충은 다음 날 날이 밝기 바쁘게 길을 떠났다. 시진은 머슴들을 시켜 임충과 두 공인의 보따리를 져 주게 했다. 다시 전처럼 목에 칼을 쓴 임충은 떨어지지 않는 발길을 떼어 창주 노성으로 향했다.

시진은 장원 문밖까지 따라 나와 작별을 했다.

"좀 있으면 겨울이 올 것입니다. 그 전에 겨울옷을 지어 보내드리겠습니다."

"대관인의 이같이 지극하신 보살핌에 어떻게 보답해야 할지 아득합니다."

임충이 진심 어린 말로 그렇게 감사를 하고 두 공인도 머리를 숙여 고마움을 나타냈다.

길을 떠난 세 사람은 정오가 될 무렵 창주 성 밖에 이르렀다. 거기서 임충은 짐을 지고 온 시진의 머슴들을 돌려보내고 두 공인과 함께 성안으로 들어갔다.

주아에 이른 두 공인은 동경부에서 보낸 공문을 바치고 임충을 보였다. 공문을 읽은 대윤은 임충을 거둬들이고 두 공인에게는 답신을 주어 돌려보냈다. 이에 임충은 노성의 관영으로 보내지고 두 공인은 오던 길을 되짚어 동경으로 돌아갔다.

노성 영내로 보내진 임충은 우선 독방에 갇혔다. 먼저 와 갇혀 있던 옆방의 죄수들이 우르르 창살가로 몰려와 임충을 보더니 이것저것 일러 주었다.

"이곳의 관영과 차발은 모두가 나쁜 놈들이오. 죄수들을 어르고 후려 돈과 물건을 빼앗는데, 뇌물을 주면 잘 보아주지만 돈이 없으면 토방으로 던져 죽지도 살지도 못할 지경에 빠뜨리는 거요. 또 감옥에 들 때는 살위봉(殺威棒)이란 게 있는데, 돈을 쓰고 거짓말로 아프다고 하면 한 대도 안 맞게 되지만 돈이 없어 그들을 구슬리지 못하면 백 대를 다 맞아야 한다오. 그 백 대를 다 맞고 나면 반 이상은 죽고 말지."

그 말을 들은 임충이 물었다.

"여러분이 이렇게 알려 주시니 고맙기 짝이 없소. 그런데 돈은 어떻게 쓰며 또 얼마나 써야 되오?"

"관영 닷 냥, 차발 닷 냥쯤이면 될 거요. 관영에게는 차발을 통해 전하게 하면 되오."

다른 죄수들이 그렇게 알려 주었다. 그때 차발이 기세등등하게 감옥으로 들어섰다.

"오늘 새로 온 놈이 어디 있느냐?"

차발이 뻔히 알며 그렇게 소리쳐 물었다. 임충이 얼른 나서서 대답했다.

"제가 바로 그 사람입니다."

차발은 임충이 대답만 하고 돈을 내놓지 않자 금세 낯빛이 변했다. 다짜고짜 욕설을 섞어 임충을 꾸짖었다.

"이 신출내기 도둑놈아, 어째서 나보고 절을 않는 거냐? 내가 부르는데 대답은 않고 딴 수작을 부려? 네놈이 동경에서 어떤 못된 짓을 하며 굴러먹었는지 내가 다 안다. 어서 네놈의 낯짝에 새긴 먹자부터 보여라. 보아하니 그놈의 볼따구니에 가득 찬 먹자는 평생 가도 지워지지 않겠구나. 이 때려죽여도 죄는 남을 나쁜 놈아! 하지만 네놈의 게 바가지 같은 골통은 이제 내 손에 들어왔단 말이다. 어물거리면 단숨에 부수어 놓겠다. 조금 있다 맛을 보여 줄 테니 기다려라."

그러고는 계속 죽일 놈 살릴 놈 하며 게거품을 뿜었다. 갇힌 몸인 데다 차발이 워낙 거세게 나오는 판이라 어지간한 임충도 함부로 대꾸를 못 했다. 몰려 있던 죄수들도 겁을 먹었는지 슬금슬금 흩어져 버렸다.

임충은 차발의 욕지거리가 좀 가라앉기를 기다려 품에서 은자 닷 냥을 꺼내 바치며 넌지시 말했다.

"차발 어른, 적으나마 예로 받아 주십시오."

차발이 임충의 은자를 넘겨보더니 퉁명스레 말했다.

"너는 이 은자를 나더러 관영에게 전해 달란 말이냐?"

관영에게 줄 뇌물도 내놓으란 말이나 다름없었다. 임충이 얼른 열 냥을 더 내놓으며 말했다.

"아닙니다. 그 은자는 차발님께 드리는 것이고 관영님께 바칠 것은 여기 열 냥이 더 있습니다. 번거로우시겠지만 차발님께서 좀 전해 주십시오."

그러자 차발은 임충이 마음에 든 모양이었다. 갑자기 사람이 달라진 것처럼 미소까지 지으며 말했다.

"임 교두, 실은 진작부터 당신 이름을 듣고 있었지. 대단한 호걸이라더군. 고 태위가 자네를 해치려 들어 잠시 고생은 하겠지만 오래잖아 밝혀질 거야. 당신의 큰 이름이나 그만한 생김으로 보아 틀림없이 하찮은 인물은 아닌 것 같단 말씀이야. 나중에 반드시 높은 벼슬아치가 될 거라구."

임충도 속 좋게 맞받아 웃으며 말했다.

"고맙습니다. 어쨌든 번거로움을 끼치게 되었습니다."

"앞일은 너무 걱정 말라구. 우리가 잘 보아줄 테니."

돈을 받아 기분이 좋아진 차발은 그렇게 임충을 안심시켜 주기까지 했다. 임충은 그제야 시진이 써 준 편지를 꺼냈다.

"여기 차발님께 전해 달라는 편지가 두 통 있습니다."

제 것을 뜯어 읽고 난 차발이 더욱 은근해져 말했다.

"시 대관인의 편지까지 가졌으면서 무얼 그리 걱정하나? 이 편지 한 통은 은 한 덩이와 맞먹는 거네. 우선 이렇게 하게. 관영 어른이 자네를 점검하면 살위봉이란 걸 일백 대 때리게 되어 있는데 그때 자네는 병이 나서 아직 앓고 있다는 말을 하란 말이야. 내가 곁에서 거들면 매도 면할 수 있고, 딴 사람 눈도 속일 수 있지. 알겠나?"

"고맙습니다."

임충은 그 말과 함께 허리까지 굽혔으나 마음속으로 떠올리고 있는 것은 소선풍 시진의 훤한 얼굴이었다.

말먹이 풀을 지키게 된 임충

차발은 은자와 편지를 챙긴 뒤 임충의 독방을 나갔다. 그의 뒷모습을 보며 임충은 자신도 모르게 한탄했다.

'돈이 있으면 귀신과도 통할 수 있다더니 옛말이 조금도 틀리지 않구나. 정말로 끔찍한 곳이다…….'

한편 임충과 헤어진 차발은 곧 관영을 찾아갔다. 그리고 은자 닷 냥과 시진의 편지를 내놓으며 말했다.

"임충이란 놈 만나 보니 아주 호걸이더군요. 거기다가 이렇게 시 대관인의 편지까지 받아 왔습니다. 고 태위의 모함에 빠져 그렇지, 큰 죄를 지은 것 같지는 않습니다."

차발이 임충에게서 받은 열 냥에서 닷 냥을 떼먹은 줄 모르고 관영은 은자 닷 냥에 시진의 편지까지 있자 입이 딱 벌어졌다.

"더군다나 시 대관인의 당부까지 있다면 마구잡이로 대접할 수는 없지. 임충을 잘 봐주도록 하세."

그러고는 곧 임충을 끌어오게 했다.

임충은 그때껏 독방에 쭈그리고 앉아 울적한 생각에 잠겨 있었다. 이것저것 걱정하며 한숨만 내쉬고 있는데 패두(牌頭, 간수격) 하나가 와서 불렀다.

"관영께서 새로 온 죄수를 보고자 기다리신다. 죄수 임충은 따라 나서거라."

임충은 얼른 몸을 일으켜 그 패두를 따라갔다. 대청 앞에 이르니 그 위에 높게 앉아 기다리던 관영이 말했다.

"너는 새로 온 죄수이니 태조 무덕 황제께서 정한 제도에 따라 살위봉 일백 대를 맞아야 한다. 여봐라, 어서 살위봉을 때릴 채비를 하렷다!"

그러나 표정은 매를 때릴 사람처럼 엄하지 않았다. 임충이 들은 대로 꾀병을 부렸다.

"제가 오는 도중에 모진 감기가 들어 아직 낫지를 못했습니다. 바라건대 인정을 베푸시어 매를 미뤄 주십시오."

패두도 무슨 바람이 불었는지 임충을 거들어 주었다.

"제가 저 사람을 보니 아직도 병을 앓고 있는 듯합니다. 불쌍히 여겨 너그럽게 보아주십시오."

그러자 관영이 짐짓 속아 주었다.

"저놈이 정말로 앓고 있는 듯하니 살위봉은 잠시 미루겠다. 병이 낫기를 기다려 때리도록 하라."

소금 먹은 놈이 물켠다고 차발이 임충을 위해 그러는 관영에게 청했다.

"지금 천왕당(天王堂)지기가 기한을 넘긴 지 오랩니다. 임충을 그리로 보내 대신 천왕당을 돌보게 하는 게 어떻겠습니까?"

관영이 별 트집 없이 그 영을 받아 주었다. 이에 차발은 임충에 관한 문서를 관영에게 바치고 다시 임충을 독방으로 데려갔다. 그리고 보따리를 챙기게 한 다음 천왕당으로 데려가 그전 천왕당지기와 자리를 바꾸게 했다.

"임 교두, 내가 자네를 위해 애 많이 쓴 줄 알게. 천왕당을 돌보는 일은 죄수에게는 제일 나은 것이지. 아침저녁 향불이나 사르고 마당이나 쓸면 되니까. 자네도 봤겠지만 다른 죄수들은 아침 일찍부터 저녁까지 고생이 이만저만이 아니네. 게다가 만약 재수 없이 토굴 감옥에라도 가는 날은 살려 해도 살 수 없고 죽으려 해도 죽지 못하는 신세가 되고 말지."

천왕당을 떠나면서 차발이 그렇게 말했다. 임충은 속으로 아니꼬웠으나 내색 않고 굽신거렸다.

"고맙습니다. 애쓰신 정 잊지 않겠습니다."

그리고 다시 은자 두세 냥을 꺼내 차발에게 주며 사정해 보았다.

"형님, 이왕 봐주신 길이니 목에 쓴 칼이나 좀 벗게 해 주십쇼."

"그건 내게 맡기게."

차발이 돈을 거두며 자신 있게 말했다. 그리고 관영에게 가서 무어라 했는지 얼마 뒤에 돌아와 임충이 목에 쓴 칼을 벗겨 주었다.

그리하여 그날부터 천왕당지기가 된 임충은 어떤 죄수보다 착실하게 형기를 채워 나갔다. 차발의 말대로 일도 아주 쉬웠다. 천왕당 안에 기거하면서 아침저녁으로 향불이나 피우고 마당만 쓸면 일은 끝이었다.

그사이 세월은 흘러 어느덧 임충이 천왕당지기가 된 지도 두 달 가까이 되었다. 차발은 얻어먹은 돈이 있어 임충을 잘 돌봐주었고, 또 시 대관인은 겨울옷을 보내면서 두루 인사치레까지 잊지 않아 임충은 몸이 더욱 편해졌다.

그러던 어느 날이었다. 어느새 겨울이 다가와 허옇게 서리가 덮인 마당을 쓸고 난 임충이 천왕당 앞을 어정거리고 있는데 누군가 등 뒤에서 소리쳤다.

"임 교두님, 임 교두님이 여기 웬일이십니까?"

임충이 힐끗 돌아보니 소리친 것은 이소이(李小二)란 자였다. 임충이 동경에 있을 때 자주 드나들던 술집의 머슴으로, 술집 주인의 돈을 훔쳐 쓰고 붙들려 온 것을 구해 준 적이 있었다. 곧 임충이 나서서 변호하고 돈을 물어 주어 죄를 면하게 한 뒤, 여비까지 주어 동경을 떠나게 한 게 그랬다.

그를 그곳에서 만난 게 뜻밖이라 임충이 되물었다.

"아니, 자네는 어찌하여 이곳에 오게 됐는가?"

"은인께서 구해 주신 뒤로 이곳저곳을 떠돌다가 우연히 이곳 창주로 오게 되었습니다. 그리고 왕씨 성을 쓰는 분의 술집에서 일하게 되었는데, 거기서 운을 잡았습지요. 제가 부지런하고 나물 요리며 탕이나 국물을 내는 데 솜씨가 있다 하여 손님들이 몰려드니, 주인이 마음에 들어 해 사위로 삼아 준 겁니다. 이제는 장인과 장모 모두 돌아가시고 저희 내외만 남아 술집을 하는데 제법 살 만합니다. 오늘도 돈을 받으러 가다가 이렇게 뜻밖에도 은인을 뵙게 되었습니다. 그런데 정말로 어쩌다가 이리 되셨습니까?"

이소이가 땅바닥에 엎드려 절을 한 뒤 그렇게 물었다.

"나는 고 태위의 미움을 받아 모함으로 죄인 아닌 죄인이 되고 말았네. 그 바람에 한바탕 관청의 형벌을 겪은 뒤에 얼굴에 이렇게 먹자까지 뜨고 이곳으로 유배 오게 된 것이네. 지금은 천왕당을 돌보고 있지만 앞으로 어찌 될지는 전혀 모른다네."

그 말을 들은 이소이는 임충을 끌듯 자기 집으로 데려가더니 높은 자리에 앉히고 소리쳐 아내를 불렀다.

"이분이 전에 나를 구해 주신 바로 그 임 교두님이오. 어서 은인께 절을 올리고 뵙도록 하시오."

이소이가 그렇게 말하자 아낙도 전에 들은 소리가 있어선지 군말 없이 큰절을 올렸다. 절이 끝나자 부부가 한목소리로 말했다.

"저희 부부는 가까운 피붙이가 하나도 없습니다. 그런데 이제 은인께서 이렇게 오시니 꼭 하늘이 보내 주신 듯합니다."

"나는 죄를 지어 벌을 받고 있는 사람이네. 나 때문에 자네들 부부에게 욕이 돌아갈까 두려우이."

임충은 은근히 감격해 떨리는 소리로 대꾸했다. 이소이가 펄쩍 뛴다.

"그런 말씀 마십시오. 은인의 크신 이름을 누가 모르겠습니까? 그러지 마시고 어려운 게 있거든 무어든 일러 주십시오. 이를테면 더럽거나 해진 옷 같은 것은 저희가 빨고 기워 드리겠습니다."

임충은 그런 이소이의 마음씨가 고마워 그날 밤늦도록 술을 마시다가 천왕당으로 돌아갔다. 이소이는 다음 날도 임충을 데리러 왔다. 그 인정을 뿌리치지 못해 임충이 다시 이소이의 술집을 찾으니, 그로부터 임충은 이소이와의 왕래가 잦아졌다. 임충이 못 가는 날은 이소이가 요리와 차를 노영(牢營) 안으로 갖다 바치는 것이었다.

외로운 임충은 이소이 부부의 정성이 너무도 고마웠다. 본전이 축갈까 걱정이 되어 이따금씩 그들 부부에게 돈을 보냈다. 얻어먹은 요리와 차의 재료값으로나마 보태라는 뜻에서였다.

세월은 빠르게 흘러 겨울이 깊어졌다. 임충은 시진이 보내 준 비단 겨울옷을 이소이네 집에서 빨고 꿰매 가며 입었다. 이소이는 임충을 돌보아 주는 한편 장사도 열심이었다.

하루는 이소이가 술청에서 손님들의 음식 시중을 들고 있는데 어떤 낯선 사내가 급하게 들어왔다. 이소이는 무심히 그를 보았으나 먼저 온 사내가 자리 잡고 앉은 지 얼마 안 되어 또 한 사내가 달려와 먼저 사내가 앉은 자리에 슬며시 앉는 게 이소이의 주의를 끌었다. 앞쪽은 군관이 복색을 바꿔 입은 듯했고 돌아앉은 사람은 주졸(走卒)인 모양이었다. 이상히 여긴 이소이가 그들에게로 다가가 물었다.

"술을 드시렵니까?"

하지만 속으로는 주문을 받는 것보다 그들을 좀 더 가까이서 보기 위함이었다. 군관인 듯한 사내가 은자 한 냥을 이소이에게 꺼내 주며 말했다.

"우선 좋은 술 서너 병을 내오시오. 요리며 과일은 기다리는 손님이 오면 내오도록 하고, 그때는 따로 물을 필요가 없소."

"나리께서 기다리는 손님이 누군지요? 저희가 불러 드릴깝쇼?"

이소이가 굽신대며 물어보았다. 그들의 심상찮은 기색이 불러 일으킨 궁금증 때문이었다. 그 사내가 잘됐다는 듯 받았다.

"그럼 당신에게 수고를 좀 끼쳐야겠군. 이 앞 노영에 가서 관영과 차발을 좀 불러 주시오. 무엇 때문이냐고 묻거든 어떤 벼슬아치가 와서 의논할 일이 있어 찾는다는 말만 하면 되오."

"알겠습니다."

이소이는 그런 대답과 함께 그들 앞을 물러나왔으나 마음속으로 왠지 좋지 않은 느낌이 있었다. 하지만 손님의 청이라 곧 노영으로 달려가 먼저 차발을 만나 보고 다시 관영에게도 그 뜻을 전했다.

차발과 관영이 이소이네 술집으로 오자 군관 복색의 사내가 일어나 반갑게 그들을 맞았다. 서로 처음 보는 예를 마친 뒤 관영이 말했다.

"누구신지 몰라 묻습니다만, 나리의 높으신 성함은 어찌 되시는지요?"

"여기 편지가 있으니 읽어 보시면 알 것입니다. 우선 술이나 드시지요."

사내가 그러면서 이소이를 재촉해 술병을 열게 하는 한편 안주와 과일을 들이게 했다.

이소이가 서둘러 술병을 열고 요리를 내오자 사내가 잔을 들어 차발과 관영에게 권했다. 이소이는 그런 그들의 시중을 드느라 술상 부근을 바쁘게 오락가락했다.

한차례 술잔을 돌린 뒤 사내가 이번에는 탕을 청했다. 그리고 탕이 나오자 다시 관영과 차발에게 술을 권하며 한동안 여느 손님들처럼 먹고 마시기만 했다.

술잔이 여남은 순배 돌았을까, 사내는 또 새로운 술상을 차리게 했다. 그전의 먹다 남은 안주는 다 거두어 가고 값지고 맛난 걸로 다시 한 상 벌이게 한 뒤 이소이에게 말했다.

"이제 술도 어지간히 되었으니 자네는 더 시중들지 않아도 되네. 우리가 부르지 않거든 이쪽으로 오지 말란 말이야. 우리끼리 할 이야기가 있으니까……."

드디어 본론을 시작할 모양이었다. 이소이는 두말없이 그곳을 물러났지만, 아무래도 그들의 수작이 궁금해 그냥 있을 수 없었다. 마침 문 곁에 섰던 아내를 불러 나직이 말했다.

"임자, 저 두 사람이 아무래도 수상쩍기 그지없소."

"왜 그러세요? 무엇이 그리 수상해요?"

그의 아내가 말똥히 쳐다보며 물었다.

"저 두 사람은 모두 동경 말씨를 써. 그리고 관영과 차발을 처음 보는 듯한데 술이야 안주야 한턱을 크게 쓰고 있거든. 그뿐만 아니라구. 나는 차발이 나직이 뇌는 말 중에서 '고 태위'란 석 자를 똑똑히 들었단 말씀이야. 저것들은 무언가 임 교두님에게 해로운 일을 꾸미러 온 것들임에 틀림없어. 나는 문 앞에서 알아볼 테니 임자는 판자벽 뒤로 가서 엿들어 보라구. 저것들이 무슨 수작을 벌이는지 말이야."

"그렇담, 왜 임 교두님을 데려오지 않으세요? 그분이라면 저 사람들을 단박 알아보실 텐데……."

아내가 다시 그런 의견을 내놓았다. 이소이가 굳게 고개를 가로저어 아내의 입을 막았다.

"모르는 소리 마. 임 교두님이 얼마나 성미가 급하신 분인지 알아? 한번 화가 났다 하면 사람 죽이고 불 지르는 것도 눈 한번 깜박 않고 해치우시는 분이야. 만약 그분을 불러 저 사람들을 보였다가 저들 중에 전에 말한 그 육 우후란 사람이라도 있으면 어쩌겠어? 당장 그 자리에서 요절을 낼 것이고, 우리도 거기 말려들어 꼼짝없이 오랏줄 신세가 되고 말 거란 말이야. 그러니 임자는 그저 엿듣기만 하라구. 뒷일은 나중에 의논하기로 하고……."

이소이의 아내도 그 말을 듣고 보니 덜컥 겁이 났다. 더는 군말 않고 남편이 시킨 대로 따랐다.

"듣고 나니 그렇군요. 한번 엿들어 보죠."

그 말과 함께 술청 뒤를 돌아 그들 네 사람이 술을 마시고 있는 곳의 판자벽 저쪽으로 사라졌다.

그 뒤 한 시진쯤 되었을까, 이소이의 아내가 돌아와 속살거렸다.

"저들 넷이 서로 머리를 맞대고 수군대는 바람에 그 말은 잘 알아들을 수 없었어요. 하지만 판자 틈으로 군관 복색인 사람이 품 안에서 작은 주머니를 둘 꺼내 관영과 차발에게 하나씩 내주는 것은 봤어요."

"주머니라구? 거기 뭐가 든 거 같았어?"

"잘은 모르지만 금이나 은이 들어 있는 것 같았어요. 그걸 받은 차발이 '모두 제게 맡기십쇼. 반드시 그놈의 숨통을 거둬 놓겠습니다.' 하고 큰소리를 냈거든요."

이소이의 아낙이 거기까지 이야기했을 때였다. 술청 안에서 그들 넷이 다시 이소이를 불렀다.

"자, 이제 탕을 좀 데워 오게."

그 소리에 그들 술상 곁으로 다가가 탕 그릇을 들고 나오려는 이소이의 눈에 관영이 들고 있는 편지가 보였다. 짐작으로는 고태위가 보낸 것인 듯했다.

하지만 이소이가 듣고 본 것은 그뿐이었다. 그들은 두 번 다시 일에 대한 것은 꺼내지 않고 술과 음식만 먹다가 자리를 끝냈다. 먼저 관영과 차발이 돌아가고 오래잖아 낯선 둘도 술자리를 떴다.

그들 넷이 모두 자리를 뜨고 얼마 안 되어서였다. 누가 부른 듯 임충이 그 술집으로 들어왔다.

"소이, 오늘도 여전히 장사가 잘되는 모양일세그려."

임충이 그러면서 들어서는 걸 보고 이소이가 구르듯 달려 나갔다. 그러잖아도 한번 찾아가 보려던 참에 제 발로 걸어왔으니 반갑지 않을 수가 없었다.

"아이구, 오셨습니까? 이리 앉으십시오. 마침 기다리다 안 돼 교두님을 찾으러 나서려던 참이었습니다. 긴히 드릴 말씀이 있습니다."

"무슨 말이 있는가? 긴히 할 말이라니?"

임충이 어리둥절해 물었다. 이소이는 그런 임충을 구석진 자리로 불러 앉힌 뒤 목소리를 죽여 말했다.

"동경에서 온 듯한 수상한 사람 둘이 있었습니다. 제게 관영과 차발을 불러 달라고 해 그들과 반나절이나 술을 마시다가 갔지요. 그런데 그들이 수군거리는 말 중에 '고 태위'란 소리가 들리는 게 의심쩍었습니다. 그래서 집사람에게 가만히 그들의 말을 엿듣게 했지만 하도 머리를 맞대고 귀엣말로 수군대는 통에 한마디도 듣지 못했다고 합니다. 다만 마지막에 차발이 '그 일은 제게 맡기십쇼. 반드시 그놈의 숨통을 끊어 놓겠습니다.'라고 한 말만 들었다는 것입니다. 또 그들은 차발과 관영에게 금은이 든 듯한 주머니 하나씩을 나눠 주고 한차례 더 술을 마신 뒤 흩어졌지요. 도대체 뭣하는 자들인지 모르지만 교두님께 해를 끼칠 궁리들은 아닌지 모르겠습니다……."

"그 사람이 어떻게 생겼던가?"

다 듣고 난 임충이 굳은 얼굴로 물었다. 무언가 짚이는 게 있는 듯한 표정이었다. 이소이가 기억나는 대로 일러 주었다.

"먼저 온 사내는 다섯 자 작은 키에 얼굴은 희고 수염이 없었습니다. 나이는 한 서른쯤 될까요. 뒤따라온 사내 또한 몸집이나 키는 그리 크지 않았지만 얼굴빛은 앞서 온 사내와 달리 검붉었습니다."

임충이 그 말을 듣고 몹시 놀란 목소리로 말했다.

“서른쯤 돼 보인다는 그놈이 바로 육 우후란 놈이다! 그 더러운 놈이 이제 여기까지 따라와 나를 해치려고 해? 그냥 둘 수 없어! 당장 잡아다가 뼈와 살을 한 덩이로 다져 놓아야지!”

임충이 그 말과 함께 벌떡 몸을 일으키자 이소이가 말렸다.

“너무 서두르지 마십시오. 그놈들의 못된 수작을 방비하시기만 하면 되잖겠습니까? 옛말에도 있지요. ‘밥을 먹을 때는 목이 메지 않도록, 길을 걸을 때는 넘어지지 않도록.’이라고…….”

그러나 이미 성이 머리 꼭대기까지 차오른 임충에게는 이소이의 말이 들리지 않았다. 그대로 우르르 술집을 달려 나갔다.

거리로 나간 임충은 먼저 날카로운 칼 한 자루부터 샀다. 품에 감출 만큼 짧은 칼이었다. 임충은 그 칼을 품고 창주 거리를 뒤졌다. 이소이 내외가 가슴 조이며 그런 임충을 지켜보았으나 그 날만은 늦도록 아무 일이 없었다.

다음 날이었다. 새벽같이 일어난 임충은 천왕당 일을 보는 듯 마는 듯하고 다시 육 우후를 찾아 밖으로 나왔다. 성 밖 성안을 두루 돌아가고 큰길 샛골목 가리지 않고 누볐으나 찾고 있는 자들은 보이지가 않았다.

“오늘도 헛수고만 했네.”

하루 종일 거리를 뒤지다가 이소이의 술집을 들른 임충이 그렇게 말하자 이소이가 조심스레 말했다.

“교두님, 그냥 내버려 두시지요. 이쪽에서 조심하고만 있으면 되지 않겠습니까?”

그 말에 임충은 아무런 대꾸 없이 천왕당으로 돌아갔지만 속은 영 풀리지 않았다. 하룻밤을 지낸 뒤 다시 칼을 품고 거리를 뒤졌다. 그러나 네댓새를 이 잡듯 창주성 안팎을 뒤져도 이소이가 말한 그런 인물들은 끝내 보이지 않았다. 그쯤 되자 임충도 마음이 조금 풀어졌다.

그런데 이소이가 육 우후를 보았다는 날로부터 엿새째가 되던 날이었다. 관영이 죄수를 점고하는 대청에서 임충을 불렀다. 임충이 그리로 가자 관영은 가장 생각해 주는 척 말했다.

"네가 여기 온 지 오래되었으나 아직도 너를 좋은 곳에 보내주지 못했다. 시 대관인을 볼 낯이 없었는데, 이제 마침 좋은 곳이 생겼다. 여기서 동쪽으로 십오 리쯤 가면 대군초료장(大軍草料場, 군대에서 쓰는 말먹이 풀을 저장하는 곳)이 있는데, 그곳이 어떠냐? 매달 얼마씩 말먹이 풀만 군영에 바치면 되고, 그때는 푼돈도 몇 푼 떨어지는 곳이다. 원래는 늙은 죄수 하나가 지키고 있었으나 이제 너로 바꾸게 할 작정이다. 그 늙은이야 네가 돌보던 천왕당으로 보내면 되고……. 그러니 이제 곧 짐을 꾸려 차발과 함께 그리로 떠나도록 하라. 그 늙은이와 자리를 맞바꾸는 셈이다."

좀 갑작스럽기는 했으나 임충은 별 의심 없이 그의 뜻을 받아들였다.

"그리하겠습니다. 곧 떠나지요."

그 말과 함께 관영 앞을 물러 나왔다. 그러나 먼 곳으로 가게 된 마당이라 이소이 내외를 보고 가지 않을 수 없어 먼저 그들의 술집부터 찾았다.

"오늘 관영이 나더러 대군초료장으로 가라 하네. 가서 말먹이 풀을 간수하라는데 자네 생각은 어떤가?"

임충이 이소이에게 작별을 겸하여 그렇게 묻자 이소이가 잘됐다는 투로 말했다.

"그곳도 천왕당만큼이나 좋은 곳입죠. 말먹이 풀을 거둬들일 때는 푼돈도 생긴다고 들었습니다. 돈을 쓰지 않고는 뽑혀 가기 어려운 자리지요."

"나를 해치지 않고 도리어 좋은 곳으로 보내 주다니, 거참 알 수 없는걸……."

육겸이 관영과 차발을 구워삶고 간 게 아직껏 마음에 걸려 있는 임충이 고개를 갸웃거리며 중얼거렸다. 이소이가 그런 임충을 안심시켰다.

"은인께서는 너무 의심 마시고 어서 그리로 옮기도록 하십시오. 비록 제집에서 멀리 떨어진 곳이기는 하나 저도 틈나는 대로 찾아뵙겠습니다."

그리고 술과 안주를 내와 임충에게 올렸다. 십오리 길밖에 안 된다 해도 임충이 떠나는 게 서운하다는 표정이었다.

내온 술과 안주로 조금 마음을 가라앉힌 임충은 곧 이소이 내외와 작별하고 천왕당으로 갔다. 보따리를 싸고 일전에 산 칼을 품은 채 화창(花鎗)을 짚고 나서는데 때맞춰 차발이 이르렀다.

임충은 차발과 함께 관영에게 하직을 드리고 대군초료장으로 떠났다. 때는 한창 추위가 기승을 부리는 겨울이었다. 구름 낀 하늘에 찬바람이 사정없이 불더니 연이어 흰 눈이 어지러이 날렸다. 큰 눈이 올 모양이었다.

임충과 차발은 가는 길에 주막이라도 하나 있을까 두리번거렸으나 초료장에 이르도록 술 한잔 마실 만한 곳이 없었다. 초료장에 이르러 보니 초료장 바깥으로는 빙 둘러 흙담이 쳐져 있고 양쪽으로 난 대문은 굳게 닫혀 있었다. 대문을 열고 들어가니 먼저 일고여덟 칸쯤 돼 보이는 초가 한 채가 나타나고 이어 그 안에 산더미처럼 쌓아 둔 말먹이 풀이 눈에 들어왔다. 그 가운데 마루방이 하나 있는데, 늙은 죄수 하나가 불을 쬐다가 갑작스레 들이닥친 둘을 맞았다.

"관영께서 임충을 뽑아 너와 교대하게 하셨다. 너는 임충이 돌보던 천왕당으로 가거라. 지금 바로 맞교대하도록."

차발이 그렇게 말하자 그 늙은 죄수는 군소리 없이 몸을 일으켰다. 그리고 열쇠 꾸러미를 임충에게 넘기며 인계랍시고 몇 마디 했다.

"헛간에 쌓아 둔 말먹이 풀은 관부에서 쓰려고 봉해 둔 것일세. 그 밖의 풀 더미도 모두 세어 두었으니 확인하게."

그러면서 임충더러 일일이 세어 보게 한 뒤 다시 마루방으로 돌아가 제 짐을 꾸리기 시작했다.

"여기 이 화로와 솥, 사발, 밥그릇은 모두 자네에게 남겨 주지."

떠날 무렵해 늙은 죄수가 큰 인심이나 쓰듯 말했다. 임충이 덤덤하게 받았다.

임충도 일탈의 길로

"천왕당에 가면 제가 쓰던 것들이 있을 겁니다. 그걸 쓰십시오."

그러나 늙은 죄수는 벽에 걸린 호리병을 가리키며 하나 더 일러주었다.

"만약 술을 사 마시고 싶으면 초료장 동쪽 큰길로 서너 마장 가 보게. 거기 작은 저잣거리가 있네."

그건 알아 둘 만한 것이라 임충은 고맙게 들었다.

늙은 죄수는 이런저런 인계가 끝나자 임충을 데리고 온 차발과 함께 떠났다. 그들을 보낸 임충은 보따리를 풀고 침상에 누웠다. 늙은 죄수가 피워 놓은 불기운이 거기까지 미쳤다. 임충은 그 불이 사그라질까 봐 집 뒤에 있는 숯 더미에서 숯을 가져다 넣었다.

불이 다시 피어오르는 걸 보고 임충은 다시 침상에 가 누웠다. 초가집 서까래며 기둥이 금세라도 쓰러질 듯 눈에 들어왔다. 거기다가 벽 틈으로 새어 들어온 바람이 어찌나 차가운지 몸이 떨려 견딜 수가 없었다.

"이런 집에서 어떻게 겨울을 난담? 눈이 멎기를 기다려 성안으로 한번 들어갔다 와야겠다. 미장이를 데려다 벽을 발라야지……."

임충은 그렇게 중얼거리며 불가로 가서 불을 쬐었다. 가만히 웅크리고 앉아 있어 그런지 불을 쬐어도 앞쪽만 화끈거릴 뿐 등허리가 시려 견디기 어려웠다.

"가만있자, 아까 늙은이가 여기서 두어 마장 가면 장터가 있다고 했지. 거기 가서 술이나 좀 사다 마셔야겠다."

이윽고 그런 생각을 한 임충은 얼른 보따리에서 은자 몇 냥을 꺼냈다. 그리고 벽에 걸린 호리병을 내려 화창 끝에 꿴 뒤 방을 나섰다. 지폈던 불을 끄고 전립(氈笠)를 눌러쓴 채 밖으로 나와 보니 이번에는 풀 더미가 못 미더웠다. 이에 임충은 초료장의 대문을 닫아걸고 열쇠 꾸러미를 허리에 찼다.

대문을 나서니 사방은 벌써 눈 천지였다. 임충은 된바람을 등에 지고 조심조심 동쪽으로 걸었다. 하늘 가득 쏟아지는 눈발이 부서진 백옥 가루가 날리는 듯했다.

눈 속을 한 마장쯤 걷다 보니 갈래 진 길이 나오고, 그 곁에 낡은 사당이 하나 있었다. 임충은 그 사당을 보며 속으로 빌었다.

'천지신명이여, 저를 지키고 봐주소서. 뒷날 지전을 살라 은혜에 보답하겠나이다…….'

그리고 다시 눈을 헤치며 나아가던 임충은 오래잖아 집들이 옹기종기 모인 마을을 보았다. 임충은 그중에서 주막 같은 집을 하나 골라 문을 두드렸다.

"손님, 어디서 오셨습니까?"

주인이 나와 임충을 훑어보며 물었다. 임충은 화창에 꿰인 호리병을 흔들어 보였다.

"주인장, 이 호리병이 낯익지 않소?"

"저 위 초료장의 늙은이가 가지고 다니던 것 같군요."

호리병을 알아본 주인이 그렇게 대꾸했다. 임충이 빙긋이 웃으며 말했다.

"그럼 내가 어디서 온 줄도 아시겠구려."

그러자 술집 주인이 반가워하는 표정으로 임충을 안으로 끌어들였다.

"새로이 초료장을 지키게 되신 분이라니 잠깐 들어와 앉으십시오. 날씨가 몹시 차니 한 석 잔은 마셔야 찬바람을 견뎌 낼 수 있을 겁니다."

그리고 익힌 쇠고기를 썬다, 술을 데운다, 수선을 떨었다. 임충도 이왕 술 생각이 나서 내려온 길이라 굳이 마다하지 않았다. 주인이 내준 고기와 술을 먹고 마신 뒤 이번에는 스스로 술과 고기를 청해 먹고 마시기 시작했다.

술이 어지간해진 임충은 가져간 호리병 가득 다시 술을 사 넣고, 쇠고기 두 덩이도 싸게 했다. 주인이 그대로 하자 임충은 은자를 꺼내 셈을 치른 뒤, 호리병은 올 때처럼 화창에 꿰어 어깨에 메고 쇠고기는 얼지 않게 가슴에 품었다.

"잘 있으슈."

임충은 그 한마디를 남기고 주막을 나섰다. 초료장으로 돌아가자니 이번에는 된바람을 안고 가야 했다. 눈발은 갈수록 심해졌다. 그러나 술과 고기를 배불리 먹은 임충은 추운 줄도 모르고 나는 듯 뛰어 초료장으로 돌아갔다.

"이런!"

초료장의 대문을 열고 안으로 들어서던 임충은 자신도 모르게 그런 소리를 내지르지 않을 수가 없었다. 임충이 누웠던 초가집이 지붕에 쌓인 눈의 무게를 이기지 못해 폭삭 주저앉고 만 까닭이었다.

하늘의 뜻이 밝아 착하고 의로운 사람의 목숨을 지켜 준 것일까. 결과를 따져 보면 폭설이야말로 임충의 목숨을 구해 준 셈이지만, 그걸 알 리 없는 임충은 그저 막막하기만 했다.

'이거 어떻게 한다?'

한동안 멍하게 서 있던 임충은 화창에 꿰어 있던 호리병을 풀어 놓고 화창 끝으로 눈 속을 쑤셔 보았다. 혹시 마루방에 피웠던 불에 불씨가 남아 있다가 풀 더미에 옮아 붙을까 봐 걱정이 되어서였다.

전에 벽이 있던 곳을 부수고 몸을 반이나 디밀어 허물어진 마루방 속을 살폈으나 무엇이 타는 기미는 느껴지지 않았다. 눈이 녹아 불씨를 꺼 버린 듯했다. 임충은 다시 손을 넣어 침상 위를 더듬어 보았다. 겨우 이불 한 자락이 잡혀 왔다.

임충이 애써 이불을 꺼냈을 때는 이미 날이 깜깜하게 어두워져 있었다.

'불도 못 피우고, 오늘 밤은 어디서 잔다?'

이불자락을 안은 채 눈 속에 서서 그렇게 중얼거리던 임충은 문득 조금 전 동네로 내려가다가 본 낡은 사당을 생각해 냈다.

'오늘 밤은 할 수 없이 거기 가서 자야겠구나. 내일 날이 밝은 뒤에 다시 궁리해 봐야겠다…….'

임충은 그렇게 마음을 정하고 일어났다. 호리병은 다시 화창에 꿰어 메고 이불자락은 안은 채 나서는 어설픈 길이었지만 초료장 대문을 잠그는 것까지 잊지 않았다.

낡은 사당에 이른 임충은 문을 열고 안으로 들어갔다. 그러나 문을 잠그려고 보니 문고리도 빗장도 없어 사당 곁에 있는 커다란 바윗덩이를 가져다가 문을 막았다. 도둑 같은 게 겁났다기보다는 바람에 문이 열리거나 산짐승이 들어오는 걸 막기 위함이었다.

사당 안 한쪽 벽면에는 가운데에 흙으로 빚어 금박을 입힌 산신(山神)이 앉아 있고, 양쪽에는 판관(判官) 하나와 소귀(小鬼)가 나뉘어 있었다. 방 한구석에는 수북이 쌓여 있는 지전 더미도 보였다. 그 밖에도 살펴본 바로는 가까운 곳에 인가가 있는 것 같지도 않고 따로이 사당 주인이 있는 것 같지도 않았다.

임충은 먼저 화창에 꿰어 메고 온 호리병을 내려놓고 지전 더미에 이불을 폈다. 이어 전립을 벗은 임충은 몸에 묻은 눈을 턴 다음 적삼까지 벗었다. 적삼은 눈에 젖어 축축했다.

임충은 전립과 적삼을 제상 위에 널어놓고 이불 있는 쪽으로 갔다. 그리고 이불을 끌어 몸에 두른 채 호리병에 든 식은 술을 천천히 마시기 시작했다. 품고 온 쇠고기를 안주 삼았음은 더 말할 나위도 없었다.

임충이 한창 술병을 비워 대고 있는데 갑자기 이상한 소리가 들려왔다. 후두둑 탁탁탁, 하는 게 무언가 요란하게 타는 소리였다. 벌떡 몸을 일으킨 임충은 사당 봉창으로 가 소리 나는 쪽을 살펴보았다. 놀랍게도 바로 초료장에 불이 나 활활 타고 있었다.

임충은 얼른 화창을 꼬나 쥐고 밖으로 나가려 했다. 자신의 할 일이 거기 쌓인 말먹이 풀을 지키는 것인 만큼 불을 끄기 위해서였다. 그런데 미처 문을 열기도 전에 부근에서 사람들이 무어라 주고받는 말소리가 들렸다. 그제야 이상한 느낌이 든 임충은 문 뒤에 숨어 엿들어 보았다.

세 사람쯤으로 짐작되는 발소리는 곧바로 사당 쪽으로 다가오고 있었다. 그리고 별말 없이 사당 앞에 이른 그들은 임충이 그 뒤에 숨어 엿듣는 문을 밀었다. 임충이 무거운 바윗덩이를 갖다 놓아 문은 두 번 세 번 밀어도 잘 열리지가 않았다.

그러자 세 사람은 사당 문을 열기를 단념하고 처마 밑에 앉아 타오르는 불을 바라보다가 그중 하나가 불쑥 말했다.

"어떻습니까, 이 계책이?"

"관영과 차발 두 분을 다시 봐야겠소. 정말 애쓰셨소이다. 경사(京師)로 돌아가면 태위께 말씀드려 두 분 모두께 높은 벼슬이 내리도록 하겠소. 이번에는 장 교두도 핑계를 대어 딸을 붙들고 앉아 있을 수 없을 것이오."

누군가가 이렇게 대꾸했다. 그러자 처음의 목소리가 아첨 섞어 말했다.

"임충도 이번에는 우리 손을 벗어나지 못했습니다. 틀림없이 타 죽었을 겁니다. 이제 고 아내님의 병은 나으실 테죠."

그 말을 또 다른 놈이 받았다.

"이제 장 교두가 어쩌나 보자. 네댓 번이나 청을 해도 사위가 살아 있으니 안 된다고 했겠다. 장 교두가 그렇게 기어이 뻗대니 고 아내님의 병은 더 깊어질밖에……. 태위께서 특히 나를 보내 두 분과 함께 이 일을 꾸미게 한 것도 그 때문이란 말이오. 이제 잘 마무리됐으니 기뻐하시겠지."

"제가 담 구멍으로 기어 들어가 여남은 곳에나 불을 질렀습죠. 사방에 쌓인 게 마른 말먹이 풀 아닙니까? 거기 모두 불이 붙었으니 제 놈이 어디로 도망가겠습니까?"

"벌써 다 타 불길이 시들해져 가는군."

"임충이 설령 목숨을 건져 달아났다 해도 무슨 소용이 있겠습니까? 대군이 쓸 말먹이 풀을 몽땅 태워 버렸으니 죽음을 면하기 어려운 죄 아닙니까?"

"이만 우리는 성안으로 돌아가지요."

"아니오, 다시 한번 살펴봅시다. 그놈의 뼈다귀라도 하나 주워야 경사로 돌아갈 수 있소. 태위님과 아내께 그거라도 보여야 우리가 일을 잘 해치웠음을 믿어 주실 것이오."

저희끼리 찧고 까부는 걸 거기까지 듣자 임충은 그들이 누구며 무슨 짓을 왜 했는지 훤히 알 수 있었다. 그들 중 하나는 차발이고 다른 하나는 육 우후이며 나머지는 부안이었다. 그리하여 그 셋은 그곳에 없는 관영과 짜고 임충을 죽이려 했음이 분명했다.

'하늘이 이 임충을 어여삐 여겨 주셨구나. 만약 그 초가가 눈 때문에 무너지지 않았던들 나는 꼼짝없이 그 안에서 타 죽고 말았겠지.'

임충은 속으로 그렇게 중얼거렸다. 그러자 미움과 분노가 차가운 한처럼 가슴에 서리며 오히려 임충을 침착하게 했다.

임충은 문을 막고 있던 바윗덩이를 가만히 한곳으로 밀쳐 냈다. 그리고 오른손으로는 화창을 들고 왼손으로는 사당 문을 열어젖히며 크게 외쳤다.

"이 못된 놈들, 꼼짝 마라!"

그 소리에 놀란 세 놈은 얼른 달아나려 했다. 그러나 너무 놀라 몸이 굳었는지 제대로 움직이지를 못했다.

번쩍 창을 치켜든 임충은 먼저 차발부터 찔러 넘겼다. 육 우후가 비명 같은 소리를 내질렀다.

"살려 주시오. 한 번만 살려 주시오!"

그러나 몸이 굳은 사람처럼 손발조차 움직이지를 못했다. 나머지 한 놈 부안은 그래도 좀 나았다. 달아난답시고 여남은 발짝이나 뛸 줄 알았다. 하지만 뒤쫓아 간 임충이 등짝에 한 창을 찔러 넣으니 구슬픈 비명 한마디로 거꾸러졌다.

임충이 두 사람을 죽이고 악귀 같은 모습으로 되돌아오는 것을 보자 다급해진 육 우후도 겨우 걸음을 떼어 달아났다. 그러나 서너 발짝 옮기기도 전에 임충의 성난 목소리가 뒤쫓아 왔다.

"이 간사한 도적놈아, 어디로 달아나려느냐?"

그 소리에 얼이 빠진 육겸은 그대로 미끄러운 눈길 위에 나동그라지고 말았다. 뒤쫓아 온 임충이 창으로 땅을 찍고 발로 육겸의 가슴을 밟으며 꾸짖었다.

"이 모질고 독한 놈아, 네가 나와 무슨 원수진 일이 있기에 이렇도록 악착스레 해치려 하느냐? 옛말에 사람 죽인 건 용서할 수 있어도 그 악한 마음가짐은 용서하기 어렵다더니, 네놈이 바로 그렇구나."

"제가 한 일이 아닙니다. 태위가 뽑아 보내니 아니 올 수가 없었습니다!"

한때는 친구 간이었다는 것도 잊었는지 육겸이 발발 떨며 그렇게 빌었다. 임충은 그런 육겸이 더욱 미웠다.

"이 간사한 놈, 너와 나는 어릴 적부터 벗 삼아 지내 왔는데 이제 나를 해치려 들어? 뭐 네가 꾸민 일이 아니라구? 에잇, 나쁜 놈. 더러운 주둥아리 놀리지 말고 내 칼이나 받아라!"

그 한소리와 함께 육겸의 웃옷을 찢더니 염통이 있는 곳을 푹 쑤셨다. 육겸은 비명 한마디 제대로 못 지르고 가슴뿐만 아니라 온몸의 일곱 구멍으로 피를 쏟으며 숨을 거두었다. 임충은 그래도 한이 안 풀려 육겸의 염통과 간을 도려냈다.

임충은 피 묻은 육겸의 염통과 간을 손에 들고 머리를 돌려 사방을 둘러보았다. 그때 쓰러져 있던 차발이 엉금엉금 기어 달아나려는 게 눈에 들어왔다.

"너도 이 칼을 받아라!"

뒤쫓아 가 차발을 붙든 임충은 긴 말도 않고 칼로 그 목을 잘라 창끝에 꿰었다. 그리고 되돌아가 이미 죽은 육겸과 부안의 목까지 잘라 버렸다.

피 묻은 칼을 씻어 다시 품 안에 갈무리한 임충은 셋의 목을 그들의 상투를 풀어 한 덩이로 묶었다. 그리고 사당 안으로 옮겨 산신상 앞 제상에 얹어 놓으니, 마치 산신에게 자신의 억울함을 밝혀 달라고 빌기 위해 제물을 바치는 것 같았다.

하지만 사람을 셋씩이나 죽인 뒤라 일없이 현장에 어정거릴 수 없었다. 임충은 곧 겉옷을 걸치고 전립을 썼다.

이어 호리병의 남은 술을 마저 마신 다음 창을 들고 사당을 나와 동쪽으로 걸었다.

한 서너 마장 걷기도 전에 가까운 마을 사람들이 물통이며 바가지 따위를 들고 몰려오는 게 보였다. 초료장의 불길을 보고 불을 끄러 달려온 것이었다.

"여러분들은 어서 가서 불을 끄시오. 나는 관청에 이 일을 얼른 알려야겠소."

임충은 태연한 얼굴로 그렇게 말해 그들을 속이고 반대편으로 달아났다.

눈발은 한층 심하게 흩날렸다. 두어 경쯤 달리자 몸이 얼어 와 견딜 수 없게 된 임충은 가만히 사방을 둘러보았다. 어딘지는 모르지만 초료장에서는 멀리 떨어져 있는 곳인 듯했다.

어디 들어가 언 몸이라도 녹일 곳이 없나 싶어 임충은 한층 더 세밀히 사방을 살폈다. 있었다. 앞쪽으로 멀지 않은 곳에 나무가 빽빽한 숲이 보이고 그 속에 작은 초가 한 채가 눈에 덮여 있는데, 그 봉창으로 빠안히 불빛이 새어 나왔다.

임충은 이것저것 따져 볼 겨를도 없이 그 초가로 달려갔다. 문을 열고 들어서 보니 한 늙은 일꾼을 가운데로 하고 젊은 일꾼 네댓 명이 빙 둘러앉아 불을 쬐고 있었다. 화덕에는 장작불이 한창 신나게 타오르는 중이었다.

"여러분께 엎드려 빕니다. 저는 노성의 감영에서 심부름꾼으로 일하는데 눈을 맞아 옷이 흠뻑 젖었습니다. 이대로 가다가는 얼어죽을 것 같아 염치 불고하고 들어왔으니 곁불이라도 좀 쬐고 가게 해 주십시오."

그들 앞으로 다가간 임충은 한껏 공손하게 말했다. 일꾼 하나가 인심 좋게 받았다.

"그러시우. 불 쬐는 거야 안 될 게 뭐 있겠소."

이에 임충은 화덕 곁으로 가 그들 사이에 끼었다.

임충은 불을 쬐어 몸을 녹이는 한편 젖은 옷을 벗어 말렸다. 그런데 옷이 거의 다 말라 갈 무렵 불 곁에 항아리가 하나 놓인 게 임충의 눈에 들어왔다. 안에서 술 냄새가 풍기는 게 틀림없이 술독 같았다. 갑자기 술 생각이 난 임충이 그들에게 말했다.

"제게 약간의 은자가 있습니다. 죄스럽지만 저 술을 좀 사 마실 수 없을까요?"

"우리는 매일 밤 서로 돌아가며 쌀 창고를 지키고 있소. 이제 밤은 사경에 날씨까지 매서워 여기 이 사람들이 마시기에도 모자랄 거요. 추위를 이기자면 술밖에 없으니 당신에게까지 나눠 줄 게 없소. 그런 소리 마시오."

늙은 일꾼이 그런 말로 퉁명스레 거절했다. 그러나 이미 속이 동한 임충은 술 생각을 억누를 길이 없어 한 번 더 사정했다.

"몇 잔쯤 떠내는 거야 어떻겠습니까? 언 속이라도 풀게 좀 나눠 주십시오."

"이 사람이 안 된다니까, 왜 이래? 쓸데없는 소리 그만하시오."

늙은이가 한층 거칠게 받았다. 하지만 사람을 셋씩이나 죽인 광기가 아직 남은 것일까, 임충은 안 될 줄 번연히 알면서도 술 향내를 맡자 그냥 견딜 수가 없었다. 갑자기 사람이 달라진 듯 생떼로 나왔다.

"어쨌든 나는 좀 마셔야겠소."

그러자 불가에 있던 일꾼들이 한꺼번에 들고 일어나 임충을 을러댔다.

"어어, 이 자식 봐라. 남은 저를 봐준다고 불을 쬐고 옷을 말리게 해 줬더니, 뭐라고? 이제는 술까지 내놓으라고? 어서 꺼져! 안 꺼지면 네놈을 여기다 매달아 놓을 거야."

임충이 기다렸다는 듯 벌컥 성을 내며 소리쳤다.

"이놈들이 영 뭘 모르는구나!"

그리고 들고 있던 창으로 불이 활활 타는 장작을 늙은이 얼굴 쪽으로 튕기고는 화덕까지 한차례 휘저어 버렸다. 갑작스레 불벼락을 맞은 늙은이는 수염과 눈썹이 모두 타 버리고 방 안은 재와 연기와 불똥으로 난장판이 되었다.

젊은 일꾼들이 한꺼번에 몸을 일으켜 임충을 어찌해 보려 했지만 될 일이 아니었다. 창대를 몽둥이 삼아 드는 솜씨로 마구 두들겨 대니, 먼저 늙은이가 못 견뎌 달아나고 이어 젊은 일꾼들도 임충에게 한 대씩 얻어맞은 뒤 모조리 내빼 버렸다.

"모두 없어져 버렸군. 이제 이 어르신네가 어떻게 마시는가를 보여 주지."

임충은 그들의 등 뒤에다 그렇게 씨부렁대고는 술독 곁에 앉았다. 어쩌면 초저녁에 마신 술기운이 눈 속을 달아나느라 속으로 졸아들었다가 따뜻한 불가에 앉자 갑자기 되살아난 것인지도 모를 일이었다.

임충은 방구석에서 바가지 두 개를 찾아내 퍼마시다가 술독이 반이나 줄어든 뒤에야 몸을 일으켰다. 마음 같아서는 바닥을 보고 싶었지만, 달아난 일꾼들이 사람들이라도 모아 오면 큰일이다 싶어 그쯤에서 일어선 것이었다.

그래도 창만은 놓지 않고 문을 나서는데 벌써 발걸음이 여느 때 같지 못했다. 땅이 불쑥불쑥 치솟다가 움푹움푹 꺼지는 듯, 비틀비틀 흔들흔들 도무지 제대로 걸을 수가 없었다. 겨우 한 마장도 못 가 때마침 불어온 된바람에 떼밀리듯 산기슭 개울가에 처박혔다.

취한 중에도 임충은 처음엔 어떻게 일어나 보려 했다. 하지만 대체로 몹시 취한 사람이 한번 넘어지면 다시 일어나기 어려운 법이다. 임충도 몇 번 손발을 허우적거려 보다 그대로 눈 위에 드러누워 버렸다.

한편 임충에게 쫓겨 갔던 일꾼들은 그새 사람을 스무남은 명이나 모아 임충을 잡으러 돌아왔다. 저마다 창과 몽둥이를 꼬나들고 임충이 차지하고 있던 오두막을 덮쳐 보았으나 벌써 임충은 거기 없었다.

이에 사람들은 집 밖을 살펴보았다. 쌓인 눈 때문에 임충의 발자국이 남아 있었다. 그 발자국을 따라 뒤를 쫓던 사람들은 한 마장도 못 가 눈밭 위에 드러누운 임충을 찾아냈다. 사람들은 그런 임충을 한바탕 흠씬 두들겨 깨운 뒤에 밧줄로 꽁꽁 묶어 어디론가 끌고 갔다. 날이 훤해 오는 오경 무렵이었다.

한참 뒤에 그들이 걸음을 멈춘 곳은 어떤 장원 앞이었다. 집 안에서 머슴 하나가 나오더니 임충을 끌고 온 사람들에게 말했다.

"나리께서 아직 일어나지 않으셨으니 그놈은 문루에 매달아 놓게."

그 소리에 사람들은 임충을 문루에 매달아 버렸다. 오래잖아 날이 밝고 임충도 술에서 깨어났다. 흐릿한 눈길로 사방을 살펴보니 번듯한 장원 한 채가 눈에 들어왔다. 그 높은 문루에 자신이 매달려 있는 것이었다.

"어느 놈이 나를 여기다 매달았느냐?"

임충이 고래고래 소리를 지르며 몸을 버둥거렸다. 그 소리를 들은 머슴 하나가 몽둥이를 꼬나들고 꾸짖었다.

"저놈이 아직도 큰소리냐?"

그러자 임충에게 수염을 그을린 늙은 일꾼이 나타나 그 머슴

놈을 부추겼다.

"입 섞어 말할 것도 없네. 몇 대 두들겨 주둥아리나 닫게 하고 나리께서 깨기나 기다리세. 그때 추달하면 되네."

그러자 거기 있던 일꾼들이 우르르 덤벼 임충을 개 패듯 때렸다. 임충은 어떻게 맞서 보려 해도 워낙 꽁꽁 묶여 매달린 몸이라 길이 없었다. 그저 성한 입으로만 소리소리 지르는 길뿐이었다.

"이놈들아, 네놈들이 이러고도 무사할 줄 아느냐?"

그때 누군가가 여럿에게 큰 소리로 알렸다.

"나리께서 나오신다!"

그 소리를 듣고 임충도 그쪽을 보았다. 어떤 사람이 뒷짐을 지고 천천히 걸어 나오더니 여럿에게 물었다.

"너희들이 때리는 자는 누구인가?"

"간밤에 잡은 쌀도둑놈이올시다."

일꾼들이 입을 모아 그렇게 대답했다. 그러자 벼슬아치 복색을 한 사내가 임충을 찬찬히 살피다가 갑자기 놀란 얼굴로 소리쳤다.

"여봐라, 이 무슨 무엄한 짓이냐?"

그리고 몸소 달려가 임충을 풀어 내린 뒤 물었다.

"교두께서 어쩌시다가 여기 매달리게 되었습니까?"

그걸 본 일꾼들은 어마뜨거라 싶었다. 주인 나리가 그토록 공손히 대하는 사람을 몽둥이찜질에 매달기까지 했으니 기가 찼다. 감히 그 자리에 서 있을 생각을 못 하고 머리를 싸쥔 채 흩어져 버렸다.

제정신이 아니던 임충도 그제야 겨우 눈길을 모아 그 사내를 보았다. 그 사내는 다름 아닌 소선풍 시진이었다. 끌려온 곳이 바로 시진의 장원이었던 것이다.

"대관인, 나를 살려 주시오."

추운 새벽에 밧줄로 꽁꽁 묶인 채 문루 높이 매달려 시달린 끝이라 임충이 저도 몰래 처량한 소리를 내었다. 그런 임충의 몸에 묶인 밧줄을 풀어 주며 시진이 알 수 없다는 듯 다시 물었다.

"교두께서는 어떻게 여길 왔다가 촌것들에게 이 욕을 당하셨소?"

"그걸 어찌 한마디로 이야기하겠소……."

임충이 그렇게 대꾸하자 시진은 긴 이야기를 기다리지 않고 임충을 안으로 끌었다. 추위에 얼고 얻어맞아 말이 아닌 임충의 몰골을 보고 예사 아닌 뒷사정을 짐작한 까닭이었다.

집 안에 들어가 마주 보고 앉기 바쁘게 임충이 그간의 기막힌 사연을 낱낱이 일러 주었다. 초료장의 불을 중심으로 육겸과 부안이 꾸민 수작이며, 그들을 죽여 원한을 푼 것까지 남김없이 털어놓은 것이었다.

"형은 어찌 그리도 운명이 기구하오? 하지만 오늘은 하늘이 잠시 도운 듯하니 마음 놓으시오. 이곳은 아우의 장원 중에 하나인 동장(東莊)이오. 여기서 때를 기다리며 다시 앞일을 생각해 보기로 합시다."

다 듣고 난 시진이 안됐다는 듯 그렇게 임충을 안심시키고 머슴을 불러 일렀다.

"가서 새 옷 한 벌을 내오너라."

그리고 머슴이 새 옷을 내오자 임충에게 갈아입게 한 뒤 따뜻한 방에 쉬게 했다. 끼니마다 나오는 술과 밥이 큰손님 모시듯 극진하기도 전과 다름이 없었다. 그 바람에 임충은 시진의 동장에서 한 대엿새를 다리 뻗고 잘 쉬었다.

한편 창주 노성은 임충의 일로 발칵 뒤집히다시피 했다. 임충이 차발과 육겸, 부안 세 사람을 죽인 뒤 대군초료장에 불을 지르고 달아났다는 소리를 들은 관영은 곧 그 일을 창주 대윤(大尹)에게 알렸다. 대윤은 깜짝 놀라 곳곳에 공문을 내려 임충의 죄를 알리는 한편 사람을 풀어 임충을 잡아들이게 했다. 시골 마을 저잣거리 할 것 없이 사람이 지날 만한 길목은 어김없이 임충의 얼굴을 그린 종이쪽지가 나붙고, 그 아래는 그를 잡아 오는 사람에게 삼천 관의 상금을 내린다는 공고가 따랐다.

그렇게 되자 창주 경내는 절로 벌집을 쑤셔 놓은 것처럼 요란스러워졌다. 시진의 동장에 숨어 있는 임충에게도 그 같은 소식은 곧 전해 왔다. 그걸 들은 임충은 하루하루가 바늘방석에 앉은 기분이었다. 그대로는 견딜 수 없어 마침 동장으로 돌아온 시진을 잡고 말했다.

"대관인께서 저를 이곳에 못 있게 해서가 아니라 관청의 추적이 두려워 한 말씀 올립니다. 만약 관청의 손길이 이곳까지 미치는 날이면 대관인께서는 반드시 이 하찮은 아우의 일에 연루돼 좋지 않은 일을 겪게 될 것입니다. 이왕 대관인께서 이 임충을 의로 돌보시어 재물을 아끼지 않으셨으니 염치없는 대로 다시 청합니다. 따로 제가 갈 만한 곳을 알아보시고 저로 하여금 그곳으로 옮겨 가 숨을 수 있도록 해 주십시오. 다행히 죽지 않고 이 한목숨을 건지게 된다면 뒷날 대관인을 위해 개나 말의 일이라도 마다하지 않겠습니다."

"이미 형께서 떠나시기로 하셨다니 제가 한군데 갈 만한 곳을 일러 드리겠습니다. 편지 한 통을 써 드릴 테니 그리로 가 보시는 게 어떻겠습니까?"

시진도 이미 알아본 게 있는 듯 임충의 말이 떨어지기 바쁘게 그렇게 물었다.

"만약 대관인께서 주선해 주시어 이 한목숨 건질 수 있다면 어딘들 마다하겠습니까? 어딘지 일러만 주십시오."

"그곳은 산동 제주에 있는 물가마을[水鄕]로 양산박(梁山泊)이라 불리는 곳입니다. 둘레가 팔백 리가 되는 산 가운데는 완자성(宛子城)과 요아와(蓼兒洼)란 곳이 있는데 지금은 세 호걸이 거기다 산채를 열고 있지요. 우두머리는 백의수사(白衣秀士) 왕륜(王倫)이란 이고, 둘째는 모착천(摸著天) 두천(杜遷)이란 이며, 셋째는 운리금강(雲裏金剛) 송만(宋萬)이란 사람입니다. 그 세 호걸은 칠팔백의 졸개를 거느리고 있는데 그들 중에는 몹쓸 죄를 짓고 그리로 도망가 숨어 사는 이들도 많지요. 마침 그 세 호걸이 모두 저와 교분이 두터우니 제 편지를 가지고 그리로 가 보는 게 어떻겠습니까?"

시진의 말을 들은 임충은 귀가 번쩍 틔었다. 자신도 모르게 들떠 대답했다.

"정말로 그런 곳이 있다면 더할 나위 없이 좋겠습니다만……."

그러나 시진은 그리 밝은 얼굴이 아니었다.

"지금 창주에는 거리마다 형을 잡으라는 방문이 붙어 있고, 관청에서는 또 양산박 쪽으로 가는 길목에 군관을 둘씩 내보내 오가는 사람을 살피게 하고 있습니다. 그런데 형은 반드시 그 길목을 지나야만 하니……."

그렇게 중얼거리듯 말하다가 겨우 낯을 펴 한마디 덧붙였다.

"하지만 다시 계획을 세워 봐야지요. 반드시 형을 보내 드리도록 하겠소."

"만약 대관인의 은혜를 입어 이곳을 벗어날 수만 있다면 죽어도 그 은혜를 잊지 않겠습니다."

갑자기 다급해진 임충이 그렇게 시진에게 매달렸다.

오래잖아 시진은 임충을 창주 경내에서 빼낼 궁리를 끝낸 뒤 곧 실천에 들어갔다. 먼저 머슴 하나를 부른 시진은 임충이 가지고 갈 보따리를 주며 말했다.

"너는 이걸 지고 관문 밖에 나가서 우리가 갈 때까지 기다려라."

이어 시진은 떠들썩한 사냥 채비에 들어갔다. 말을 스무남은 필이나 끌어내고 그걸 탄 일꾼들에게는 모두 활과 화살을 메게 했다. 매를 어깨에 앉히고 사냥개까지 한 떼 풀어 앞서게 한 데다 깃발까지 이것저것 내다니 누가 봐도 요란한 사냥 행차였다.

임충도 사냥꾼처럼 꾸미고 그들 가운데 섞여 말에 올랐다. 시진의 뜻이 대강 짐작되기는 했지만 불안하지 않을 수가 없었다. 그러나 시진은 무얼 믿는지 당당하기만 했다.

일행이 창주를 빠져나가는 관문에 이르자 정말로 군관 두 사람이 졸개들을 거느리고 지키다가 시진을 알아보고 달려 나왔다. 두 사람 모두 군관이 되기 전에는 시진의 장원을 드나들며 신세깨나 진 사람들이었다.

"나리, 오늘은 어딜 가십니까? 무척 즐거워 보이십니다."

군관 중 하나가 몸을 굽실대며 시진에게 물었다. 시진이 대답 대신 능청스레 되물었다.

"아니, 두 분은 무슨 일로 여기 나와 계시오?"

"창주 대윤께서 공문과 범죄인의 얼굴 그림을 보내 임충이란 놈을 잡으라기에 특히 이렇게 나와 길목을 지키고 있습니다. 지나가는 나그네며 장사치까지 일일이 살펴 죄인이 관문 밖으로 달아나는 것을 막으려 함입지요."

군관이 곧이곧대로 일러 주었다. 시진이 한술 더 떠 너털웃음까지 치며 말했다.

"우리 이 패거리에 바로 그 임충이 끼어 있는데, 모르시겠소?"

그 말에 임충은 가슴이 철렁했다. 그러나 그걸 시진의 우스갯소리로만 들은 군관은 영문도 모르고 따라 웃었다.

"대관인은 법도에 밝으신 분인데 그런 자를 끼고 밖으로 나갈 리 있겠습니까. 우스갯소리는 그만하시고 어서 말에나 오르시지요."

그러자 시진은 한층 소리 높여 껄껄거리며 군관의 말을 받았다.

"그럼, 믿으니까 그냥 지나가란 말입니까? 거 좋지. 들짐승이라도 몇 마리 잡으면 돌아오는 길에 나눠 드리지."

그러고는 태연스레 말에 올랐다. 일행도 그런 시진을 따라 별일 없이 관문을 빠져나갔다. 임충도 그 가운데 끼여 있었음은 말할 나위도 없다.

일행이 한 사오 리쯤 가니 먼저 시진의 장원을 빠져나간 머슴이 보따리를 지고 기다리고 있었다. 시진은 임충을 불러 말에서 내리게 하고 말했다.

"먼저 그 사냥꾼 옷을 벗고 원래의 옷으로 갈아입으십시오. 칼도 한 자루 준비했으니 차도록 하시고……."

그러나 시진의 준비는 그뿐이 아니었다. 붉은 끈을 단 전립에 노자와 먹을 게 두둑한 보따리까지 내놓았다.

임충은 시진의 그 같은 인정과 의리에 감격해 엎드려 절하며 작별을 했다. 그길로 일행을 몰아 정말로 사냥을 나선 시진은 그날 해 질 무렵 해서야 왔던 길로 되돌아갔다. 시진이 나눠 준 들짐승 몇 마리에 눈길이 빼긴 두 군관은 일행에서 사람이 하나 줄어든 것도 모르고 의심 없이 시진 일행을 관문 안으로 들여보냈다.

(2권에서 계속)

수호지 1

일탈하는 군상

개정 신판 1쇄 인쇄 2021년 6월 1일
개정 신판 1쇄 발행 2021년 6월 15일

지은이 이문열

발행인 양원석 **편집장** 최두은 **책임편집** 정효진
디자인 김유진, 김미선 **표지 일러스트** 김미정
영업마케팅 양정길, 강효경, 정다은

펴낸 곳 ㈜알에이치코리아
주소 서울시 금천구 가산디지털2로 53, 20층(가산동, 한라시그마밸리)
편집문의 02-6443-8847 **도서문의** 02-6443-8800
홈페이지 http://rhk.co.kr
등록 2004년 1월 15일 제2-3726호

copyright © 이문열

ISBN 978-89-255-8855-1 (04820)
978-89-255-8856-8 (세트)

※ 이 책은 ㈜알에이치코리아가 저작권자와의 계약에 따라 발행한 것이므로
본사의 서면 허락 없이는 어떠한 형태나 수단으로도 이 책의 내용을 이용하지 못합니다.

※ 잘못된 책은 구입하신 서점에서 바꾸어 드립니다.

※ 책값은 뒤표지에 있습니다.